FRANK GOYKE

HÖLLENANGST

krimi

W0213049

berlin.krimi.verlag

Die Personen und Handlungen dieses Romans sind frei erfunden.
Ähnlichkeiten mit tatsächlichem Geschehen
sind zufällig und nicht beabsichtigt.

Die Deutsche Bibliothek – CIP-Einheitsaufnahme
Goyke, Frank:
Höllenangst / Frank Goyke. – Berlin : Berlin-Krimi-Verl.
im be.bra-Verl., 2002
ISBN 3-89809-016-7

Originalausgabe
© berlin.krimi.verlag im be.bra verlag GmbH
Berlin-Brandenburg 2002
KulturBrauerei Haus S
Schönhauser Allee 37, D-10435 Berlin
www.berlin-krimi-verlag.de
e-mail: info@bebraverlag.de
Lektorat: Gabriele Reinhold, Berlin
Umschlag: Iris Farnschläder, Hamburg, unter Verwendung
einer Zeichnung von Claas Janssen, Frankfurt/M.
Gestaltung: Magde Blues, Berlin
Satz: psb, Berlin
Schrift: Stempel Garamond 9,5/13,5
Druck und Bindung: Elsnerdruck, Berlin
ISBN 3-89809-016-7

Erstes Kapitel

1

Das Werk war getan. Der Herr im Himmel und sein Verkünder auf Erden sahen, dass es gut war. Die vier Farben der Lampions wechselten einander ab. Auf die rote Lampe folgte die grüne, darauf die orange, dann kam die blaue. Die Lichterkette umspannte den Hof einmal und überkreuzten ihn noch. Auch die Bänke und die Stühle standen bereit. Der Hof lag verlassen, aber morgen würden ihn Kinder bevölkern. Pfarrer Winfried Möllenthin drückte seinen Rücken durch. Natürlich hatten Mitglieder der Gemeinde geholfen, trotzdem hatte er zu schwer getragen, und nun meldeten sich die Bandscheiben. Wenn das Kinderfest vorüber war, würden sich die Eltern bei ihm bedanken. Niemand sah jedoch, wie viel Arbeit in diesen Feiern steckte. Winfried Möllenthin schmunzelte. Zweimal im Jahr, im Frühjahr und im Herbst, organisierte er Feste. Sie waren nicht nur ein Dienst an den Schwächsten der Gemeinschaft, sie waren auch eine Werbeveranstaltung für seine Kirche, und Möllenthin bezeichnete sich im Scherz gern als PR-Manager Gottes.

Möllenthin trat in den Flur des Gemeindehauses und von dort in sein Büro. Er bückte sich, zog den Stecker aus der Dose, und die Lampions erloschen. Als er sich wieder aufrichten wollte, wurde der Schmerz im Rücken so stark, dass ihn für einen Augenblick schwindelte. Wie der Arzt gesagt hatte, war der Schaden an seinen Bandscheiben inoperabel. Möllenthin musste sich auf ein lebenslanges Leiden einstellen. Mit lebenslangen Leiden war er vertraut. Bisher hatte es allerdings immer andere getroffen. Der Priester löschte auch das Licht im Büro. Arbeiten würde er nicht mehr, sondern das Abendbrot bereiten und sich mit einem Buch aufs Bett legen. Er hatte sich den Feierabend redlich verdient und würde seine Sonntagspredigt in der Nacht nach dem Kinderfest vorbereiten. Möllenthin musste sie nur niederschreiben, im Kopf war sie bereits fertig. Er wollte darüber sprechen, wie Jesus die Blinden und Lahmen geheilt hatte, und dies als Bild dafür werten, dass Kranke des Zuspruchs, der Hilfe und der Solidarität bedurften und als eine Prüfung aufgefasst werden sollten, nicht als Last. Es war üblich, Menschen mit schweren Erkrankungen in Kliniken zu lagern, wenn sie das Erwerbsleben ihrer Angehörigen störten, wie überhaupt Gebrechen und Alter verpönt waren: Man war entweder jung und leistungsfähig, oder man gehörte auf den Müll. Wer nicht funktionierte, wie in den menschlichen Plänen vorgesehen, wurde kaserniert: in Heimen, Gefängnissen, Krankenhäusern. In Gottes Plan hatte der Mensch eine andere Bestimmung als das maschinenhafte Dasein, dem er sich nur zu gern aussetzte, weil es ihn des Bedenkens und Besinnens enthob. Darüber wollte Möllenthin seiner Gemeinde die Augen öffnen. Er schloss die Bürotür und stieg die Treppe hinauf zu seiner Wohnung.

Natürlich gab er sich keinen Illusionen über die Wirkung von Predigten hin. Die Gläubigen und die, die sich für Gläubige hielten, bedachten seine Worte womöglich auf dem Heimweg noch, aber spätestens beim Anblick ihres Sonntagsbratens vergaßen sie die Mahnungen. Den Braten hatten sie sich ebenso erarbeitet und verdient wie das Haus, das Auto und den Urlaub, und sie waren längst nicht davon überzeugt, es mit Geschenken des Herrn zu tun zu haben, für die sie sich bedanken sollten; lieber dankten sie sich selbst. Überhaupt war der Dank aus der Mode gekommen, weil vieles zu selbstverständlich geworden war, nicht einmal die Sozialhilfeempfänger dankten der Gemeinschaft, die sie versorgte.

Winfried Möllenthin nahm das Brot aus dem Schub. Jeder Laib war ein kollektives Werk, aber das sah man ihm nicht an, wenn er im Supermarkt lag, wie vom Himmel gefallen. Trotzdem sollte man dankbar sein, wenn man Brot hatte, und ein bisschen mehr Demut konnte den hochmütig gewordenen Menschen auch nicht schaden.

»So«, sagte der Priester zu sich selbst und säbelte resolut zwei Scheiben ab, »genug an die Arbeit gedacht, Möllenthin. Dir ist das Ornat schon ins Hirn gewachsen. Schnell noch Wasser gepredigt und dann Wein getrunken.« Möllenthin spülte ein Glas aus, nahm den Sauvignon aus dem Küchenschrank und roch an der Blume. Jeden Abend trank er eine halbe Flasche. Man sagte seiner Kirche nach, den Genuss zu verdammen, aber das war Unfug, doch selbst wenn es wahr gewesen wäre, den Wein hätte sich Möllenthin nicht versagt. Wie alle war auch er nicht nur ein geistiges, sondern ebenso ein sinnliches Wesen, und zerstörerisch waren allein die Übertreibungen. Sie machten so krank wie völlige Enthaltsamkeit. »Prost, Möllenthin! Aber werde nicht geschwätzig, ich muss dich den ganzen Abend ertragen.« Der Priester nahm einen Schluck und nickte zustimmend. Als er den Kühlschrank öffnete, warf er einen Blick aus dem Küchenfenster. Die Lampions leuchteten und schwankten leise.

2

»Hoch soll er leben, hoch soll er leben, dreimal hoch!«, schallte es durch Dienstzimmer und über Flure, in denen tagsüber Beamte ihrer eher stillen Tätigkeit nachgingen und in denen nachts höchstens die Bereitschaften spukten. Dietrich Kölling rümpfte die Nase. Er hatte nicht eingestimmt, weil er diese poltrige Fröhlichkeit verabscheute. Sie passte vielleicht zu einer Feier im Angler- oder Sportverein, und besonders schön hatten seine Mitarbeiter und sein Chef nicht gesungen. Sein jüngster Kollege war nun Kommissar. Für diesen Anlass wäre die Nationalhymne angemessener, aber aus den Mündern ungeübter Kriminalbeamter klänge sie wie eine Parodie. Stattdessen klopfte er Hans-Joachim Tangermann auf die Schulter und gratulierte ihm unbeholfen. Sogar als Jahrgangsbester hatte Hajota abgeschlossen. Dietrich Kölling war mächtig stolz auf ihn, gab das aber nicht zu. »Na, jetzt sind Sie also wieder da und können vergessen, was Sie gelernt haben«, sagte er nur.

»Kommissar Tangermann«, meinte die Blissow und zündete sich eine Zigarette an. »Ihre Eltern balancieren bestimmt den Himmel auf der Nasenspitze, wenn sie durch die Nachbarschaft wandeln.«

»Nun macht ihm mal den Erfolg nicht madig«, sagte der Oberrat väterlich. Der Oberrat war der Chef aller Anwesenden. »Wenn Sie Ihre Leistungen bei uns fortsetzen, Herr Tangermann, dann bringen Sie es sicher weit.«

»Klar«, sagte Dietrich Kölling, »er hat vorhin schon die Beine meines Stuhls so komisch angeschaut und strich immer um Ihre Tür herum.«

Hajotas Gesicht bedeckte sich mit Röte, Oberkommissar Becker machte sich am Sektkorken zu schaffen, auch Dietrich Kölling widmete sich seinen Zigaretten. Im Allgemeinen verkehrte er nicht privat mit seinen Kollegen, weil er nach dem Dienst seine Ruhe haben wollte, doch hin und wieder war er kleinen Begängnissen nicht abgeneigt. Mit den Leuten, die ihn umgaben, musste er Tag für Tag auskommen. Wenn man miteinander feierte, so dürftig die Feier auch sein mochte, hatte das seinen Nutzen.

Becker war es endlich gelungen, den Sektkorken zu lösen. Der nutzte seine Freiheit schamlos aus und sprang in hohem Bogen durch das Zimmer. Dietrich Kölling, der gern mit seiner Reaktionsschnelligkeit verblüffte, riss die Arme hoch, aber der Korken war schneller. Er ging auf Beckers Schreibtisch nieder, hüpfte noch ein paar Mal und kam auf einem Stapel Fotos zum Liegen. An die Bilder hatte Dietrich Kölling an diesem Abend nicht mehr denken wollen. Nun sah er wieder die klaffenden Wunden im Oberkörper eines nackten Mannes. Er breitete die Zeitung darüber, die er in der Bahn hatte lesen wollen. Vom Titelblatt grüßte ihn der tote Mann. Die Stimmung war verdorben.

3

Möllenthin glaubte nicht an Wunder, er hielt sie vielmehr für Sinnbilder der gestaltenden Kraft der Religiosität; es war also nicht möglich, dass sich eine Lichterkette, die er selbst ausgeschaltet hatte, von allein wieder in Betrieb setzte. Da war es wahrscheinlicher, dass ihm jemand einen Streich spielen, dass ihn jemand necken wollte, ein Kind vielleicht, das es bei der Vorbereitung auf die Kommunion an Fleiß und Einsicht fehlen ließ und das er deshalb ermahnt hatte. Möllenthin war nicht besonders streng, aber manche Kinder verzagten oder versagten bei den geringsten Anforderungen, und wenn er sie darauf hinwies, mochten sie auf Rache sinnen. Der Priester schloss Gemeindehaus und Büro nie ab, denn zum einen wurde der Durchgang zur Straße stets nach Einbruch der Dunkelheit versperrt und zum Zweiten gab es nichts Wertvolles zu holen. Nicht einmal der Computer konnte das Interesse von Dieben wecken: Er war so alt, dass man ihn nicht weiterverkaufen konnte.

Möllenthin öffnete die Tür zum Hof. Die Lampions leuchteten nicht mehr. Diejenigen, die den Priester zu ärgern gedachten, mussten noch in der Nähe sein; womöglich hatten sie sich hinter dem Schuppen versteckt und lachten sich nun ins Fäustchen.

»Hallo?«, rief Möllenthin. Er bekam keine Antwort.

Der Priester trat einen Schritt vor die Tür und hob den Blick zu den Fenstern des Vorderhauses. Die meisten der Bewohner hatten ihre Schlafzimmer zur ruhigen Hofseite eingerichtet, und dort war es natürlich dunkel, während in fast allen Küchen Licht brannte. Es war Abendbrotszeit. Hier und da machte Möllenthin auch Schatten aus, die sich bewegten. Er konnte es nicht sehen, aber er ahnte, dass dort der Inhalt von Kühlschränken durchforstet, Brot geschnitten oder gar gekocht wurde. Aus einem Fenster im dritten oder vierten Stock drang Musik, ein monotones Wummern der Bässe. Der Priester ahnte, wer sich dort von Tönen betäuben ließ. Es war sicher der halbwüchsige Junge, der fast jede Nacht unterwegs war, um Autos zu knacken, und dessen Eltern Möllenthin gebeten hatten, einmal mit ihm zu sprechen. Der Junge hatte sich als unzugänglich erwiesen. Er war voller Hass, voller Hass auf alles und jeden. Seine Seele war vom Hass vergiftet, unheilbar, wie es schien. Möllenthin wandte sich um. In der Haustür stand jemand. Ein Mann.

»Ja?«, fragte Möllenthin.

Der Mann hob einen Gegenstand. Der Gegenstand schien metallisch zu sein, ein Lichtreflex blitzte kurz auf. Möllenthin versuchte noch, zur Seite auszuweichen.

4

»Ein Pfaffe?«, fragte Dietrich Kölling noch einmal. Alle waren zum Gehen bereit, hatten sich ihre Mäntel oder Jacken übergezogen, die Blissow stand bereits auf dem Flur, Becker in der Tür. Mit einem solchen Anruf hatte niemand mehr gerechnet. Es war spät, jeder strebte nach Hause, um den Tag mit der Familie, dem Freund oder dem Fernsehgerät ausklingen zu lassen. Dietrich Kölling nickte, auch wenn der Anrufer ihn nicht sehen konnte. Die Kollegen hatten sich die Erholung von Mord und Totschlag verdient. Es würde nichts daraus werden. »Eine Himmelfahrt«, kündigte Dietrich Kölling an.

»Verdammter Mist!«, fluchte die Blissow.

»Wo?«, wollte Becker wissen.

»In Hermsdorf«, sagte Dietrich Kölling. »Sankt-Marien-Gemeinde. Katholen zu allem Überfluss.«

»Da kann doch der Papst seine Polizei schicken«, schlug die Blissow vor, »oder meinetwegen seine Schweizergarde. Selbst soll er nicht kommen, da gilt dann wieder höchste Sicherheitsstufe. Ich habe ein privates Problem zu klären, ich will keine Priesterleiche.«

»Privates Problem?« Dietrich Kölling riss die Augen auf.

»Ja«, sagte die Blissow. »Ich habe so etwas. Die Betonung liegt auf dem Personalpronomen.«

»Wie ist es denn passiert?«, fragte Tangermann.

»Er hat was zwischen die Lichter gekriegt«, sagte Dietrich Kölling.

»Einen Schuss?«

»Nein. Einen Hieb. Also keine scholastische Haarspalterei wie die müßige Frage nach der Zahl der Engel, die auf einer Nadelspitze Platz haben. Eher kann man sagen, dass ihm der Schädel halbiert wurde.«

»Und wie viele Engel haben in einem Schädel Platz?«, wollte die Blissow wissen.

»Da müssen wir zuvor Einigkeit in einer anderen Frage herstellen«, meinte Dietrich Kölling und zog sein Klemmbrett aus der Schublade.

»Die wäre?«

»Was sind Engel?«

5

Becker lenkte den Wagen, Dietrich Kölling saß neben ihm, die Blissow und Tangermann teilten sich die Sitzbank im Fond. Während der Fahrt von der Keithstraße in den Berliner Norden sprach niemand, erst als sich Becker anschickte, vom Oraniendamm in eine Seitenstraße einzubiegen, brach die Blissow das Schweigen. Sie wies auf die Einfamilienhäuser zu beiden Seiten, die, so weit man das bei der Dunkelheit erkennen konnte, in weiträumigen Gärten zu liegen schienen.

»Das sieht doch aus, als ob hier nur glückliche Menschen wohnen würden«, stellte sie fest. »Kein soziales Elend, dafür religiöse Inbrunst. Nun danket alle Gott, dass es uns so gut geht.«

»Gucken Sie denn kein Fernsehen?«, fragte Dietrich Kölling. »Andernfalls müssten Sie doch wissen, wie das ist mit den Wohlhabenden und Eigenheimbesitzern. Dreiecksgeschichten, Eifersucht, sinnentleertes Dasein der gelangweilten Gattin und so weiter.«

»Ich wusste es immer«, entgegnete die Blissow. »Wer keine Probleme hat, der macht sich welche.«

Nach einer Weile musste die Blissow ihr Bild von Hermsdorf allerdings korrigieren: Es gab durchaus drei- und viergeschossige Häuserzeilen, doch ob es sich dabei um gewöhnliche Mietshäuser handelte oder solche mit Eigentumswohnungen, vermochte niemand zu sagen. Aber auch diese Straßen vermittelten wegen der Bäume vor und hinter ihnen einen anderen Eindruck als ähnliche Straßenzüge in der Innenstadt; man lebte auch hier im Grünen.

Das Pfarramt der Marien-Gemeinde befand sich in einem Quergebäude, doch der Hof, den Dietrich Köllings Crew betrat, unterschied sich ebenfalls von den bekannten Hinterhöfen. Er wurde gebildet vom Vorderhaus und flachen Gebäuden, die womöglich einmal Ställe waren oder Handwerksbetriebe beherbergt hatten, jetzt jedoch als Garagen dienten. Das galt nur nicht für das Gemeindehaus, denn das behauste noch Menschen. Zwei der Räume im Erdgeschoss wurden für die Christenlehre und andere Veranstaltungen der Kirche genutzt, der Priester hatte hier sein Büro und seine Wohnung. Nun lag er verblutet auf dem Beton, ein verkrümmtes, unkenntliches Etwas im Licht der Strahler, die die Polizeitechniker aufgebaut hatten. Dietrich Kölling steckte sich eine Zigarette zwischen die Lippen und schaute die Fassade des Vorderhauses hoch. Überall an den Fenstern erwarteten die Zuschauer unverhoffte Wendungen.

Was geschehen war, konnte sich sogar ein Tischlermeister mit verkrüppelten Händen an seinen verbliebenen Fingern abzählen. Eine vermutlich noch unbekannte Person hatte in der Tür des Gemeindehauses gestanden und dem Mann, der jetzt am Boden lag, den Schädel mit einem Spaltwerkzeug eingeschlagen. Falls dieser einen Pass für die Himmelspforte brauchte, würde er auf ein älteres Foto zurückgreifen müssen. Dietrich Kölling fragte sich, woran man den Priester hatte erkennen können.

»Und das da ist also der Gemeindepfarrer?«, fragte er denn auch die beiden uniformierten Polizisten, die auf etwas warteten, auf Weisungen vermutlich.

»Die Bewohner, die uns verständigt haben, behaupten es jedenfalls«, erklärte der Ältere, der nach Kneipe roch.

»Wer war das?«

»Eine Frau Schröder. Ingeborg Schröder. Draußen. Im Sanitätswagen. Schock.«

Frau Ingeborg Schröder hatte sich allerdings schon wieder aufgerappelt. Sie war furchtbar nervös und lugte durch ein kleines Loch, das jemand in die Milchglasscheibe des Krankenautos gekratzt hatte. Außer Polizeifahrzeugen, Beamten und ihrem Haus bekam sie nichts zu sehen. Es schien ihr nicht zu genügen. Dietrich Kölling stieg zu ihr.

»Wie furchtbar«, sagte sie voll freudiger Erregung. »Der arme Herr Möllenthin. Wer erschlägt denn Pfarrer?«

»Das wüsste ich auch gern«, brummte Dietrich Kölling. »Woran haben Sie ihn denn erkannt?«

»Ich?« Ingeborg Schröder gab ihren Augen eine dramatische Weite. »Ich hab ihn gar nicht gesehen. Nein, aber alle sagen es doch.«

»Alle?«

»Die Nachbarn. Herr Mundt. Herr Mundt war unten. Im Hof. Er hat uns zugerufen, dass wir die Polizei benachrichtigen sollen.«
»Und?«
»Ja. Wir sind sofort an die Fenster, als der Junge geschrien hat. Jeder hat dann natürlich telefoniert. Aber ich war wohl die Erste, die bei Eins-Eins-Null durchkam.« Frau Schröder sagte es mit einem gewissen Stolz.
»Welcher Junge, mein Gott?« Dietrich Kölling spielte den Verzweifelnden. »Können Sie nicht der Reihe nach berichten?«
»Ja, also«, begann Ingeborg Schröder. Dietrich Kölling wusste sofort, dass sie der Reihe nach nicht konnte. »Es war Peter. Das ist der Sohn der Mundts. Ziemliches Früchtchen, wenn Sie mich fragen. Frech, unhöflich, immer laut. Wir haben schon wegen Ruhestörung die Polizei rufen müssen. Mehrmals. Der rief dann: Er ist tot! Möllenthin ist tot! Vom Hof her, nicht wahr?«
»Und Sie?« Dietrich Kölling beherrschte sich. »Wo waren Sie, als er rief? Vom Hof her?«
»Wir haben gerade gegessen. Mein Mann und ich. Dann rief er. Also er schrie ja regelrecht: Der Möllenthin ist tot! Wir sind ans Fenster. Mein Mann und ich. Da lag dann der ... Es ist so schrecklich, Herr Kommissar! Wir gucken immer diese Sendungen.«
Dietrich Kölling fragte nicht, um welche Sendungen es sich handelte und was sie mit dem Tod des Herrn Möllenthin zu tun haben mochten. Er schaute sich nur Frau Schröder an. Sie schien eine dieser Rentnerinnen zu sein, die in Sendungen gern karikiert wurden. Leider gab es sie auch außerhalb des Fernsehens.
»Jedenfalls«, fuhr sie fort, »der Herr Mundt ist dann gleich runtergelaufen. Er ist gar nicht richtig rangegangen. An den ... Frau Mundt war auch schon am Fenster. Herr und Frau Keßler auch. Und Doktor Ibenburg. Alle, die im Haus waren, eigentlich. Beck nicht. Das ist unser Filou, der treibt sich nachts immer rum.«
»Danke, Frau Schröder«, sagte Dietrich Kölling und sprang aus dem Wagen, um jemanden zu suchen, der zusammenhängender berichten konnte. Als er den Hof betrat, hatten Becker und die Blissow ihn

schon am Wickel: einen jungen Mann, der nur ein schwarzes T-Shirt, eine schwarze Hose und Sandalen an den bloßen Füßen trug und deshalb fror. Dietrich Kölling gesellte sich zu ihnen.

»Peter Mundt, nehme ich an?«

Der Junge mochte um die Achtzehn sein, vielleicht etwas jünger, und er war kahl. Da er allerdings noch Augenbrauen besaß, war der Haarverlust nicht die Folge einer Chemotherapie, sondern einer Rasur. Deshalb also hatte sich Hajota nicht in die Gesprächsrunde gedrängelt: Er mochte zwar Achtzehnjährige, aber keine Glatzköpfe.

»Wir sind bereits im Bilde«, sagte Becker. »Herr Mundt hatte heute Abend die ehrenvolle Aufgabe, den familiären Mülleimer auszuleeren. Deshalb war er auf dem Hof.«

»Als Ehre sieht er das nicht an«, mischte sich ein Mann ein, dessen Glatze echt war. Nach den Gesichtszügen zu urteilen, war dies Peters Vater. »Wenn es nicht ums Prinzip ginge, würde ich den Mülleimer lieber selber runterschaffen. Ich würde viel Kraft sparen und Zeit.«

»Wo ich grad beim Musikhören war«, protestierte der Junge.

»Beim Musikhören bist du doch immer«, sagte der Vater. »Und was für Musik. Das geht immer bloß wummbumm, wummbumm, Herr Kommissar.«

Vermutlich schaute auch Herr Mundt die gewissen Sendungen, in denen alle Kriminalbeamte Kommissare waren. Dietrich Kölling erwog, das Weltbild der Mundts und Schröders zu korrigieren, winkte dann aber für sich selbst ab.

»Ihr Sohn hat dann geschrien, richtig?«, fragte er stattdessen.

»Doch nicht geschrien«, widersprach Peter, der Hartgesottene. »Nur gerufen, dass mal jemand kommen soll. Wegen gucken und Polizei und so.«

»Und Sie, Herr Mundt, Sie kamen dann wegen gucken und Polizei und so?«

»Ja.«

»Und sahen was?«

»Nun, den Herrn Möllenthin. Dort. Tot.«

»Woran erkannten Sie ihn denn, den Herrn Möllenthin? An seinen entgleisten Gesichtszügen doch wohl nicht?«
»Nee, das war ja alles voll Blut, und überhaupt …« Herr Mundt schüttelte sich. »Die Kleidung, Herr Kommissar. An dieser altmodischen roten Hausjoppe. Die Größe und Statur stimmen auch.«
»Das ist ein Argument.« Dietrich Kölling nickte. »Kennen Sie Herrn Möllenthin nur als Nachbarn, oder haben Sie auch mit der Gemeinde zu tun?«
»Wir nicht«, sagte Herr Mundt. »Wir sind evangelisch. Aber die Schröders, die rennen immer zu ihm hin. Und Szymanskis. Sie wissen ja: Alle Polen sind Katholen.«
Dietrich Kölling nickte abermals. Dass Polen in diesem Haus geduldet wurden, verwunderte ihn allerdings, ohne dass er genau wusste, warum eigentlich. Doch mit den Hausbewohnern würde er später sprechen, jetzt galt sein Interesse der Spurensicherung. Eines nur wollte er von den Mundts noch in Erfahrung bringen, also wies er mit der rechten Hand einmal um den Hof.
»Was bedeuten eigentlich die Lampions?«
»Morgen ist hier Kinderfest«, erklärte Peter.
»Sollte sein«, berichtigte ihn der Vater. »Die sind eigentlich immer schön, diese Kinderfeste. Herr Möllenthin hat sich damit viel Mühe gemacht, Herr Kommissar.«
Dietrich Kölling stapfte zum Gemeindehaus und hoffte insgeheim, dass auch Herr Mundt irgendeinen Dienstgrad trüge, den er verhunzen konnte.

6

Die Kriminaltechniker befanden sich zwar überall im Haus, aber die meisten von ihnen hatten sich in der Wohnung des Geistlichen verkrümelt und untersuchten sogar das, was niet- und nagelfest war. Die Räume machten einen leidlich aufgeräumten Eindruck, aber nicht wie die guten Stuben von Leuten, die nichts anderes zu tun hatten; man sah schon, dass hier ein Mensch gelebt und auch gearbeitet hatte. Zwei Zimmer hatte Möllenthin sein Eigen nennen können, oder vier, wenn man Küche und Bad hinzunahm. Das größte war das Wohnzimmer, das zugleich als Bibliothek und Arbeitsraum diente. Vor das Fenster hatte der Pfarrer seinen Schreibtisch gerückt, und als Dietrich Kölling hinausschaute, verstand er, weshalb; man sah den Hof nicht, aber dafür die Bäume hinter dem Nachbarhaus. Auf dem Schreibtisch standen eine kleine Reiseschreibmaschine, eine Federschale und ein Weinglas, ein Teddybär, dem das linke Ohr fehlte, hatte es sich dort bequem gemacht, eine Broschüre mit dem Titel »Sexualpädagogische Jungenarbeit« wartete darauf, durchgearbeitet zu werden. Pfarrer, das war Dietrich Kölling durchaus klar, hatten schon immer mehr zu tun gehabt, als nur die Schrift auszulegen, sie waren auch Seelsorger, Veranstaltungsmanager und wohl auch Sexualaufklärer, wenn die Eltern in dieser Frage versagten, und das kam noch immer häufig vor. Dietrich Kölling schlug das Inhaltsverzeichnis auf. »Die Rollensozialisation von Jungen« war dort zu lesen, »Die Wesensmerkmale von Jungensexualisation«, »Die sexuelle Krise der Jungen« und »Männliche Sexualitäten«. Letzteres erweckte Dietrich Köllings Aufmerksamkeit wegen des Plurals, also schlug er die entsprechende Seite auf.

»Spannend?«, fragte Becker, der von hinten an seinen Chef herangetreten war.

»›Jungen sind alltäglichen Realitäten ausgesetzt, die ihr Rollenbewusstsein prägen‹«, las Dietrich Kölling vor. »›Sie lernen, dass Männer sich prügeln, erschießen und als Mannschaften auftreten, sie erleben, dass staatliche Kontrollorgane, zum Beispiel die Polizei, vorwiegend männlich sind.‹ Das ist was auf die Mühlen von Frau Blissow, nicht wahr?«

»Nun ja«, Becker zuckte die Schultern, »ich für meine Person prügle mich nicht, erschieße niemanden und trete nicht als Mannschaft auf.«

»Ich frage mich, warum sich ein Pfarrer für so etwas interessiert«, sagte Dietrich Kölling und drehte sich um. »Für Jungenarbeit.«

»Na, das ist ja bekannt«, meinte Becker, »dass katholische Priester was mit ihren Messknaben haben. Weil die nicht schwanger werden können.«

»Und ihr?«, rief Dietrich Kölling den emsigen Technikern zu.

»Wir können auch nicht schwanger werden«, erwiderte einer von ihnen.
»Das meine ich nicht. Fehlt irgendwas in der Wohnung?«
»Dazu müsste man erst einmal wissen, was sich in der Wohnung befunden hat«, meinte der Techniker. »Diamanten? Gold? Altäre von Veit Stoß?«
»Ja, wer uns das wohl sagen kann?« Dietrich Kölling seufzte. »Ehefrauen haben die ja nicht wegen des Zölibats. Vielleicht eine Haushälterin? Kriegen Sie das mal raus, Becker.«
»Eine Haushälterin hätte doch ab und zu die Fenster geputzt«, gab der Techniker zu bedenken. »Mir kommt das eher vor wie ein haushälterinnenloser Junggesellenhaushalt. Sie brauchen bloß einen Blick in die Spüle zu werfen. Solch einen Berg schmutziges Geschirr finden Sie bei einer Frau nicht vor.«
»Wurde etwas durchwühlt?«, versuchte es Dietrich Kölling noch einmal.
»Auch nicht. Oder mit äußerster Vorsicht.«
»Also eher kein Raub?«
»Sieht nicht so aus.« Der Techniker beugte sich wieder zum Teppich hinab, als könne er aus ihm die Zukunft lesen. Dietrich Kölling betrat den Schlafraum. Der war spartanisch eingerichtet, beherbergte nur eine Matratze, die auf dem Boden lag, und einen Kleiderschrank. An der Wand über dem Kopfkissen war eine Leselampe befestigt, überall auf dem Boden stapelten sich Bücher. Dietrich Kölling schaute sie sich an, nahm auch den einen oder anderen Band in die Hand. Eine Bibel fand er nicht.
»Ich hab was«, sagte einer der Männer in den weißen Overalls, der in der Tür aufgetaucht war. »Hier.« Er wedelte mit einem Schulheft. »Davon liegen noch gut zwei Dutzend in einem der Wohnzimmerregale. Hinter den Büchern.«
»Und was ist das?«
»Die Tagebücher des Herrn Pfarrer«, sagte der Mann. »Habe auf Anhieb eine Stelle gefunden, die Ihnen weiterhelfen könnte. Bitte, lesen Sie.«

Dietrich Kölling nahm das Heft und las.

»›*Ich sehe einen kleinen Jungen auf der Straße, der mit angehaltenem Atem zwei Männern zusieht, die den Gehsteig pflastern. Der Junge ist ein südländischer Typ, Türke vielleicht, sechs oder sieben Jahre alt. Die alltägliche Arbeit der Männer erweckt sein Interesse: Ich weiß nicht, was er sieht, fühlt, sich vorstellt, wünscht. Manchmal wünsche ich mir ein Kind. An der Seite eines Kindes zu leben bedeutet: die Welt neu zu entdecken und zu erfahren.*

Ich habe Kinder in meiner Gemeinde. Es sind nicht meine. Ich habe sie alle und keines von ihnen. Ich habe niemanden für meine Liebe.‹«

7

»Die Messknabentheorie in allen Ehren«, sagte Dietrich Kölling, während er mit Becker die Treppen im Vorderhaus hinaufstieg, »meinen Sie, dass Kinder die Kraft haben, jemandem mit einer Axt oder einem ähnlichen Werkzeug den Schädel zu spalten? Und falls sie diese Kraft hätten, reichten sie doch nie so weit hinauf.«

»Manche Zwölf- oder Dreizehnjährige sind doch schon hoch aufgeschossen«, entgegnete Becker. »Ich sehe das an meinem Sohn. Noch ein paar Zentimeter und er überragt mich. Außerdem können ja auch rachsüchtige Eltern …«

»Wir sollten uns nicht von der allgemeinen Hysterie anstecken lassen«, beschloss Dietrich Kölling. »Nicht jeder, der Kinderfeste organisiert, ist ein Kinderschänder. Wie ja auch nicht jeder Vater einer ist, oder?« Darauf antwortete Becker nicht.

Dietrich Kölling hatte das Haus zwischen seinen Kollegen und sich aufgeteilt. Die vierte Etage, in der die Familie Mundt und der Filou Beck wohnten, hatte er für Becker und für sich reserviert, in der dritten Etage Herrn und Frau Keßler. Den Rest übernahmen Hajota und die Blissow. Dabei handelte es sich, ebenfalls im dritten Geschoss, um die Polen sowie um den gesamten zweiten Stock mit Doktor Ibenburg und den Schröders. Die erste Etage, die man guten Gewissens auch als Hochparterre bezeichnen konnte, durfte vorerst vernachlässigt werden: Auf der linken Seite hatte Doktor Ibenburg seine

Augenarztpraxis, rechts profitierte die Anwaltskanzlei Czolnay & Feldmann vom allgemeinen Elend, und dort war keiner mehr. Dietrich Kölling läutete bei Beck. In der Literatur war das auch ein Kommissar. Im wirklichen Leben mochte das sonst wer sein, der jedenfalls nicht öffnete. Wie von Frau Schröder angedroht, schien er auf Achse zu sein. Dietrich Kölling wandte sich dem Domizil der Mundts zu. In diesem Moment ging die Tür von Beck auf. Dietrich Kölling musste sich schon wieder drehen.

»Was soll das?«, schimpfte Beck.

Er sah nicht gut aus, und das nicht bloß, weil er aus dem Schlaf geklingelt worden war. Dietrich Kölling schätzte ihn auf Mitte Vierzig, aber er konnte sich täuschen, denn Beck war unzweifelhaft ein Säufer. Alles an ihm sprach vom kräftezehrenden Kampf mit dem Alkohol: das fettige, wirre Haar, die hohlen Wangen, die tiefen Schatten um die Augen, deren rote Äderung und der ganze magere Körper. Er trug nur eine Turnhose und ein Turnhemd, die kaum etwas verbargen, zumindest die dürren, affenartigen Arme nicht und nicht die Stockbeine mit den Krampfadern. Beck war ein hässlicher Mensch von Natur aus, doch der Alkohol hatte alles noch schlimmer gemacht: Jetzt war er obendrein ein Wrack.

»Guten Abend«, sagte Dietrich Kölling.

»Bullerei?«, fragte Beck sofort.

»Sieht man das?«, stellte sich Dietrich Kölling dumm.

»An Ihrem Blick, Chef. Sie haben diesen Bullen- und Psychiaterblick. Psychiater klingeln aber nicht mitten in der Nacht an fremden Türen. »Was wollen Sie? Bestimmt keinen Joint mit mir rauchen, was?« Beck strengte sich an, eine Art Lächeln zu fabrizieren. Das misslang.

»Warum eigentlich nicht?« Dietrich Kölling schlug Becker aufmunternd auf die Schulter.

»Tja, das wird nix«, sagte Beck. »Drogen läuft bei mir nicht mehr.«

»Außer Alkohol«, korrigierte Becker.

»Darüber sollten Sie froh sein.« Beck wies in seinen dunklen Flur; das sollte eine Einladung darstellen. Dietrich Kölling und Becker folgten ihr. »Von der Akzise werden auch Sie bezahlt«, meinte Beck.

In der Wohnung roch es übel. Dietrich Kölling hatte ohnehin keine besonders gute Nase, aber diese Gerüche auseinander zu nehmen, war gänzlich unmöglich: Es war ein Gemisch aus verdorbenen Nahrungsmitteln, Katzenurin, eingeschlafenen Füßen und noch etlichen anderen Odeurs. Beck schaltete das Licht ein. Es kam von einer nackten Glühbirne an der Decke und beleuchtete auch vorwiegend Nacktheit. In der Diele lagen nur an die dreißig Paar Turnschuhe herum und ein fetter schwarzer Kater, der sie bewachte. Die Schuhe sahen aus, als hätte Beck sie aus dem Müll geklaubt. So wohlanständig bürgerlich war dieses Haus also doch nicht.

»Gehen Sie durch«, verlangte Beck. Dietrich Kölling tat es. Der Kater fauchte. Er hatte in eine Ecke gekackt.

Wahrscheinlich waren die Armen und Beladenen und die Priester Gott tatsächlich besonders nahe, weil sie bescheiden lebten. Auch Beck schlief auf einer am Boden liegenden Matratze, allerdings war sein Gemach im Gegensatz zu dem vom Möllenthin verdreckt. Flaschen standen herum, volle Aschenbecher, Katzenfutter und Fressnäpfe. Die Turnschuhsammlung setzte sich fort, sogar im Bett.

»Falls es Sie interessiert«, erklärte Beck, »ich bin bekennender Fetischist. Im Nebenzimmer steht meine Kollektion von Gipsfüßen.«

»Die schwitzen wenigstens nicht«, meinte Dietrich Kölling. Da es keine Sitzmöbel gab, lehnte er sich gegen das Fensterbrett. Becker blieb im Raum stehen, sicher weil er fürchtete, seinen Anorak zu beschmutzen. Beck setzte sich auf die Matratze. Der Kater betrachtete von der Türschwelle misstrauisch die ungebetenen Gäste.

»Das ist übrigens Kimsch«, stellte Beck ihn vor. »Ich habe seinen Namen aus den Anfangsbuchstaben der Namen aller ehrenwerten Mieter gebildet; K wie Keßler, I wie Ibenburg, M wie Mundt, Sch wie Schröder und Szymanski. Sie haben das Vergnügen, sich in der Kanzlei Beck & Kimsch zu befinden.«

»Das ist übrigens Becker.« Dietrich Kölling zeigte auf seinen Mitarbeiter. »Leicht zu merken, ich habe seinen Namen gebildet aus Beck und E und R. Außerdem haben Sie das Vergnügen mit der Mordkommission.«

Das verschlug Beck nun doch die Sprache. Statt seiner begann der Kater zu reden. Er miaute, wie es seine Art war. Das hatte nichts mit Sympathie zu tun, wie der Blick bewies, den Kimsch in einen der leeren Näpfe warf. Da niemand reagierte, schob er den Napf vor sich her. Auch das half ihm nicht, also sprang er kurzerhand zu Beck aufs Bett und schlug seinen Sozius mit ausgefahrenen Krallen. Beck schien es gar nicht wahrzunehmen.

»Wieso Mord?«, fragte er schließlich.

»Weil unten auf dem Hof eine Leiche liegt«, erklärte Dietrich Kölling.

8

Frau Szymanski weinte. Sie wirkte verloren auf der riesigen Ledercouch, nicht nur, weil sie eine zierliche Person war, sondern auch, weil sie sich in die äußerste Ecke gesetzt hatte. Ihr Mann stand neben ihr, hatte ihr eine Hand in den Nacken gelegt, streichelte mit der anderen ihre Wange. Auch er war blass, verbarg seine Trauer jedoch, so gut es eben ging.

»So ein guter Mensch«, sagte Frau Szymanski schwach. »So ein guter Mensch. Immer müssen die Guten sterben zuerst.«

Hajota, der sich unbehaglich fühlte, massierte seine Hände. Die Blissow war nicht so empfindsam.

»Bitte«, verlangte sie, »erzählen Sie uns, wie Sie den Abend verbrachten.«

»Ja«, flüsterte die Frau. Das war alles.

»Herr Szymanski?«

»Nun, ich war auf der Arbeit. Im Geschäft. Ich bin Computerdesigner. Habe eigenes Geschäft mit zwei deutsche Freunde. Gegen sieben war ich dann zu Hause.«

»Und Ihre Frau?«

»Ja. Eleonora hatte Schülerin heute. Meine Frau gibt Unterricht auf Piano. Klavier. Hier in Wohnung. Das ist gut, ja? Gut für Tochter.«

Herr Szymanski warf einen raschen Blick auf seine Frau. Da sie sich ein wenig beruhigt zu haben schien, setzte auch er sich.

»Wo ist Ihre Tochter?«, wollte die Blissow wissen.

»Auf Zimmer. Mit ihrem Freund. Sie sind sehr verliebt.« Der Mann lächelte. Auch seine Frau versuchte es. »Wenn Sie wollen, gehe ich holen.«
»Später.« Die Blissow winkte ab. »Ist Ihnen etwas aufgefallen, als Sie nach Hause gekommen sind? Oder Ihnen, Frau Szymanski? Tagsüber?«
Die Frau schüttelte den Kopf.
»Nein«, sagte auch der Mann. »Ich habe Wagen abgestellt, draußen auf Straße. Auf der Straße. Weil, heute und morgen wir nicht ... wir können nicht über den Hof fahren. Zu Garage. Da ist Kinderfest. Morgen. Aber ich habe gesehen, wie Herr Möllenthin hat alles eingerichtet. Guten Abend, habe ich gesagt. Er auch. Und dann ... Ja, dann hat dieser Jungen gerufen.«
»Wann war das?«
»Vor elf. Halb vor elf.«
»Und dann?«
»Wir sind ans Fenster gelaufen. Hintere Fenster. Alle. Wir haben gesehen und dann Polizei angerufen, aber die wusste schon Bescheid. Warum? Warum so etwas? Man darf nicht töten. Man darf nicht töten irgendeine Kreatur, keine Blume, kein Tier, keinen Mensch. Aber einen Gottesmann, das ist besonders schlimm.«
»Sie kennen ihn näher?«
»O ja.« Frau Szymanski schluchzte wieder. Ihr Mann nahm ihre beiden Hände in die seinen. Hajota schaute gerührt zu Boden. Wie man mit dem Schmerz anderer Menschen umging, hatte er auf der Schule nicht gelernt, dafür gab es keine Rechtsvorschriften. »Er war unser ... unser Seelensorger. Wir sind immer zur Messe gegangen. Er hat gut gepredigt. Er hatte so viel Liebe. Und Verstehen. Nein, Verständnis.«
»Aber ihn«, sagte die Blissow, »ihn hat offenbar nicht jeder geliebt.«
»Ja, doch«, beschwor Frau Szymanski abermals das Bild des untadeligen Priesters.
»Nein, Herr Beck«, sagte der Mann. »Herr Beck hat immer gestritten mit ihm. Und sehr, sehr schlecht geredet. Dabei hat er Herrn Beck viel geholfen.«

9

»Ja, der Möllenthin.« Beck kraulte seinen Kater zwischen den Ohren. Das Tier blinzelte immer seltener, und schließlich blieben die Augen ganz geschlossen. »Ich konnte ihn nicht leiden, ehrlich gesagt. Dabei habe ich allen Grund, ihm dankbar zu sein, ewig dankbar. Aber das ist es ja gerade. Diese Abhängigkeit. Man fühlt sich verpflichtet.«

»Verpflichtet wozu?«, fragte Becker.

»In die Kirche zu rennen«, erklärte Beck. »Dabei habe ich mit Gott und diesem Schnickschnack nichts mehr am Hut. Als Kind, ja, weil ich so erzogen worden bin. Und im Knast. Das bringt bisschen Abwechslung.«

Dietrich Kölling kramte in seinen Taschen und förderte seine Zigarettenschachtel zutage.

»Was hat denn Möllenthin für Sie getan?«, wollte er wissen.

»Er hat mir diese Wohnung besorgt. Ich bin siebzehnmal verurteilt worden wegen Drogen. Nur wegen Besitz, nicht wegen Dealerei. Aber Sie wissen, wie das ist. Zuerst gibt's Bewährung. Dann Geldstrafen und schließlich Knast. Na ja, mal hat man eben einen Job und mal keinen, die Kohle ist immer knapp … Bevor ich das letzte Mal eingefahren bin, war ich obdachlos.«

»Und wie kam Möllenthin dazu, ausgerechnet Ihnen eine Wohnung zu beschaffen?«

»Sie sind schlecht informiert, was?« In Becks Stimme schwang ein leiser Triumph mit. Dietrich Kölling zündete sich die Zigarette an, erwiderte nichts. Becker gesellte sich zu ihm ans Fenster, aber nur, um die Flügel einen Spalt zu öffnen: Der Gestank in dem selten oder nie gelüfteten Zimmer war schlimm genug, doch Zigarettenrauch machte ihm den Aufenthalt unerträglich. »Möllenthin«, erzählte Beck, »zelebriert in der Tegeler Knastkirche regelmäßig Gottesdienste. Und er hat eine kirchliche Organisation gegründet für entlassene Knackis. Per aspera ad astra, so heißt die. Er kämpfte eben ständig und auf allen Ebenen um die verlorenen Seelen.« Beck grinste. »Aber eigentlich sollte man sich darüber nicht lustig machen. Immerhin, er teilt mit manchen sogar Wohnung und Brot und Bett.«

»Und Bett?«, hakte Dietrich Kölling nach.
»Bloß eine Redensart. Keine Ahnung. Aber er hat grad einen jungen Typen bei sich wohnen lassen. So drei, vier, fünf Wochen lang. Aus reiner Nächstenliebe, was sonst?«
»Die er auch an Ihnen bewies, nicht, Herr Beck?«
»Ja, sicher. Er wusste von meinen Problemen. Dann – ich war noch drinnen –, dann wurde diese Wohnung frei. Er hat sich beim Hausbesitzer ins Zeug gelegt; die nehmen ja nicht gern Knastbrüder, aber einem Pfarrer kann man auch nicht so recht was abschlagen, ja? Das sieht nicht gut aus. Jedenfalls kriegte ich den Mietvertrag, und weil ich Wohnraum nachweisen konnte, wurde mir sogar ein Drittel meiner Strafe erlassen. Ich bin also dankbar, dankbar, dankbar.«
»Herr Möllenthin wird nicht verlangt haben, dass Sie diesen Dank unablässig äußern«, meinte Becker.
»Nein, natürlich nicht. Gutes zu tun war schließlich sein Job. Aber es ist so ein Gefühl da ... dasselbe Gefühl, wegen dem man von den allermiesesten, allerfiesesten Eltern nicht richtig loskommt.«
»Es sei denn, man tötet sie?« Dietrich Kölling sah Beck scharf an. Der Mann hielt seinem Blick stand.
»Vielleicht«, sagte er nur.
»Wann haben Sie Möllenthin zuletzt gesehen?«, fragte Becker.
»Am Nachmittag. Ich habe für ihn den Hof gefegt und zwei Lampions ausgewechselt, die defekt waren. Nach dieser Anstrengung habe ich mir zwei Pullen Wermut genehmigt und eine Runde mit meinen Schuhchen. Dann war ich knülle, Chef.«

10

Die Polizeitechniker hatten ihre Arbeit geleistet. Sie hatten den Hof vermessen und ihn Quadratzentimeter für Quadratzentimeter abgesucht, sie hatten sich in den Garagen umgeschaut und auch im Garten, in dem jeder Hausbewohner eine Parzelle bewirtschaftete, nur Beck nicht, dann waren sie abgezogen. Auch die Leiche war fort. Nur in Möllenthins Wohnung brannte noch Licht, aber die konnten die Ibenburgs nicht einsehen, deshalb hatten sie den Fensterplatz gegen die bequemeren Sessel vor dem Fernsehgerät getauscht. Als die Blissow und Tangermann sie aufsuchten, lief gerade ein Beitrag über paranormale Phänomene, der alle paar Minuten von höchst gewöhnlicher Werbung unterbrochen wurde. Es war erst Ende September, aber in den Werbesendungen zeigten sich bereits die ersten Weihnachtsmänner.

Die Ibenburgs lebten zu dritt, und alle lebten von der Praxis. Doktor Ibenburg schaute den Patienten in die Augen, seine Gattin erledigte die Formalitäten, und der Junge, der noch dazugehörte, war das Mädchen für alles: Man nannte das ein Praktikum. Er war nicht der Sohn, sondern der Enkel.

»Wir haben doch Platz genug«, erklärte der Doktor, »und warum sollten wir das Kinderzimmer leer stehen lassen? Marco wird hier wohnen, bis er mit seinem Studium fertig ist. Was, Marco?«

Der Enkel nickte.

»Da, UFOs«, sagte Frau Ibenburg und wies auf den Bildschirm. Es wurden Fotos gezeigt, Fotos von grauen Himmeln mit hellen Flecken. Ein bärtiger Mann kommentierte sie. Er hatte sich höchst vorteilhaft vor seine Bücherwand gesetzt.

»UFOs gibt es nicht«, sagte der Enkel überzeugt. Er war sechzehn, trug eine Brille und sah aus wie einer dieser Jungen, die von ihren Klassenkameraden Professor genannt werden.

»Und woher kommen diese vielen unerklärbaren Flugzeugabstürze?«, fragte Frau Ibenburg. »Die, wo keine Terroristen hinter stecken, keine Pilotenfehler, keine Materialermüdung?«

»Katastrophen gehören zum Leben«, dozierte Marco, der kleine Philosoph.

»Genau«, bestätigte Doktor Ibenburg. »Aber seitdem es die Versicherungen gibt … Wir haben uns so daran gewöhnt, uns gegen alles und jedes versichern zu lassen, dass wir mittlerweile glauben, die Assekuranzen kämen nicht bloß für Feuerschäden auf, nein, sie bewahrten uns vor dem Feuer.«

»Nach der Chaostheorie …«, setzte Enkel Marco zu einem Exkurs an.

»Möchten Sie Kaffee?«, fragte Frau Ibenburg. »Wir trinken allerdings türkisch. In Norddeutschland, woher wir stammen, war das immer üblich, und diese Maschinenplörre schmeckt uns nicht.«
»Gern.« Die Blissow nickte heftig. »Dann kann ich aus dem Satz lesen«, flüsterte sie Hajota zu. Frau Ibenburg machte sich auf den Weg in die Küche.
»Na, wegen paranormaler Phänomene sind Sie ja nicht hier«, sagte der Doktor und zwinkerte den beiden Kriminalbeamten zu. »Wobei wir Ihnen sicher nur mit hellseherischen Fähigkeiten helfen könnten. Wir sind freikirchlich und haben mit der Papistenkirche nichts zu schaffen. Herrn Möllenthin kennen wir nur als Nachbarn und als Patienten. Seine Augen waren allerdings prima in Schuss. Er kam nur einmal im Jahr zur Vorsorgeuntersuchung. Das sollte man ab einem bestimmten Alter tun.«
»Ich bin sowieso Atheist«, warf der Enkel ein. Er schien gern zu reden, gleichgültig, ob seine Bemerkungen deplatziert waren oder nicht. Wahrscheinlich kompensierte er etwas mit seinem Geltungsdrang.
»Wie haben Sie Ihren Abend verbracht?« Auch Hajota wollte etwas fragen und das Feld nicht ausschließlich der Blissow überlassen.
»Tja, wie man so einen Abend eben verbringt. Bis neunzehn Uhr in der Praxis. Dann hat meine Frau das Abendbrot zubereitet, und ich habe mich meinen Fischen gewidmet.« Ibenburg nickte zum Aquarium in der Schrankwand. »Fische beruhigen ungemein nach einem anstrengenden Arbeitstag. Marco ist noch unten geblieben, um die Instrumente für morgen zu sterilisieren und die Räume zu wischen. Gegen acht war er auch hier. Wir haben gegessen, Fernsehen geguckt. Dann schrie dieser Mundt-Balg wie besengt. Halb elf war es, stimmt's, Marco?«
»Kann schon sein«, erwiderte der Junge.
»Er war auf seinem Zimmer«, erklärte der Arzt hierzu. »Hat wieder irgendwas studiert. Ich glaube, er hat einen höheren IQ als alle Bewohner dieses Hauses zusammengenommen. Was hast du getrieben, Marco?«
»Was schon? Deinen anatomischen Atlas durchgearbeitet.«

»Er wird Medizin studieren«, sagte Ibenburg. In der Küche pfiff der Wasserkessel. »So verwirklicht sich der Großvater in seinem Enkel. Unser Sohn ist nämlich Physiker geworden.«
»Hat er in Berlin studiert?«, wollte die Blissow wissen.
»Ja. Technische Universität. Er ... Nein, jetzt fällt es mir wie Schuppen von den Augen. Wie war Ihr Name?«
»Blissow. Und damit Sie nicht raten müssen: Mein Vater war Professor. Theoretische Physik.«
»Verrückt.« Doktor Ibenburg schüttelte den Kopf. »So klein ist die Welt.«
»Falls diese unsere Begegnung kein paranormales Phänomen sein sollte«, sagte die Blissow.

11

Die Familie Mundt hatte Dietrich Kölling rasch abgefertigt, denn mit ihren männlichen Mitgliedern hatte er bereits gesprochen, und die Frau hatte nichts Wesentliches beizusteuern. Noch standen die Keßlers auf dem Plan, dann war Schluss mit den Hausbewohnern. Dietrich Kölling erwartete nicht mehr viel. Möllenthin hatte kein auffälliges Leben geführt, er hatte Wein, Weib und Gesang gemieden wie der Teufel das Weihwasser, er hatte für seine Arbeit gelebt, für seine Gemeinde, für die Kinder und die Straftäter, er war freundlich gewesen, höflich, nett. Und das Kinderfest hatte er natürlich mit einem Anschlag am schwarzen Brett angekündigt und alle Mieter um Verständnis gebeten. Er hatte die Spielregeln eingehalten, jedenfalls nach außen. In sein Inneres konnten nur noch die Pathologen schauen.
Bei Keßlers öffnete die Frau, und zuerst schien es, sie sei allein in der Wohnung, in der es wieder anders roch, nicht streng wie bei Beck, sondern muffig nach alten Leuten und diversen Salben. Das Wohnzimmer mit seinen dunklen, schweren Möbel erinnerte Dietrich Kölling an die Zimmer seiner Mutter; auch dort gab es diese Anrichten und Vertikos mit den Aufsätzen und Schnitzereien und den gedrechselten Füßen, auch dort stand viel Kristall herum, wurden abgenutzte Stellen mit Platzdeckchen verborgen. Erst nach Aufforderung setzten

sich Dietrich Kölling und Becker artig auf die Couch, die wohl noch Chaiselongue hieß. Der Wohnzimmertisch vor ihnen beherbergte einen schier unerschöpflichen Vorrat an Medikamenten.

»Mein Mann musste sich hinlegen«, sagte Frau Keßler. »So viel Aufregung verkraftet er nicht mehr. Er ist sehr, sehr krank.«

»Das tut uns Leid«, sagte Dietrich Kölling unaufrichtig.

»Wir sind alt.« Frau Keßler setzte sich ebenfalls. »Man will auch dann nicht sterben, aber gegen den Lauf der Dinge sind wir machtlos. Sparen Sie sich Ihr Bedauern für Herrn Möllenthin auf. Finden Sie es nicht auch erschütternd, wenn jemand in der Blüte seines Lebens von uns geht?«

»Vor allem, wenn jemand nachgeholfen hat.« Dietrich Kölling war alles andere als erschüttert. Der Tod war sein Beruf, er konnte nicht ständig mit Tränen in den Augen herumlaufen. Außerdem machten Tränen blind. »Bitte, Frau Keßler, erzählen Sie uns von Herrn Möllenthin. Sie kennen ihn sicher schon lange.«

»Nun, kennen«, Frau Keßler hob die Hände, »wen kennt man schon? Seit fünf, sechs Jahren ist er hier. Arbeitsam, würde ich sagen. Aber die katholischen Geistlichen haben ja auch nichts anderes als ihre Arbeit.«

»Hatte Herr Möllenthin irgendwelche seltsamen Besucher?«, meldete sich Becker zu Wort.

»Ja, sicher. Er musste sich doch auch um die gefallenen Schäfchen kümmern, nicht wahr? Sie wissen doch, Gott ist für alle da. Und angeblich liebt er die reuigen Sünder besonders. Vorgefallen ist allerdings nie etwas. Also Diebstähle aus dem Haus oder dergleichen. Das haben die sich wohl nicht getraut.«

»Die?«, fragte Dietrich Kölling.

»Na, diese ganzen krummen Gestalten. Solche wie Beck.«

12

»Manchmal ist unser lieber Herr Pfarrer zu weit gegangen«, sagte Frau Schröder, »Menschenliebe hin und her. Diese Kinderfeste, eins im Frühjahr, eins im Herbst, die waren natürlich wunderbar. Ich habe

immer Kuchen dafür gebacken. Kinder sind so dankbar. Diese großen, glänzenden Augen.«
Frau Schröder redete wie ein Wasserfall, während ihr Gatte kaum zu Wort kam. Aber er stimmte sowieso allem zu, was er durch sein Nicken bekräftigte.
»Sie haben keine Kinder?«, erkundigte sich die Blissow.
»Doch, doch, aber die sind längst aus dem Haus. Hier bei uns wohnen fast nur ältere Herrschaften, nicht? Wir sind dreiundfünfzig eingezogen, da wohnten Keßlers schon hier. Dann kamen Ibenburgs. Die Mundts sind relativ neu. Wann sind sie gekommen, Vater?«
»Vor zwanzig Jahren?« Vater musste raten.
»I wo«, sagte Frau Schröder entschieden. »Diese fürchterliche Göre war schon da, als sie einzogen. Dieser Krachmacher. Immer schon, sage ich Ihnen, als Dreikäsehoch bereits. Ist immer die Treppe runtergepoltert, dass man dachte, das Haus stürzt ein. Jetzt ist es diese Musik. Also, die Mundts wohnen zehn Jahre hier. Szymanskis auch. Es ist eben ein gutes Haus, Frau … Frau Blichow?«
»Blissow.«
»Ja, entschuldigen Sie. Alles anständige Leute. Na ja, der Peter Mundt … Aber die Eltern sind sehr ordentlich. Nur Beck passt nicht zu uns. Das ist ein Säufer.«
»Sie sind uns noch eine Erklärung schuldig«, erinnerte die Blissow. »Inwieweit ist Herr Möllenthin zu weit gegangen?«
»Mit diesen ganzen Verbrechern«, sagte Frau Schröder. »Ich meine, man muss sich um sie kümmern, aber doch nicht in unserem Hause. Im Gemeindehaus. In der Kirche hätte er sich mit ihnen treffen können. Aber wir mussten doch immer Angst haben, dass die was anstellen. Und warum er diesen jungen Mann bei sich aufgenommen hat, das haben wir nie verstanden. Man musste ja sonst was denken.«
»Was, Frau Schröder, was musste man denken?«
»Der hat bei ihm regelrecht gewohnt«, sagte Frau Schröder. »Das war schon wie … wie … wie ein Pärchen.«

13

Auch in Möllenthins Wohnung hatten die Kriminaltechniker ihre Arbeit nun eingestellt, aber noch brannte Licht, weil Dietrich Kölling seine Mitarbeiter dort versammelt hatte. Wie in allen Räumen, die von Menschen bewohnt wurden, hatten sich auch bei dem Pfarrer vielfältige Spuren seines Lebens angefunden, darunter so kuriose wie eine zwanzig Jahre alte Kinokarte, aber nichts davon konnte einen Aufschluss geben über den möglichen Täter. Dietrich Kölling erwartete einiges von der Lektüre der Tagebücher, die er sich allerdings noch vorbehielt; zuerst einmal musste geklärt werden, welche Angehörigen Möllenthins von dessen Tod zu verständigen waren. Außer der Mutter, mit der Möllenthin gelegentlich korrespondiert hatte, gab es entweder niemanden, oder er war noch nicht bekannt. Die Mutter lebte in Hagen/Westfalen, und dort war der Priester auch zur Welt gekommen. Alle waren froh darüber. Weinende Angehörige würden der Berliner Kripo vorerst erspart bleiben, denn für die Mutter war die Hagener Polizei zuständig.

»Korrigiert mich, wenn ich mich irre«, sagte Dietrich Kölling, »aber nach der Durchsuchung der Wohnung und nach der Befragung der Hausbewohner wissen wir noch so gut wie nichts von dem Mann.«

»Er war nett, freundlich, höflich, engagiert«, sagte die Blissow, »und er hat sich rührend um gestrauchelte Menschen gekümmert.«

»Man weiß nicht mal was über sein Sexualleben. Ob er überhaupt eins hatte.« Dietrich Kölling kratzte sich am Kopf. »Keine Pornohefte, keine Bildchen, nicht eine einzige Wichsvorlage. Keine Spermaflecken im Bettzeug, keine noch so verklemmte erotische Literatur.«

»Ist Selbstbefleckung nicht auch eine Sünde?«, wollte Becker wissen.

»Aber eine lässliche. Zumal, Sünde hin oder her, irgendwann werden die Spannungen so stark, dass man sie einfach entladen muss.«

»Die besten Pornofilme laufen sowieso im Kopf ab«, meinte Tangermann.

»Na, Sie müssen das ja wissen.« Die Blissow setzte sich auf Möllenthins Schreibtischsessel und spielte mit ihm Karussell. »Vielleicht war Möllenthin dermaßen reinlich, dass er sich den fleischliche Genüssen nur unter der Dusche hingegeben hat. Oder ein Romantiker, der in die Natur geradelt ist, um dort den Mond anzustöhnen.«

»Immerhin hat ein junger Mann bei ihm gewohnt«, gab Hajota zu bedenken.

»Das entzündet den Pornofilm in Ihrem Kopf, was?«

»Auf jeden Fall müssen Sie ihn auftreiben, Tangermann«, befahl Dietrich Kölling. »Und wir überlegen, ob jemand im Haus verdächtig sein könnte. Dort gibt es zwei Bösewichter: Beck und Peter Mundt. Einen wegen Drogensachen vorbestraften, arbeitslosen Säufer, der sich von Turnschuhen und Füßen angezogen fühlt. Und einen Halbstarken, der laut Musik hört und dem Coiffeur keine Kunstfertigkeit abverlangt.«

»Coiffeur!« Die Blissow sprang auf. »Habt ihr das gehört? Coiffeur sagt er. Frisör ist wohl zu ordinär.«

»Nur zu Ihrer Information, liebe Kollegin«, Dietrich Kölling spreizte sich, »derjenige, der aus Ihrem Schopf ein Kunstwerk zaubert, ist der Coiffeur. Der Friseur ist nur ein menschlicher Lockenwickler.«

»Und? Bringt uns das weiter?«

»Mich nicht. Sie ja. In Ihrer geistigen Entwicklung.«

Becker, der die ganze Zeit nachdenklich auf die Bücher in den Regalen geblickt hatte, unterbrach den nichtigen Dialog zwischen seinem Chef und seiner Kollegin.

»Beck könnte Geld gebraucht haben«, meinte er. »Leute wie er brauchen immer Geld.«

»Möglich«, sagte Dietrich Kölling, »aber ein Beck wäre ins Pfarrhaus gegangen, hätte an die Tür geklopft und die Sache in der Wohnung erledigt.«

»Nicht, wenn Möllenthin gar nicht in der Wohnung gewesen ist. Beck schleicht sich ein, durchsucht alles sorgfältig, will das Haus verlassen, da kommt Möllenthin auf ihn zu.«

»Und weiter? Zufällig fällt eine Axt vom Himmel?«

»Die hätte er bei sich haben können.«

»Dann hätte er den Mord einkalkuliert«, sagte Dietrich Kölling, »und so ein Typ ist er nicht. Außerdem hatte er wirklich viel gesoffen.«

»Sieht so aus, als ob wir hier nicht weiterkämen«, stellte die Blissow fest und nahm ihre Aktentasche vom Boden auf.

»Wenn er kein Pfarrer wäre«, gab Hajota noch seinen Senf dazu, »sondern zum Beispiel ein Immobilienhändler oder Miethai ...«

»Was wäre dann?«

»Da gibt es immer Leute, die Grund haben, ihm den Tod zu wünschen.«

»Tja, Tangermann«, Dietrich Kölling liebte es, das letzte Wort zu haben, »seit heute wissen wir, dass es auch bei Pfarrern solche Leute gibt.«

Zweites Kapitel

1

Dietrich Kölling gähnte schamlos. Es war fünf Uhr am Morgen, und seit einer halben Stunde wartete er nun bereits auf den Leitenden Psychologen der Vollzugsanstalt Tegel, von dem man ihm gesagt hatte, er sei an diesem Tag bereits ab vier Uhr zu erreichen. Zuerst hatte Dietrich Kölling die Welt nicht mehr verstanden. Der Leitende Psychologe vertrat zwar den Anstaltsleiter, der sich im Urlaub befand, doch war er kein Beamter, der Schichtdienst schrubben musste, da war es doch pervers, so früh aufzustehen. Später hatte er dann eine Erklärung dafür bekommen. Im Vollzug stand die so genannte Urinkontrolle an. Alle Inhaftierten wurden früher als sonst geweckt und mussten in Plastikbecher pinkeln, während ihnen die Bediensteten zusahen. Die Urinprobe wurde auf Drogen untersucht. Warum der Psychologe dabei sein musste, war Dietrich Kölling allerdings schleierhaft, es sei denn, er schaute sich gern tätowierte Penisse an. Oder er liebte Natursekt. Dietrich Kölling reckte sich. Er hielt Psychologen ohnehin für Menschen, die ihr therapeutisches Instrumentarium selbst am nötigsten hatten.

Der Leitende Psychologe, der Engel hieß, residierte im Chefzimmer, und dort sollte Dietrich Kölling auf ihn warten. Um die Zeit nicht ungenutzt verstreichen zu lassen, schaute er sich auf dem Schreibtisch um. Es gab die Aktenstapel, die er aus seinem Büro zur Genüge kannte, es gab ein Foto von einer glücklichen Familie, bestehend aus Mann, Frau, Sohn und Hund, Familie Engel wahrscheinlich, es gab eine Tüte Äpfel und ein Blatt Papier, das mit Notizen übersät war. Die Schrift, von echter Psychologenhand verfasst, war schwer leserlich, aber einiges konnte Dietrich Kölling doch entziffern. »Hochlabil«, hieß es da. »Starken emotionalen Schwankungen unterworfen. Neigung zu Kontrollverlust. K. A.« Dietrich Kölling schüttelte den Kopf. Der Gefangene, dem diese Zeilen galten, hieß Peer Bachmann und konnte sich also unmöglich hinter dem Kürzel verbergen. Für Lothar Engel galt dies auch. Dietrich Kölling kam zu keinem Ergebnis und nahm wieder Platz; rechtzeitig, denn der Psychologe trat ein. Er hatte eine genauso spitze Schnauze wie sein Hund und auch dessen kleine Augen.

»Morgen«, sagte er.

»Morgen«, sagte auch Dietrich Kölling und verneigte sich leicht. Mit Irren musste man behutsam umgehen. »War's schön?«

»Bitte? Was?« Engel rieb sich die Hände.

»Die Urinkontrolle.«

»Pfui Teufel!« Der Psychologe beugte sich über seinen Schreibtisch und angelte einen Apfel aus der Tüte. »Wir machen das nicht zum Vergnügen, Herr Kölling. Unsere Jungs sind clever und schaffen es immer wieder, Drogen auf die Häuser zu schmuggeln.«

»Manchmal helfen ihnen auch die Angestellten.« Dietrich Kölling lächelte unschuldig.

»Wie meinen Sie das?«

»Falls Sie sich an den Arzt Doktor Peukert erinnern und an einen Vollzugsbeamten namens Rudolf Kissing ... Die haben doch seinerzeit einen florierenden Handel aufgezogen, nicht wahr? Im Komplott mit Frankovic, der immer noch hier sitzen dürfte.«

Engel nickte und polierte den Apfel an seinem Hemdsärmel.

»Sie haben sich gut vorbereitet«, meinte er.

»Ich musste mich bloß erinnern«, sagte Dietrich Kölling bescheiden. »Mein Kommissariat hat die Sache damals aufgeklärt. Wissen Sie noch? Es begann damit, dass einer der Häftlinge umgebracht worden ist. Natürlich wurde das vertuscht und als Selbstmord getarnt. Aber, Herr Engel, nicht nur Kriminelle sind clever.«

»Sie waren das also.« Der Psychologe starrte Dietrich Kölling mit einer Mischung aus Widerwillen und Bewunderung an. »Sind viele Köpfe gerollt damals.«

»Ihrer jedenfalls nicht.« Dietrich Köllings Lächeln wurde noch breiter.
»Und? Sind Sie wieder mit der Axt gekommen?«
»Das ist ein gutes Stichwort«, sagte Dietrich Kölling.

2

Über dem Tegeler Fließ stand noch der Frühnebel, und von den Gräsern am Wegrand tropfte das Wasser. Karl Weiß fuhr langsam, denn der Boden war glitschig und brachte das Hinterrad zum Schlingern, doch nicht einmal schwere Regengüsse vermochten ihn davon abzubringen, zur Arbeit zu radeln. Er kam so viel schneller voran als mit dem Auto, er schnappte frische Luft und konnte sich an der Natur erfreuen, denn hier im Fließtal war von der Stadt nichts zu sehen. Weiß atmete tief und regelmäßig. Bei seiner Arbeit saß er vor allem, also war es gut, hin und wieder etwas für das Rückgrat zu tun. Nach den Übungen am Manual würde er zur Schwimmhalle fahren. Am Nachmittag stand dann die Chorprobe in der Ägidien-Gemeinde auf seinem Programm.
Am Oraniendamm musste Karl Weiß das Fließtal verlassen, und wie immer, wenn er am Morgen unterwegs war, staute sich dort der Verkehr. Auch das sprach dagegen, mit dem Wagen durch die Stadt zu fahren. Weiß mochte sich nicht durch die Autoschlange fädeln und rollte auf den Gehweg. Was alle Verkehrsteilnehmer miteinander verband, war der Hass. Die Fußgänger hassten die Radfahrer, die ihnen das Trottoir streitig machten, und die Autos sowieso, die Autofahrer hassten die Radler und die Fußgänger, die Radfahrer wiederum die Fußgänger und die Motorisierten. Manchmal wünschte sich Weiß, eine Fuhre Pflastersteine dabeizuhaben, um jenen Rechtsabbiegern die Scheiben einzuwerfen, die seiner nicht achteten. Das war ein unchristlicher Wunsch, und Weiß hielt sich eigentlich für einen friedfertigen Menschen. Im Straßenverkehr waren die Gebote der Nächstenliebe längst außer Kraft gesetzt.
Karl Weiß bog vom Oraniendamm in eine der stillen Seitenstraße, die für Hermsdorf kennzeichnend waren, und erreichte nach drei Minuten

die kleine Kirche der Marien-Gemeinde. Sie war einschiffig und hatte keinen Turm, und wenn man nicht genau hinschaute, konnte man sie wegen ihrer hohen Fenster auch für die Aula einer Schule halten, vielleicht sogar für einen Sportsaal. Weiß stieg ab, öffnete das Tor und schob das Fahrrad in den Hof. Er lehnte es an die Kirchmauer, umschlang das Hinterrad mit einer langen Kette, nahm die Tasche mit dem Notenmaterial vom Gepäckträger und suchte mit klammen Fingern nach dem Schlüssel für die Seitenpforte. Heute würde er sich mit einer Bachfuge befassen, die er am kommenden Sonntag im Konzert zu spielen gedachte. Einmal im Monat veranstaltete die Marien-Gemeinde eine Orgelvesper, die stets gut besucht war. Karl Weiß schloss die Pforte auf. Er spielte nicht nur hier, sondern in allen Gotteshäusern der Pfarrämter von Reinickendorf, Spandau und Pankow, die über eine Orgel verfügten. Und er war so gut, dass er einmal im Jahr auf Gastspielreise durch ganz Deutschland ging. Hin und wieder begleitete ihn der Chor von Sankt Ägidien dabei, den er aus der Taufe gehoben hatte und auf den er besonders stolz war.
Karl Weiß stieß die Schwingtür zum Kirchenschiff auf. Dann blieb er erst einmal stehen.

3

»Das ist doch absurd«, meinte der Leitende Psychologe Lothar Engel, »einen Priester zu töten.«
»Nicht absurder als andere Morde.« Dietrich Kölling schaute zu, wie Engel mit dem Apfel spielte. »Möllenthin wird ja wohl kein Heiliger gewesen sein. Im Übrigen sind oftmals die Heiligen gefoltert und hingerichtet worden. Und nun erzählen Sie mir bitte, wie gut Sie Herrn Möllenthin kannten.«
Engel legte den Apfel zurück auf den Schreibtisch und betrachtete ihn eine Weile nachdenklich, als überlege er, ob er ihn nicht mit einem Pfeil durchbohren sollte. Dietrich Köllings schlichte Frage zu beantworten schien ungeheuer kompliziert zu sein, denn das Überlegen nahm kein Ende. Schließlich ermannte sich der Psychologe doch.
»Eigentlich kaum«, kam heraus.

»Aber er hat die Insassen doch seelsorgerisch betreut, nicht wahr? War also quasi Ihr Pendant.«

»Wie man's nimmt.« Engel setzte sich endlich an seinen Schreibtisch; der Apfel lag nun zwischen ihm und Dietrich Kölling wie ein Grenzstein. »Wir arbeiten mehr mit wissenschaftlichen Methoden, während ich die Methoden der Kirchenleute nicht kenne. Aber es stimmt, jeder unserer Jungs, der religiös ist, hat Anspruch auf Ausübung seiner Glaubenspflichten. Es werden auch Gottesdienste beider Konfessionen durchgeführt, allerdings müssen sich die Gläubigen eine Kirche teilen. Herr Möllenthin las die katholischen Messen, und bei Bedarf nahm er auch die Beichte ab oder führte persönliche Gespräche.«

»Haben Sie eine Übersicht, wer diese Dienste in Anspruch genommen hat?«

»Zumindest ließe sie sich erstellen«, sagte Engel. »Die Insassen müssen sich eintragen, wenn sie zum Gottesdienst wollen.«

»Diese Übersicht brauche ich.« Dietrich Kölling beugte sich vor, um seinen Worten Nachdruck zu verleihen. »Ist Ihnen die Gefangenenhilfsorganisation Per aspera ad astra bekannt?«

»Sicher. Aber es ist keine Hilfsorganisation für Gefangene, sondern für Haftentlassene. Ähnlich der Freien Hilfe kümmert sie sich um sie. In den engen Grenzen, die nun einmal vorhanden sind, besorgt sie Wohnraum oder einen Arbeitsplatz. Sie hilft bei Behördengängen, Beantragung von Sozialleistungen und so weiter. Ja, und eine Begegnungsstätte unterhält sie wohl auch.«

»Wir haben die Information, dass Herr Möllenthin einen der Entlassenen für längere Zeit privat beherbergt hat. Wissen Sie zufällig, um wen es sich handelt?«

»Nicht nur zufällig.« Engel griff wieder nach dem Apfel und rollte ihn zwischen seinen Händen hin und her. »Mario Hönekamp.«

»Und?«

»Was und?«

»Warum hat er gesessen?«

»Hönekamp? Warten Sie … Er war ziemlich lange hier. Fünfeinhalb oder sechs Jahre. Nicht im Drogenhaus, also … Sekunde, Sekunde …

Bankraub mit Geiselnahme. Und er war so blöd, das Ding ein paar Wochen nach seinem einundzwanzigsten Geburtstag durchzuziehen. Wurde also als Erwachsener verurteilt.«

»Und«, spann Dietrich Kölling den Faden weiter, »er hatte keine Wohnung.«

»Wie denn? Wer hätte sie bezahlen sollen?«

»Andererseits hätte er auch zu seinen Eltern …«

»Das, Herr Kölling«, Engel hielt den rollenden Apfel fest, »das müssen Sie schon selbst herausfinden.«

4

Karl Weiß wusste nicht, wohin mit seinen Händen. Am Manual hätte er es gewusst. Am Manual waren seine Hände am richtigen Platz. Beim Herumstehen und Warten im Kirchenschiff störten sie ihn. Sie hatten keine Arbeit und zuckten nervös. Auch Weiß' Augenlider zuckten. Der Organist fühlte sich am Boden zerstört.

Die beiden Polizisten, die auf seinen Notruf hin in der Kirche erschienen waren, hatten sich nur kurz umgeschaut und ihm dann verkündet, dass der Diebstahl vermutlich eine Angelegenheit der Mordkommission sei; bevor Weiß fragen konnte, hatten sie ihm schon erklärt, dass Herr Möllenthin am Vorabend getötet worden war. Karl Weiß verstand nicht, was das alles zu bedeuten hatte. Er war mit Möllenthin nicht befreundet gewesen, hatte den Pfarrer jedoch gemocht; wie alle Gemeindemitglieder, die er kannte. Möllenthin war ein ausgeglichener, kluger Mensch gewesen, ein Mann mit einem bewundernswerten Organisationsgeschick. Ihm verdankte Weiß, dass die Kirche bei den Orgelkonzerten immer wohl gefüllt war. Möllenthin hatte sie stets mit Plakaten und in der Zeitung angekündigt. Der Tod des Pfarrers war eine Katastrophe, und niemand hatte einen Grund, ihn sich zu wünschen.

»Morgen, allerseits!«, rief ein kleiner, dicker Mann, der das Kirchenschiff regelrecht stürmte. Er hatte ein Gefolge dabei, einen Mann und eine Frau, beide jünger und einen Kopf größer als er. Weiß begriff nicht, wie man nach den Ereignissen so fröhlich grüßen konnte. Die

Troika kam auf ihn zu. »Kölling«, stellte sich der Dicke vor und streckte die Hand aus. Weiß blieb nichts anderes übrig, er nahm sie. »Schon die Schäden begutachtet, Herr Weiß?«, wollte der Kriminalbeamte wissen.

»Tja, es fehlt einiges«, sagte Weiß. »Drei Leuchter, die Altardecke, ein Kruzifix. Ach ja, sehen Sie den leeren Rahmen dort? In der Apsis? Das Gemälde ist herausgeschnitten worden.«

»Welches Gemälde?«

»Jesus vor Pontius Pilatus. Von Karl-Heinz Häring. Ein Geschenk unserer Partnergemeinde in Buxtehude. Häring lebte dort Anfang des Jahrhunderts.«

»Wertvoll?«, wollte die Frau wissen.

Weiß zuckte die Achseln.

»Den Namen habe ich noch nie gehört«, gestand der Herr Kölling.

»Na ja, besonders bekannt ist er wohl nicht«, sagte der Organist. »Das Bild stellt mehr einen ideellen Wert dar.«

»Sagen Sie bitte, Herr Weiß«, meldete sich nun der Mann aus dem Gefolge zu Wort, »Gemälde, Kerzenhalter, Altardecke und Kruzifix zusammengenommen, was mögen die wohl gekostet haben?«

»Zwei-, dreihundert Euro vielleicht.«

»Wie?« Der kleine Dicke riss die Augen auf.

»Schauen Sie sich doch um«, forderte Weiß ihn auf. »Das ist eine neue Kirche, Mitte der fünfziger Jahre errichtet. Hier gibt es keine historischen Kostbarkeiten. Unsere Devotionalien stammen aus dem Versandhandel.«

»Da hat sich der Einbrecher wohl verspekuliert«, meinte die Frau.

»Welcher Einbrecher denn?« Karl Weiß schüttelte den Kopf. »Der Dieb ist durch die Tür gekommen. Er hat sie auf- und wieder zugeschlossen.«

5

Mario Hönekamp wohnte dort in der Hausotterstraße, wo sie in die Provinzstraße mündet, und somit in einer Gegend, in der Reinickendorf, Mitte und Pankow zusammenstießen; er durfte sich allerdings mit Fug und Recht als Reinickendorfer bezeichnen. Hans-Joachim Tangermann hatte sich nach dem Anruf seines Chefs erst einmal auf dem Stadtplan orientiert und dabei festgestellt, dass Hönekamp von seiner Wohnung nur fünf Minuten brauchte bis zur Bundesbranntweinmonopolverwaltung oder zum Delikatessenfabrikanten Kühne, dessen Produkte Tangermann aus seinem Supermarkt kannte. Vom Treiben der Bundesbranntweinmonopolverwaltung hingegen wusste er nichts. Er nahm an, dass die Behörde mit dem langen Namen die Alkoholsteuer kassierte. Ob auch Hönekamp zu den Gesellen gehörte, die reichlich von dieser Steuer zahlten, würde er herausbekommen.

Tangermann fand einen Parkplatz vor Hönekamps Haus und stellte den Wagen ab. Auch der Name Hausotterstraße gab ihm Rätsel auf. Kreuzottern kannte er, Hausottern nicht, und im Gegensatz zu Mardern oder Ratten pflegten sich Schlangen nicht in Häuser aufzuhalten.

Hönekamps Haustier bellte. Das Bellen war eine Antwort auf Tangermanns Klingeln, aber der Kommissar vermochte nicht zu unterschieden, ob es Freude signalisierte oder Abwehr. Hönekamp brüllte einen Befehl, dann öffnete er die Tür einen Spaltbreit. Die Tür war mit einer Kette gesichert. Über dieser Kette erschein ein junges Gesicht.

Nach Aktenlage war Hönekamp nur zwei Jahre jünger als Tangermann, aber auf den ersten Blick sah er wie ein Zwanzigjähriger aus, was nach sechs im Knast verbrachten Jahren an ein Wunder grenzte. Höhnekamp war sehr schlank, er trug langes Mädchenhaar und hatte auch ein weiches Gesicht. Als Tangermann genauer hinsah, entdeckte er allerdings ein paar feine Falten.

»Bist du denn?«, erkundigte sich Hönekamp.

»Kripo«, erwiderte Tangermann und hielt seinen Ausweis in die Höhe.

»Kripo am Morgen bringt Kummer und Sorgen«, kalauerte der Bankräuber. Er schloss die Tür, jedoch nur, um die Sicherungskette zu lösen. Tangermann durfte eintreten.

Der Hund, ein Dalmatiner, lag im Flur auf dem Boden und hob nur den Blick, als Tangermann an ihm vorbeiging. Hönekamp, das musste der Kommissar zugeben, hatte sich seine kleine Wohnung recht ordentlich eingerichtet; ein bisschen zusammengewürfelt vielleicht, aber alles war sauber und aufgeräumt. Tangermann verstand sehr gut, dass ein Mensch nach sechs Jahren in der Zelle sich vor allem ein eigenes Heim schaffen wollte. Er setzte sich auf einen der hochlehnigen Stühle. Polster und Holz waren abgeschabt und zerkratzt, aber der Stuhl trug ihn.

»Schön haben Sie es«, meinte der Kommissar.

»Bis auf die IKEA-Regale ist alles alt«, sagte Hönekamp und setzte sich ebenfalls. Der Hund kam ins Zimmer und legte sich zu seinen Füßen nieder. »Vom Sperrmüll, von Haushaltsauflösungen oder geschenkt.«

»Hat Möllenthin auch etwas beigesteuert?«,

»Möllenthin?« Hönekamps Körper straffte sich. »Wie kommen Sie auf Möllenthin?«

»Weil er sich sehr um Sie gekümmert hat«, sagte Tangermann harmlos.

»Der Flurspiegel ist von ihm. Und er hat mir hundert Euro gegeben. Für Geschirr und solche Dinge. Das waren aber Spendengelder der Kirche.«

»Aha.« Tangermann nickte. »Wie lange haben Sie bei Herrn Möllenthin gewohnt?«,

»Drei Wochen. Aber ... Moment mal!« Mario Hönekamp hatte die Stimme gehoben, mit der Wirkung, dass der Dalmatiner sofort auf den Beinen war. Tangermann umkrampfte die Stuhlbeine: Der Hund sah aus, als wollte er zum Angriff übergehen. »Los, Platz, Kaiman!«, befahl sein Herrchen. »Ich habe ihn Kaiman genannt, weil er als Welpe immer gebissen hat«, erklärte er. »Was haben Sie denn bloß mit Möllenthin?«

»Er ist tot«, sagte Tangermann.

»Tot?«

»Erschlagen.«

»Nein.« Nun sprang Hönekamp auf. Kaiman folgte seinem Beispiel. »Erschlagen? Ich fass es nicht. Ich habe ihn doch ...« Hönekamp brach ab.

»Ja?«

»Ich hab ihn gestern noch gesehen«, bekannte der junge Bankräuber.

»Wann?«

»Das würde ich gern von Ihnen wissen. Wann Sie ihn gesehen haben.«

»Mittags.« Hönekamp nahm wieder Platz. Seine Hände zitterten leicht, als er nach der Zigarettenschachtel auf dem Glastisch griff. »Gegen halb eins. Ich habe ihn gefragt ... Ich wollte wissen, ob ich im Kirchenchor singen kann.«

»Im Kirchenchor?« Hajota war perplex. »Sie?«

Hönekamp zuckte die Schultern. Der Dalmatiner wandte den Kopf hin und her, als würde er ein Pingpongmatch beobachten.

»Habe ich auch im Knast gemacht. Ich habe eine gute Stimme. Und jetzt ... Mir fällt die Bude auf den Kopf.«

»Arbeit?«

»Arbeit! Mensch, Sie haben doch keine Ahnung. Heutzutage braucht man als Kloputzer das Abitur und als Verkäufer einen Doktortitel. Nee, ich trage nachts Zeitungen aus. Für paar Piepen, die ich mit dem Arbeitsamt teilen muss. Die Arbeit ist ausgegangen, verstehen Sie? Es gibt keine, und es wird auch keine geben. Wir müssen alle lernen, ohne Job zu leben. Das ist gar nicht so leicht. Mit der Wohnung bin ich fertig. Ich habe drei Fernsehtische gebastelt, obwohl ich gar keine Glotze habe. Habe ich verschenkt. Ich könnte noch einen bauen. Oder hundert. Ich könnte auch Stricken lernen. Brauchen Sie vielleicht einen Pulswärmer? Oder zehn?«

»Verstehe«, sagte Tangermann.

»Verstehe, verstehe, verstehe.« Hönekamp klopfte auf den Tisch. »Sie sind Beamter, Ihnen kann nichts passieren. Na, Bulle kann ich nicht werden. Dabei, glauben Sie nicht, ich könnte genauso säuseln wie der Typ, der mich damals zum Aufgeben bewogen hat? Mich kleines, zitterndes Bündel Angst mit drei Bankangestellten am Hals, die ebenfalls Schiss in der Hose hatten? Ich war froh, als der gesagt hat: Mensch, Hönekamp, wir haben Sie identifiziert, was soll der Scheiß noch? Gib auf, Junge, und mach vor Gericht auf unreif, dann ist der Knast schnell vorüber. Hab ich gemacht. Der Staatsanwalt wollte acht Jahre, sechs habe ich bekommen. War auch so eine lange Zeit.«

Hönekamp schien sehr einsam zu sein, denn was aus ihm herausbrach, erzählte man normalerweise keinem Bullen, von denen niemand erwartete, sie könnten sich von einer kleinen Lebensbeichte beeindrucken lassen. Womöglich redete der junge Mann so viel, weil er befürchtete, seine Sprache zu verlieren. Er hatte Möllenthin gehabt, der wie Tangermann von Berufs wegen zuhörte, aber auch Möllenthin war schließlich nicht immer verfügbar gewesen und hatte noch andere Schäfchen zu hüten gehabt. Tangermann konnte sich vorstellen, dass der Pfarrer ihm deutlich gemacht hatte, Hönekamp könne nicht immer mit seinem Frust zu ihm kommen und sich stundenlang ausheulen. Wenn Hönekamp das als Zurückweisung empfunden hatte, als Liebesentzug, dann war der Schritt zum Rachemord vielleicht nicht weit gewesen.

»Entschuldigen Sie«, brachte Tangermann das Gespräch wieder auf Linie, »warum hat Herr Möllenthin ausgerechnet Sie bei sich aufgenommen? Es gibt sicher noch andere, die ebenfalls keine Wohnung hatten nach der Entlassung.«

»Weil ich ein Wegwerfkind bin.« Die Antwort kam wie aus der Pistole geschossen.

»Wie darf ich das verstehen?«

»Ich bin dreimal weggeworfen worden. Zuerst von meiner Mutter. Ich war vier. Sie hat immer stramm gesoffen, und da hat das Jugendamt ihr vorgeschlagen, mich zur Adoption freizugeben. Das hat sie gemacht, ohne nachzudenken. War bisschen anstrengend für sie, meine Scheiße wegzumachen, nachdem sie mich tagelang drin liegen gelassen hat. Als ich weg war, hatte sie nur noch mit ihrer eigenen Scheiße zu tun. Darin ist sie denn auch umgekommen. Wirklich wahr, als sie gefunden wurde, lag sie in ihrem Dreck. Kotze, Pisse, Kot. So sterben Alkoholiker. Entweder so, oder sie bringen sich um.

Ich kam zu Pflegeeltern. Da war alles. Haus, Autos, Boot, Geld. Aber die brauchten eigentlich kein Kind, die brauchten einen Hund aus dem Tierheim. Eine Töle, die ihnen ewig dankbar ist. Die feuchte Augen kriegt, wenn sie ihm das Fresserchen vorhalten. Und da kommt dann so ein Vierjähriger an, der einscheißt und einpisst. Der nicht im Dunkeln schlafen will. Der keine Cornflakes mag, und die sind doch so supergesund mit Vitaminen und all dem Scheiß. Da haben sie mich umgetauscht. In der Probezeit, also als die Garantie noch nicht abgelaufen war. Habe ich also im Heim gelebt. In Heimen. Vielleicht in sechs oder zehn oder tausend. Im letzten war es gut. Ich war zwölf und habe den größeren Jungs meinen Arsch hingehalten. Sie riefen mich aufs Klo, da durfte ich ihnen einen blasen und bin dafür in Frieden gelassen worden. Irgendwann war ich so voll mit Sperma, ich habe nichts mehr runtergekriegt. Folge: Erster Selbstmordversuch. Nächste Folge: Psychiatrie. Dann war die erste Staffel abgedreht.«

Hönekamp hatte sich in seine Geschichte hineingesteigert und musste eine Pause einlegen, um sich ein wenig zu beruhigen. Der Dalmatiner, von so viel menschlichem Elend überfordert, hatte sich unter den Tisch verkrochen und die Augen geschlossen. Er stellte sich tot, nicht einmal seine Ohren zuckten. Tangermann atmete flach. Der Mann tat ihm Leid, aber er übersah nicht, dass eine solche Biografie zum Mörder geradezu prädestinierte; wahrscheinlich war der Hund das einzige Wesen, das Hönekamp nicht hasste. Selbst Möllenthin konnte dieser Hass getroffen haben, denn ein Wohltäter beanspruchte Dankbarkeit. Zu Dankbarkeit war Mario Hönekamp gewiss nicht fähig.

»Sie sprachen davon«, erinnerte Tangermann, »dass Sie dreimal weggeworfen wurden.«

»Exakt.« Hönekamp bohrte die Zigarette, die er noch nicht angezündet hatte, in die Luft. »Zum dritten Mal von meiner Freundin. Meiner damaligen Freundin. Das war kurz vor ... vor meiner Dummheit. Ich war nichts, klar? Nichts gelernt, bloß Hilfsjobs. Sie auch nicht, aber sie hielt sich für was Besseres. Weil sie schön war. Weil die Kerle ihr hinterher pfiffen. Ich habe Schweineschulden gemacht, damit sich die Gnädigste eine Wohnung einrichten konnte. Und für ihren Stoff. Gesoffen hat sie nämlich auch. Leute wie ich lernen bloß Asseln kennen. Der Kreislauf der Dissozialität, schon mal gehört? Fragen Sie die Knastpsychos. Assel lernt Assel kennen, um Asseln zu zeugen, die wieder Asseln kennen lernen und so weiter. Bleibt alles in der Familie. Sie hat mich in den Arsch getreten. Ich konnte ihr nichts bieten. Kein Mallorca und so. Da bin ich eben durchgedreht.«

»Kurze Zwischenfrage«, meldete sich Tangermann. »Kennen Sie Beck?«

»Rüdiger? Sie meinen, weil der auch 'ne Assel ist, müsste ich? Ja, ich kenne ihn. Ist zwei-, dreimal bei Per aspera aufgetaucht. Ich finde den Typen eklig.«

»Noch eine Frage: Wo waren Sie gestern, nachdem Sie Möllenthin verlassen haben? Was haben Sie gemacht?«,

»Denken Sie …? Klar, das denken Sie.« Hönekamp brannte endlich seine Zigarette an. »Und sagen Sie jetzt nichts von Routine und so weiter. Für welche Zeit brauche ich denn ein Alibi?«

»Gestern zwischen neunzehn und zweiundzwanzig Uhr dreißig«, sagte Tangermann.

»Dafür habe ich keins.« Hönekamp zuckte nur die Schultern. »Aber eines kann ich Ihnen versichern: Ich weiß auf Anhieb ein paar Dutzend Leute, die ich gern umbringen würde. Möllenthin gehört nicht dazu.«

»Warum nicht?«

»Warum nicht, warum nicht? Ich war das Wegwerfkind. Seine Worte. Ich war das Wegwerfkind, und er war mein Papierkorb.«

6

»Wegwerfkind und Papierkorb.« Dietrich Kölling ließ sich die Worte auf der Zunge zergehen. »Ob das auch sexuell gemeint ist?«

»Ich habe keine Ahnung«, bekannte Tangermann.

»Haben Sie denn nicht gefragt?«

»Ich habe mich nicht getraut.«

»Nicht getraut«, wiederholte Dietrich Kölling und nickte. Er stellte sich ans Fenster und schaute auf die Keithstraße. Dort war wie immer nichts zu sehen. »Was haben Sie auf dieser Schule bloß gelernt?«
»Die Strafprozessordnung, das Strafgesetzbuch, das Polizeiaufgabengesetz, Verwaltungsvorschriften«, sagte Tangermann.
»Und das Grundgesetz, ja? Die Würde des Menschen ist unantastbar, also seid nett zueinander? Wozu«, Dietrich Kölling drehte sich zu Tangermann um und musterte ihn von Kopf bis Fuß, »wozu habe ich Mitarbeiter, wenn ich alles selbst machen muss? Wetzen Sie die Scharte aus, Tangermann, Kommissar Tangermann, und überprüfen Sie die Vermögensverhältnisse von Hönekamp.«
»Da wird nicht viel zu überprüfen sein«, meinte Tangermann.
»Na und? Überprüfen Sie trotzdem. Und jetzt lassen Sie mich mit meinem Kummer allein.«
Tangermann ging. Dietrich Kölling setzte sich an seinen Schreibtisch und schlug das erste Tagebuch des Priesters auf. Trotz mehrfacher Anläufe war er bisher nicht über eine Stelle hinausgekommen: *»Ich habe niemanden für meine Liebe.«* Dietrich Kölling kratzte sich am Kopf. Den Satz hätte auch er schreiben können, wenn er ein Tagebuch führen würde, aber das hatte er noch nie getan. In der untersten Schublade befand sich sein halb privates Telefonverzeichnis. Es enthielt nur wenige Namen und Rufnummern, und eigentlich kannte er sie alle auswendig. Er wusste auch, dass der dritte Name auf der Liste *Donath* lautete. Hinter dem Namen verbarg sich eine Frau. Ein geistig verwirrter Jugendlicher hatte deren Sohn ermordet. Dietrich Kölling hatte sie einige Male aufsuchen müssen, nach Abschluss der Ermittlungen hatte es jedoch keinen Grund mehr dafür gegeben, und sie hätte es auch nicht gewollt, wenn er quasi als Privatmann bei ihr aufgetaucht wäre. Sie war verheiratet, hatte noch zwei Kinder zu versorgen. Dietrich Kölling dachte oft an sie. An die braunen Augen, das dunkle Haar, ihren Hintern, der sich unter den engen Jeans abgezeichnet hatte. Ein halbes Jahr war verflossen, ein gutes Dutzend Ermittlungsverfahren waren über seinen Tisch gegangen. Einmal hatte er das Grab des Sohnes besucht. Die Frau hatte er nicht getroffen.

Dietrich Kölling stieß einen Seufzer aus und griff nach dem Telefonhörer.

»Windig«, meldete sich ein Mann von der PTU.

»Hier nicht«, sagte Dietrich Kölling.

»Der Gag ist so alt, ich schlafe gleich ein«, entgegnete der Polizeitechniker.

»Ja, schon gut. Seid ihr mit Möllenthins Terminkalender fertig?«

»Mit den Nerven auch. Sekunde bitte.« Der Techniker raschelte mit Papieren. »Nichts. Nur Fingerspuren des Getöteten.«

»Dann schickt ihn mir rüber«, bat Dietrich Kölling und legte auf. Er kramte eine Zigarettenschachtel aus seinem Schreibtisch, als Becker das Zimmer betrat. Der Oberkommissar war gestiefelt und gespornt, jedoch nicht, weil er ausgehen wollte, sondern weil er zurückkehrte. Dietrich Kölling fand den blauen Übergangsmantel, den sein Kollege trug, ausgesprochen chic, und er beschloss, sich innerhalb der nächsten Jahre auch einen neuen zuzulegen.

»Wie wir vermutet haben«, sagte Becker und legte ab. »Der Kirchenschlüssel fehlt an Möllenthins Bund.«

»Ich habe das vermutet«, korrigierte Dietrich Kölling und betätigte sein Feuerzeug. Es gab ein scharfes Ratschen, aber keinen Funken. »Könnte also doch ein Raubmord sein. Der Täter hat eben mehr erwartet als wertlosen Tand.«

»Vielleicht.« Becker setzte sich. Dietrich Kölling schob ihm drei Ordner zu und versuchte noch einmal sein Glück mit dem Feuerzeug. Der Zündfunken blieb aus. »Was ist das?«

»Eine Akte.« Dietrich Kölling schleuderte das Feuerzeug zum Papierkorb. Er hatte sehr heftig geworfen, das Feuerzeug traf die gläserne Kaffeekanne. Die Kanne bekam einen Sprung. »Nichts taugt mehr was.« Dietrich Kölling schüttelte den Kopf.

»Sie haben die Kanne kaputtgemacht«, sagte Becker.

»Und Sie müssen mir nicht beschreiben, was ich selber sehe.«

Becker studierte die Rücken der Ordner, dann hob er den ersten Band zur Nase und schnüffelte an ihm.

»Riecht nach altem Staub.«

»Archiv«, sagte Dietrich Kölling und gähnte. »Die Hönekamp-Sache.«

Becker versenkte sich in die Lektüre der vergilbten Papiere, Dietrich Kölling nahm sich endlich das Tagebuch vor. Während er las, kaute er auf der kalten Zigarette.

»*Ellen Key gelesen: Das Jahrhundert des Kindes. Wie wir unsere Kinder verkrüppeln, ich erlebe es jeden Tag. Man kann mit Hölderlin sprechen: Wer nicht einmal ein vollkommenes Kind war, der wird schwerlich ein vollkommener Mann. Viel zu früh erleben die Kinder Feigheit und Lüge. Sie werden angehalten, nach Werten zu leben, die ihre Eltern längst aufgegeben haben. Sag die Wahrheit, verlangt der Vater, der sich soeben am Telefon verleugnen ließ. Ich frage mich, ob ich ein besserer Vater wäre. Mir ist die Möglichkeit versagt, es auszuprobieren. Die Kirche erklärt Kinder zu einem der größten Reichtümer der Menschheit, verweigert ihren treuesten Dienern jedoch, Kinder zu zeugen.*«

»Also mit den Kindlein hat er es«, stellte Dietrich Kölling fest.

»Wieso? Hönekamp hatte keine.«

»Unfug. Ich meine Möllenthin. Hier.« Dietrich Kölling tippte auf das Tagebuch. »›Die Messknaben sind noch verschwitzt vom Radfahren oder Laufen, wenn sie die Kirche betreten‹«, las er vor. »›Wenn sie dann in der Soutane stecken, wirken sie ernsthaft und eifrig. Sie wollen ihre Sache gut machen, denn am Sonntag werden ihre Eltern ihnen zusehen. Manchmal aber kommt sie doch ein Lachen an. Sie stoßen einander an und kichern. Ich sehe die Jeans und die Turnschuhe unter den Messgewändern. Kann man sich einen Gottesdienst vorstellen, bei dem gelacht wird?‹«

Becker neigte den Kopf, um etwas auf der aufgeschlagenen Seite erkennen zu können.

»War wohl ein Reformer, was?«

»Keine Ahnung.« Dietrich Kölling erhob sich und schaute in der Ablage nach, ob sich dort nicht ein Feuerzeug verbarg, schließlich hatte er jüngst erst ein Doppelpack gekauft, von dem er das zweite Stück vermisste. »Auf jeden Fall war er vom Wunsch besessen, ein

Kind zu zeugen. Und dieser Wunsch muss so drängend gewesen sein, dass …«

»Ja?«

»Ich glaube, Möllenthin stand kurz vor der Explosion.«

7

»Was Mütter über ihre Söhne so reden«, die Blissow schüttelte den Kopf. Vor ihr auf dem Schreibtisch lag ein Dokument, das eigentlich die Kopie eines Dokuments war, denn was die Oberkommissarin las, war ein Fax von der Hagener Kriminalpolizei. »Ob Ihre Mutter auch solche ergreifenden Worte über Sie finden würde, Hajota … Verzeihung, Kommissar Tangermann?«, wandte sich die Blissow an den jungen Kollegen, den Dietrich Kölling zu ihr gesetzt hatte. »›Winfried hat schon sehr früh viel gelesen. Er war ein richtiger Bücherwurm, lebte nur für seine Romane. Von jedem Taschengeld hat er sich Bücher gekauft. Auch so was Philosophisches.‹«

»Ich habe, ehrlich gesagt, nicht besonders viel gelesen«, bekannte Tangermann.

»Nein?« Die Blissow runzelte die Stirn. »Na, bei der Polizei verlangt das auch niemand. ›Winfried war fleißig in der Schule. Sein Abitur hat er mit Auszeichnung bestanden. Sein Studium hat er mit Auszeichnung gemacht. Er hat immer viel gearbeitet. Sich für die Menschen eingesetzt. Auch in Berlin.‹«

»Das wissen wir schon«, sagte Tangermann.

»Ja, das wissen wir. Er hat keine Feinde gehabt. Er hatte keine Frauen und keinen Sex. Durfte er ja nicht. Als Student hatte er einmal eine Freundin. Aber das war rein platonisch. Von seinen Berliner Umtrieben weiß die Mutter nichts. Er hat sich bekanntlich nicht umgetrieben. Außerhalb seiner Gemeinde, meine ich. Der Mann ist stinklangweilig.« Die Blissow lochte das Protokoll und schob es in die Ablage.

»Vielleicht war er schwul«, gab Tangermann zu bedenken.

»Das könnte Ihnen so passen. Und wenn, dann war er eben ein schwuler Langweiler.«

»Aber irgendein besonderes Ereignis muss es in seinem Leben doch gegeben haben«, vermutete Tangermann. »Das gibt es doch bei jedem.«
»Ja«, sagte die Blissow. »Seine Priesterweihe.«
»Wieso ist denn das etwas Ungewöhnliches?«
»Weil er dabei gestürzt ist«, sagte die Blissow, »und sich den linken Mittelfinger gebrochen hat.«

8

Dass Möllenthins Leben womöglich doch nicht so eintönig gewesen war, wie die Blissow vermutet hatte, wurde Dietrich Kölling gewahr, als er im Terminkalender des Pfarrers blätterte. Der Geistliche hatte nicht nur jede Menge von dienstlichen und humanitären Verpflichtungen wahrzunehmen gehabt, er schien auch ein reiselustiger Mensch gewesen zu sein; immer wieder waren zwei, mitunter auch drei aufeinander folgende Tage mit einem Rotstift markiert worden, und Möllenthin hatte über die Blätter das Wort Fahrt geschrieben. Nie war ein Ziel angegeben, nie der Zweck seiner Reisen, aber mitunter hatte er Zeiten notiert, von denen Dietrich Kölling annahm, dass es sich um die Abfahrtszeiten von Zügen handelte. Was der Eintrag 13.16 Uhr bedeutete, hatte er schon herausgefunden; zu dieser Zeit verließ der Intercity nach Köln den Ostbahnhof, und der hielt auch in Hagen. Möllenthin war zu seiner Mutter gefahren, das jedoch nicht oft. 14.49 Uhr, 16.49 Uhr und 18.49 Uhr sagten Dietrich Kölling hingegen noch nichts; von der Bahnauskunft hatte er nach den üblichen Mühen zwar erfahren, dass es sich hierbei um die Interregios nach Stralsund handeln müsse, aber das beantwortete noch nicht die Frage, was Möllenthin in diese vorpommersche Stadt getrieben hatte, falls er nicht gar auf einem der Unterwegsbahnhöfe ausgestiegen war. In Bernau also, in Eberswalde, Angermünde, Prenzlau, Pasewalk, Anklam, Wolgast Hafen oder Greifswald, für Dietrich Kölling überwiegend böhmische Dörfer. Und sollte er dort ausgestiegen sein, musste Möllenthins Reise keineswegs beendet gewesen sein, denn selbst von Bernau, Eberswalde, Angermünde, Prenzlau,

Pasewalk, Anklam, Wolgast Hafen oder Greifswald kam man immer noch irgendwohin.
Dietrich Kölling studierte eine Karte, die ihm geheimnisvolle Orte und Landschaften offenbarte, Orte, in der Geschichte versunken wie Vineta und offenbar doch noch existent. Pommersche Bucht, Stettiner Haff, Greifswalder Bodden, in einem lange zurückliegenden Geografieunterricht hatte Dietrich Kölling davon gehört, aber dann waren diese Gegenden ihm ferner gewesen als Kapstadt. Vielleicht hatte Möllenthin gern ein paar Tage am Meer verbracht, auf Usedom, Hiddensee oder Rügen.
Noch weitere Einträge beschäftigten Dietrich Kölling. Hin und wieder, insgesamt viermal im laufenden Jahr, hieß es lapidar: RA Czolnay. Hinter dem Kürzel verbarg sich zweifellos das Wort Rechtsanwalt, und Czolnay war ja einer. Dietrich Kölling würde ihn ohnehin aufsuchen müssen, da er und sein Sozietär in dem fraglichen Haus in Hermsdorf ihre Büros unterhielten, aber die Einträge machten den Besuch dringender, schließlich wollte er gern wissen, in welchen Angelegenheiten der Priester juristischen Beistand gebraucht hatte.
Dietrich Kölling rief erst das Sekretariat der Anwaltskanzlei, dann in Hagen an.

9

Die Oberkommissarin Blissow wusste, was sie erwartete. Sie würde Lob zu hören bekommen, so genannte anerkennende Worte. Wahrscheinlich hatte man den lebenden Möllenthin schon über den grünen Klee gelobt. Über einen Toten natürlich würde sie nur Gutes hören. Und wenn sie das Erzbischöfliche Ordinariat wieder verließ, würde sich ihr Eindruck verstärkt haben, es mit dem langweiligsten Mordopfer seit Generationen zu tun zu haben.
Unter dem Sekretär des Erzbischofs, Monsignore Doktor Konz, mit dem die Blissow verabredet war, stellte sie sich eine Art Geschäftsführer vor, der die Arbeit machte, während der Bischof repräsentierte. Konz schien ein viel beschäftigter Mann zu sein, denn er hatte die Blissow um ein wenig Geduld gebeten, da er dringende Telefonate

zu erledigen habe. Seitdem waren zwanzig Minuten verstrichen, und Geduld aufzubringen fiel der Blissow derzeit schwer. Auch Martin, ihr Freund, Lebensgefährte, Geliebter oder wie immer man es nennen mochte, auch Martin hatte immer Geduld von ihr verlangt. Er war Musiker, spielte in einer mäßig erfolgreichen Rockband, sprach unablässig von der ersten wirklich aufsehenerregenden Scheibe, deren Produktion unmittelbar bevorstünde, und trank zu viel. Martin war ein Stromer. Befand sich die Blissow in seiner Nähe, war er handzahm wie ein Konfirmand, aber sobald er sich ihrer Kontrolle entwichen glaubte, ließ er die Sau raus. Er kroch zu Kreuze, liebte es, von der Blissow den Hintern versohlt zu bekommen, aber das war ein Spiel, keine ernsthafte Strafe. Martin war ein Kindskopf. Die Blissow hatte es schon gewusst, als sie sich mit ihm eingelassen hatte. Jetzt war ihr der Geduldsfaden gerissen. Es gab eine andere Frau. Sie sah es in Martins Gesicht, in seinen Augen, sie hatte es gerochen. Doch wenn sie den Knaben zur Rede stellen wollte, nahm er zu einer unglaublich dummen Ausrede Zuflucht. Er klopfte Sprüche. »I'm still working on my fuckin' album.« Sprüche zu klopfen, das hatte die Blissow mittlerweile begriffen, gehörte unter Rockmusikern zum guten Ton. Es beeindruckte die Groupies. »I'm still working on my fuckin' album.« Die Blissow schüttelte wütend den Kopf.

»Bitte!«, rief Doktor Konz und hielt ihr die Tür auf. Die Blissow hatte gar nicht bemerkt, dass er auf dem Flur erschienen war.

Sie machte sich nicht viel Mühe, dem Gespräch eine Richtung zu geben, geschweige denn hatte sie eine Strategie. Dass Möllenthin ermordet worden war, wusste Konz. Er sagte den üblichen Betroffenheitstext auf, und die Blissow wartete einfach ab, welche Wendung das Gespräch nehmen würde. Monsignore berichtete von Möllenthins Großtaten. Von seiner Arbeit mit den Straftätern. Vom hohen Stand der kulturellen Aktivitäten seiner Gemeinde. Von der vorbildlichen Arbeit mit den Kindern und den Senioren. Von der Partnergemeinde in Buxtehude. Von Ausflügen, vom Kinderaustausch. Von einem katholischen Ferienlager. Die Blissow unterdrückte ein Gähnen. Doktor Konz sprach. Es war ein Nachruf. Ein sehr langer sogar.

»Sagen Sie«, unterbrach die Blissow schließlich, »war Herr Möllenthin denn vollkommen? Vollkommen makellos? Heiliger als ein Heiliger? Denn die hatten doch alle ihre Macken …«
»Nun, Macken ist vielleicht nicht das richtige Wort«, wies Konz sie mit einem feinen Lächeln zurecht. »Aber es stimmt, gerade diejenigen, die durch das Tal der Sünde gegangen sind, haben die größtmögliche Nähe zu Gott erreicht. Frau Blissow, ich habe nicht jeden Tag Umgang mit Herrn Möllenthin gehabt … Was ich weiß, ist, dass er eine Zeit lang gezweifelt hat.«
»Der Zweifel treibt uns voran«, gab die Blissow eine Binsenweisheit zum Besten.
»Nicht jeder«, meinte Monsignore. »Es ist richtig, sich mit den kirchenkritischen Schriften zu befassen, wie soll man sie sonst widerlegen können? Es ist richtig, über die Unfehlbarkeit des Heiligen Vaters zumindest nachzudenken, denn nur, was man wohl bedacht hat, kann man auch annehmen. Ihnen ist sicher bekannt, dass es in der katholischen Kirche Menschen gibt, Laien vor allem, die die Dogmatik nicht nur diskutieren, sondern auch kritisieren. Sie haben vieles auf den Prüfstand gestellt: Abtreibung, Verhütung, Homosexualität, den Zölibat. Warum auch nicht? Wir sind eine moderne, offene Kirche. Aber alle unsere Glaubensgrundsätze basieren auf dem Wort. Auf dem geoffenbarten Wort, um genau zu sein. Logos, der Wort gewordene Geist. Und ein Wort, das einmal geäußert worden ist, kann man nicht einfach zurücknehmen. Das erfahren Sie doch auch im Alltag: Es ist in der Welt und entfaltet seine Kraft. Auch seine ungewollten Kräfte. Bei Gottes Wort ist das anders: Jede Entfaltung seines Wortes ist von ihm gewollt. Denn Logos ist auch Wille.«
»Interessant«, murmelte die Blissow. »Aber was, bitte, hat sich Herr Möllenthin auf den Prüfstand zu stellen erlaubt? Die kirchliche Haltung zur Homosexualität vielleicht?«
»Nein.« Konz schüttelte vehement den Kopf. »Den Zölibat. Aber er hat seine Zweifel besiegt.«
»So, so, besiegt.« Die Blissow musterte Konz skeptisch. Seine Miene drückte tiefstes Wohlwollen aus, wobei nicht klar war, ob es der

Blissow galt oder der Schöpfung. »Und Sie haben ihm die Waffen geliehen? Oder geführt?«
»Sie überschätzen mich entschieden. Nein, Herr Möllenthin ist in sich gegangen.«
»Wenn Sie so sehr an das geschriebene Wort glauben«, meinte die Blissow, »dann gibt es doch sicher auch einige Worte über Möllenthin.«
»Wie meinen Sie das?«
»Ich dachte an eine Art Personalakte.«
»Bedaure«, Konz hob die Schultern, »die ist nicht öffentlich.«

10

Bevor Dietrich Kölling das Haus in Hermsdorf betrat, ließ er seinen Blick über die Klingeltastatur gleiten. Er überflog die Namen der Hausbewohner, ohne sich etwas bei ihrem Anblick zu denken. Erst bei Möllenthin verharrte er einen Augenblick. Ihn hatte man zweimal aus dem Schlaf klingeln können: Eines der unteren Schilder enthielt die Aufschrift »Pfarrer W. Möllenthin«, das benachbarte trug den Schriftzug »Gemeinde«. Die Haustür war nicht verriegelt, was Dietrich Kölling ungewöhnlich fand bei einem ehrenwerten Haus. Er ging hinein und nahm die Stufen zum Hochparterre in Angriff. Der Aufstieg strengte ihn nicht an. Kurz nachdem er an der Tür zur Anwaltspraxis geläutet hatte, öffnete ihm ein Mädchen. Es war um die Zwanzig, vermutlich eine Praktikantin.
»Ich möchte bitte zu Herrn Czolnay«, trug Dietrich Kölling seinen Wunsch vor.
»Der ist noch am Gericht«, sagte das Mädchen.
»Aber ich hatte doch einen Termin verabredet«, sagte Dietrich Kölling leicht irritiert.
»Er hat gerade angerufen, dass er sich verspätet«, sagte das Mädchen.
»Ist sonst jemand da?«
Das Mädchen machten einen Schmollmund, aber es war nicht wirklich beleidigt.
»Bin ich niemand?«

»Verzeihung, so habe ich das nicht gemeint.« Dietrich Kölling trat ein. »Wer außer Ihnen ist noch hier?«
»Herr Feldmann und Frau Eboleit«, sagte das Mädchen. »Die Sekretärin«, setzte es erklärend hinzu. Das wusste Dietrich Kölling bereits, denn mit ihr hatte er telefoniert und den Termin ausgemacht.
Das Mädchen wies auf einen Korbstuhl neben einem kleinen Tisch, der mit Zeitschriften bedeckt war. Kaum hatte Dietrich Kölling Platz genommen, stürmte ein hoch gewachsener Mann von Anfang Vierzig in den Flur, der als Warteraum zu dienen schien. Der Mann trug einen legeren Pullover mit V-Ausschnitt, eine schwarze Hose, schwarze Lackschuhe und eine Brille mit schwarzem Rand. Sein Habitus wirkte forsch, sein Gesicht intelligent. »Herr Hauptkommissar!« rief er. Beinahe ungestüm trat er auf Dietrich Kölling zu, der schon fürchtete, umarmt zu werden. »Albert ... Mein Kollege wird jeden Augenblick eintreffen. Er bat mich, Sie zu einer Tasse Kaffee auf mein Zimmer zu laden. Das ist hiermit geschehen.« Der Mann deutete zu der Tür, aus der er gestürmt war. »Pardon, mein Name ist Feldmann. Ich bin der Sozietär von Herrn Czolnay.«
Dietrich Kölling nickte. Nichts anderes hatte er erwartet. Von Feldmann begleitet, betrat er das Arbeitszimmer. Es war relativ klein, und früher, als dies noch eine Wohnung gewesen war, hatte es womöglich ein Kind beherbergt. Feldmann hatte es spärlich, aber modern eingerichtet. Die Möbel, sicher von einem bekannten Designer entworfen, entsprachen nicht Dietrich Köllings Geschmack. Es war viel Chrom verwendet worden, viel Glas und viele weiße Flächen. Weiß waren die Wände, hell gebeizt der Holzfußboden. Weder die verschiedenfarbigen Aktenordner noch das große, aus vier monochromen Flächen bestehende Gemälde an der Wand neben dem Schreibtisch vermochten den aseptischen Eindruck zu mindern.
In der Kanzlei schien ein aufgeklärter Geist zu herrschen, denn weder die Sekretärin noch die Praktikantin wurden zum Kaffeekochen abgestellt. Anwalt Feldmann hatte eine Maschine in seinem Zimmer. Dietrich Kölling sah mit Freude die halb gefüllte Glaskanne mit dem dunklen Gebräu. Feldmann schenkte ihm ein. Die Tasse war blütenweiß.

»Haben Sie Möllenthin eigentlich gekannt?«, erkundigte sich Dietrich Kölling.
»Nur vom Sehen«, erwiderte der Anwalt.
»Aber er hat Sie doch konsultiert?«
»Nicht mich.« Feldmann versorgte auch sich mit Kaffee. Dietrich Kölling setzte sich auf einen zarten Stuhl, dessen Sitzfläche aus einem Chromstahlgeflecht bestand. »Er war Mandant meines Kollegen. Genauer gesagt ... Sie kennen Möllenthins Organisation Per aspera ad astra?«
»Ja.«
»Für sie war Herr Czolnay tätig. Seine Frau und er gehörten zu Möllenthins Sprengel und waren dort auch sozial engagiert. Herr Czolnay hat Rechtsberatungen für die Strafentlassenen durchgeführt und sich pauschal vergüten lassen, also nicht nach BRAGO.«
Dietrich Kölling nickte erneut. Er wusste natürlich, dass mit BRAGO eines der Unworte abgekürzt wurde, von denen die Sprache der Juristen nur so wimmelte: Bundesrechtsanwaltgebührenordnung. So etwas konnte sich nur ein Umnachteter ausgedacht haben.
»Das erklärt die Termine«, meinte er nachdenklich.
»Welche Termine?«
Dietrich Kölling wurde einer Antwort enthoben. Jemand pochte leise, dann betrat ein sportlicher, elegant gekleideter Mann das Zimmer. Er war kleiner als Feldmann und gewiss zehn Jahre älter.
»Verzeihen Sie, Herr Kelling«, sagte er und hob bedauernd die Schultern, »aber der Staatsanwalt hat mir in einem komplizierten Strafverfahren überraschend einen Deal angeboten, da musste ich natürlich handeln. Nun aber stehe ich zu Ihrer Verfügung.«

11

Rüdiger Beck hatte eine Flasche Wermut getrunken, aber sie reichte ihm nicht, und so beschloss er, am S-Bahnhof Nachschub zu besorgen. Er stand schon in der Diele und zog seine Schuhe an, als er hörte, wie die gegenüberliegende Wohnungstür geöffnet wurde. Beck band die Schnürsenkel zu und wartete. Jemand lief rasch und auf weichen Sohlen die Treppe hinunter; das konnte nur Peter Mundt sein, der immer Turnschuhe trug. Beck hätte sie gern besessen, aber der Junge ließ sie nie im Hausflur stehen, wo sie Beck schnell hätte verschwinden lassen können. Er ging hinaus, schloss leise die Tür und drehte den Schlüssel zweimal um. Die angenehme Wärme, die der Wermut in seiner Brust erzeugt hatte, begann zu schwinden. Beck stieg die Treppen hinab. Unten fiel die Haustür krachend zu.

Auf der Straße war es kühl und feucht, und im Schein der Laternen sah Beck den Dunst, der den Herbst ankündigte. Auch die ersten Blätter waren von den Bäumen gefallen und verrotteten auf dem Trottoir. Peter Mundt, wie immer in Bomberjacke und Jeans, verschwand mit wippendem Arsch hinter der Straßenecke. Beck brannte sich mit klammen Fingern eine Zigarette an. Zwölf Euro besaß er noch, mit denen er eine Woche lang auskommen musste, denn erst dann konnte er sich auf dem Amt die Sozialhilfe abholen. Selbst wenn er nichts aß, würde das Geld in zwei Tagen verbraucht sein. Dann blieb ihm nur noch, eine Bank zu berauben wie dieser Typ, der bei Möllenthin gewohnt hatte. Der hatte sich allerdings zu dusslig angestellt und war sechs Jahre eingefahren. Beck inhalierte den Rauch, dann setzte er sich in Bewegung. Hahnekamp hatte er wohl geheißen. Rüdiger Beck durchschritt die Siedlung mit den Einfamilienhäusern. Er war der Einzige, der zu dieser Stunde unterwegs war; auch die Wohlhabenden langweilten sich vor dem Fernsehgerät wie die letzte Assel. Vielleicht soffen sie auch, aber sie krakeelten nicht. In der Siedlung war es immer still. Nur die S-Bahn-Züge waren zu hören. Beck schaute in eine Nebenstraße. Sofort duckte er sich.

Beck atmete heftig. Er hatte sich nicht getäuscht. Die Straßenlaternen in der Siedlung verdunkelten mehr, als dass sie beleuchteten, aber an der Bomberjacke und dem Entenarsch hatte er Peter Mundt erkannt. Der Bengel stand neben einer großen, dunklen Limousine und schaute sich um. Beck kroch auf allen Vieren näher. Peter Mundt schob etwas in das Autoschloss, einen Schraubendreher vermutlich. Noch immer blickte er sich sichernd um, aber Beck, der sich nahe an den Grundstücksmauern hielt, konnte er nicht sehen. Als er die Tür end-

lich aufgebrochen hatte, sprang Beck auf. Der Junge unterdrückte einen Schrei. Beck packte ihn am Jackenärmel. Der Junge zerrte, aber als er Beck erkannte, gab er den Widerstand auf.
»Na?«, sagte Beck und grinste.
»Scheiße, verdammte Scheiße«, fluchte Peter Mundt leise.
In einem der Häuser wurde eine Tür geöffnet, und Licht aus der Diele beleuchtete den Vorgarten. Ein Mann erschien, rief etwas, ein Hund antwortete ihm. Beck zog Peter Mundt mit sich fort.
»Bloß keine Bullen«, bettelte der Junge, »bloß keine Bullen.«
»Hast du Geld dabei?« Vielleicht hatte Beck ja seinen Glückstag.
»Einen Fuffi«, sagte Mundt. »Wollen Sie den?«
Beck nickte. Peter Mundt fummelte eine Brieftasche aus seiner Bomberjacke, suchte nach dem Geldschein. Er war arg zerknittert, aber das schmälerte seinen Wert nicht. Beck steckte ihn ein.
»Und noch was«, sagte er. »Strafe muss sein.«
»Was denn?« Peter Mundt riss die Augen auf.
»Deine Schuhe«, forderte Beck.

12

»Sie sind also einer der letzten Vertreter der Gattung ›guter Mensch‹«, sagte Dietrich Kölling. Albert Czolnays Arbeitszimmer war bei weitem geräumiger als das Büro von Feldmann, und es war auch anheimelnder mit seiner dunklen Täfelung, den schweren Antikmöbeln und dem grauen Teppichboden. Die beiden Anwälte verkörperten offenbar verschiedene, beinahe widerstreitende Prinzipien, und das womöglich in jeder Hinsicht, also auch in ihrer Rechtsauffassung. Deswegen harmonierten sie nicht nur, sie konnten auch Mandanten jeglicher Couleur das Richtige bieten. »Pfarrer Möllenthin und Sie«, fügte Dietrich Kölling hinzu.
»Für Winfried Möllenthin stimmt das zweifellos«, meinte Czolnay, lehnte sich entspannt zurück und zündete sich ein Zigarillo an. Dietrich Kölling nahm das als Aufforderung, ebenfalls zu rauchen, und griff nach seinen Zigaretten. »Traf es zu«, korrigierte sich der Jurist. »Wie Sie allerdings zu der Auffassung gelangt sind, auch ich …«

»Eines meiner Vorurteile besagt, dass Anwälte skrupellose, geldgierige Verbrecher sind«, sagte Dietrich Kölling. »Sie aber haben in Möllenthins Bösewichterhilfe mitgewirkt und die Sünder für ein Pauschalhonorar beraten, das bestimmt weit unter den BRAGO-Sätzen liegt.«

»Bösewichterhilfe!« Czolnay lachte schallend. »Das merk ich mir.« Er wischte sich über die Augen und paffte, während Dietrich Kölling bis in die Lungenspitzen inhalierte. »Bösewichterhilfe!« Der Anwalt schüttelte den Kopf. Dann wurde er ernst. »Ich bin praktizierender Christ, Herr Kölling.« Den Namen wusste er mittlerweile.

»Die meisten praktizierenden Christen, insbesondere wenn sie Anwälte oder Politiker sind, stellen sich irgendwann als Luder heraus«, behauptete Dietrich Kölling.

»Na ja, das ist wohl ein weiteres Ihrer Vorurteile«, erwiderte Czolnay. »Mögen Sie irischen Whiskey?«

»Ich bekenne mich wenigstens zu meinen Vorurteilen«, erklärte Dietrich Kölling großspurig. »Irischen?«

»Den mit E und Ypsilon«, bestätigte Czolnay.

»Ach, doch, ja«, sagte Dietrich Kölling, dem der Rechtsverdreher nicht unsympathisch war.

Drittes Kapitel

1

Auch Möllenthins Mutter hatte keine Vorstellung davon, wohin die Reiselust ihren Sohn immer wieder getrieben hatte, jedenfalls gab sie das der Hagener Kriminalpolizei zu Protokoll. Sie wusste nur, dass Winfried seinen Urlaub seit Jahren am Bodensee verbrachte. Als Student war er noch in jedem Sommer ins Ausland gefahren, aber dann hatte er den Bodensee entdeckt und sich, so stand zu vermuten, in ihn verliebt. Dietrich Kölling war noch nie am Bodensee gewesen und an einer Begegnung nicht interessiert. Natürlich war ihm bekannt, dass es auf den Inseln im See Mittelmeervegetation gab, aber die gab es auch in Botanischen Gärten. Vor allem aber gab es sie am Mittelmeer. Auch das war ihm bisher erspart geblieben.

Dietrich Kölling war bereits eine Stunde vor Dienstbeginn in der Keithstraße erschienen, weil er wegen eines Katers nicht hatte schlafen können. Bei den meisten Menschen förderte Alkohol den Schlaf, bei Dietrich Kölling bewirkte er das Gegenteil, zumindest wenn er ein bestimmtes, nicht genau definierbares Quantum überschritt. Am Abend zuvor hatte Dietrich Kölling zu viel getrunken. Czolnay hatte immer wieder nachgeschenkt, und weil sie beide etwas mit Recht und Gesetz zu tun hatten, hatten sie sich verplaudert. Der Anwalt war erstaunlich freimütig gewesen. Dietrich Kölling wusste nun, dass er 1949 in Wien zur Welt gekommen war, seine Mutter aber kurz nach der Scheidung dem Ruf nach Berlin gefolgt war, wo sie unter einem prominenten Landsmann als Gerichtsmedizinerin gewirkt hatte. Dietrich Kölling kannte diesen Professor nicht persönlich, aber seinen Ruf. Czolnay hatte seine Mutter früh verloren, hatte diesen Verlust aber schnell verschmerzt. Nichts sei schlimmer, als eine kapriziöse

Wienerin zur Mutter zu haben, hatte er behauptet. Schwerer, fast unerträglich wog ein anderer Tod: Czolnay hatte bei einem Unfall seine erste Frau verloren. Dieser Schlag des Schicksals, so hatte er gesagt, sei der Grund gewesen, sich Gott an die Brust zu werfen.

Es war schon Nacht gewesen, als Dietrich Kölling sich endlich von dem Anwalt verabschiedet hatte. Ein Taxi hatte er nehmen müssen, und nun stand er vor dem Problem, dass jemand den Dienstwagen aus Hermsdorf holen musste. Das Opfer hatte er bereits erkoren: Nur der neue Kommissar Hajota kam für eine derart verantwortungsvolle Aufgabe in Frage.

Dietrich Kölling seufzte. Er hatte einiges über Albert Czolnay erfahren, aber nichts über Möllenthin.

Die unwillkommene Gelegenheit, vor Dienstbeginn im Büro zu sein, hatte Dietrich Kölling genutzt, um endlich in Ruhe die Tagebücher zu Ende lesen zu können. Mittlerweile hatte er es, unterstützt von tiefschwarzem Kaffee und einer Schachtel Camel, hinter sich gebracht. Zweierlei tauchte immer wieder auf. Das eine war der Kinderwunsch des Priesters, das zweite war ein Studienfreund. Wenn Möllenthin ein Glaubensproblem oder auch nur eine praktische Frage mit sich auszumachen hatte, dann hatte er sich immer diesen Freund vorgestellt und mit ihm das Für und Wider abgewogen. Dietrich Kölling kannte diese Methode, mit sich selbst zu diskutieren. Er praktizierte sie im Kopf, Möllenthin auf dem Papier.

Der Freund, der Arnim hieß, hatte ebenfalls Theologie studiert, allerdings hatte er nie im Dienst der Kirche gestanden, sondern ein zweites Studium aufgenommen. Informationswissenschaften hieß es, und für Dietrich Kölling stellte es etwas ähnlich Krudes wie Theologie dar, allerdings hatte es mit Computern zu tun, und die waren bekanntlich das Zentrum einer Religion der neuen Generationen und der Zukunft. Der Sprung von der Theologie zur Informationswissenschaft war ein ungeheurer, aber möglicherweise konnte man den Computer nicht nur theologisch betrachten, sondern im Gegenzug auch Gott unter dem Aspekt der Informationsverarbeitung: Gott als Hardware, die Propheten als das Schreibprogramm, Jesus als Monitor.

Dietrich Kölling warf dem PC auf Beckers Schreibtisch einen abschätzigen Blick zu. Der Monitor war dunkel. Mit einem Knopfdruck konnte man ihn zum Leben erwecken. Becker hatte sogar das Universum auf dem Display. Man nannte das Bildschirmschoner. Dietrich Kölling griff zum Telefon.

»Polizeipräsidium Hagen«, meldete sich eine Frau.

»LKA Berlin«, stellte sich Dietrich Kölling vor. »Die Kripo, bitte. OK Weber.«

»Moment«, sagte die Frau. Dietrich Kölling klemmte sich den Hörer zwischen Kopf und Schulter und langte nach der Akte. Der Moment zog sich hin. Im Hörer wiederholte eine Frau mit monotoner Stimme: »Bitte warten!« Es war nicht die Frau von der Vermittlung, und eine Fremdsprache hatte bei der Polizei Hagen noch nicht Einzug gehalten. Dietrich Kölling war froh darüber, denn wenn ihn jemand zum »Please, hold the line!« aufforderte, bekam er immer einen Schreck. Man rechnete in Deutschland einfach nicht damit.

»Ja?«, fragte ein Mann.

»Oberkommissar Weber?«, fragte Dietrich Kölling zurück.

»Und Sie?«

»Kölling. LKA Berlin.«

»Ach, Sie schon wieder«, stellte Weber entnervt fest. »Wenn wir wegen jeder Ihrer Einzelfragen zu Frau Möllenthin fahren, kommen wir nicht mehr zu unserer eigentlichen Arbeit.«

»Ist Hagen denn groß?«, wollte Dietrich Kölling wissen.

»Knapp über zweihunderttausend Einwohner«, sagte Weber.

»Immerhin«, lobte Dietrich Kölling, als sei dies ein Verdienst des Oberkommissars.

»Falls Sie mich über unsere Stadt ausfragen wollen, kann ich Ihnen noch sagen, dass wir neunzehnhundertsechsundneunzig zweihundertfünfzig Jahre alt geworden sind. Wir haben vier Flüsse hier und den Hagener Impuls.«

»Das wäre was für meinen Kollegen, der löst gern Kreuzworträtsel«, meinte Dietrich Kölling. »Vielleicht kann ich ihn mit dem Hagener Impuls überraschen.«

»Ist irgendwas Baugeschichtliches«, sagte Weber. »Ich bin bereit, es zu recherchieren, wenn bei euch in Berlin ein Haus ermordet wird. Und nun sagen Sie mir in Gottes Namen, was Sie von uns wollen.«
»In Gottes Namen? Mit dem habe ich gerade zu tun. Nein, ich möchte bloß wissen, wer Arnim ist. Ein Studienfreund von Winfried Möllenthin, Theologe und Informatiker. Den kennt Möllenthins Mutter vielleicht.«
»Familienname, Anschrift, DNA-Code und Schuhgröße, wenn's gefällig ist?«
»So ungefähr«, bestätigte Dietrich Kölling.
»Termin?«
»Gestern.«
»Mein Gott, dass ihr Berliner es immer so eilig habt. Wir haben hier auch unsere Morde.«
»In Hagen?«, fragte Dietrich Kölling mit gespielter Atemlosigkeit.
»Ein dreijähriges Mädchen«, sagte Weber.
Dazu hatte Dietrich Kölling keinen Kommentar.

2

»Wissen Sie was?«, fragte Becker, kaum dass er die Tür geschlossen hatte.
»Der Hagener Impuls ist etwas Baugeschichtliches«, entgegnete Dietrich Kölling, »und unser Sankt Winfried kannte nur eine Lust: die Reiselust. Jetzt stelle ich Ihnen eine Frage, Becker: Warum schleppen Sie Akten an? Haben wir nicht selbst genug?«
Becker warf zwei Ordner auf den Tisch und klopfte auf ihre Deckel.
»Peter Mundt«, verkündete er gewichtig.
»Unser Beispiel, an dem ich Ihnen den Unterschied zwischen Coiffeur und Friseur zu erklären versuchte?«
»Eben jener.« Becker ließ sich auf seinen Schreibtischsessel fallen. »Er ist ein passionierter Autoknacker. In der Regel handelt er gemeinschaftlich, also mit Jungs und Mädels aus seiner Clique, aber hin und wieder tritt er auch als Einzeltäter auf. Wie letzte Nacht in Hermsdorf.«

»Und hat sich erwischen lassen?«
»Nicht auf frischer Tat. Aber er hat seine Fingerspuren hinterlassen. Und ein Pfiffikus vom Kraftfahrzeugdiebstahl hat bei uns im Sekretariat angerufen.«
»Ich liebe es, wenn die Kollegen mitdenken«, sagte Dietrich Kölling. »Wo kann ich den Knaben sprechen?«
»Tja«, Becker zuckte die Schultern, »in der Schule, nehme ich an. Er ist noch heute Nacht vernommen worden, aber einen Haftbefehl hat niemand erwirkt. Obwohl es schon sein zwölftes Delikt ist.«
»Auf Schule habe ich keine Lust«, brummte Dietrich Kölling. Becker verstand den Wink mit dem Zaunpfahl.

3

Hans-Joachim Tangermann hatte sich etwas ausgedacht. Ebenso wie seine Kollegen störte ihn, dass sie mit einem der ersten Schritte einer jeden Ermittlung, dem Aufklären des Umfeldes von Opfer und Tatverdächtigen, soweit es sie schon gab, nicht recht vorankamen: Einsame Menschen wie Möllenthin oder Hönekamp hatten eben keinen oder nur einen oberflächlichen privaten Bekanntenkreis. Aufschluss über Mario Hönekamp erwartete er sich von dessen früherer Freundin, gerade weil sie ihn vor die Tür gesetzt hatte; von ihr ließ sich gewiss einiges über Hönekamps Persönlichkeit in Erfahrung bringen. Eltern hatte er nicht mehr, seine Knastgefährten standen für später auf Tangermanns Programm.
Der Name und die Anschrift der Freundin fand sich in den Ermittlungsakten, denn als Hönekamp seine Motive für den Bankraub darlegen sollte, hatte er vor allem die Trennung von Gabi Düppe ins Feld geführt. Da die Ereignisse bereits mehr als sechs Jahre zurücklagen, hatte Tangermann die Angaben beim Landeseinwohneramt überprüft und festgestellt, dass die Frau noch immer in der Triftstraße im Wedding wohnte. Er hatte sie angerufen und sich mit ihr verabredet, damit er nicht unverrichteter Dinge wieder abziehen musste. Der Chef sollte spüren, dass auch er seinen Mann stehen konnte und nichts dem Zufall überließ. Begeistert war Gabi Düppe natürlich nicht ge-

wesen. Niemand bekam gern Besuch von der Kripo, es sei denn, er hätte sie gerufen.

Dafür, dass Hönekamp sie durch die Blume als arbeitsscheu gescholten hatte, lebte die Frau ziemlich komfortabel in einem frisch renovierten Vorderhaus, aber vielleicht gehörte sie zu den Glücklichen mit einem der alten Mietverträge und zahlte nur eine geringe Miete. Tangermann läutete. Wie immer, wenn er vor Wohnungstüren warten musste, war er gespannt auf das, was ihn erwartete. Vielleicht würde ihn diesmal kein Hund begrüßen, sondern ein Reptil. Gabi Düppe öffnete. Tangermann wurde nicht enttäuscht: In der Wohnung keifte ein Wellensittich. Das war zwar kein solcher Exot wie ein Krokodil oder eine Boa, aber immerhin ein Haustier. Und tierisch hatte sich auch Frau Düppe gekleidet. In ihrer offenbar überheizten Wohnung trug sie bloß einen Tigertanga und einen Umhang mit Leopardenzeichnung, Kleidungsstücke also, die vor etlichen Jahren einmal modern gewesen waren. Aber da die Mode immer wieder auf die Vergangenheit zurückgriff, waren diese Dinge womöglich wieder in.

»Oh, Sie sind ja noch jung«, stellte die Düppe fest. Tangermann wusste, dass sie ebenso alt war wie er. »Kommen Sie rein.«

Die Frau ging voraus mit einem Hüftschwung, als befände sie sich auf dem Straßenstrich. Wieder einmal wurde Tangermann in ein Wohnzimmer geführt; ein solches wie dieses hatte er allerdings noch nie gesehen. Gabi Düppe musste das Interieur nach einer Filmschmonzette über das Treiben an den Kalifenhöfen unbestimmbarer Jahrhunderte ausgewählt haben. Der Boden war mit mehreren Perserteppichen ausgelegt, auf einem riesigen Futon stapelten sich die orientalisch bestickten Kissen, an den Wänden, von denen eine rot gestrichen war, hingen allerlei Krummschwerter, und auch die Vasen und Schalen auf den Möbeln suggerierten das Flair von »1001 Nacht«. Eigentlich hätte statt eines Wellensittichs ein Papagei hierher gepasst, aber Papageien machten wohl zu viel Krach und Dreck. Tangermann würde in einer solchen Umgebung wahnsinnig werden, aber für ihn war sie nicht bestimmt. Gabi Düppe ließ sich auf den Futon fallen, Tangermann setzte sich auf einen runden, plüschbezogenen Hocker.

»Gefällt's Ihnen?«, fragte die Frau, der Tangermanns Rundumblick nicht entgangen war.
»Es ist ungewöhnlich«, sagte Tangermann vorsichtig.
»Alles aus Liebe.« Frau Düppe sprach nicht, sie stöhnte es. »Mein Freund ist Libanese. Was meinen Sie, wie er kommt, wenn er die Krummsäbel sieht. Die machen ihn scharf, Herr ...«
»Tangermann.«
»Ich bin jedenfalls Gabi und habe es nicht gern, wenn ich gesiezt werde. Man kommt sich dann immer so alt vor, nicht wahr? Einen Drink, Herr Tangamann?« Sie lachte.
»Nein.« Tangermann gab sich alle Mühe, unbeeindruckt zu wirken. »Und ich würde gern schnell zur Sache kommen.«
»Oha, so einer bist du also. Schnell zur Sache, Donnerwetter. Live fast, love fast, die fast. Na, über den Tod wollen wir nicht reden, oder? Ach so, das ist ja dein Job. In deinem Alter, und immer nur Leichen um sich, also nee ...«
»Frau Düppe«, Tangermann ging das dummdreiste Geschwätz auf den Geist, »wie ich Ihnen bereits angekündigt habe, Frau Düppe, Ihnen angekündigt, möchte ich mich mit Ihnen, mit Ihnen über einen noch Lebenden unterhalten.«
»Ja, schon gut, schon gut.« Gabi Düppe setzte sich aufrecht und spielte die Züchtige. »Über ein Arschloch. Wissen Sie, was Hönekamps Problem war? Und bestimmt noch ist? Er hat einen viel zu kleinen Schwanz.«
»Ich weiß zwar nicht, ob es zu Ihrer Profession gehört, Schwänze zu messen«, sagte Tangermann und war ungeheuer stolz auf sich, »aber das ist nicht mein Problem.«
»Ach nee? Mensch, Tangamann ... Herr Tangamann, ich kenne mich aus mit Männern, und Ihnen sehe ich an der Nasenspitze an, wofür Sie sich interessieren. Selbst wenn ich mich jetzt auspellen würde, Sie ...«
»Hönekamp«, fiel ihr Tangermann ins Wort. »Das Arschloch. Mit dem Sie mehrere Jahre befreundet waren. Intim befreundet.«
»Wie Sie das sagen.« Gabi Düppe schüttelte den Kopf. Wenn sie anschaffte, hatte sie bestimmt einen Künstlernamen. »Intim befreundet.

Ja, war ich. Aber nicht mehrere Jahre, sondern ein Jahr höchstens. Hat mir ganz schön auf der Tasche gelegen, unser Mario, der leider nicht zaubern konnte.«

»Der Mario, auf den Sie anspielen, konnte es auch nicht.« Auch wenn Tangermann nicht sehr belesen war, Schulbildung hatte er immerhin. »Übrigens behauptet Hönekamp das Gegenteil: dass er Sie ausgehalten hätte.«

»Eine Schutzbehauptung.« Die Frau schien jetzt ernsthaft Auskunft geben zu wollen. Tangermann sah die Schminke in ihrem Gesicht. »Ein Beweis seiner Männlichkeit, verstehen Sie? Zuhälter sind die einzigen Kerle, die offen zugeben, dass sie von Frauen leben. Ein Ehekrüppel, und Mario hatte die Tendenz dazu, ein Ehekrüppel kann nicht eingestehen, wenn die Frau das Geld ranschafft. Wenn seine Funktion als Ernährer in Frage gestellt wird. Gucken Sie sich doch die Dauerarbeitslosen an, bei denen wirkt sich das bis ins Sexualleben aus. Und sie können sich nicht mal eine Hure leisten. Zum Abreagieren. Da greifen sie sich lieber eine auf der Straße ab und vergewaltigen sie. Ich weiß, wovon ich spreche, Herr Generalhauptkommissar oder was Sie sind. Mario hat noch immer dreißigtausend Mark offen bei mir. Für eine Karre, die er ein paar Tage, bevor ich ihn rauswarf, zu Schrott gefahren hat. Können Sie sich selber ausrechnen, was das in Euro ist. Das wissen Sie gar nicht?« Tangermann schüttelte den Kopf. »Na, solange er im Knast war, kam ich an ihn nicht heran. Rechtlich schon, doch was sollen mir die paar Piepen. Aber jetzt: Mein Anwalt hat ihm geschrieben. Mit Ultimatum und allen Schikanen. Ich verschenke nämlich nichts. Habe einen schönen Schuldschein von Mario. Wenn er keinen Vorschlag macht, Ratenzahlung oder so, dann gibt's einen Zivilprozess vom Feinsten.«

»Das heißt«, Tangermann rieb sich aufgeregt das Kinn, »das heißt also, Mario Hönekamp braucht dringend Geld?«

»Nicht bloß dringend, mein Herr und Gebieter.« Gabi Düppe erhob sich, trat an ein Schränkchen und zog die Lade auf. »Sondern allerallerdringendst.«

4

Dietrich Kölling machte ein unzufriedenes Gesicht, und er hatte auch allen Grund dazu: Die Blissow hatte sich bemüht, die letzten drei Lebenstage Möllenthins zu rekonstruieren, aber viel war dabei nicht herausgekommen. Möllenthin hatte gearbeitet. Er hatte Krankenbesuche gemacht, das Kinderfest vorbereitet, zwei Bibelstunden abgehalten, eine Chorprobe besucht. Er hatte Briefe geschrieben und Briefe beantwortet, allesamt dienstliche Schreiben. Er hatte das Quartalsprogramm seines Sprengels entworfen, ein Beweis für das rege kulturelle Leben, von dem die Blissow schon gesprochen hatte. Er war jeden Tag bis in den Abend unterwegs gewesen. Was er dann in seinen vier Wänden getrieben hatte, blieb offen. Nichts wahrscheinlich. Dietrich Kölling legte den Bericht zur Seite. Um nicht tatenlos auf ein Wunder zu warten, rief er in Hagen an, erreichte Oberkommissar Weber jedoch nicht. Becker und Hajota waren auf Achse, zweifellos um mit leeren Händen zurückzukehren. Dietrich Kölling hatte Kopfschmerzen und Lust auf einen Schnaps. Doch auch seine eiserne Reserve war eisern zur Neige gegangen. Neben der leeren Flasche lag seine Dienstpistole. Dietrich Kölling meldete sein Kommissariat zum Schießtraining an. Dann überschlugen sich die Ereignisse.

Becker trat herein, Tangermann folgte ihm, und gleich beide Telefone begannen zu läuten. Bevor jemand reagieren konnte, hatte Dietrich Kölling zwei Hörer in der Hand.

»Moment!«, bellte er in den ersten, »Kölling«, in den zweiten.

»PTU«, meldete sich der eine Anrufer. Dietrich Kölling reichte den ersten Hörer Becker über den Tisch.

»Was ist denn?«, wollte er wissen.

»Wir haben was«, sagte der Mann von der Kriminaltechnik. »Wollfäden, die wir am Türrahmen gefunden haben. Und die zu keinem der Kleidungsstücke von … von Möllenthin, Winfried passen. Blaue Wolle. Mit Talg- und Schweißspuren. Häufig gewaschen übrigens.«

»Genügt das für eine Identifizierung?«

»Und ob«, erwiderte der Techniker. Dietrich Kölling schaute seine Mitarbeiter triumphierend an. Becker sprach noch, warf aber seinem

Chef zugleich einen forschenden Blick zu, Tangermann, der schon mit roten Bäckchen ins Zimmer gekommen war, glühte quasi vor Aufregung. Er schien Erfolg gehabt zu haben. Dietrich Kölling legte auf.

»Endlich Bewegung«, sagte er.

»Hier auch.« Becker gab den Hörer wieder zurück. »Weber aus Hagen«, kündigte er an.

»Ach, der Herr Weber. Was tun Sie? Weben Sie Deutschlands Leichentuch?«

»Sie lassen mir ja keine Zeit dafür«, schimpfte der Oberkommissar. »Und nun spitzen Sie Ohren und Bleistift. Möllenthins Studienkollege heißt Arnim Völkel und hat eine jüdische Nase.«

»Bitte?«

»Frau Möllenthin sagt, er hätte eine jüdische Nase. Lebt in Berlin. In Frohnau, wenn das existiert. Hat dort ein Häuschen und eine Familie.«

»Hoffen wir, dass es nur einen Arnim Völkel in Frohnau gibt.«

»Das ist nicht mein Bier. Wiedersehen!« Weber beendete das Gespräch.

»Na?«, fragte Becker.

Dietrich Kölling zuckte die Schultern. »Ich brauche einen Arnim Völkel mit Häuschen in Frohnau und eine blaue, häufig gewaschene, durchgeschwitzte Wollmütze«, erklärte er. »Und ihr?«

»Peter Mundt war weder in der Schule noch daheim«, berichtete Becker.

»Mario Hönekamp hatte bei seiner früheren Freundin Gabi Düppe dreißigtausend Mark Schulden«, sagte Tangermann.

»Das gefällt mir.« Dietrich Kölling rieb sich die Hände. »Her mit dem Kerl!«

5

Rüdiger Beck war betrunken. Er brauchte eine lange Zeit, bis er überhaupt registrierte, dass an seiner Wohnungstür geklingelt wurde, und damit begannen seine Schwierigkeiten erst. In den Stunden, die er im Rausch verbracht hatte, musste jemand in seine Wohnung eingedrungen sein und den Flur in die Länge gezogen haben; es war schier unmöglich, die Tür zu erreichen. Beck kroch auf allen Vieren. Derjenige, der Einlass begehrte, war hartnäckig. Beck übergab sich. Er erbrach eine klare Flüssigkeit. Die Türglocke schrillte und schrillte.

Rüdiger Beck nahm seine letzten Kräfte zusammen und richtete sich auf. Er hielt sich an der Klinke fest und bemühte sich gleichzeitig, sie niederzudrücken. Das war zu viel verlangt. Die Tür sprang zwar auf, aber Beck stürzte zu Boden. Er blinzelte. Drei junge Männer standen über ihm. Zwei von ihnen hatten Eishockeyschläger in der Hand.

»Guckt euch das besoffene Dreckschwein an«, forderte der Unbewaffnete seine Kumpane auf.

»Los, Schweinchen, vorwärts!«, befahl einer von ihnen, der sehr groß war und sehr kräftig, ein Riese. Sein Schlag traf Beck vor die Brust, er röchelte. Dann kroch er los. Die Jungen hieben auf seine Schenkel. Beck kroch über die Schwelle ins Wohnzimmer. Der Kater hatte sich versteckt.

»Beck, jetzt machen wir dich alle«, kündigte der Unbewaffnete an. Rüdiger Beck konnte nicht sprechen, er gurgelte bloß und schüttelte den Kopf. Die Jungen packten ihn und warfen ihn auf den Rücken. Beck kam sich wehrlos vor wie ein Käfer, und wie ein Käfer strampelte er verzweifelt mit Armen und Beinen. Gegen drei Angreifer hatte er keine Chance. Sie hatten eine Wäscheleine dabei und fesselten ihn im Handumdrehen. Dann legten sie eine Pause ein, schauten sich um. Rüdiger Beck schloss die Augen vor Angst und Scham. Ihm war eingefallen, dass die drei Jungen gleich etwas für ihn entsetzlich Peinliches entdecken würden.

»Eh, nun guckt euch doch bloß diese Schweinerei ein«, sagte der Riese. »Da, sein Bett. Er hat eingekackt.«

»Ich«, brachte Beck mühsam über die Lippe. Dann wurde er aufgehoben, abermals gedreht, zum Bett geschleppt. Beck öffnete die Augen nicht mehr. Die Jungen drückten sein Gesicht in die Scheiße. Sie war warm und weich und stank bestialisch.

»Los, spuck's aus«, verlangte der Unbewaffnete. Jemand griff Beck ins Haar und riss seinen Kopf hoch. »Warum hast du bei den Bullen gepetzt?«
»Ich ... habe nicht ...«, stammelte Beck. Ein Hieb traf seinen Rücken, das besudelte Laken kam wieder näher.
»Jedenfalls will ich alles zurück«, sagte der Unbewaffnete.
»Und reden wird er auch«, sagte der Riese.
Beck wurde ins Bett gelegt, auf den Rücken, in den Dreck. Der Riese zerriss sein Hemd, der zweite Junge zog ein Feuerzeug aus der Hosentasche, während der dritte Becks Brustwolle mit Klebstoff einrieb. Die Flamme des Feuerzeugs kam näher und näher. Beck riss die Augen auf. Seine Brusthaare brannten. Beck schrie. Der Riese holte mit dem Schläger aus und zielte nach seinem Mund.

6

Frau Möllenthin hatte Arnim Völkels Domizil ein Häuschen genannt, aber man konnte ihr keinen Vorwurf machen, denn sie hatte es nie gesehen. Becker fuhr den Wagen vor die Grundstückseinfahrt. Das Häuschen war eine Villa. Es trat den Beweis an, dass man in der Computerbranche mehr verdienen konnte als mit der Rettung von Seelen. Völkel hatte es zu ansehnlichem Wohlstand gebracht, Möllenthin zu einer Dienstwohnung und zu einem Guthaben, dass gerade zur Deckung der Bestattungskosten reichte, aber in seinem Fall kam die Kirche dafür auf. Das Geld würde an die Mutter fallen. Viel anfangen konnte sie damit nicht.
»Verdammt pervers«, sagte die Blissow und zeigte auf eine Tafel neben der Einfahrt. *VB Communications GmbH Arnim Völkel & Susanne Brecker* stand darauf, Telefon- und Faxnummern sowie die Bürozeiten. »Die haben nicht bloß dieses Riesenhaus, die setzen bestimmt auch noch die Hälfte der Räume von der Steuer ab.«
»VB«, Becker schüttelte den Kopf, »die wissen sicher nicht, dass es bei uns eine Abkürzung für Verbrechensbekämpfung ist.«
Die Blissow hatte sich nicht geirrt, mindestens drei Zimmer im Erdgeschoss wurden von Völkels Firma genutzt. Die Räume mit den

weiß gestrichenen Wänden und dem blanken Dielenboden waren funktional eingerichtet, allerdings sahen die Möbel nicht nach IKEA aus, sondern nach einem Anbieter der gehobenen Klasse. Es gab fünf Arbeitsplätze, ein Dutzend PC, aber auch zwei Computer von Apple, dazu Telefone, Faxmaschinen, Modems, Drucker, Kopierer und allerlei Geräte, deren Aufgaben weder Becker noch die Blissow kannten. Funktional wirkte auch Arnim Völkel in seinem weit geschnittenen, bequemen Anzug, der einen sofort an die stehende Wendung vom dynamischen und erfolgreichen Jungunternehmer denken ließ. Der Anzug war weinrot, das Seidenhemd ebenfalls, dazu trug Völkel eine silberne Seidenkrawatte; vielleicht war er im Nebenberuf ein Entertainer und gewohnt, auf der Bühne zu stehen und sein Publikum durch Eleganz zu ködern. Völkel war allein, was die Blissow umso mehr verwunderte, da sie und Becker während der Bürozeiten aufgekreuzt waren.

»Keine Angestellten?«, fragte sie denn auch.

»Doch, schon.« Völkel lächelte verbindlich. Dass er der Freund eines Priesters sein sollte, erschien unvorstellbar. »Pauschalkräfte und freie Mitarbeiter. Sie arbeiten hier nach Bedarf und Auftragslage. Aber täuschen Sie sich nicht, morgen wird hier wieder Wooling sein. Meine Frau und zwei meiner Leute machen heute eine Einführungsveranstaltung in Frankfurt an der Oder. Wir haben die dortige Stadtverwaltung mit einem neuen Kommunikationssystem ausgerüstet.«

»Und was machen Sie sonst noch?«, wollte Becker wissen.

»Informationsverarbeitung und Kommunikation im weitesten Sinne. Technisch, strategisch, logistisch.« Völkel setzte sich an einen der Arbeitstische und fuhr mit der Mouse über ein Pad mit der Aufschrift *VB Communications*. Auf dem Bildschirm, über den bisher die Schriftzeile *VB Communications* gelaufen war, erschien eine Textseite. »Wenn Sie wollen, vernetzen wir die gesamte Polizei. Wir organisieren Ihnen aber auch eine Werbekampagne oder tun was für Ihr angeschlagenes Image. Außerdem können wir Ihre Drucksachen bis zur Druckvorstufe betreuen. Bis zu den belichteten Filmen.«

»Filme?«, fragte Becker erstaunt.

»Ja, Filme. In Ihrer Vorstellungswelt werden Bücher und so weiter noch aus Lettern gesetzt, was? Heutzutage macht man das nur noch für besonders edle Ausgaben. Für bibliophile Editionen. Standard ist Offset. Kurz gesagt, lichtempfindliche Materialien haben den Bleiguss ersetzt.«

»Das würde ich mir gern anschauen«, sagte Becker. »Mit meinem Sohn.«

»Kein Problem.«

»Aber nicht jetzt.« Die Blissow schüttelte den Kopf in Richtung auf ihren Kollegen. »Der Anlass unseres Besuches ist ein trauriger.«

»Ich weiß.« Völkel wandte sich von dem Computer ab und setzte eine betrübte Miene auf. »Habe es in der Zeitung gelesen. Das mit Winfried.«

»Sie kannten ihn gut?«

»Wir waren befreundet.« Arnim Völkel zupfte an seiner Krawatte. »Gegensätze ziehen sich an, wie Sie wissen. Ich bin ein Mensch der großen Entwürfe und Risiken, Winfried war mehr der betuliche, genaue Typ. Aber in einem ähnelten wir uns doch; wir sind beide Workaholics. Wobei, ich racker dafür, irgendwann einmal die Tür abzusperren und zu genießen. Winfried war ein eher genussunfreudiger Mensch. Per se, wenn Sie verstehen, und nicht nur, weil seine Kirche Mühsal und Plage predigt. Deswegen habe ich die Theologie ja an den Nagel gehängt. Wenn ich den Leuten schon ein X für ein U vormachen soll, dann will ich dabei wenigstens kräftig verdienen. Aber können Sie sich vorstellen, eine Religion anzupreisen wie ein Waschmittel? Oder eine Colasorte? Gott Megaperls – und Ihre Seele ist rein. Jesus light – Sie glauben, wir erteilen Ihnen die Absolution. Oder so? Sanctas trinitatis, denn Vertrauen ist der Anfang von allem.«

»Ich könnte mir das gut vorstellen«, meinte die Blissow.

»Ich auch, ich auch.« Völkel nickte heftig. »Gerade in dieser Zeit. Ich bin nämlich überzeugt, dass die Leute wieder glauben wollen. Die Realität ist so widrig, da brauchen sie ein bisschen Opium.«

»Sagen Sie mal, Herr Völkel«, brachte sich Becker ins Gespräch, »wir haben bei unseren bisherigen Ermittlungen den Eindruck gewonnen,

Herr Möllenthin war so etwas wie ein Ritter ohne Fehl und Tadel. Wir finden einfach keinen Punkt, an dem er angreifbar gewesen ist.«

»Er kommt Ihnen vor, als hätte er wie Siegfried in Drachenblut gebadet? Und nun suchen Sie verzweifelt die Stelle, auf die das Blatt gefallen ist? Die Achillesferse, wie man auch sagen könnte? Ich verstehe, ich verstehe ... Das Motiv, richtig?«

»Richtig«, bestätigte Becker.

»Wussten Sie eigentlich, dass er noch Jungfrau war?«

»Nein.«

»Sie haben richtig gehört, Winfried hat noch nie gevögelt. Nicht Männlein, nicht Weiblein, nicht mal ein Huhn. Immer nur Handbetrieb. Verzeihen Sie, wenn ich das so drastisch ausdrücke. Einmal allerdings hat ihn der Teufel doch versucht.« Völkel lächelte ironisch. »Eine junge Frau. Ein Zuzug, neu in der Gemeinde. Er hat sich über beide Ohren verliebt. Eine schlimme Zeit für ihn. Fast jeden Tag saß er bei mir und hat sich ausgeheult. Dann hat er es einfach nicht mehr ausgehalten und ihr ein Liebesgeständnis gemacht. Er hat sie wohl auch angefasst, aber ... Also das kann nur was ganz, ganz Verklemmtes gewesen sein. Trotzdem, es war eine verheiratete Frau, bei der hat sofort das große Rauschen im Hirn angefangen. Sünde, Sünde, hat's wohl gerauscht. Und sie hat sich beschwert. Die Kirchenfürsten haben Winfried die Ohren lang gezogen, er hat sich tausendmal entschuldigt, vielleicht auch im stillen Kämmerlein ausgepeitscht, jeden Morgen kalte Waschungen gemacht, und die Sache war beigelegt. Genau genommen war ja auch gar nichts passiert.«

»Darüber hat niemand mit uns gesprochen«, stellte die Blissow fest.

»Natürlich nicht.« Arnim Völkel spielte wieder mit der Mouse. »Mensch, das sind Katholiken in seiner Gemeinde, die werden doppelt und dreifach zum Lügen und Vertuschen erzogen. Von ihren Eltern, von der Schule, von der Kirche: Was hast du getan? – Ich habe gelogen. – Ach so. Steck was in die Kollekte – und te absolvo.«

»Sie haben keine besonders hohe Meinung von der Kirche«, sagte Becker.

»Nein. Es ist eine Funktionärskirche. Ganz oben steht der Papst mit seinen Schranzen, und das setzt sich so nach unten fort. Vielleicht klingt das jetzt wie ein Gemeinplatz, aber was soll's, es stimmt doch: Den Kirchenfürsten geht es nur um Macht. Nicht um den Glauben, und um eine unsichere Größe wie den Menschen schon gar nicht. Das war so, das bleibt so. Und ich verachte Leute, die ihr Machtstreben mit Ideologien tarnen. Nur wer offen ausspricht, dass er von der Macht eine Erektion bekommt, hat meine Sympathie. Das ist für mich moralisch. Soldaten, die in den Krieg ziehen, um Frauen zu vergewaltigen, die sind wenigstens ehrlich. Soldaten, die für ein Vaterland kämpfen oder ein anderes heiliges Gut, sind entweder Spinner oder Betrüger. Kann sein, sie betrügen sich selbst. Das macht für mich keinen Unterschied.«

»Also ein besonders militanter Glaubenssoldat scheint Möllenthin nicht gewesen zu sein«, meinte die Blissow. Ein Telefon läutete.

»War er auch nicht.« Arnim Völkel zog sich den Apparat auf den Schoß. »Er stand auf der Verliererseite. Hat es nur nicht gewusst. Jetzt ist es bewiesen.«

7

»Technisch, strategisch, logistisch«, zitierte die Blissow und verzog das Gesicht, als wären diese Worte sauer. »Und Soldaten, die in den Krieg ziehen, um Frauen zu vergewaltigen, sind wenigstens ehrlich. Eigentlich hätten Möllenthin und Völkel wie Hund und Katz sein müssen.«

»Wir haben Völkel gar nicht nach seinem Alibi gefragt«, fiel Becker ein.

»Na, der hat doch nun wirklich keinen Grund, Möllenthin umzubringen. Er hat genau gewusst, dass bei seinem Freund nichts zu holen ist. Und Eifersucht fällt auch aus, da unser Winfried enthaltsam gelebt hat. Jedenfalls ist mir rein technisch klar, dass wir die Frau finden müssen, mit der er angebändelt hat. Welche Strategie und Logistik wir dabei anwenden, weiß ich nicht. Vielleicht legen wir alles in Gottes Hand, vielleicht arbeiten wir wie immer und wenden den Heuhaufen so lange um, bis die Nadel herausfällt.«

»Ich hatte ohnehin vor, dem Gemeindevorsteher einen Besuch abzustatten.« Becker startete den Wagen. »Ihm können wir ja auf den Zahn fühlen.«
»Ob das genügen wird? Wahrscheinlich müssen wir es so machen wie Laurence Olivier in ›Marathon Man‹. Da foltert er jemanden mit dem Zahnbohrer. Immer schön rein in den Nerv.«
»Das sind ja die reinsten Gestapomethoden«, meinte Becker.
»Aber wirksam«, sagte die Blissow und lehnte ihren Kopf an die Stütze. »Und nun straight ahead.«
Der Vorsteher der Marien-Gemeinde war Arzt, allerdings nicht für die Zähne, sondern für den Geist. Er arbeitete auf der Geschlossenen Abteilung der Karl-Bonhoeffer-Klinik, die sowohl Becker als auch der Blissow nicht ganz unvertraut war, denn dort wurden die Sexualverbrecher zuerst begutachtet und dann weggesperrt. Mitunter floh einer oder wurde als geheilt entlassen, womit er in der Regel wieder zum Fall für die Polizei wurde. Sexualverbrecher mochten labile Persönlichkeiten sein, aber wenn es ums Vergewaltigen und Lustmorden ging, entwickelten sie eine erstaunliche Beharrlichkeit.
Doktor Gabriel Rübsamen hatte Stationsdienst, war jedoch auf den Empfang von Polizeibeamten vorbereitet. Eine Schwester geleitete die Besucher über einen Gang; links befanden sich die Türen zu den Krankenzimmern, rechts vergitterte Fenster zu einem Park hin. Becker warf aus den Augenwinkeln ein paar verstohlene Blicke auf die Irren, die auf dem Flur saßen und Kuchen aßen. Sie trugen Bademäntel und Pantoffeln und sahen alle ganz manierlich aus. Niemand schrie, sabberte oder schlug mit dem Kopf gegen die Wände, wahrscheinlich hatte man sie mit Tranquilizern ruhig gestellt. Nur ihre Augen waren nicht normal, manche glänzten fiebrig, andere signalisierten Angst oder waren tot.
Das Ordinationszimmer der Station, das sich Rübsamen offenbar mit anderen Ärzten teilte, sah so unpersönlich und steril aus wie alle Räume dieser Art. Es war bis zur Hälfte gekachelt, die Möbel waren hellgrau oder weiß und abwaschbar, in einem Schrank standen Medikamente hinter Glas. Doktor Rübsamen saß am Schreibtisch und stu-

dierte Krankengeschichten. Manche Akten waren dick wie die eines langwierigen Ermittlungsverfahrens.

»Willkommen«, sagte der Arzt und erhob sich.

»Auf der Endstation.« Die Blissow konnte es sich nicht verkneifen.

»Nicht für jeden«, meinte Rübsamen ernst. »Obwohl wir selbst die Abteilung manchmal im Scherz ›Hotel Terminus‹ nennen. Es gibt schon hoffnungslose Fälle.«

»Wegen eines solchen sind wir hier.«

»Das ist eine Frage des Standpunktes«, behauptete Rübsamen. »Wenn Sie an ein Leben nach dem Tod glauben, wird die Hoffnung für einen Verstorbenen nahezu grenzenlos. Sie hängt allerdings auch dann davon ab, wie er gelebt hat.«

»Und genau dies möchten wir von Herrn Möllenthin wissen«, nahm Becker das Stichwort auf. »Sie werden verstehen, dass uns von Berufs wegen vor allem die Schwächen interessieren. Über die Vorzüge und Qualitäten Ihres ehemaligen Pfarrers sind wir im Übrigen ausreichend belehrt.«

»Schwächen? Ich weiß nicht, was Sie meinen.« Rübsamen hatte graugrüne Augen, aber soeben hatten sie sich im übertragenen Sinne blau gefärbt.

»Also bei einem katholischen Geistlichen fällt mir auf Anhieb eine Menge ein«, sagte die Blissow. »Heimliche Zärtlichkeiten mit Messdienern, nächtliche Orgien nach der Spätmesse, masochistische Seancen mit Huren.«

»Das muss an Ihrem Beruf liegen, dass Sie solche fantastischen Vorstellungen vom Priesterleben haben«, erklärte der Doktor. »Ich persönlich habe auch meine Zweifel am Zölibat, gerade als Psychiater. Dauernde Enthaltsamkeit kann nämlich krank machen. Aber ein Geistlicher, der ist eben von einer übersinnlichen Liebe beseelt, wenn ich so sagen darf.«

»Aber einmal ist Möllenthin über die Stränge geschlagen«, warf Becker ein.

»Also dass Sie das wieder ausgraben mussten … Das liegt doch nun schon eine Ewigkeit zurück.«

»Wie lang ist denn eine Ewigkeit?«, erkundigte sich Becker.
»In diesem Falle etwa ein Jahr. Etwas länger.« Rübsamen dachte nach. »Fast anderthalb sogar. Wir haben Pfarrer Möllenthin übrigens den Rücken gestärkt. Der Gemeindevorstand. Es war ein kleiner, harmloser Ausrutscher. Selbst Frau Schultze hat das nicht mehr so dramatisch gesehen, nachdem ihre erste Erregung verraucht war.«
»Frau Schultze, ja.« Die Blissow tat, als wäre ihr der Name geläufig. »Wir benötigen ihre Anschrift.«
»Von Ilona? Tja, die habe ich nicht hier. Ich kann Ihnen nur beschreiben, wo sie wohnt.«
»Wunderbar«, lobte die Blissow und zückte ihr Notizbuch. »Legen Sie los.«

8

Mario Hönekamp musste auf dem Gang warten, während sich Dietrich Kölling um ein Vernehmungszimmer bemühte, was gar nicht so einfach war. Offenbar war in allen anderen acht Mordkommissariaten die große Verhörlust ausgebrochen. Dietrich Kölling hatte bereits eine kleine Schreierei mit der Hauptkommissarin Winterlich hinter sich und einen Eiertanz mit Wolfgang Vogelstorf, beides Kommissariatsleiter wie er, beide mit irgendwelchen läppischen Tötungsdelikten befasst. Vor allem Vogelstorf hatte es gut, der hatte schon einen Tatverdächtigen, und er hatte Vernehmungsraum eins am Morgen angemeldet, während Frau Winterlich bloß frech war. Dietrich Kölling würde Hönekamp im Arbeitszimmer von der Blissow und Tangermann verhören müssen, die beide außer Haus waren; in seinem Büro wollte er ihn jedenfalls nicht haben, denn dort hätte er zuvor Ordnung schaffen und die Pinnwand säubern müssen, und dazu hatte er keine Lust.
»Kommen Sie, Hönekamp«, rief er und wies einladend auf die geöffnete Tür. Der junge Mann drückte sich im Zeitlupentempo von der Bank hoch und kam in Slow Motion auf Dietrich Kölling zu.
»Wissen Sie, was ich genossen habe, nachdem ich aus dem Knast raus war?«, fragte er.

»Sie werden es mir gleich mitteilen«, vermutete Dietrich Kölling.
»Dass man wieder Herr zu mir sagte. *Herr* Hönekamp.«
»Schön für Sie.« Dietrich Kölling nickte ins Zimmer. »Setzen Sie sich schon hin, ich hole nur rasch meine Papiere.«
Das tat er auch. Doch bevor er sich seine Unterlagen griff, bestellte er das Schießtraining wieder ab. Hönekamp hatte, jedenfalls sah es so aus, artig auf seinem Stuhl gesessen. Dietrich Kölling nahm ihm gegenüber Platz und faltete priesterlich die Hände.
»Wir wollen uns über Frauen unterhalten«, kündigte er an.
»Über was?«
»Worüber, fragen Sie?« Diese kleine Sprachkorrektur konnte Dietrich Kölling dem jungen Mann nicht ersparen. »Über Frauen. Oder sagen Sie lieber Weiber? Bevorzugen Sie gar das gewisse Wort, das manche mit F schreiben, manche mit V?«
»Ich versteh nicht ...«
»Unser heutiges Thema heißt Gabi Düppe«, präzisierte Dietrich Kölling. »Vor allem wollen wir uns mit dem Geld beschäftigen, das Sie der Frau Düppe schulden.«
Mario Hönekamp wich zurück, als hätte sein Gegenüber einen bösen Geist beschworen. Dietrich Kölling registrierte befriedigt die Wirkung seiner Worte.
»Sie lügt«, sagte Hönekamp, nachdem er einige Zeit hatte verstreichen lassen.
»Mag sein.« Dietrich Kölling nickte. »Vielleicht lügt sie von morgens bis abends. Aber lügt der Schuldschein mit Ihrer Unterschrift? Und der Anwalt, der Sie mit einem Brief unter Druck gesetzt hat, lügt der auch?«
»Dieses Drecksweib!«, fluchte Hönekamp. »Das hätten wir doch unter uns abmachen können.«
»Haben Sie die fünfzehntausenddreihundertachtunddreißig Euro, sechsundsiebzig Cent flüssig?« Dietrich Kölling hatte sich die Summe von der Rechnungsstelle der Polizei genau ausrechnen lassen.
»Der Anwalt hat mir Ratenzahlung angeboten.«
»Mir bekannt«, sagte Dietrich Kölling. »Eine großzügige Lösung so-

gar, zweihundertfünfzig Euro im Monat. Widersprechen Sie nicht, ich habe mit ihm telefoniert. Stellen Sie sich das mal vor, einundsechzig Monate hätte das gedauert, einundsechzig Monate hätte Frau Düppe gewartet, bis der letzte Pfennig, äh, Cent bei ihr eingetrudelt wäre. Erste Frage: Können Sie rechnen? Das sind fünf Jahre, guter Mann. Zweite Frage: Hätten Sie die Monatsraten aufbringen können?«
Hönekamp senkte sein Haupt und schüttelte es kaum merklich.
»Sie haben doch einige Wochen bei Möllenthin gelebt, nicht wahr? Sie wussten, dass er den Kirchenschlüssel immer an einen Haken an seiner Wohnungstür hängte, wenn er ihn nicht brauchte?«
»Ja. Aber was hat das …«
»Sie wussten es also«, stellte Dietrich Kölling fest. »Sind Sie auch in der Kirche gewesen?«
»Natürlich. Ich bin gläubig. Und Möllenthin hat gut gepredigt. Ich habe manchmal weinen müssen.«
»Ach herrje, geweint haben Sie. Da treten mir doch glatt Tränen der Rührung in die Augen.« Dietrich Kölling schob Hönekamp seine Zigarettenschachtel über den Tisch, aber der lehnte das Angebot ab. Dietrich Kölling war es recht. Das sparte. »Also, wenn Sie in der Kirche gewesen sind, haben Sie sicher all die sakralen Gegenstände gesehen. Zum Beispiel die silbernen Altarkerzenhalter.«
»Waren die aus Silber?«, fragte Hönekamp verwirrt.
»Etwa nicht?«
»Winfried hat gesagt, die wären nicht viel wert.«
»Einfach so?« Dietrich Kölling belauerte Hönekamp jetzt wie der Jäger ein Wild. »Oder haben Sie gefragt?«
»Ich wollt's halt wissen«, bekannte Hönekamp.
»Warum?«
Darauf antwortete der junge Mann nicht, und ihm war anzusehen, wie es in seinem Gehirn arbeitete. Dietrich Kölling gab ihm die Zeit, die er brauchte, um die richtigen Schlussfolgerungen zu ziehen.
»Sie wollen mir etwas anhängen, stimmt's?«, fragte er schließlich. »Dass ich Winfried … wegen ein paar Scheißleuchtern … Mensch, ich hab den gemocht.«

»Sie waren doch in Tegel, nicht, Hönekamp? Wie viele Typen sind Ihnen dort über den Weg gelaufen, die jemanden umgebracht haben, den sie eigentlich mochten? Oder sogar liebten?«

»Alles klar«, sagte Hönekamp bloß. Damit konnte Dietrich Kölling nichts anfangen, aber er hatte seinen Patienten da, wo er ihn haben wollte: Er fühlte sich in die Enge getrieben. Nun konnte es ans Zähneziehen gehen.

»In welchem von Möllenthins Zimmer haben Sie eigentlich geschlafen?«, erkundigte er sich.

»Wo schon? Im Schlafzimmer.«

»Aber das Bett haben Sie nicht mit ihm geteilt, oder?«

»Quatsch. Er hat noch eine Matte reingelegt. War doch sowieso alles ein Provisorium.«

»Ja.« Dietrich Kölling zog den Terminkalender zu Rate. »Als Sie bei ihm lebten, provisorisch, versteht sich, ist Herr Möllenthin zweimal verreist. Wohin?«

»Irgendwo in den Norden, glaub ich. Ich hab mal mitgehört, wie er telefonisch einen Platz reserviert hat. Das Nest hieß … irgendwas mit Pass …«

»Pasewalk?«

»Exakt.«

»Hat er Ihnen erzählt, wen er dort besuchen wollte?«

»Nein. Ich habe ihn mal so nebenbei gefragt, denn so doll hat es mich nicht interessiert. Bekannte, hat er bloß geantwortet.«

»Hatte er etwas bei sich? Gepäck? Oder kam er mit etwas wieder?«

Mario Hönekamp schüttelte den Kopf.

»Gepäck hatte er nur was Normales mit. Eine kleine Reisetasche mit Rasierzeug und Unterwäsche, Socken und solchen Sachen. Was man eben täglich wechselt. Eines war allerdings … Wie soll ich das erklären? Er war irgendwie komisch, als er zurückkam.«

»Was bedeutet das?« Dietrich Kölling war gespannt wie ein Bogen.

»Tja, wie war er? Aufgekratzt, würde ich sagen. Genau. Er war aufgekratzt. Und gleichzeitig deprimiert.«

9

Es existierte kein Gesetz, dass jemandem mit dem Dutzendnamen Schultze verbot, wohlhabend zu sein, aber dass sie schon wieder Menschen aufsuchen mussten, die in einem großen Haus lebten, ging der Blissow allmählich über die Hutschnur.
»Das wächst sich ja zu einem Reiche-Leute-Fall à la deutsches Fernsehen aus«, stöhnte sie, als sie an der Gartenpforte läutete.
»Möllenthin strotzte nicht gerade vor Reichtum«, wandte Becker ein, »und nehmen Sie Hönekamp oder Beck, das sind doch arme Suppen. Im Übrigen, gucken Sie sich etwa Kriminalfilme im Fernsehen an?«
»Schon, schon. Aber selten, und dann nur richtige. Amerikanische oder französische. Aber mein blödsinniger Lebensgefährte, der guckt jeden Scheiß mit wehenden Gardinen und dramatischer Musik.«
»Blödsinnig? Ich dachte immer ...«
»Vergessen Sie es, Becker«, fuhr die Blissow ihren Kollegen an. »Vergessen Sie es einfach. Konzentrieren Sie sich lieber auf die gelangweilte Ehefrau des guten Verdieners.«
Wenn Ilona Schultze tatsächlich unter Langeweile litt, hatte sie sich jedenfalls eine Beschäftigung gesucht, mit der sie ihre Defizite kompensieren konnte. Als sie an der Pforte erschien, begleiteten sie fünf Beagles verschiedener Größe, die so gesund und fröhlich aussahen wie die Hunde in der Hundefutterreklame. Frau Ilona Schultze sah auch so aus. Ihre Haut war rosig und glatt wie ein Babypopo, ihre Augen waren klar, und dass ihre Nasenspitze sich kühl anfühlte, dessen war Becker sicher, ohne sich davon zu überzeugen. Ob die Frau schön war, vermochte er nicht zu sagen, aber hübsch war sie immerhin und jung. Jugend war immer ein Vorteil. Dietrich Kölling hätte vielleicht die Gelegenheit genutzt, um darauf hinzuweisen, dass die Haut mit der Geschlechtsreife zu altern begann, weshalb Strauße, aus denen man Handtaschen herzustellen gedachte, vor der Geschlechtsreife geschlachtet werden mussten. Niemand hatte die Absicht, aus Frau Schultze eine Handtasche zu machen.
»Die Polizei?«, erkundigte sie sich. Die Hunde wedelten mit dem Schwanz oder bellten oder taten beides.

»Nur ein Teil von ihr«, schränkte Becker ein. Frau Schultze öffnete die Pforte.
»Keine Angst vor den Tieren, die sind lieb«, behauptete sie.
»Und so schön goldbraun«, meinte die Blissow versonnen.
»Bitte?« Die Frage verriet sofortige Abwehr: Frau Schultze hatte wohl ans Braten gedacht. Becker auch. Er setzte ein versöhnliches Lächeln auf. Eines der lieben Tiere schnüffelte an seinem Hosenbein. »Ich züchte«, erklärte Frau Schultze, während sie auf dem Plattenweg zum Haus voranschritt. »Beagles sind sehr gefragt. Es sind kluge, anhängliche und kinderfreundliche Hunde.«
Becker nickte und schaute schnell zu seiner Kollegin, die die Augen verdrehte. Hunde waren offenbar ebenso der Mode unterworfen wie Kleidung, Frisuren oder Gedanken. Eine Zeit lang hatte jeder Narr einen Sibirian Husky haben wollen. Huskys waren Schlittenhunde, die Weite und Auslauf brauchten, aber Berlin war ja groß. Becker seufzte leise. Die Moden wechselten immer rascher, vielleicht würden die Leute bald mit Straußen durch die Straßen laufen, bevor diese die Geschlechtsreife erreichten und als Tasche umhergetragen wurden.
»Sie kommen wegen der schrecklichen Sache mit unserem Gemeindepfarrer?«, fragte Frau Schultze und stieß die Haustür auf. »Doktor Rübsamen hat mich gerade angerufen.«
»Sie sagen es«, bestätigte Becker.
»Bitte, seien Sie so freundlich und gehen Sie nach rechts in den Wintergarten«, bat Frau Schultze und wandte sich nach links, »ich bestelle uns Kaffee.«
Die Blissow übernahm die Führung. Was Ilona Schultze einen Wintergarten genannt hatte, war so groß wie ein bürgerliches Wohnzimmer. Es war zu drei Seiten komplett verglast, mit allerlei Blattpflanzen vollgestellt und mit den Rattanmöbeln, die so teuer waren, wie sie nicht aussahen. Die Blissow konnte es nicht lassen und fuhr mit dem Finger über einige der Blätter. Sie waren natürlich staubfrei.
»Sie bestellt Kaffee«, sagte sie und schüttelte den Kopf. »Einen Kaffeelieferservice wird sie wohl nicht gemeint haben.«

»Eher ein Hausmädchen«, vermutete Becker. »Man nennt das aktive Arbeitsmarktpolitik.«
»Wenn die Berliner die Mordlust nicht verlässt, könnte ich auch ein Hausmädchen gebrauchen.« Die Blissow setzte sich in einen der Körbe. Becker folgte ihrem Beispiel.
»Was würde der Chef dazu sagen?«
»Na, was?« Die Blissow gähnte herzhaft.
»Die Mordlust ist ein immanentes Merkmal der menschlichen Natur.«
»Wohl wahr. Trotzdem glaube ich ihm nicht, dass er mal Philosophie studiert hat. Auch wenn es nur ein paar Semester gewesen sein sollen.«
Ilona Schultze kam ebenfalls in den Wintergarten: ohne Kaffee. Auch sie nahm in einem der Rattankörbe Platz, lächelte verlegen und zündete sich eine ultraleichte Zigarette ein. Die Blissow nahm dies als Einladung, ihr Kraut zu rauchen. Becker hatte schon vor einiger Zeit registriert, dass sie auf Filterlose umgestiegen war. Das bedeutete gewiss nichts Gutes.
»Viel werde ich Ihnen nicht sagen können«, eröffnete Ilona Schultze das Gespräch. »Nicht mehr, als Sie bereits wissen. Ich habe große Hochachtung vor Herrn Möllenthin. Trotz ... des Vorfalls.«
»Sie meinen damit, dass Ihnen Möllenthin den Hof gemacht hat?«, wollte die Blissow wissen.
»So kann man das ausdrücken.« Frau Schultze nickte. Sie war rot geworden. Becker betrachtete wieder fasziniert ihren Teint, der an Spanferkel gemahnte.
»Anmache oder gar sexuelle Belästigung sind die falschen Begriffe?«
»Aber ...« Das Rot wurde zum Purpur. Frau Schultze atmete heftig. Sie war offenbar noch sensibler als ihre Hundchen. »Herr Möllenthin war sehr zart«, hauchte sie. »Wäre ich nicht so erschrocken gewesen ... Ich ... Ich hätte es meinem Mann nicht erzählt. Nicht erzählen sollen. Denn dass Herr Möllenthin Ärger mit seinem Kirchenoberen bekommt ... Das war nicht meine Absicht.«
»Wie zart war er denn?«

»Was?« Frau Schultze klimperte irritiert mit ihren vollen Wimpern. Sie hatte sich beruhigt, ihr Teint war jetzt rosé.
»Meine Kollegin möchte wissen«, übersetzte Becker, »wie sich das Hofmachen zugetragen hat.«
»Tja«, begann Ilona, wurde jedoch vom Hausmädchen unterbrochen, wobei Mädchen eine Schmeichelei war. Die Frau, die ein Tablett in den Wintergarten balancierte, war Mitte Vierzig. Sie trug ein weißes Schürzchen, und wenn man sich dazu eine Haube vorstellte und die Augen etwas zukniff, erinnerte sie ein bisschen an das Schokoladenmädchen des Niederländers Vermeer van Delft. Während sie die Tassen verteilte und den Kaffee einschenkte, wurde geschwiegen. Becker rechnete allerdings damit, dass sie noch eine Frage stellen würde, bevor sie abtrat, und war gespannt, ob sie Ilona Schultze als gnädige Frau anreden würde. Nachdem sie auch Milchkännchen und Zuckerdöschen auf dem Tisch abgestellt hatte, klemmte sie sich das Tablett unter den Arm und wandte sich zum Gehen.
»Haben Sie sonst noch einen Wunsch, Ilona?«, fragte sie mütterlich. Frau Schultze schüttelte den Kopf, der Auftritt war beendet.
»Ja, ich wollte Ihnen erzählen … Als wir nach Berlin kamen … Wir sind aus Bad Oldesloe hierher gezogen …« Ilona Schultze musste sich erst einmal sammelt, vermutlich hatte das Auftauchen der Haushälterin eine Stressreaktion ausgelöst. Die Blissow rauchte geduldig, Becker nippte vom Kaffee. Draußen im Garten kläfften die Hunde.
»Also gut. Wir sind aus Oldesloe nach Berlin gekommen, weil mein Mann eine neue Stellung bei Siemens antrat. Er ist im Management tätig. Im gehobenen Management. Ich habe meine Zucht vor zehn Jahren begonnen und wollte sie in Berlin fortführen. Und wie in Oldesloe schon, suchte ich nach einer Möglichkeit für soziales Engagement. Ich habe den Oldesloer Kreis für Bedürftigenhilfe organisiert, falls Ihnen das was sagt. Und in Berlin gibt es ja furchtbar viel Elend.« Frau Schultze musste ein paar Mal tief durchatmen, so sehr war sie von ihren eigenen Worte bewegt. Becker rührte Sahne in den Kaffee. »Mein Mann und ich waren auch immer in der Kirche tätig. Deshalb habe ich unseren Gemeindepfarrer aufgesucht. Um ihm meine

Mitarbeit anzutragen. Für das Kinderfest haben wir dreihundert Euro gespendet. Leider musste es ausfallen.«

»Wo trafen Sie Herrn Möllenthin?«, wollte Becker wissen.

»In der Kirche und im Gemeindehaus. Er meinte, dass vielleicht die Straftäterhilfe was für mich wäre; manche der Inhaftierten und auch der Haftentlassenen suchten händeringend menschliche Kontakte. Und Hilfe. Bei Ämtergängen zum Beispiel, beim Ausfüllen von Formularen. Ich hielt das sofort für eine gute Sache. Leider können nicht alle Menschen auf der Sonnenseite leben, aber glauben Sie mir, es schmerzt mich, dass es so ist.«

»Wie oft haben Sie Herrn Möllenthin besucht?«

»Oh, wie oft?« Ilona Schultze machte ein nachdenkliches Gesicht. »Fünf-, sechsmal? Ich mochte ihn, er war so ein warmherziger, zurückhaltender Mensch. Und eigentlich ein attraktiver Mann. Man musste regelrecht bedauern, dass er für die Frauenwelt verloren war.« Die Frau lächelte ein wenig. »Natürlich gab es von meiner Seite keinerlei Interesse an einem näheren Kontakt über die Arbeit hinaus«, setzte sie kategorisch hinzu. »Herr Möllenthin hingegen … Er hatte sich wohl in mich verliebt. Kann man es ihm verdenken? Er war eben ein Mann und hatte auch die entsprechenden Bedürfnisse. Ich bedaure sehr, dass er dann zu weit gegangen ist.«

»Wie weit?«

»Einmal nur«, entgegnete Frau Schultze, als wäre das die richtige Antwort.

»Hatte er Ihnen einen Antrag gemacht?«, versuchte die Blissow, schneller zum Kern zu kommen.

»Ach, sehr zaghaft. Er … Ich sah es ihm schon an den Augen an. Und dann, einmal … Wir saßen bei ihm, tranken Tee, planten unsere Arbeit, es war so entspannt, so freundlich und gemütlich … Er hat sich hinreißen lassen. Hat mir ein paar Komplimente gemacht. Und seine Hände auf meine Schultern gelegt.« Die Stimme der Frau Schultze erstarb fast. »Mich ein wenig gestreichelt. Über die Arme. Die Hände.«

»Das war alles?« Die Blissow schaute ungläubig drein.

»Ja, sicher.«

»Darüber hätten Sie nun wirklich Stillschweigen bewahren können.«
»Ja, aber mein Mann«, sagte Ilona Schultze kläglich.

10

Um den Autodieb Peter Mundt ausfindig zu machen, hatte Tangermann zu einem einfachen, wenn auch zeitraubenden Verfahren gegriffen. Er hatte auf ihn gewartet, irgendwann musste der Junge schließlich nach Hause kommen. Um nicht vor der Haustür stehen zu müssen, hatte sich Tangermann bei Peters Eltern einquartiert, die ihn mit Kuchen und Kaffee versorgten und sich ihre Nöte von der Seele redeten; dass ihr Sohn aus der Art geschlagen war, war ihnen schließlich nicht entgangen. Zwei Stunden lang musste sich der Kommissar anhören, wie sie die Schuld hin und her schoben. Die Schule hatte versagt, der Staat, die Gesellschaft. Tangermann hatte etwas über allerlei Losigkeiten erfahren, über Orientierungslosigkeit, Arbeitslosigkeit, Perspektivlosigkeit, unter denen die junge Generation litte. Das kannte er schon aus dem Fernsehen, der Zeitung und den Broschüren, die unter Polizisten verbreitet wurden, aber er hatte genickt, Kuchen gegessen, Kaffee geschlürft. Tangermann atmete auf, als sich Peter Mundt endlich in die Wohnung schloss.
Die Vernehmung wollte Tangermann in der Dienststelle durchführen, also machte er sich mit dem Jungen auf den Weg. Natürlich hätte er ihm auch eine Vorladung schicken können, aber ihr hätte der Autodieb vielleicht keine Folge geleistet, und dann hätte man eine zweite hinterhergeschickt, Wochen wären ins Land gegangen, und erst der Staatsanwalt oder der Richter hätte Peter Mundt zwangsweise vorführen lassen können, wenn er es denn für nötig hielt. Tangermann hatte den Wagen im Hof abgestellt. Im Hochparterre fiel ihm auf, dass der Chef noch gar nicht von seiner Begegnung mit den Rechtsanwälten Feldmann und Czolnay berichtet hatte.
Peter Mundt durfte auf dem Beifahrersitz Platz nehmen. Die Fahrt begann schweigend. Tangermann überlegte krampfhaft, was er den Jungen fragen sollte. Peter Mundt war ein Autoknacker, aber mit Möllenthin hatte das nichts zu tun. Allerdings machte sich der Junge

mitunter an Wagen zu schaffen, die nicht weit von seinem Wohnhaus entfernt geparkt waren; vielleicht hatte ihn Möllenthin einmal dabei erwischt. Tangermann glaubte nicht, dass dies ein hinreichender Grund war, den Pfarrer von Sankt Marien auszulöschen. Aber fünf Euro Erlös aus einem Raubüberfall waren auch kein Grund dafür, einen Menschen zu töten, und dennoch geschah es.

»Warum trägst du eigentlich eine Glatze?«, fragte Tangermann, als er am Kurt-Schumacher-Platz im Rückstau der Ampel stand.

»Was denken Sie?«

»Weil es praktisch ist? Man muss nur polieren«, erlaubte sich Tangermann einen schwachen Scherz.

»Falsch.«

»Was Politisches?«

»Möglich.« Der Junge geizte mit Worten.

»Rechts?«

»Oder links.«

»Links?«

»Es gibt auch linke Skins«, bequemte sich Mundt zu einer Erklärung. Tangermann kam endlich über die Kreuzung in die Müllerstraße. »Wenn man 'ne Glatze hat, dann geht in den Köpfen der Leute immer gleich das Licht aus. Glatze gleich rechtsradikal! Stimmt aber nicht. Stimmt nicht mal mit Bomberjacke und Springerstiefeln. Manche finden das eben geil so.«

Tangermann fuhr durch die Afrikanische Straße und steuerte auf die Seestraße zu, die er zu queren gedachte; seiner Ansicht nach hatte er die beste Verbindung in die Keithstraße ausgewählt. Nach dem verlorenen Kontinent befand er sich plötzlich in der Nordsee: Nach Amrum war die Straße benannt.

»Und du?«, wollte er wissen. »Findest du es auch geil?« Am Augustenburger Platz musste Tangermann nach rechts. Augustenburg sagte ihm nichts.

»Geht so«, antwortete der Junge. Viel konnte sich der Kommissar darunter nicht vorstellen. Unter Föhr auch nicht, das der Föhrer Straße ja wohl den Namen gegeben hatte.

»Wenn es keine praktischen, keine politischen und keine geilen Gründe gibt, was dann?«

»Ganz einfach. Ich hab 'ne Wette verloren.«

So war das also: Die orientierungs-, perspektiv- und voraussichtlich arbeitslose Jugend schloss Wetten ab, und der Verlierer musste sich den Kopf kahl scheren lassen. Wenn sich dahinter keine Endzeitstimmung verbarg, dann würde Tangermann alle Broschüren fressen, die vom Tisch des Alten fielen wie die Brotkrumen vom Tisch des Herrn. Dietrich Kölling pflegte die Ergüsse der selbst ernannten Spezialisten stets nur durchzublättern und sich über sie lustig zu machen, bevor er sie an Tangermann mit den Worten weitergab, dieser habe schon genug Überflüssiges gelernt, da käme es auf noch mehr dummes Zeug nicht an. Am liebsten hatte der Chef, wenn von der wachsenden Gewaltbereitschaft geschrieben oder gesprochen wurde. Das war immer dann der Fall, wenn die verschiedenen Polizeibehörden ihre Jahresberichte veröffentlichten, aber auch bei anderen Gelegenheiten. Bei der Gewaltbereitschaft hatte man die sozialistische Planwirtschaft eingeführt, sie wuchs kontinuierlich und mit der Kraft von Blütenträumen. Und in der Keithstraße, dem Sitz des Referates Delikte am Menschen, gab die wachsende Gewaltbereitschaft mehreren Dutzend Männern und Frauen Lohn und Brot.

Tangermann führte Peter Mundt über die Flure. Hinter den Türen hatten die neun Mordkommissionen ihre Domizile, und dass ihnen niemand begegnete, bedeutete nicht, dass nicht mehr gearbeitet wurde; zumindest der Bereitschaftsdienst war da, weil er anwesend sein musste. An diesem Tag hatte das 6. Kommissariat übernommen. Ob es auch würde ausrücken müssen, hing davon ab, ob jemand getötet wurde. Von der Statistik her gesehen, war das nur etwa alle drei Tage der Fall, aber einerseits wurden die Mordkommissariate manchmal auch zu unklaren Todesfällen hinzugezogen, und andererseits hielt sich das Leben nicht an die Statistik, und so wechselten wochenlange Durststrecken mit Hochdruckzeiten ab.

Tangermann brachte den Jungen in eines der Vernehmungszimmer und suchte nach Becker, den er hinzuziehen wollte. Becker befand sich beim Chef. Dietrich Kölling war nicht bereit, seinen engsten und liebsten Mitarbeiter freizugeben. Es kam vor, dass Hans-Joachim Tangermann davon träumte, dem Alten so nahe sein zu dürfen wie der Oberkommissar, aber der war schließlich auch Dietrich Köllings Stellvertreter und damit auf einer Position, die Tangermann so schnell nicht würde erreichen können. Der Kommissar fragte sich, wie lange der Chef das konservative Sie Becker gegenüber noch aufrechterhalten würde, das zumindest unter Polizisten einer Diensteinheit nicht üblich war. Dietrich Kölling legte großen Wert darauf, und wenn ihn irgendein Bulle duzte, wurde er fuchsteufelswild; mittlerweile wagten es auch nur noch Leute, die ihn nicht kannten.

Weil keine Schreibkraft abkömmlich war, holte sich Tangermann ein Diktiergerät aus dem Sekretariat und baute es vor Peter Mundt auf. Zeugen und Beschuldigte wurden in der Regel gesiezt, aber bei Jugendlichen machte man schon einmal eine Ausnahme: Tangermann wäre sich hornalt vorgekommen, hätte er den Jungen als Herrn Mundt anreden müssen. Dem schien der vertraulichere Duzfuß nichts auszumachen. Kommissar Tangermann setzte sich, schaltete das Tonband ein und nahm die Personalien auf. Er kannte sie längst, aber das war Vorschrift. Auch den Gegenstand der Vernehmung musste er benennen. »Wobei uns deine Autoklauerei weniger interessiert«, erklärte er. »Wir sind nämlich für den Mord an Pfarrer Möllenthin zuständig.«

»Ist klar. Bloß, was hab ich damit zu tun?« Peters Frage war durchaus berechtigt, Tangermann fummelte grundlos am Diktiergerät.

»Du kennst ihn und wohnst in Tatortnähe«, sagte er schließlich.

»Kennen wäre zu viel gesagt«, behauptete der Junge. »Also vom Sehen schon. Vom Sehen kenn ich auch die anderen Leute im Haus. Sogar welche aus der Nachbarschaft. Und ein paar hundert Schüler meiner Schule.«

»Du hast ja auch ein nicht geringes Strafregister«, stellte Tangermann fest. »Und Möllenthin hatte viel mit Straftätern zu tun. Warst du mal in einer seiner Gruppen?«

»Nee, nie. Mit Kirche hab ich nichts am Hut. Ich glaub nicht an Gott, das ist was für alte Leute.«

»Woran glaubst du dann?«
»Muss man an was glauben?«
»Tja, an sich selbst vielleicht?«, baute Tangermann dem Jungen eine Brücke.
»Das stimmt«, bestätigte Peter Mundt.
»Und wenn man das tut, wenn man also an sich glaubt«, Tangermann baute weiter, »und als Autoknacker muss man das sicher, daran glauben, dass man nicht erwischt wird, weil man gut ist ... Erleidet das Selbstbewusstsein, erleidet der Glaube an sich selbst nicht einen Knacks, wenn einem doch jemand auf die Schliche kommt?«
»Wie meinen Sie das?« Peter Mundt war knallrot geworden, und seine Hände begannen zu zittern. Tangermann hatte also in ein Wespennest gestochen. Er musterte den Jungen genau und vermeinte Angst in dessen Miene zu erkennen.
»Es ist immerhin vorgekommen«, fuhr er fort. »Ansonsten gäbe es kein Strafregister.«
»Na und?« Nicht nur Angst, auch Hass kam bei Mundt zum Vorschein.
»Gerade Raubzüge in der Nähe des Wohnorts sind sehr riskant«, sagte Tangermann. »Ich stelle mir vor, dass man da von einem Bekannten ertappt werden kann. Ist doch sehr peinlich, oder?«
»Meinen Sie Beck?«
»Beck?« Tangermann gab sich redliche Mühe, seine Irritation zu verbergen. »Wieso Beck?«
Im ersten Moment fiel dem Jungen keine Antwort ein, aber auch Tangermann brauchte Zeit zum Nachdenken. Rüdiger Beck interessierte ihn nur peripher, aber er durfte jetzt keinen Fehler machen; dem Jungen lag offenbar etwas auf der Seele, das mit Beck zu tun hatte. Im Gegensatz zu Möllenthin lebte Beck aber noch.
»Ich dachte bloß, weil Beck immer nachts durch die Gegend schleicht«, rechtfertigte Peter Mundt seine offensichtlich unüberlegte Frage.
»So, tut er das?«
»Klar. Wenn ihm der Stoff ausgeht.«

Tangermann überlegte, ob diese Auskunft ihm eine Spur wies. Er entschied, dass dies möglich war.
»Hast du mal gesehen, dass er zu Möllenthin geschlichen ist?«
Peter Mundt zuckte die Achseln.
»Na, du wirst doch wissen, was du gesehen hast und was nicht«, ermunterte ihn Tangermann. Er hatte zugleich jedoch das Gefühl, einem falschen Spiel aufzusitzen, denn der Junge schien erleichtert zu sein. Vielleicht wollte er von etwas anderem ablenken.
»Nein«, erklärte Mundt kategorisch.
»Was heißt: nein?«
»Ich habe es nie gesehen. Mir ist das Haus scheißegal, also beobachte ich nicht, wer wohin schleicht.«

11

»Pasewalk«, sprach Dietrich Kölling vor sich hin. Er hatte eine Zirkelspitze in den Ort gebohrt und schlug völlig sinnlos Kreise um ihn herum. »Welches Ziel mag man als Pfarrer von diesem Nest aus wohl ansteuern?«
»Vielleicht bleibt man im Nest«, schlug Becker vor.
»Um was zu tun?«
Becker zuckte die Schultern.
»Wenn es etwas Kriminelles wäre«, sinnierte Dietrich Kölling. »Versorgt man die vorpommersche Landbevölkerung mit Drogen? Kalaschnikows? Explosivstoffen? Womöglich gibt es dort eine katholische Separatistenbewegung? Die Vorpommersche Republikanische Armee, kurz VRA? Ich weiß mir keinen Rat.«
»Aber ich«, sagte Becker und schaute seinen Chef schelmisch an. »Wenn ich mich recht entsinne, können Priester zwar mit einem Brot ganze Kompanien ernähren, weil sie so lange quatschen, bis alle glauben, satt zu sein, aber sie können nicht aus einem Ziegelstein ganze Häuser zaubern.«
»Sie reden wirr, Becker«, meinte Dietrich Kölling.
»Ich will nur darauf hinweisen, dass Möllenthin irgendwo gewohnt haben muss.«

»Das ist zweifellos richtig«, gab Dietrich Kölling zu.
»Und wenn wir erst einmal wissen, wo er abgestiegen ist …«
»Das ist nicht minder zutreffend.« Dietrich Kölling nickte eifrig. »In Pasewalk und Umgebung wird es nicht gerade Hunderte Hotels und Pensionen geben, nehme ich an. Welche Polizeibehörde ist denn für Pasewalk zuständig?«
»Die Pasewalker«, sagte Becker.
»Nicht zu fassen.« Dietrich Kölling griff zum Telefon.

Viertes Kapitel

1

Mario Hönekamp hatte während der Nacht kein Auge zugetan und war aufgestanden, als ihn die Verzweiflung zu übermannen drohte. Das Display seines Videorecorders, auf den er so stolz war, zeigte 5.07 Uhr an, und das war weiß Gott nicht Hönekamps Zeit. Im Knast, da hatte er früh aufstehen müssen, und allmählich war ihm die Freiheit als eine Möglichkeit erschienen, so lange zu schlafen, wie man wollte. Berufstätige natürlich hatten diese Freiheit nicht. Hönekamp war nicht berufstätig, und er konnte sich auch nicht vorstellen, tagein, tagaus zu früher Stunde in einen Betrieb fahren zu müssen; besonders im Herbst und im Winter nicht, wenn man im Dunkeln das Haus verließ und im Dunkeln heimkam. Millionen Menschen musste so leben und wurden blöd dabei. Hönekamp war weder blöd noch arbeitsscheu. Dass er zupacken konnte, hatte er im Knast bewiesen, in der Freiheit interessierte sich niemand für diesen Beweis. Mario Hönekamp setzte Kaffeewasser auf und buk vorgefertigte Brötchen in der Bratröhre. Immer hatte er sich einen Job gewünscht, den er nicht vor zehn antreten musste. Oder vor neun. Verkäufer in einem Autosalon, das wäre etwas für ihn, denn die öffneten nie zu nachtschlafender Zeit, und für Autos interessierte er sich. Nicht nur für die Modelle, auch für die Technik: Vier-Liter-Sechszylinder-Reihenmotor mit Multipoint-Einspritzung, fünfzig zu fünfzig Drehmomentverteilung, innen belüftete Scheibenbremsen, zuschaltbarer Vorderachsantrieb, das waren nicht nur Worte für ihn, die aus einem Buch mit sieben Siegeln stammten, damit kannte er sich aus. Die meisten Autofahrer wussten doch nicht einmal, wie ein Viertakt-Otto-Motor funktionierte und was wann wohin eingespritzt wurde. Sie drehten einen Schlüssel, traten Pedale, und ein Wunder geschah. Sie regten sich darüber auf, wenn sie ihre Frauen mal ranließen und diese den Motor abwürgten, aber dass das mit der fehlerhaften, ja gescheiterten Übertragung eines Drehmoments und mit der Trägheit von Körpern zu tun hatte, war ihnen unbekannt. Für sie befand sich zwischen Fußspitze und Rädern eine Blackbox, für Mario Hönekamp eine ebenso einfache für komplexe Apparatur, die den Gesetzen der Physik gehorchte, und die hatte nicht der Bundestag erlassen. Aber auch wenn man diese Gesetze ignorierte, wurde man bestraft. Mitunter sogar mit dem Tod.

Mario Hönekamp brühte den Kaffee und deckte dann den Küchentisch. Ein opulentes Frühstück erwartete ihn nicht, aber um fünf Uhr dreißig hatte er sowieso keinen Hunger, da reichten heiße Brötchen mit Pflaumenmus. Außerdem war das gut für die Figur, und wenn er sonst nichts hatte, einen schönen Körper hatte er. Nach dem Duschen schaute er sich gern seinen wohl proportionierten Torso mit der noch feuchten, glatten und unbehaarten Haut an. Er liebte diesen Leib, er liebte auch die Frauen, aber solange er keine hatte, genügte er sich selbst. Mit dem Trieb wurde er schon fertig, das hatte er im Knast trainiert. Was ihn allmählich von innen her auffraß, war die Tatsache, dass er sich nicht selbst in den Arm nehmen konnte. Solange er denken konnte, hatte er sich danach gesehnt, von jemanden in den Arm genommen zu werden, einfach so: nicht als Belohnung für eine Leistung, sondern weil er existierte und also ein Anrecht darauf hatte. Es musste doch jemand auf dieser verfluchten Welt da sein, der sich daran erfreute, dass es ihn gab. Es war niemand da. Nicht einmal er selbst.

Mario Hönekamp schaffte ein halbes Brötchen, dann war er satt. Im Augenblick hatte er nicht einmal das Geld, um sich eine Umarmung zu kaufen. Möllenthin hatte ihm hin und wieder eine Art leiser Zärtlichkeit erwiesen, und das nicht, weil er schwul war; trotzdem war es Hönekamp unangenehm gewesen. Schwul zu sein war das Schlimmste, was er sich vorstellen konnte. Früher hatte man die Arschficker ins KZ gesteckt, aber neuerdings breiteten sie sich überall aus wie Pilze, sogar bei den Bullen. Dem Typen, der bei ihm aufgekreuzt war, hatte er es sofort angemerkt, dafür hatte er einen siebten Sinn. Nein, Mario Hönekamp brauchte Frauen und wollte Frauen, aber außer versoffenen Amöben und verkommenen Asseln schreckten die Weiber vor einem Kerl zurück, der aus dem Knast kam, der massig Schulden hatte und keinen Job. Sie hatten Angst, ausgenutzt zu werden. Bei Gabi hatte das noch geklappt. Scheinbar. Jetzt wurde ihm die Rechnung präsentiert.

Mario Hönekamp trank den Kaffee aus und streifte ziellos durch die Wohnung. Sie würde er halten können, denn im Notfall zahlte das Sozialamt. Aber er brauchte mehr. Gestern hatte er diese dicke, wattierte Jacke von Diesel gesehen, ein Superding, und diese Turnschuhe von Nike, in denen man lief wie barfuß über einen Waldboden; fast dreihundert Euro hätte er für beides blechen müssen. Andere konnten sich das leisten. Er sah Jugendliche, die noch zur Schule gingen, in diesen Klamotten, halbe Kinder, die nichts erlebt und geleistet hatten, Teenager mit einem stromlinienförmigen Schicksal. Gestern im Tabakladen hatte ein Fünftklässler seinen Schokoriegel mit einem Hunderteuroschein bezahlen wollen. Vielleicht war das sein monatliches Taschengeld. Hönekamp hatte nie Taschengeld bekommen.

Die Pudelmütze in den Farben von Borussia Dortmund, die auf der Konsole im Flur lag, war ein Geschenk von Rainer Kießig, seinem besten Freund im Knast, von dem er nach dessen Entlassung nur einmal gehört hatte, als dieser ihm die Mütze schickte. Mario Hönekamp nahm sie in die Hand. Für einen Augenblick wurde ihm heiß und kalt, dann griff er nach der Schere, die er am Vorabend schon bereitgelegt hatte.

2

Peter Mundt hatte zwar zur gewohnten Stunde das Haus verlassen, aber er würde nicht zur Schule gehen, nicht an diesem Tag und vielleicht nie mehr. Er hatte Angst. Seitdem er am Vortag die Polizeibehörde verlassen hatte und nach Hause zurückgekehrt war, war die Angst nicht mehr von ihm gewichen. Ausgelöst hatte sie die Stille.

Eine tiefe, tödliche Stille. Bevor er die Wohnungstür seiner Eltern aufgeschlossen hatte, hatte er sein Ohr an die Tür von Beck gelegt. Normalerweise soff Beck für sich allein und verursachte dabei keinen Lärm, aber Geräusche drangen immer aus der Wohnung. Gestern hatte Peter lange nichts gehört, keine Schritte, kein Scharren, kein betrunkenes Lallen, wenn Beck mit seiner Katze sprach. Still war es gewesen, totenstill. Fünf Minuten lang, zehn, fünfzehn. Dann erst hatte Peter Laute vernommen. Ein Miauen. Ein lang gezogenes, klägliches Miauen. Peter Mundt war in die elterliche Wohnung geflüchtet, in sein Zimmer, ins Bett.

Während er durch die Straßen strich, kamen ihm Sequenzen aus seinen nächtlichen Träumen ins Bewusstsein. Er hatte einen Toten in der Badewanne liegen gehabt, einen großen, blutigen Körper, einen Mann. Äußerlich war alles normal gewesen, die Mutter hatte Kartoffeln geschält, der Vater mit der Fernbedienung hantiert, und in der Badewanne lag eine Leiche. Peter hatte den Mann getötet. Er hatte ihn erschlagen, erstochen und ertränkt. Die Mutter schälte Kartoffeln. Sie rief dem Vater zu, er möge bitte nach der Wäsche schauen. Peter war ins Bad gehastet, hatte die Tür noch rechtzeitig verriegeln können. Doch sie kamen näher, näher und näher. Sie waren vor dem Haus, dann auf der Treppe. Er konnte ihre Schritte hören. Sie kamen. Die Polizei. Zwei Männer und eine Frau. Sie stiegen die Treppe hoch. Der Vater klopfte an die Badtür. Sie klingelten. Sie waren schon in der Diele. In diesem Moment war Peter aufgewacht. Aber er hatte den Traum noch einmal träumen müssen.

Irgendwann waren sie normale Freunde gewesen, ganz normale Kumpel: Mike, Andy und er. Sie hatten verrückte Dinge auf die Beine gestellt. Sie hatten zusammen ihren ersten Joint probiert, das war schon fast zwei Jahre her. Sie hatten Partys besucht, waren Tanzen gegangen, hatten Autos geklaut und sie gefahren, bis das Benzin alle war. Und sie hatten die Idee mit dem Namen gehabt. Peter Mundt musste lächeln und wischte sich zugleich Tränen aus den Augen. Gerade überquerte er auf dem Bismarcksteg das Tegeler Fließ. Es war eine grandiose und verrückte Idee gewesen, und hätten sie nicht schon ein paar Bier getrunken gehabt, sie wären nicht darauf gekommen. Der Idee verdankte Peter seine Glatze, und auch Mike und Andy hatten sich eine scheren lassen müssen. Das war jetzt alles vorbei, das war alles zerstört. Peter Mundt ging ins Fließtal. Über dem Flüsschen stand der Nebel und wurde manchmal auch über den Weg geweht. Der Junge hatte das Gefühl, im Nirwana zu verschwinden. Mit Nirwana hatte auch die Idee zu tun gehabt; mit der Rockband.

Vor ungefähr einem Dreivierteljahr war irgendeinem gelangweilten Beamter im Schulamt der Einfall gekommen, dass sich Schüler an ihrer Schule wohler fühlen würden, wenn die Tretmühle nicht nur eine Nummer trüge, sondern einen Namen. Natürlich hatte er auch gleich einen Typen ausgegraben, für den sich niemand mehr interessierte, der nicht älter als Steinkohle war, aber der wahrscheinlich diesen ganzen Wertequatsch verkörperte, auf den die Pauker so viel gaben. Peter jedenfalls hatte von Achim von Arnim noch nie gehört, auch Mike nicht oder Andy und überhaupt niemand aus der Klasse bis auf Tom, aber der trug ja auch eine Brille. Die Lehrer waren allerdings sofort Feuer und Flamme gewesen, der Direx und der Schulamtsmensch hatten von der Verbundenheit mit dem märkischen Umland gefaselt, wo Achim wohl herkam oder gelebt hatte, sie hatten etwas geblubbert von Humanismus und dass man sich gerade als junger Mensch seiner Geschichte versichern müsse und ähnliches Blabla. Man hatte den Schülern stinklangweilige, in einer altmodischen Sprache abgefasste Texte dieses Dichters zu lesen gegeben, damit sie sich ein Bild von ihm machen konnten, aber niemand war an einem Bild von ihm interessiert. Eines Abends hatte sich Peter wieder einmal mit Mike und Andy getroffen, sie hatten wieder einmal festgestellt, dass Hermsdorf die ödeste Gegend der Welt war, sie hatten zwei Sixpack Bier gekauft und sich ans Fließ gesetzt, hatten getrunken und geraucht, und dann hatte Andy aus heiterem Himmel verkündet, er fände es goldrichtig, sich als junger Mensch der Geschichte zu versichern, und zur Geschichte gehöre doch wohl mittlerweile auch Kurt Cobain, der Frontmann von Nirwana, der sich im Drogenrausch eine Kugel in den Kopf geschossen hatte. Und das würde doch wenigstens Spaß machen: die Kurt-Cobain-Oberschule zu besuchen. Ganz Reinickendorf würde einen beneiden, sogar ganz Berlin.

Natürlich war dieser Einfall bei Peter und Mike auf fruchtbaren Boden gefallen. Weil Andy als einer der wenigen ständig die Klappe aufriss und sich nichts gefallen ließ, war er gegen den Widerstand der Pauker zum Klassensprecher gewählt worden; die Lehrer hielten ihn für ein Großmaul, und das war er auch, aber er nahm sich, was er wollte, und er hatte ein starkes Gerechtigkeitsempfinden, mit dem er sich auch für andere Leute einsetzte. Andy versprach, den Vorschlag im Sprecherrat zu unterbreiten. Und während die Jungen tranken, ergriff die Idee immer mehr von ihnen Besitz. Sie planten Aktionen, sie planten eine Demo und notfalls einen Schulstreik, um den Namen durchzusetzen. Er war ein geiles Gefühl dabei gewesen, etwas von Anarchie und Widerstand, und schließlich hatten sie sich zu der Wette verstiegen, die sie mit sich selbst abschlossen: Sie gelobten, sich eine Glatze scheren zu lassen, wenn es ihnen nicht gelänge, die Mehrheit der Schüler für Kurt Cobain zu mobilisieren.

Peter Mundt durchstreifte das Fließtal in Richtung auf den Berliner Forst. Das Tal wurde breiter und breiter, die Häuser der Stadt waren längst hinter Bäumen und Unterholz verschwunden. Noch immer lag Nebel über dem Wasser, das Gras war feucht, der Weg glitschig. Der Junge hatte kein Ziel und nichts vor, er fühlte sich verlassen und elend, und je stärker er sich erinnerte, desto schlimmer wurde der Schmerz in der Brust. Es war eine schöne Zeit gewesen, die Wochen der Kurt-Cobain-Kampagne, wie Mike sie getauft hatte, mit den Unterschriftensammlungen, den Foren, dem Infostand auf dem Schulhof. Zum ersten Mal in seinem Leben wusste Peter genau, warum er etwas tat und wofür. Natürlich, er ging zur Schule, um später einen Job zu finden, in dem er Geld verdienen konnte, er fuhr mit geklauten Autos herum für den Nervenkitzel, aber das war alles sinnlos, weil es keine Jobs gab und der Rausch schnell vorüber war; der geradezu besinnungslos geführte Kampf für den Schulnamen hingegen hatte tägliche Benommenheit bedeutet über Wochen hinweg. Eine Mehrheit hatten sie jedoch nicht zustande gebracht, weil den meisten der Name ihrer Schule ziemlich gleichgültig war. Trotzdem hätten sie Kurt Cobain vielleicht durchsetzen können, weil die Gleichgültigen immerhin zu Mitläufern taugten. Gescheitert waren sie daran, dass die Schuldemokratie nur auf dem Papier stand. Die Schüler durften ihre Meinung sagen, aber nicht zu heftig. Entschieden wurde von den Funktionären und Beamten. Die waren gegen Cobain gewesen, weil das kein Vorbild war, jedenfalls kein positives: Der Typ hatte Drogen genommen, er hatte exzessiv gelebt, und sehr viel Hoffnung und Optimismus hatten die Texte von Nirwana nicht verbreitet, weil zu Hoffnung und Optimismus kein Anlass bestand, aber die Politiker pflegten ja die Zukunft schön zu reden, egal ob sie nun ganz oben waren oder bloß in der Bezirksverordnetenversammlung saßen. Zu einem immer schöneren, wohnlicheren, moderneren Reinickendorf passte kein Selbstmörder. Andy hatte die Haarschneidemaschine besorgt, und seit dem ersten Tag der Sommerferien trugen sie ihre Glatzen. Jetzt waren sie Märtyrer, und die Schule war noch immer eine Nummer.

Peter Mundt wusste nicht, was er nun tun sollte. Vielleicht war alles nicht so arg, und er würde nicht in den Knast müssen. Vorm Knast hatte er Angst. Er hatte nur miese Dinge über den Knast gehört und auch ein paar Filme gesehen, amerikanische zwar, aber in Deutschland war es bestimmt nicht besser. Jeder Neuankömmling, vor allem, wenn er jung war, wurde von den Alteingesessenen vergewaltigt, er wurde regelrecht und von mehreren in den Arsch gefickt. Oder man musste den alten Kerlen einen blasen und wurde so lange geschlagen, bis man es tat. In Amerika war das so und vielleicht auch überall auf der Welt.

Die Kälte des Herbstmorgens kroch durch die Schuhsohlen und die Füße den Körper hinauf und machte, dass Peter dringend pinkeln musste, also schlug er sich seitlich in die Büsche. Er ging tief hinein und stellte sich an einen Baum. Während er sein Wasser abschlug, blickte er sich um. Keine drei, vier Schritt von ihm entfernt lag ein Bündel in einer Mulde. Es handelte sich um Klamotten. Peter Mundt schloss den Hosenschlitz und trat näher heran. Die Jacke, die Jeans und die Sportschuhe waren durchnässt und angeschmuddelt, aber sie sahen noch ziemlich neu aus. Der Junge breitete sie mit der Fußspitze aus. Alles war voll Blut. Er schrie erschrocken auf. Dann rannte er zum Weg zurück. Eine junge Frau mit fünf Hunden kam ihm entgegen.

3

»Natürlich!«, rief die Blissow in die Sprechmuschel. »Deshalb gab sie sich so piepsmäusig! Sie hatte einfach Schiss vor ihrem Alten in den Büxen!«

»Wie kultiviert wir doch kommunizieren«, meinte Becker mit einem Anflug von Ironie, für die er im Kommissariat eigentlich nicht berühmt war. Es war kurz vor sieben, aber er hatte die halbe Nacht gearbeitet und war deshalb so überdreht gewesen, dass er kaum hatte schlafen können. Weil er auf einen höchst interessanten Umstand gestoßen war, rief er vom Frühstückstisch die Blissow an, die zu Hause beim Frühstück saß.

»Du hast viel zu dicke Augenringe«, schimpfte seine Frau, die Bio-Honig in ihr Bio-Müsli tropfen ließ. Seine Kinder durften auch nichts anderes mehr essen als diesen Mist, der zur Krebsvorsorge gedacht war, nach Beckers Auffassung aber nur einen lustvoll metastasierenden Krebs hervorbringen konnte, gezeugt aus Seelennot und Frustration. Becker jedenfalls bekam nach langem Kampf wieder Salami und Butterkäse; er war der Einzige in der weit verzweigten Familie der Beckers, der essen konnte, was er wollte, ohne zuzusetzen.

»Aber aktenkundig ist es?«, stieß die Oberkommissarin nach.

»Und ob«, erwiderte der Oberkommissar, der stellvertretender Dienststellenleiter und damit ein höheres Geschöpf als die Blissow war, jedenfalls für Fetischisten. Becker gingen diese Feinheiten am X vorbei. »Die Nachbarn von Ilona und Ralph Schultze haben mehrfach – im Ganzen neunundzwanzig Mal – die Polizei gerufen, weil der Gatte der Gattin eine Szene machte, und zwar eine blutige. Das war in Bad Oldesloe schon so, und das hat sich in Hermsdorf fortgesetzt.«

»Deswegen hat sie Schutz bei Möllenthin gesucht«, folgerte die Blissow. »Oder bei Pfarrern generell. Das mit dem Sozialen war nur … Ich glaube an so was ohnehin nicht. Es gibt keine aus freien Stücken sozial engagierten Leute. Diese Typen sind entweder Psychos oder publicitygeile Selbstdarsteller.«

»Ist das nicht ein bisschen simpel?«

»Sehr simpel«, räumte die Blissow ein, »also fast wahr.«

»Du musst mehr schlafen«, schimpfte Beckers Frau.

»Papa schläft nicht hier, weil du ihn genauso abnervst wie uns alle«, konterte Beckers Tochter.

»Ich habe hier geschlafen«, widersprach Becker.

»Was?«, fragte die Blissow.

»Familie«, sagte Becker.

»Ja, so was hast du«, schimpfte seine Frau.

»Er hat sie wirklich geschlagen?«, fragte die Blissow.

»Ja, und wie! Aber sie hat nie Anzeige erstattet. Die Kollegen haben immer wieder abziehen müssen. Was sollten sie tun, Körperverletzung ist nun mal ein Antragsdelikt.«

»Diese Sprache!« schimpfte Beckers Frau. »Antragsdelikt! Tötungsverbrechen zum Nachteil von …«

»Ein krankhaft eifersüchtiger Ehemann?«, fragte die Blissow. »Und Manager bei Siemens? Gehobener Manager, oh, ich vergaß!«

»Dieser welcher«, sagte Becker.

»Das gefällt mir«, sagte die Blissow und betrachtete den wieder einmal freien Platz am Esstisch.

4

Nachdem sich Dietrich Kölling im U-Bahnhof Wittenbergplatz eine Zeitung gekauft und die Wetterseite aufgeschlagen hatte, kannte er die Ursache für den Kopfschmerz und die Übelkeit, die ihn seit dem Aufstehen peinigten: Der Luftdruck fiel, und auf jede erhebliche atmosphärische Veränderung reagierte sein Körper mit Migräne. Je älter er wurde, desto stärker wurde an solchen Tagen das Gefühl, eine Nacht durchgesoffen zu haben. Er hatte zwei Aspirin gefrühstückt, aber zumeist half das wenig; besser schon wäre gewesen, sich mit einer Pulle Schnaps ins Bett zu legen, aber das konnte und wollte er sich an einem Arbeitstag nicht leisten. Weil seine Augen besonders lichtempfindlich waren, hatte er sich dazu durchgerungen, seine gehasste Brille aufzusetzen. Durch diese Brille betrachtete er nun die Berichte und Protokolle seiner Kollegen. Sie bestanden aus Buchstaben, die zu Worten, und aus Worten, die zu Sätzen gefügt worden waren, das immerhin vermochte er zu erkennen. Ob ihm die in Schriftform gebrachte Sprache auch Inhalte vermittelte, hatte er noch nicht herausgefunden. Es gelang ihm einfach nicht, sich zu konzentrieren. Dietrich Kölling nahm die Brille wieder ab und legte sie auf die Papiere. Während er auf seine Kaffeetasse starrte, sann er darüber nach, ob Sex ein Mittel gegen die Migräne sei, denn Migräne war doch eigentlich die Krankheit alternder Jungfern und in Fernsehkomödien das Leiden des letzten, hypersensiblen Sprösslings einer aussterbenden Adelsfamilie, über dessen geschlechtliche Aktivitäten man nur mutmaßen konnte.

Zum letzten Mal Sex mit einer Frau hatte Dietrich Kölling gehabt, als er noch in Hannover das Elend der Welt verwaltete, und das lag Jahre zurück. Seither lebte er wie ein Mönch, oder besser, wie die Mönche hätten leben sollen. Zwar konnte man in der Ordensmaxime »Ora et labora!« getrost das »Bete!« streichen, doch Arbeit hatte er mehr als genug, und wenn er abends in seine Wohnung fuhr, kam er sich häufig vor wie auf dem Weg in eine Klause. Er kasteite sich sogar, wenn er das Fernsehgerät einschaltete. Er büßte seine Sünden, die darin bestanden, Mickey-Mouse-Hefte zu lieben und der reichsten Ente der Welt seine Sympathie zu schenken, und hemmungslose Bereicherungssucht war schließlich eine Todsünde. Dietrich Kölling zündete sich eine Zigarette an. Sie schmeckte wie ein alter Abwaschlappen. Nur aus Geiz rauchte er sie zu Ende. Verschwendung war auch eine Sünde, und schließlich war Doktor Oetker nur deshalb stinkreich geworden, weil er immer den Rest eines fast verbrauchten Stücks Seife an ein neues geklebt hatte. Auch das hatte Dietrich Kölling im Fernsehen gesehen, zwischen einem Beitrag über Kinderarbeit in Pakistan und einem Kitschfilm über das frühe Christentum im alten Rom, in dem die historische Wahrheit auf Hollywoodniveau gestutzt worden war. Da es keine historische Wahrheit gab, hatte es Dietrich Kölling nicht gestört, auf den Geist gegangen waren ihm nur die operettenhaften Gesten der Schauspieler. Selbst als man den einen und anderen von ihnen verbrannte, waren sie noch schön gewesen. Brandleichen hatte der Drehbuchautor noch nicht gesehen, oder man wollte dem Publikum den Anblick ersparen.

Dietrich Kölling durfte noch keine Nachrichten aus Pasewalk erwarten, so schnell schossen auch die Vorpommeranzen nicht, trotzdem überlegte er, ob er ihnen nicht auf die Füße treten sollte. Für Pasewalk waren mehrere Behörden zuständig, vom Innenministerium in Schwerin ganz oben auf der Stufenleiter über das Landeskriminalamt Mecklenburg-Vorpommern, das sich in einem zweifelhaften Ort namens Rampe befand, bis zur Polizeidirektion Neubrandenburg und, am Ende der Hierarchie, zur Polizeiinspektion Pasewalk. Die reichte Dietrich Kölling eigentlich, denn um den Aufenthaltsort von Möllenthin herauszufinden, genügte ein schlichter Ermittler, da mussten nicht die hochkarätigen Sesselfurzer heran. Dietrich Kölling kramte in seinen Telefonverzeichnissen. Wieder fiel ihm die Rufnummer von Frau Donath in die Hand. Er hatte sie seit Wochen nicht gesehen, und der Abschied war nicht nur förmlich, sondern endgültig gewesen, aber sie ging ihm einfach nicht aus dem Kopf. Natürlich war er viel zu alt für sie, natürlich würde sie sich nicht mit einem Bullen abgeben, der den Mord an ihrem Sohn untersucht und sogar aufgeklärt hatte, was ihre Verzweiflung auch nicht gelindert hatte. Dietrich Kölling tippte trotzdem die Nummer ein und lauschte angehaltenen Atems dem Rufzeichen.

»Donath?« Sie war es. Dietrich Köllings Herz hüpfte wie ein Frosch, und einen solchen hatte er auch im Hals. »Ja? Hallo?« Dietrich Kölling war nicht darauf eingestellt, dass man auch etwas sagen müsse, wenn man jemanden anrief, und ihm fiel nicht ein, wie er sich vorstellen könnte. »Hallo? Hallo?« Dann legte sie auf.

Becker betrat den Raum. Er war noch im Mantel, hatte diesen aber bereits auf dem Flur aufgeknöpft. Dietrich Kölling sah ein graues Jackett, ein grünes Hemd und eine lindgrüne Krawatte und fühlte sich unendlich schäbig in seinem blauen Strickpullover, der schon etwas ausgebeult war. Dies würde kein guter Tag werden, wenn er sich schon am Morgen wie ein verkaterter Penner vorkam. Becker gab Wasser auf die Mühlen.

»Sie sehen aus, als ob Sie auf Ihrer Leber Läuse züchten«, sagte er.

»Erst einmal heißt es: guten Morgen, Herr Hauptkommissar«, wies Dietrich Kölling seinen Stellvertreter zurecht. »Dann: Haben Euer Gnaden gut geruht?«

»Nein, hab ich nicht«, stellte sich Becker dumm. »Ich kam erst kurz vor Mitternacht nach Hause, dann lag ich stundenlang wach, und dann war die Nacht zu Ende. Liegt wohl am Wetter, denn Vollmond ist erst in drei Tagen. Ist Kaffee da?«

»Das fragen Sie mich«, Dietrich Kölling schüttelte heftig den Kopf, »wo ich mich praktisch von Kaffee ernähre. Ich weiß, ich weiß, Becker, ich gelte als herzkrank und sollte nur Milch und Kamillentee trinken. Aber falls es Sie beruhigt, ich habe schon zwei Aspirin genommen, und die sind gut für die Pumpe.«

»Aber nicht für den Teint.« Becker machte sich an der Kaffeemaschine zu schaffen, Dietrich Kölling fragte sich, ob sein Kollege wohl im Mantel zu arbeiten gedachte. Dann erhob er sich mühsam von seinem Stuhl, verließ das Zimmer, überquerte den Gang und suchte das Mitarbeiterklo auf. Dort gab es einen Spiegel, in dem er sich betrachten konnte. Becker hatte recht gehabt, sein Gesicht war grau, und die Falten wirkten tiefer als sonst; eine Frau, die sich in ihn verliebte, musste entweder über siebzig oder gerontophil sein. Dietrich Kölling beschloss, sich für die Unbilden des Schicksals zu rächen und an einem Pasewalker Polizisten sein Mütchen zu kühlen.

Becker hatte sich doch seines Mantels entledigt, hielt sich an einer Kaffeetasse fest und schaute, noch immer stehend, den Eingangskorb durch. Dietrich Kölling langte nach dem Telefon. Er tippte die Pasewalker Nummer ein und betrachtete den Rücken des Oberkommissars. Mit Freude bemerkte er, dass dessen Jackett zerknittert war.

»Polizeiinspektion Pasewalk«, verkündete ein Mann mit fester Stimme. Sein Singsang verriet den Norddeutschen.
»LKA Berlin«, stellte sich Dietrich Kölling vor und klaubte gleichzeitig einen Zettel von Beckers Schreibtischunterlage. »Verbinden Sie mich bitte ... bitte mit Herrn Küter.«
»Sofort«, versprach der Mann. Und er hielt seine Zusage. Es knackte einmal in der Leitung, dann ging jemand an den Apparat. Eine Frau.
»Ja?«, fragte sie.
»Ich möchte Herrn Küter sprechen.«
»In welcher Angelegenheit?«
»LKA Berlin, Kölling.«
»Moment. Ulli, für dich«, rief die Frau in den Raum oder ein Nebenzimmer. Dietrich Kölling hörte, wie ein Fenster geschlossen wurde, dann Schritte. »Er kommt«, sagte die Frau. Dann war er da.
»Küter.«
»Kölling.«
»Ach, Sie. Tach. Wegen dem komischen Pastor, stimmt's?«
»Genau. Winfried Möllenthin. Haben Sie ...?«
»Jo. War 'ne leichte Übung, Herr Kollege. Also, Ihr Mann ist immer im Hotel Stettiner Platz abgestiegen. Ich hab die Daten alle notiert und kann Sie Ihnen faxen.«
»Sie sind ein Schatz.« Dietrich Köllings Rache musste also ausfallen, dabei hatte er noch immer diese scheußlichen Kopfschmerzen.
»Na, na, na.« Küter lachte. »Außerdem, verschießen Sie man Ihr Pulver nicht zu früh. Wir haben nämlich noch was von Ihrem Pastor rausgekriegt, das Sie interessieren wird. Sitzen Sie gut?«
»Wie sollte ich? Bei dem lausigen Etat unserer Polizei für so was Überflüssiges wie Stühle?«
»Na, dann passen Sie mal auf.« Küters Stimme war voller Triumph. »Wenn man von Pasewalk ein paar Kilometer aufs Land fährt, Richtung Neubrandenburg, dann steht da plötzlich ein Neubau. Mitten in der Wüste sozusagen. So 'ne hässliche Bude im Westernstil oder wie das heißt. Aber wenn Sie denken, dass sich dort die Cowboys treffen ... Nee, nee. New York Club heißt das Ding. Blöd, was? Frage

mich, ob der Inhaber jemals in Amerika gewesen ist. Bestimmt nicht. Früher war er mal Schlosser auf 'ner LPG. Und jetzt? Tja, der Club, das is 'n Bordell. Ein illegales natürlich. Die Kripo in Neubrandenburg ermittelt schon lange, aber irgendwie kriegen sie die Typen wohl nicht richtig zu fassen. Ihr Pastor war dort 'ne Art Stammkunde.«

»Wie bitte?« Dietrich Kölling traute seinen Ohren nicht.

»Hab ich mir gedacht, dass Sie überrascht sind«, sagte Küter. »Tja, offiziell ist diese Bude ein Club mit Beherbergungsstätte, nicht? Haben aber enorm viel weibliches Personal, sozusagen für jedes Zimmer 'n Mädchen. Na, und Ihr Herr Pfarrer hat dort immer gebucht, wenn er in Pasewalk war. Komisch, was? Hatte ein Zimmer im Hotel und gleichzeitig noch 'n zweites auf dem Lande. Ach so, ist er katholisch oder evangelisch?«

»Katholisch, was sonst? War er, Herr Küter, er ist katholisch gewesen. Er durfte also nicht. Was seine Eskapaden erklärt.«

»Wenn Sie was Genaueres über den Club wissen wollen, schreiben Sie sich mal 'ne Nummer auf.« Dietrich Kölling griff sofort zum Stift und drehte den Zettel um. »So, ich diktiere.« Kölling schrieb. »Da meldet sich dann eine Frau Bannasch. Die ist für die Triebe zuständig. Triebe gibt's sogar bei uns.« Küter schien ein humorvoller Mensch zu sein, und das gefiel Dietrich Kölling.

»Ich weiß gar nicht, wie ich Ihnen danken soll«, sagte er und meinte es ernst.

»Besuchen Sie uns mal«, schlug Küter vor. »Wir hören gern Schauergeschichten aus der Hauptstadt. So was mit abben Köppen, verstehn Sie?«

»Vielleicht«, sagte Dietrich Kölling unbestimmt. »Danke also und auf Wiederhören.«

»Tschüssing«, sagte Küter und legte auf.

»Und?«, fragte Becker, dem klar geworden war, dass sein Chef ihm aufregende Neuigkeiten auftischen konnte.

»Wir gehen nach Vorpommern«, erwiderte Dietrich Kölling. »Ich glaube, das ist was für unsere angeschlagenen Großstadtgemüter.

Eine Kleinstadt, wo Kühe auf der Straße herumlaufen, wo man vom Hahnenschrei geweckt wird und ›tschüssing‹ sagt. Und wo frühere LPG-Schlosser Bordelle aufmachen.«

5

Mit Banken hatte Mario Hönekamp kein Glück gehabt, aber es gab noch andere Einrichtungen, bei denen viel Geld über den Ladentisch ging: Tankstellen beispielsweise. Auch Tankstellen schützten sich mittlerweile mit Überwachungskameras und Alarmanlagen gegen Überfälle, aber das war Augenwischerei, denn einen Raub verhindern konnten die Kameras nicht. Sie machten in der Regel bloß schlechte Aufnahmen von den Räubern, die sich obendrein zu verkleiden pflegten. Mit einer gewissen diebischen Freude dachte Mario Hönekamp daran, dass er in ein paar Tagen sein Bild in der Zeitung sehen würde, aber nur er würde wissen, wer der Mann mit der Borussia-Dortmund-Mütze war. Rainer Kießig würde natürlich etwas ahnen, aber der las keine Zeitungen, und falls doch, würde er seinen besten Kumpel nie verpfeifen. Rainer tat so etwas nicht, der hatte es nicht nötig, sich bei den Bullen Liebkind zu machen, wie die meisten schweren Jungs hatte er noch Ehre im Leib. Und er war ein harter Typ, der seine Frau halb tot geschlagen hatte, nachdem er sie mit einem anderen Kerl überraschte. Der ließ sich nicht gängeln, von den Weibern nicht, von den Bullen nicht, von niemandem. Aus solchem Holz wäre Mario Hönekamp gern geschnitzt, dann würde er jetzt nicht so schwitzen.

Der S-Bahn-Zug hatte Frohnau hinter sich und nahm Kurs auf Hohen Neuendorf, würde also jeden Moment Berlin verlassen. Mario Hönekamp hatte sich überlegt, dass es besser sei, sich einer Tankstelle im Berliner Umland zu widmen, nicht weil er glaubte, dort gäbe es keine Sicherheitsvorkehrungen, sondern weil er davon ausging, die dortige Polizei würde erst einmal ihre eigenen Kunden überprüfen, bevor man Berlin in die Ermittlungen einbezog, und je mehr Zeit verstrich, desto besser wäre es: Die Zeugen würden sich nicht mehr so genau erinnern, die Spuren würden verblassen. Hönekamps Wahl war

auf Oranienburg gefallen. Um nach Oranienburg zu gelangen, musste er von der Hausotterstraße nur ein paar Minuten zum Bahnhof Schönholz laufen und dann zehn Stationen nach Norden fahren. Oranienburg hatte ein eigenes Polizeipräsidium mit einem großen Einzugsbereich, da hatten die Bullen erst einmal alle Hände voll zu tun, wenn sie sich alle bekannten Tankstellenräuber vorknöpfen wollten. Natürlich, Berlin lag nahe, aber die Berliner Bullen hatte ihre eigenen Sorgen, vielleicht würde es mit der Amtshilfe nicht so recht klappen, und wer kam schon auf einen Mario Hönekamp, dem man eine günstige Sozialprognose gestellt hatte.
Der Zug ratterte durch Birkenwerder. Für ein Alibi hatte Mario Hönekamp keine Vorsorge treffen können bis auf den abgenudelten Trick, in seiner Wohnung das Fernsehgerät laufen zu lassen und den Telefonstecker aus der Buchse zu ziehen. Niemand würde aussagen können, sein Telefon hätte ungewöhnlich lange geklingelt, ohne dass jemand an den Apparat gegangen wäre, und jeder Anrufer würde glauben, es sei ständig besetzt. Das bewies natürlich nicht viel, zumal Hönekamp kaum Anrufe bekam; er musste eben auch ein bisschen auf den Zufall hoffen.
Dass er an einer Ausfallstraße eine Tankstelle finden würde, bezweifelte er nicht. Was ihm hingegen noch unklar war, das war seine Rückkehr. Mit der S-Bahn zurückzufahren war zu riskant, auf dem Weg zum Bahnhof und während der Fahrt konnte er gesehen werden, und die Jacke zum Wechseln in seinem Rucksack würde nicht viel bewirken. Besser wäre es schon, er könnte sich nach dem Überfall kleiner machen und seine Schultern breiter.
Eigentlich, überlegte Hönekamp, war seine Aktion viel zu überstürzt, aber er konnte sich jederzeit von seinem Vorhaben zurückziehen, nur die Lage checken und den Überfall auf später verschieben, noch hatte er sich nicht strafbar gemacht. Was passieren würde, wenn er die Tankstelle um ein paar Tausender erleichtert hatte, war ihm klar: Die Bullen würden sofort eine Nahbereichsfahndung einleiten, und der musste er entkommen. Alles hing von seiner Schnelligkeit ab. Er konnte natürlich ein Auto stehlen, eine Tankstelle bot sich dafür an,

rasch ein paar Kilometer vor die Stadt fahren und dort irgendwo verschwinden. Es gab Wald in der Umgebung von Oranienburg, und Wald war gut, um die Mücke zu machen. Der Zug hatte Lehnitz erreicht, den letzten Halt vor dem Ende der Strecke. Hönekamp studierte die Landkarte, die er an einem Zeitungskiosk erstanden hatte. Einen Plan von Oranienburg würde er noch erwerben müssen. Vielleicht gab es einen, in dem die Tankstellen verzeichnet waren. Er hatte einen Tag lang Zeit, alles so gut wie möglich zu planen, denn zuschlagen würde er, wenn überhaupt, erst in der Dämmerung. Sich dann nachts in einem unbekannten Wald herumzutreiben war zwar verrückt, aber es war auch ein Abenteuer, das mit Geld in der Tasche noch an Reiz gewann. Er hatte schon seit Ewigkeiten nichts mehr erlebt, was seinen Adrenalinspiegel in die Höhe trieb, und eigentlich war es ihm sogar fast egal, ob ihn die Bullen erwischten oder nicht. Im Knast hatte er seine Ordnung, sein Essen und seine Kumpel. Seit Möllenthins Tod gab es niemanden mehr, der sich um ihn kümmerte, von einem Anwalt abgesehen, der ihn zur Strecke bringen wollte. Das konnte man als Kümmern kaum bezeichnen.
Wahrscheinlich würde er die Aktion doch verschieben. Als Mario Hönekamp den Zug verließ, kam die Angst.

6

Die Blissow hatte nicht damit gerechnet, dass sie Frau Ilona Schultze, für die sie alles andere als freundschaftliche Gefühle hegte, so rasch wieder sehen würde. Sie hätte nichts dagegen gehabt, wenn Becker oder der Chef nach Hermsdorf hinausgefahren wären, aber die beiden kungelten wieder einmal, und so hatte Dietrich Kölling beschlossen, dass die Blissow in Augenschein nehmen sollte, was Frau Schultze entdeckt haben wollte, blutige Kleidungsstücke nämlich. Es war ein ungemütlicher, diesiger Tag, niemand verließ gern den Platz am warmen Ofen. Frau Schultze hatte es getan und sich ausgerechnet das Fließtal ausgesucht, um ihre Modehunde auszuführen. Dort hatte sie dann gefunden, was sie veranlasste, die halbe Berliner Polizei in Aufregung zu versetzen.

Die Uniformierten hatten das Fließtal zwischen Mühlenfeldstraße und Waidmannsluster Damm, zwischen Bismarck- und Egidysteg abgesperrt, als handle es sich um den Ort einer Schießerei mit fünfzig Opfern. Der einzige Effekt, den diese Absperrung hatte, bestand darin, dass Schaulustige angelockt wurden. Die Blissow stellte ihren Wagen in der Fürst-Bismarck-Straße ab. Hier befanden sich auch das Jordanstift und die Katholische Schule Salvador, was immerhin zum Mordfall Möllenthin passte. Möllenthin hatte sich mit Huren abgegeben, vielleicht hatten ihn besessene Salvadoraner umgebracht. Die Blissow seufzte und zündete sich eine Zigarette an.
Frau Schultze war sehr aufgeregt, und ihre Beagles waren es auch. Sie liefen den Beamten zwischen den Beinen herum, hechelten nervös und schnüffelten an allem, was ihnen ungewöhnlich vorkam. Bevor sie sich nicht davon überzeugt hatte, dass Ilona Schultze wirklich etwas Wichtiges entdeckt hatte, wollte die Blissow nicht mit ihr sprechen, und so steuerte sie auf zwei Polizisten zu, die im Unterholz standen und auf den Boden starrten. Die Blissow passierte einen Baum, an dem ein kleines, grünes Plakat hing. Es annoncierte eine Veranstaltung des Tierrettungscafés Köpenicker Straße und warb dafür mit dem Aufruf: *Kampf dem imperialistischen Tiermordsyndikat – die Freiheit allen Tiere!* Die Blissow schaute zu Frau Schultze und deren Hunden. Die Züchterin würde es wohl kaum aufgehängt haben, autonomer Obskurantismus war ihr sicher fremd, aber gegen Tierexperimente und Massenhaltung war sie bestimmt ebenfalls. Sicherheitshalber riss die Blissow das Plakat ab, faltete es zusammen und steckte es in ihre Umhängetasche.
In einer Vertiefung des klatschnassen Waldbodens lagen zusammengeknüllt eine blaue Regenjacke mit breiten weißen Streifen auf den Ärmeln, eine Bluejeans und daneben ein Paar schwarze Turnschuhe von Nike. Auf der Jackenbrust und der Hose zeichneten sich dunkle Flecken ab, aber zumindest auf den ersten Blick konnten sie auch vom Wasser stammen. Erst die weißen Streifen verrieten, dass es sich um eine andere Flüssigkeit handeln musste, um Blut oder Tomatensaft. Tomatensaft war wenig wahrscheinlich, der bildete nicht solche

Krusten beim Gerinnen. Außerdem hatte der Mann mit dem silbernen Koffer, der etwas abseits stand, die Flüssigkeit bereits identifiziert. Er hatte sogar ein paar Tropfen auf den Schuhe gefunden.

»Wir brauchen einen Hund«, sagte die Blissow zu dem Uniformierten, der sich zu ihr gesellt hatte. »Einen Spezialisten, meine ich natürlich«, setzte sie hinzu, als ihr einfiel, dass Hunde anwesend waren.

»Hab schon verstanden«, sagte der Beamte. »Aber bei dieser Feuchtigkeit ...« Er zuckte die Achseln.

»Wahrscheinlich haben Sie Recht«, gab die Blissow zu, »aber wir versuchen es trotzdem. Sie wissen doch, die Sache mit dem Pferd vor der Apotheke.«

Der Beamte machte sich auf den Weg zu seinem Wagen, der Kriminaltechniker folgte ihm. Er würde sich zur Verfügung halten, aber wahrscheinlich waren seine Fähigkeiten erst im Labor wieder gefragt.

Die Blissow schloss für einige Sekunden die Augen und vergegenwärtigte sich im Geiste den Stadtplan. Vom Fließtal bis zum Gemeindehaus von Sankt Marien waren es vielleicht zehn Minuten Fußweg, vielleicht eine Viertelstunde. Der Mörder hatte Möllenthin den Schädel gespalten, das war eine blutige Angelegenheit, seine Kleidung musste also Blutspuren aufweisen. Es war vorstellbar, dass er sich ihrer im Fließtal entledigt hatte. Die Blissow musste nun mit Ilona Schultze sprechen. Deren Beagles waren immer noch außer Rand und Band, die Frau bekam sie trotz Rufens und Befehlens nicht unter Kontrolle. Auch für ein eintöniges Hundeleben bedeutete das Auftauchen der Polizei offenbar eine spannende Abwechslung.

»Tja, Frau Schultze, dann berichten Sie mal, wie Sie die Sachen gefunden haben«, bat die Blissow.

»Ich habe die Hunde ausgeführt«, sagte Ilona und warf ihren Tölen einen zärtlichen Blick zu. »Das mache ich jeden Tag. Zweimal. Wir sind immer ein, zwei Stunden unterwegs, im Fließtal und im Forst. Heute ... Wir machten also unseren Weg, und plötzlich hörten wir einen Schrei. Nicht laut, aber in der Nähe. Ich habe mich vielleicht erschrocken. Ja, und dann kam ein junger Mann aus dem Gebüsch gelaufen. Kam auf uns zu. Aber als er uns sah … Er ist dann in die andere Richtung weggelaufen. In Richtung Forst.«

»Und Sie, Frau Schultze?«

»Ich?« Ilona Schultze überlegte, wie sie diese Frage beantworten sollte. Die Blissow griff nach ihren Zigaretten. »Mir war natürlich etwas mulmig zumute … nach den ganzen Ereignissen. Aber neugierig war ich auch. Ich habe Orpheus – das ist der große Rüde dort, der sich gerade im Gras wälzt, mein Musterrüde –, ich habe ihn also ins Gebüsch geschickt und befohlen zu suchen. Eurydike, Odysseus, Penelope und Jason sind ihm natürlich gefolgt, aber angeschlagen hat er. Na, ich bin dann auch ins Gebüsch. Noch immer habe ich nasse Füße. Und dort habe ich dann diese … diese Kleidungsstücke gesehen. Und sofort die Polizei angerufen. Ich habe ja immer mein Handy dabei.«

Frau Schultze konnte von Glück reden, dass die griechische Mythologie einen schier unerschöpflichen Vorrat an göttlichen, halbgöttlichen und menschlichen Akteuren hervorgebracht hatte, die für ein Hundezüchterleben ausreichten, und falls es doch einmal einen Mangel an Namen geben sollte, konnte man schließlich noch auf die ägyptische oder römische Überlieferung zurückgreifen und seine Wauwaus Osiris, Ra, Diana oder Mercurius taufen. Hajota hatte berichtet, dass Hönekamp seinen besten Freund Kaiman nannte. Nun konnte auch die Blissow etwas zum Thema Hundenamen beisteuern: Ajax, Bello oder Schnuffi schienen out zu sein, obwohl Ajax doch auch ein Göttername war, allerdings dadurch entwertet, dass sogar Proleten ihn benutzten.

»Dieser junge Mann«, fragte die Blissow, »kam der Ihnen bekannt vor? Aus der Gemeinde beispielsweise? Aus der Arbeit für diese Straffälligenhilfe? Wie war das noch: Per …?«

»Per aspera ad astra. Auf rauen Pfaden zum Licht bedeutet das.« Ganz konnte sich Ilona Schultze der Herablassung nicht enthalten. »Nein, ich kenne den jungen Mann nicht, habe ihn bestimmt nie gesehen. Einen Augenblick lang habe ich es zwar gedacht, aber jetzt bin ich sicher.«

»Können Sie ihn beschreiben?«
»Natürlich.« Bevor sie es tat, schaute Frau Schultze jedoch nach Orpheus, Eurydike, Odysseus, Penelope und Jason. Sie waren noch da, waren noch im Tegeler Fließtal, in Hermsdorf, in Berlin und nicht im Orkus, auf Weltreise oder auf der Suche nach dem Goldenen Vlies. Aber das hatten sie sowieso schon an. »Er war noch jugendlich. Sechzehn, siebzehn, achtzehn. Trug eine grüne Jacke aus Synthetics. So ein militärisches Grün. Mit einem Bundkragen. Eine Jeans. Schwarz. Turnschuhe. Weiß, glaube ich. Mit farbigen Applikationen.«
»Größe? Gesichtsform? Haarfarbe?«
»Tja, Größe ...« Frau Schultze wiegte den Kopf. »Eher klein. Einssiebzig, einsfünfundsiebzig. Rundliches Gesicht. Und eine Glatze.«
»Ach nee, eine Glatze?«
»Ja. Also jedenfalls einen geschorenen Kopf. Ich vermute auch, dass er Satanist ist.«
Die Blissow schluckte. Noch stand nicht einmal fest, ob die Kleidungsstücke und der Junge überhaupt in einem Zusammenhang mit dem Mord an Möllenthin standen, aber für Frau Schultze war natürlich der Satan im Spiel; wahrscheinlich hatte sie sich bereits vor dem Eintreffen der Polizei ausgiebig bekreuzigt und würde nachts wiederkehren, um den Teufel aus dem Fließtal zu vertreiben. Es hatte wohl seinen Grund, dass der Gemeindevorsteher ein Psychiater war.
»Was veranlasst diese Annahme?«, wollte die Blissow dennoch wissen.
»Als der Junge auf uns zukam«, erklärte Frau Schultze mit einem verschwörerischen Unterton, »er hatte seine Jacke offen, und ich konnte sein T-Shirt sehen. Ein schwarzes T-Shirt. Mit dieser Ziffernreihe.«
»Welche Ziffern?«
»Sechs, sechs, sechs«, sagte Frau Schultze. »Die satanistische Zahl.«

7

»Das ist ein bisschen auch Mode«, meinte Becker. »Ich weiß das von meinem Sohn, der hat solche Kids in seiner Schule. Die haben ihre eigene Musik, Black Metal und Death Metal, und tun geheimnisvoll, erzählen von irgendwelchen Ritualhandlungen auf Friedhöfen und dergleichen. Ich nehme an, dass die sich bloß interessant machen wollen. Von diesem Guru haben die bestimmt nie was gelesen.«

»Aleister Crowley meinen Sie wohl?« Dietrich Kölling glänzte mit seinem Wissen. »Das große Biest sechshundertsechsundsechzig? Der wie alle radikalen Ideologen zu feige war, offen gegen Mama und Papa zu rebellieren und das zeitlebens durch Ersatzhandlungen nachholte? So viel ich weiß, war seine Mutti extrem puritanisch. Viktorianisches England, falls Sie verstehen. Kein Wunder, dass er sich dem Satan verschrieben hat. Und Anarchie predigte. Tu, was du willst, sei das oberste Gesetz.«

»Ich glaube auch, dass unser geliebter Kollege Recht hat«, sagte die Blissow. »Wenn die Teenager wüssten, was sie alles auf ihren Shirts und Basecaps und Jäckchen herumtragen, sie würden sich wundern. Gerade die im Osten, die Englisch mit der Kneifzange gelernt haben.«

»Erstens haben wir es mit Jugendlichen aus dem Osten gar nicht zu tun«, protestierte Becker prompt, »und ich denke doch, dass sich unsere jungen deutschen Staatsbürger mittlerweile auf demselben Bildungslevel bewegen.«

»Auf einem sehr niedrigen, wie man hört«, sagte Dietrich Kölling.

»Woher soll Bildung denn auch kommen?« Die Blissow zündete sich eine Zigarette an, Becker warf ihr einen missbilligenden Blick zu, denn der Raum war bereits blau geraucht. »Vom ewigen ›Na, na, na, na, na, na, na, Babe‹ vielleicht?«

»Was, um alles in der Welt, stellt denn das vor?«, fragte Dietrich Kölling.

»Irgendeinen Song.«

»Aber der ist steinalt«, warf Becker ein. »Die nassen ›Backstreet Boys‹ haben ihn gesungen. Im vorigen Jahrhundert!«

»Was? Wer?«

»Das ist eine dieser Boygroups. Eine von denen, bei denen man Krisentelefone einrichten muss, wenn sie sich auflösen. Meine Tochter hat die früher andauernd gehört und glänzende Augen gekriegt, wenn sie auf MTV das Video sah. Vor allem den Jüngsten der Truppe, den liebte sie abgöttisch ...«

»Ja, das ist sicher schön«, meinte Dietrich Kölling ohne Überzeugung. »Aber warum sind die nass? Mit gewissen sexuellen Vorlieben wird es doch nichts zu tun haben?«

»Nein, nein. In dem fraglichen Video werden die halb entblößten Boys nass geregnet. Alle Mädchen finden oder fanden das furchtbar erotisch. Jungen und Männer vielleicht auch.«

»Abschließend möchte ich dazu ausführen«, sagte Dietrich Kölling, »dass die wirklich großen Musiker diese Fleischbeschau nicht nötig hatten. Mozart oder Schubert sind nie beregnet worden, weder im halb entblößten noch im entblößten Zustand. Im Übrigen gilt: ›It never rains in Southern California‹«

»Und was, bitte, hat das mit unserem aufregenden Gegenstand zu tun?«, wollte die Blissow wissen.

»Ja, was? Ebenso gut könnten Sie von mir wissen wollen, in welcher Beziehung der Urknall und die polyzyklischen aromatischen Kohlenwasserstoffe zu Hajotas sexueller Orientierung stehen. Am Ende hängt doch alles miteinander zusammen. Und wenn uns ein Junge, der noch feucht hinter den Ohren ist und feucht in der Hose, wenn uns ein solcher Knabe auf die Spur eines Mörders führt, soll mir das ebenso recht sein, als wenn das ein in Südkalifornien bei Trockenheit umfallendes Gartengerät tut.«

»Woraus für unsere Arbeit was folgt?«

»Ich führe die Vernehmung von Ilona Schultze durch«, stellte Dietrich Kölling klar. »Und diesen Peter Mundt will ich noch heute in der Dienststelle sehen.«

8

Die Tankstelle, die nach Mario Hönekamps Geschmack war, gehörte dem Mineralölkonzern Shell, und wenn Hönekamp sich nicht täuschte, war das ein Unternehmen mit britischen und niederländischen Eigentümern. Die Shell hatte ein angeschlagenes Image, weil die Firma nicht nur alles daransetzte, die Umwelt zu zerstören, sondern auch, weil sie Militärdiktaturen unterstützte und indirekt für Folterungen und Morde verantwortlich war: Wenn Hönekamp eine solche Tankstelle überfiel, würden womöglich etliche Leute Beifall spenden. Plakate an den Fenstern zum Verkaufsraum zeigten, dass die Manager den Ruf ihres Konzerns aufzupolieren gedachten und viel für Kinder und Jugendliche unternahmen, die fröhlich dem Betrachter ins Gesicht lachten; die Shell hatte ihnen irgendetwas Gutes angetan. Mario Hönekamp beobachtete das Geschehen von der gegenüberliegenden Straßenseite aus.

Die letzten Häuser von Oranienburg lagen linker Hand, während rechts die Landstraße begann. Dass sie von Wald gesäumt war, konnte man nicht behaupten, aber ein paar dichte Baumgruppen bargen für ein paar Minuten gute Verstecke, und hinter ihnen erstreckten sich Äcker, die von Meliorationsgräben durchzogen waren. Diese Gräben würden Hönekamps Flucht eine gewisse Deckung bieten, wenn auch um den Preis, sich nasse Schuhe und Hosenbeine zu holen, aber das war nicht wichtig. Hönekamp hatte die Karte studiert und beabsichtigte, sich zu einem Ort namens Schwante durchzuschlagen, der ihm irgendwie bekannt vorkam, er wusste bloß nicht, woher. Er würde ein erhebliches Stück Weges zurücklegen müssen, ein Spaziergang würde das kaum werden, aber Schwante besaß einen Regionalbahnanschluss, und darauf kam es ihm an.

Mario Hönekamp schätzte, dass er nach drei Minuten in der Baumgruppe verschwunden sein konnte, auf die seine Wahl gefallen war; er wäre dann den Blicken all jener entzogen, die vielleicht seine Flucht beobachten konnten. Bis zum Eintreffen der Bullen würden gewiss mehr als drei Minuten vergehen, und sie würden sicher nicht mit so vielen Wagen kommen, dass sie alle Äcker der Umgebung absperren konnten. Hönekamp rechnete sich gute Chancen aus, spurlos zu verschwinden. Und wenn er erst einmal, mit einer neuen Jacke bekleidet und einem Basecap auf dem Kopf, in Schwante war, hatte er es geschafft. Es würde doch niemandem einfallen, ihn ausgerechnet dort zu suchen. Mit dem Zug war es dann relativ einfach: Er würde die Regionalbahn bis Hennigsdorf nehmen und von dort mit der S-Bahn quasi bis vor die Haustür fahren. Wer in den Zügen sollte auf die Idee kommen, in ihm einen Tankstellenräuber zu sehen, wenn er den Eindruck erweckte, auf dem Heimweg von der Arbeit zu sein. Er würde Zeitung lesen, einen Apfel aus seinem Rucksack nehmen und ihn verzehren, vielleicht würde er sich sogar eine Mappe mit getürkten Zeichnungen anlegen, die zumindest aus der Ferne wie Konstruktionspläne aussahen. Kurzum, er würde noch einige Vorbereitungen treffen müssen und daher den Überfall um einen Tag verschieben. Mario Hönekamp warf einen letzten Blick auf die Tankstelle. Sie war bis auf die beiden Angestellten im Kassenraum menschenleer. Niemand tankte, niemand kaufte etwas im Shop. Hönekamp schwankte. Die Gelegenheit war verdammt günstig, und das mitgebrachte Stück Wäscheleine reichte sogar aus, die beiden Mitarbeiter zu fesseln. Sie könnten also nicht einmal den Alarm auslösen. Mario Hönekamp nahm den Rücksack ab und griff hinein. Unter der Wechseljacke fand er die Gaspistole, die er sich als Jugendlicher zugelegt hatte. Außer ihr führte er auch ein Fahrtenmesser mit, das er am Morgen noch einmal geschliffen hatte. Benutzen wollte er es nicht, es war nur für den Notfall da.

Mario Hönekamp näherte sich der Tankstelle und schaute sich dabei immer wieder um. Auf der Landstraße fuhr kein Auto, auch aus dem Ort hatte derzeit niemand das Bedürfnis, zu tanken oder auch nur die Stadt zu verlassen. Dieses unverschämte Glück durfte Hönekamp nicht ungenutzt lassen.

Die beiden Angestellten plauderten und nahmen nicht wahr, was vor den Fenstern zwischen den Zapfsäulen geschah. Die Kinder auf den Plakaten lachten unablässig. Mario Hönekamp stülpte die Pudelmütze über das Gesicht und sprintete los.

9

Die Hundezüchterin Ilona Schultze erschien zur Vernehmung in Begleitung eines Anwalts. Das war kein Geringerer als Czolnay, der Spender edlen Whiskeys. Im Anschluss an die Zeugenbelehrung zückte er sogleich ein Attest. Der Psychiater Doktor Rübsamen, auch

Kirchenvorsteher des Gemeinde Sankt Marien, bestätigte darin, dass Frau Ilona Schultze wegen einer Krankheit, die aus drei lateinischen Vokabeln bestand, nur eine Stunde vernehmungsfähig sei. Obwohl er bloß seine Pflicht tat, war der Anwalt Dietrich Kölling gar nicht mehr so sympathisch. Außerdem schien es in dieser Kirchgemeinde zuzugehen wie auf einem Dorf: Man kungelte, bildete Klüngel und protegierte einander.

Eher lustlos nahm Dietich Kölling die ganze Geschichte aus dem Fließtal zu Protokoll. Er kannte sie bereits, sie interessierte ihn nicht wirklich, zumindest nicht im Augenblick. Dass Herr Schultze seiner Frau Eifersuchtsszenen machte und dabei vor Gewalt nicht zurückschreckte, davon wollte er etwas hören, nicht aus Sensationsgier, sondern aus beruflichen Gründen. Kaum hatte er das Gespräch darauf gebracht, blockte Anwalt Czolnay ab.

»Das geht nicht«, meinte er.

»Was geht nicht?«

»Sie haben als Gegenstand der Zeugenvernehmung ausdrücklich die Kleidungsfunde im Tegeler Fließtal und die damit im Zusammenhang stehenden Beobachtungen meiner Mandantin bezeichnet«, sagte Czolnay. Dietrich Kölling wunderte sich, dass er dieses Satzungetüm fehlerfrei zu Ende gekriegt hatte. »Sie haben nicht darauf verwiesen, dass auch der Ehemann meiner Mandantin und ihre ehelichen Beziehungen besprochen werden sollen. Dies gehört aber nicht wie selbstverständlich zur Sache. Bedaure, ich muss mich mit meiner Mandantin beraten.«

Dietrich Kölling räumte das Vernehmungszimmer. Er kochte vor Wut. Wütend war er vor allem auf sich. Dass eine Frau vom Kaliber einer Ilona Schultze überall mit Anwalt auftauchte, wo es heikel werden konnte, hätte er wissen müssen. Stattdessen hatte er sich überfahren lassen, völlig unvorbereitet, wie er war.

Die Beratung zwischen Anwalt und Mandantin dauerte nur fünf Minuten. Dietrich Kölling wurde in das Vernehmungszimmer gerufen, als wäre er der Zeuge, den man zu verhören gedachte. Czolnay teilte ihm das Ergebnis mit: Ilona Schultze war nicht bereit, über ihren

Mann auszusagen. Das Protokoll der Vernehmung unterzeichnete sie unter Vorbehalt. Dietrich Kölling hatte überhaupt nichts in der Hand.

»Schweinerei!«, fluchte er.

»Ich würde es eher Rechtlichkeit nennen«, erwiderte Czolnay und lächelte gewinnend. Frau Schultze stand neben ihm und wirkte abwesend.

»Wie das Tier heißt, das Schweinereien macht, das wissen Sie, Herr Czolnay«, sagte Dietrich Kölling, dann ging er grußlos davon.

10

Dietrich Köllings Wunsch nach einer Begegnung mit Peter Mundt war eindringlich geworden, seitdem er in Rüdiger Becks Wohnung eine Leiche betrachten musste. Der Tote störte seine Pläne, denn eigentlich hatte er pünktlich Feierabend machen und das bevorstehende Wochenende nicht in der Dienststelle verbringen wollen. Daraus würde nun voraussichtlich nichts werden. Auch seinen Kollegen schien der Leichenfund nicht zu behagen, aber wenn er sie anschaute, wie sie sich Taschentücher vor die Nasen pressten, hatte das wohl noch einen anderen Grund. Rüdiger Beck, der erschlagen worden war, war schon eine Weile tot. Obendrein hatte er selbst oder der Täter die Gasheizung auf die höchste Stufe eingestellt, sein Körper befand sich also im Zustand der Fäulnis. Die Gase hatten ihn derart aufgetrieben, dass er kaum noch zu erkennen war, und es stank erbärmlich nach Ammoniak und Schwefelwasserstoff. Aber nicht der widerliche Geruch hatten die Nachbarn bewogen, die Polizei zu verständigen, denn an üble Gerüche aus Becks Wohnung waren sie gewöhnt. Was Herrn Mundt zum Telefonhörer hatte greifen lassen, war das Geschrei des Katers gewesen. Zuerst hatte er sich nur gemeldet, wenn jemand die Wohnung gegenüber betreten oder verlassen hatte, aber dann war das herzzerreißende Miauen gar nicht mehr abgerissen. Niemand hatte damit gerechnet, einen Toten zu finden. Die Mundts waren davon ausgegangen, dass Beck seinen Kater seit Tagen vernachlässigt und nicht gefüttert hatte, während er sich selbst irgendwo die Hacken zusoff, deshalb hatten die beiden Streifenbeamten zuerst gezögert, als Herr Mundt sie bat, die Tür öffnen zu lassen. Nachdem sie aber zum dritten Mal angefordert worden waren, hatten sie schließlich den Schlüsselnotdienst gerufen. Jetzt standen sie bleich und fröstelnd im Treppenhaus. Der Schlosser hatte sich erbrochen. Niemand kümmerte sich um den Dreck.

Der Arzt, der mit den bakteriellen und abakteriellen Prozessen vertraut war, die zur Auflösung eines menschlichen Korpus führten, hantierte mit seinen Instrumenten, Dietrich Kölling überwand sich endlich und riss das Fenster auf, und kühle, feuchte Luft strömte in das Zimmer. Dass er sogleich nach Betreten der Wohnung an Peter Mundt gedacht hatte, lag vor allem daran, dass der Junge nebenan wohnte, dass er sich gegenüber Tangermann angeblich seltsam verhalten hatte und dass er seit dem Morgen verschwunden war. Wahrscheinlich hatte Frau Ilona Schultze ihn noch im Tegeler Fließtal gesehen, wo blutige Kleidung gefunden worden war, aber er hatte sich dann weder in der Schule noch zu Hause blicken lassen. Vielleicht war es nichts Ungewöhnliches, dass der Autodieb sich tagsüber oder auch des Nachts herumtrieb, aber Dietrich Kölling wusste mittlerweile etwas, dass sein Interesse an dem Bengel aufrechterhielt. Das Blut an den Kleidungsstücken war tatsächlich das von Möllenthin gewesen. Der Mörder hatte sich auf seiner Flucht also umgekleidet und sich seiner Klamotten im Fließtal entledigt, nur die wollene Mütze fehlte. Der Einsatz des von der Blissow angeforderten Fährtenhundes war zwar erwartungsgemäß sinnlos gewesen, aber der Fluchtweg ließ sich auch unter Zuhilfenahme einer Karte und der Logik rekonstruieren. Außerdem gab es doch ein paar Spuren, frische allerdings, Abdrücke von Schuhen, deren Profil auf Turnschuhe hindeutete. Die Marke wurde noch analysiert. Peter Mundt war ein Turnschuhträger wie viele andere Jugendliche auch. Er hatte die Kleidungsstücke am Morgen entdeckt oder sich aus unbekannten Gründen vergewissern wollen, dass sie sich noch in der Mulde befanden, deshalb hatte er seine Abdrücke hinterlassen, wenn sie denn von ihm stammten. Dietrich Kölling hielt das für wahrscheinlich, allerdings glaubte er nicht daran, dass der Junge die Jacke, die Hose und die Nikes nach dem Mord im Fließtal deponiert hatte; dass ihm zumindest Jacke und Jeans zu groß sein dürften, war noch als der Versuch zur Tarnung zu erklären, aber dass Peter vor Schreck geschrien hatte, bedeutete doch, dass er etwas Unerwartetes entdeckt hatte. Dennoch war Dietrich Kölling sehr daran gelegen, ihn bald vernehmen zu können. Denn nun war auch Beck getötet worden. Das konnte etwas mit Möllenthins Tod zu tun haben oder auch nicht.

Tangermann hatte einen Fehler begangen und eine Andeutung des Jungen nicht ernst genug genommen, die nun ein anderes Gewicht bekam: Hajota war zu sehr damit beschäftigt gewesen, Peter Mundt in ein Verhältnis zu Möllenthin zu bringen, sodass ihm erst später klar geworden war, dass der Junge indirekt zugegeben hatte, Beck habe ihn beim Autoklau erwischt. Dietrich Kölling schaute dem Toten ins sein gedunsenes Gesicht, dessen Haut durchsichtig war wie Pergament. Es klebte eine braune Masse daran. Auch sie zersetzte sich. Es war Kot.

»Das wird noch zum Totenhaus hier«, sagte die Blissow durch ihr Taschentuch. »Möllenthin, Beck ... Hoffentlich sind nicht aller guten Dinge drei.«

»Wie ist er denn gestorben?«, wollte Tangermann wissen.

»Wie er gelebt hat«, meinte Dietrich Kölling und schob mit dem Fuß ein Paar Halbstiefel beiseite. »Unglücklich.«

Im Flur machten sich die Kriminaltechniker zu schaffen. Becks Fußboden war über die Maßen verdreckt und damit ein hervorragender Spurenträger. Während zwei Männer den Boden mit ihren Pülverchen bestäubten, stopfte ein dritter alle Schuhe in einen blauen Plastiksack. Beck hatte ein paar Minuten der Erfüllung mit dem schweißgetränkten Leder gefunden. Nun wurden sie asserviert.

11

Nichts war gelaufen, wie er es vorausgedacht hatte, und trotzdem stand Mario Hönekamp auf dem Bahnhof Schwante. Auch der Bahnhof war anders als erwartet. Es gab noch das Empfangsgebäude und ein paar Nebengelasse, aber abgefertigt wurde niemand mehr: Fahrkarten verkaufte ein Automat. Die Züge verkehrten alle zwei Stunden, der nächste um halb sechs. Es war ein Viertel nach vier.

Dass der Mann, den Hönekamp nach der Abfahrtzeit gefragt hatte, ihn zuerst schräg ansah, bevor er sich zu einer Antwort bequemte, hatte mindestens zwei Gründe. Es verirrten sich keine Fremden nach Schwante. Und es verirrten sich keine jungen Männer hierher, deren Hosenbeine bis zu den Oberschenkel voll waren mit nassem Lehm. Vermutlich sprach schon der ganze Ort von dem Perversen, der auf den Zug nach Hennigsdorf wartete, nachdem er sich zuvor auf den Äckern im Dreck gesuhlt und dabei einen Abgang gehabt hatte.

Begonnen hatte alles durchaus verheißungsvoll. Mario Hönekamp war maskiert in die Tankstelle gestürmt, hatte die Pistole auf die Angestellten gerichtet und »Geld!« gebrüllt. Die beiden Männer, der eine um die Vierzig, der andere noch ein Teenager, erschraken auch ordentlich. Der Ältere hatte bereits einen Betrag in die elektronische Kasse getippt, denn nur so sprang das Geldfach auf, dann jedoch noch einmal den Blick gehoben und plötzlich zu grinsen angefangen. Hönekamp war mehr als irritiert gewesen, doch dann klärte sich die Ursache des Grinsens auf.

»Das ist keine scharfe Waffe«, sagte der Kassierer.

»Und ob«, behauptete Hönekamp.

»Quatsch.« Der Kassierer schloss das Geldfach wieder.

Hönekamp, völlig entnervt und mit Schiss in der Hose, hatte schon die Beine in die Hand nehmen wollen, aber dann war er doch näher an den Mann herangetreten und hatte ihm die Mündung wenige Zentimeter vor das Augen gehalten. Das war nicht ohne Wirkung geblieben, und nun hatte sogar der Junge sein Fach geöffnet. Mario Hönekamp verlangte, dass sie das Geld in eine der Plastiktüten stopften, auf denen die gelbe Muschel und der Schriftzug der Shell prangten. Das taten sie. Plötzlich schrillte die Alarmglocke. Hönekamp hatte vor Schreck die Waffe verloren und war sofort losgerannt. Er war gelaufen, bis er die Straße, er war gelaufen, bis er die Bäume, er war gelaufen, bis er einen der Meliorationsgräben erreichte. Er war die Böschung hinabgerutscht und hatte sich unversehens im hüfthohen Wasser wieder gefunden. Er hörte die Sirenen der Streifenwagen. An Deckung hatte er nicht mehr gedacht. Er war einfach über das Feld gelaufen und immer wieder bis über die Knöchel eingesunken in den weichen Schlamm. Er war gelaufen, gestürzt, gerannt, gestürzt, gehetzt: orientierungslos, panisch, verzweifelt. Irgendwann hatte er eine Straße erreicht und sie überquert. Wieder befand er sich auf endlosen Äckern. Es hatte weitere Straßen gegeben. Es hatte Felder gegeben, Wiesen, Bäume, Dickicht. Hönekamp war gelaufen. Die Lunge schmerzte ihm, seine Beine waren taub, Schweiß rann ihm übers Gesicht, über den Rücken, über den Bauch, trotzdem hatte er gefroren. Das Einzige, woran er sich geklammert hatte, war die Plastiktüte gewesen. Einmal, als er sich für Sekunden verpustete, hatte er sie in seinem Rucksack verborgen. Viel später schon, als er nicht mehr laufen konnte, wechselte er endlich die Jacke. Die benutzte war bis zum Kragen mit Schmutz bespritzt. Jetzt war es auch die neue. Hönekamp sah aus wie ein Schwein. Es war ihm egal.

Schwante hatte er erreicht, weil er einen Bauern nach dem Weg gefragt hatte. Der Mann hatte nach seinen weidenden Kühen geschaut, weder die Frage noch Hönekamps Aussehen verwunderten ihn im Geringsten, und er nahm den jungen Mann sogar ein Stück mit seinem Jeep mit. Das war ein großes Risiko gewesen, aber Hönekamp wusste, dass er sowieso verloren hatte: Die Bullen hatten die Knarre längst gefunden, an der er seine Fingerabdrücke hinterlassen hatte, und die hatten sie in ihrer Kartei. Der Bauer, dessen Klamotten selbst nicht gerade vor Reinlichkeit strotzten, hatte wissen wollen, wo Hönekamp arbeite. Im Stall, entgegnete Mario Hönekamp. Das war eine ziemlich blödsinnige Antwort, die nicht erklärte, warum jemand, der im Stall arbeitete, plötzlich in der Walachei aufkreuzte, aber der Bauer war zufrieden gewesen. Er hatte Hönekamp abgesetzt, und dieser musste noch eine geschlagene Stunde gehen, um nach Schwante zu gelangen. Er hatte die Straße benutzt. Autos waren an ihm vorbeigefahren, Traktoren, Lastwagen, eine Frau auf einem Fahrrad,

Schulkinder auf Mountainbikes. Niemand hatte Anstoß an seinem Erscheinungsbild genommen. Und kein Bullenfahrzeug war aufgetaucht.

Still war es auch in Schwante. Bis auf den Mann, den er nach den Zügen fragte, hatte sich niemand sonst sehen lassen. Hönekamp schaute auf seine Armbanduhr. Es war sechzehn Uhr sechsunddreißig. In Schwante gingen schon die Laternen an, aber es war ja auch ein trüber, dunkler Tag.

Mario Hönekamp zog seine Jacke aus und schüttelte sie kräftig. Er klopfte auch die Hose ab, doch nützte das nicht viel, noch war der Dreck zu feucht. Ein Hund bellte, zwei andere antworteten ihm. Hönekamp richtete sich auf und zog die Jacke wieder über. Ein kleines Mädchen kam auf ihn zu. Es trug einen alten Wintermantel, Strumpfhosen, hohe Schnürstiefel und etwas so Altmodisches wie Zöpfe. Hönekamp musste an Pipi Langstrumpf denken. Das Mädchen stellte sich neben ihm an den Bahnsteig.

»Guten Tag«, sagte es. Es grüßte, weil es zur Höflichkeit erzogen worden war oder weil man in Schwante eben jeden grüßte. Auch eine gehörige Portion Neugierde schwang in diesem Gruß mit und so etwas wie Unschuld. Mario Hönekamp wandte sich ab. Für einen Augenblick war ihn die Lust angekommen, dem Kind die Unschuld auszutreiben.

12

Die Dämmerung war weit fortgeschritten, als Dietrich Kölling sich vom Tatort zurückzog. Becks Leichnam war vor einer halben Stunde fortgeschafft worden, und man konnte das Feld getrost den Kriminaltechnikern überlassen. Dietrich Kölling stieg die Treppe hinab. Die meisten Türen standen offen, obwohl sich nichts von Gewicht ereignete, aber die Menschen brauchten in diesen Momenten der Angst und des Unbehagens die Nähe der anderen, die ihnen normalerweise gleichgültig waren oder die sie gar hassten oder verachteten. Hinter den geschlossenen Türen, bei Mundt und Schröder, vermutete Dietrich Kölling seine Mitarbeiter. Erneut galt es, alle Mieter zu befragen. Dietrich Kölling würde sich nicht daran beteiligen. Er war müde und fühlte sich ausgelaugt.

Vor der Anwaltskanzlei im Hochparterre hielt er einen Moment inne. Er war am Nachmittag unhöflich gegenüber Czolnay gewesen und bedauerte es jetzt. Durch die Blume hatte er den Advokaten ein Schwein genannt. So etwas tat er eigentlich nicht. Dietrich Kölling seufzte. Offenbar verlor er mit fortschreitendem Alter nicht nur an Sehkraft, sondern auch an Selbstbeherrschung.

Dietrich Kölling nahm die letzten Treppenstufen in Angriff. Die Haustür, durch die stundenlang Polizeibeamte ein und aus gegangen waren, ruhte nun in ihrem Schloss. Jemand schob einen Schlüssel ein, als Dietrich Kölling die Hand nach der Klinke ausstreckte. Sofort zog er sie zurück. Die Tür wurde aufgezogen, gleichzeitig ging die Flurbeleuchtung aus. Dietrich Kölling sah nur eine Silhouette im Licht der Straßenlaternen. Trotzdem wusste er sofort, wen er vor sich hatte.

»Herr Czolnay!«, rief er erstaunt.

»Herr Kölling?«

»Ja, der Nämliche. So spät noch im Dienst?«

»Das könnte ich Sie auch fragen.« Albert Czolnay langte nach dem Lichtschalter. »Was ist heute wieder los?« Das Licht flammte auf. Czolnay und Dietrich Kölling starrten einander an. »Einsatzwagen auf der Straße, Kripo im Haus? Übrigens nenne ich meine Arbeit nicht Dienst.«

»Noch ein Toter«, entgegnete Dietrich Kölling und senkte den Blick. »Ich war heute Nachmittag … etwas ungehalten …«

»Das ist stark untertrieben. Ich habe lange nachgedacht, wie man das Tier nennt, das Schweinereien macht, bin aber nicht dahinter gekommen. Können Sie mir auf die Sprünge helfen?«

»Den Teufel werd ich tun!« Dietrich Kölling setzte das Lächeln des Wissenden auf und schaute den Anwalt wieder an. »Sie wollen doch sicher auf eine Beleidigungsklage hinaus?«

»Vergessen wir es einfach«, schlug Czolnay vor. »Und sprechen wir nicht zwischen Tür und Angel. Whiskey?«

»Aber immer.« Das traf nicht zu, doch Dietrich Kölling war erleichtert, und einen Whiskey konnte er tatsächlich gebrauchen. Außerdem wollte er die Gelegenheit nutzen, dem Anwalt auf den Zahn zu fühlen. Vielleicht ließ der ja, wenn er etwas getrunken hatte, ein paar Zipfelchen über seine Mandantin Schultze und deren Ehe gucken.
»Sie sprachen von einem Toten?«, erinnerte ihn Czolnay, der die Tür zur Kanzlei aufschloss.
»Beck.«
»Den hat es erwischt? Alkoholbedingt?«
»Nein, Herr Czolnay. Er wurde gefoltert und erschlagen.«
»Mein Gott!« Der Anwalt stieß die Tür auf, trat ein und machte Licht. »Lastet auf diesem Haus ein Fluch?«

13

»Beck gehörte nicht zufällig zu denen, die Sie zum Pauschalpreis beraten haben?«, erkundigte sich Dietrich Kölling. Dann schnupperte er an dem Glas, das Czolnay mit einer beachtlichen Menge Irish Malt gefüllt hatte.
»Weder pauschal noch nach BRAGO. Hatte er Beratung nötig?«
»Ich weiß nicht.« Dietrich Kölling konnte sich nicht satt riechen. »Jetzt jedenfalls nicht mehr.«
»Wie ich Ihnen bereits bei Ihrem letzten Besuch sagte, die Namen meiner Klienten werden Sie von mir nicht erfahren«, erklärte der Anwalt. »Höchstens durch Ausschließen: Ich sage Ihnen, wer mir kein Mandat erteilt hat. Das sind: der Regierende Bürgermeister, alle Senatoren, der Bezirksbürgermeister von Reinickendorf, die …«
»Danke, das reicht!«, rief Dietrich Kölling dramatisch aus. Er nahm den ersten Schluck, schloss die Augen und ließ den Rauchgeschmack des Whiskeys auf seine Zunge wirken, bevor er ihn in die Speiseröhre verabschiedete.
»Hönekamp nicht, Beck nicht«, fuhr der Anwalt unbeirrt fort.
»Ja, aber Frau Schultze«, fiel Dietrich Kölling ein.
»Und ihren Gatten. Beiden stelle ich natürlich Honorarnoten nach BRAGO aus.« Czolnay lächelte.

»Natürlich. Herr Schultze braucht einen Rechtsbeistand?«

»Viele brauchen einen. Sind sie deshalb verdächtig?«

»Herr Schultze schlägt seine Frau«, stellte Dietrich Kölling fest.

»Wenn das nun ein Gerücht ist?«, fragte Czolnay.

»Der Sachverhalt taucht in diversen Wachbüchern auf. Nachbarn haben die Polizei gerufen.«

»Na und? Gibt es Anzeigen der Frau?«

»Nein.«

»Also kein Ermittlungsverfahren?«

»Auch nicht.«

Albert Cozlnay hob die Arme.

»Dann haben Sie keine Veranlassung, Frau Schultze über ihr Privatleben auszufragen.«

»Doch«, widersprach Dietrich Kölling. »Der Mann ist krankhaft eifersüchtig und jähzornig. Winfried Möllenthin hat seine Frau angemacht. Vielleicht hat Schultze den Priester auf dem Gewissen.«

»Dazu zweierlei, Herr Hauptkommissar!« Cozlnay schenkte nach, hob sein Glas und prostete seinem Gegenüber zu. Dietrich Kölling machte es ihm nach. »Erstens: Ihr Urteil eben war sehr apodiktisch, und Sie wissen ja, wie sehr es manchmal auf den exakten Wortlaut ankommt. Ich würde es so ausdrücken: Herr Schultze soll krankhaft eifersüchtig und jähzornig sein. Winfried Möllenthin soll seine Frau angemacht haben. Zweitens: Wenn Sie einen solchen Verdacht haben, warum verhören Sie dann nicht den Mann?«

Fünftes Kapitel

1

Auch der liebe Gott hatte ruhen müssen, nachdem er sechs Tage lang die Welt und alle Lebewesen geschaffen hatte; der Mensch war schwächer, er machte bereits nach fünf Tagen schlapp. Dietrich Kölling lag auf »Stella«, seiner Couch, die sich ursprünglich zur Schlafstatt ausklappen und zur Couch zurückklappen ließ, aber beide Fähigkeiten hatte sie verloren. Er lag bereits seit einer Stunde wach, aber er konnte sich nicht dazu durchringen, das warme Bett zu verlassen. Auch an diesem Samstag würde er zwei Tötungsdelikte zu bearbeiten haben. Er hatte keine Lust. Er hatte keine Lust auf seine Dienststelle, auf sein Büro, auf seine Akten. Vielleicht würde er aufstehen, wenn ihn eine Frau zum Frühstück riefe. Es rief ihn keine Frau zum Frühstück. Das hatte nicht einmal Annerose getan. Und Annerose hatte ein paar Monate lang behauptet, ihn zu lieben.

Dietrich Kölling erinnerte sich noch gut, aber nicht gern daran, wie er diese Frau kennen gelernt hatte. Acht Jahre lag das nun zurück. Fast neun sogar. Dietrich Kölling zog sich die Bettdecke über den Kopf. Er wollte nicht daran denken. Annerose existierte nicht mehr. Sie lebte womöglich noch, aber nicht für ihn. Für ihn war sie hundertmal gestorben. Tot war sie, exitus, mort, dead. Dietrich Kölling strampelte die Decke fort und sprang von der Couch. Manchmal half das Duschen, um lästige Gedanken zu vertreiben.

Das Duschen half. Dietrich Kölling dachte nicht mehr an Annerose. Er dachte an Frau Donath. Das war ebenso schlimm.

Bevor er die Kaffeemaschine in Betrieb setzte und nach Essbarem suchte, rauchte er die erste Zigarette. Es war schon neun Uhr, aber er schaltete dennoch die Lampe über dem Küchentisch ein. Auch dieser

Tag schien über die Dämmerung nicht hinauszugelangen, dabei hatte der Oktober gerade begonnen. Im Oktober hatte er Annerose kennen gelernt. Allerdings war es ein Oktober von anderem Kaliber gewesen, ein warmer Oktober, ein verlängerter Altweibersommer. Dietrich Kölling drückte seine Zigarette aus, obwohl er sie erst zur Hälfte geraucht hatte. Jener Oktober hatte nie stattgefunden. Er war für immer aus allen Kalendern getilgt worden, auf Anweisung des bösen Gottes Dietrich Kölling.

Der böse Gott öffnete das Brotfach. Das Brotfach teilte ihm mit, dass er einkaufen müsse. Böse Götter konnten keine Wunder bewirken. Dietrich Kölling begab sich ins Bad, wo noch ein letztes Paar frischer Socken auf dem Wäschehalter hing. Als er die Diele durchquerte, läutete das Telefon. Dietrich Kölling hatte keine Lust auf Anrufe. Er nahm trotzdem ab. Sein Mitarbeiter Becker war am anderen Ende.

»Ich komme etwas später«, kündigte er an. »Wir müssen noch einkaufen gehen.«

»Das muss ich auch«, räumte Dietrich Kölling ein.

»Ja, aber bestimmt nur Lebensmittel.«

»Und Sie? Was müssen Sie kaufen?«, fragte Dietrich Kölling, obwohl es ihn nicht besonders interessierte.

»Einen Computer.« Becker hörte sich genervt an. »Mein Sohn liegt mir seit Wochen in den Ohren. Angeblich habe alle Jungen in seiner Schule, in Neukölln, in Berlin, in Deutschland, in Europa, im Universum so ein Ding. Na, ehrlich gesagt, ich hab's ihm versprochen. Unverbindlich, um meine Ruhe zu haben. Aber nun nagelt er mich fest.«

»Na, dann kaufen Sie eben einen«, riet Dietrich Kölling.

»Sicher. Aber was für einen? Einen PC mit zwei Gigaherz und achtzig Megabyte Festplatte? So einen will er nämlich. Und dann noch irgendwelche Grafik- und Soundkarten und ein DVD-Kombilaufwerk, was weiß denn ich.«

»Ich weiß es erst recht nicht. Giga, mega.« Dietrich Kölling schüttelte den Kopf. »Noch nichts geleistet, aber nur Wünsche der Superlative. Sagen Sie ihm doch, dass er arbeiten gehen soll.«

Dietrich Kölling war unachtsam und dachte nicht daran, dass Beckers

Sohn Mark erst vierzehn war. Becker nahm seine Bemerkung seltsamerweise ernst.

»Wenn ich ihm das sage«, klagte er, »beschimpft er mich als Reaktionär.«

»Ist Arbeit denn etwas Rückschrittliches?«

»Alles, was von mir kommt, ist es«, erklärte Becker. »Irgendjemand muss Mark eingeträufelt haben, dass Polizisten staatserhaltende Halbfaschisten sind. Vor allem dann, wenn sie beim Computerkauf für ihre Bälger sparen wollen.«

»Tja, ich kann Ihnen auch nicht helfen.« Dietrich Kölling spielte mit dem Stift, der auf seinem Telefontischchen lag. Das Tischchen hatte ihm die Blissow geschenkt. Ihm war anzusehen, dass sie es loswerden wollte. »Im Übrigen, kommen Sie, wann Sie können. Bei mir wird's ebenfalls nichts vor zwölf oder eins.«

Dietrich Kölling steckte sich erneut eine Zigarette an und bleib eine Zeit lang stehen, den Hörer in der Hand. Beckers Problem mit dem Computerkauf, dem er sich so eifrig widmete, es war so unendlich klein, so unendlich belanglos neben dem Elend der Welt, neben Hunger, Kricgen, Katastrophen, neben kaputten Familien, missbrauchten Kinder, todkranken Patienten, aber es bot zugleich einen guten Schutz, das Bewusstsein und die Empfindungen frei zu halten von all diesen Anfechtungen; noch besser schütze nur die Arbeit bei der Polizei. Die Not und das Elend waren Alltag, waren Routine, man hockte im Innern der Behörde, schaute hinaus mit diesem Behördenblick, betrachtete alles durch den sanften Schleier der Rechtsvorschriften, der Ermittlungstaktiken, des Berichtswesens. Möllenthins Tod interessierte Dietrich Kölling nicht wirklich, sondern nur von Berufs wegen. Er würde vielleicht einen Mörder finden, der bloß ein armes Schwein war, vielleicht aber auch ein mieser Hund. Das war Pflicht, Dienst, Job, dafür wurde er bezahlt. Manchmal tat ihm jemand Leid. Beck zum Beispiel. Dem Mann, der Alkoholiker gewesen war und in Schmutz und Scheiße gelebt hatte, dem hätte er noch ein paar glückliche Augenblicke vor seinem Tod gewünscht. Es war wenig wahrscheinlich, dass er sie gehabt hatte. Aber auch Dietrich Kölling würde, wenn er im Sterben Bilanz zog, nur wenige schöne Momente aufzählen können. Jeder hatte sein Schicksal. Es war unsinnig, deswegen sentimentale Anwandlungen zu bekommen, selbst an einem Samstagvormittag. Dietrich Kölling klaubte ein Mickey-Mouse-Heft unter Stella hervor, setzte sich an den Küchentisch und trank seinen Kaffee, während er nach Entenhausen floh. Doch die Flucht wollte ihm nicht recht gelingen. Vermutlich war dieses trübe Halblicht vor den Fenstern daran schuld.

Annerose, der Name hatte ihm nie gefallen, weil er so hausbacken und nach Trachtenkleid klang. Anne, so hatte er die Frau genannt, manchmal auch Röschen. Er, schon ein gestandener Hauptkommissar bei der Hannoveraner Mordkommission, hatte sich Kosenamen für eine Frau ausgedacht. Es war anzunehmen, dass er sie geliebt hatte. Dietrich Kölling gab es nicht gern zu.

Er hatte sie kennen gelernt, wie viele Männer eine Frau kennen lernen, in einem Café und an einem für Rendezvous bestimmten warmen Oktobertag. Vor den Straßencafés in Hannovers Fußgängerzone hatten Stühle, Tische und Sonnenschirme gestanden, und Dietrich Kölling hatte dort auf seinen Kollegen Rödger gewartet, um mit ihm den Mord an einem Junkie vom Hauptbahnhof zu besprechen. Wie die meisten Großstadtbahnhöfe war auch der von Hannover ein Anziehungspunkt für die Verlierer und die Gescheiterten, und hin und wieder erwischte es einen von ihnen: Er drückte schlechten Stoff, nahm sich das Leben, wurde umgebracht. Keine große und ungewöhnliche Sache also. Dietrich Kölling hatte einen Kaffee bestellt und schaute ein paar Jugendlichen zu, die herumlungerten, wie es die Art von Jugendlichen war, als sich eine Frau zu ihm an den Tisch setzte. Sie hatte gefragt, Dietrich Kölling hatte eingewilligt und beachtete sie nicht weiter. Andere Männer lernten vielleicht Frauen in Straßencafés kennen, er nicht. Er war überhaupt kein Frauentyp. Schon als Kind hatte er sich für hässlich gehalten und für viel zu klein, und so war es ein Leben lang geblieben. Ab Mitte Zwanzig war allerdings noch hinzugekommen, dass er dick wurde. Er ging auf die Fünfzig zu und lebte noch bei seiner Mutter, es war doch klar, dass man ihn abartig fand. Solchen Männern gingen Frauen aus dem Weg. Sie wollten nicht dem Muttersöhnchen die Mama ersetzen, was sowieso unmöglich war. Sie wollten auch keinen Mann im Bett, der so wenig Sex gehabt hatte, dass man von Erfahrungen nicht sprechen konnte. Die Frauen wollten keinen Dietrich Kölling. Anne jedoch hatte ihn angesprochen, hatte ihn in ein Gespräch verwickelt, hatte mit ihm ein Glas Wein getrunken, ein zweites und ein drittes. Dietrich Kölling hatte Rödger weggeschickt. Er war mit der Frau durch Hannover gezogen, er hatte sich voll laufen lassen und war dann mit ihr ins Bett gegangen. So etwas war ihm noch nie passiert. Es war einfach gewesen und schnell gegangen, ohne langes Werben, ohne zarte Annäherung mit Kinobesuch, Händchenhalten, verliebtem Turteln. Das war alles erst nach dem ersten Sex passiert. Dietrich Kölling hatte eine Frau gehabt. Eine Freundin, eine Geliebte. Vier Monate und neun Tage lang. Dann hatte Anne ihn verlassen. So, wie sie über ihn gekommen war, verschwand sie wieder aus seinem Leben: holterdiepolter. Und zu einem Zeitpunkt, da Dietrich Kölling noch bis über beide Ohren in sie verliebt war. Diese Kränkung hatte er nie verwunden. Seit dieser Kränkung hatte er nie wieder eine Frau berührt. Vor dieser Kränkung war er geflohen. Deshalb hatte er Hannover verlassen. Deshalb hockte er jetzt in diesem grauenhaften Berlin und kam sich an trüben Samstagen vor wie der Lenz in Georg Büchners berühmter Novelle, deren letzter Satz es ihm schon während der Schulzeit angetan hatte: »So lebte er hin.« So also lebte er hin, er, Jacob Michael Reinhold Kölling, der einsame Wolf im Gebirge. Das war kein Grund, um Trübsal zu blasen. Dietrich Kölling raffte sich auf. Und rief bei Frau Donath an.

2

Hans-Joachim Tangermann hatte sich geputet und traf halb zehn in der Keithstraße ein, wo er verwundert feststellen musste, dass noch keiner seiner Kollegen anwesend war, nicht einmal der Chef. Tangermann ärgerte sich ein wenig, denn er liebte es, am Wochenende bis zum Mittag in den Federn zu verweilen, und war nur früh aufgestanden, weil es an den Tagen unmittelbar nach dem Auffinden eines Ermordeten galt, alle Kräfte anzuspannen; aber auch, wie er zugeben musste, weil er bei Dietrich Kölling Pluspunkte sammeln wollte. Nun war er allein in dem verwaisten Dienstgebäude, wenn er vom Bereitschaftsdienst einmal absah, aber die Kollegen gehörten nicht zu seinem Kommissariat und hatten sich obendrein irgendwo verkrümelt. Tangermann fühlte sich wie bestellt und nicht abgeholt. Seinen Chef anzurufen wagte er nicht, also musste er sich beschäftigen.

Außer zu dem Zimmer, das er sich mit der Blissow teilte, verfügte er auch über einen Schlüssel zum Sekretariat. Dort verwahrte die Sekretärin in einem der Schränke ein sehr detailliertes Kartenwerk über Deutschland, und Tangermann beschloss, sein geografisches Wissen zu vertiefen. Als er vor zwei Tagen Peter Mundt aus Hermsdorf abgeholt hatte, waren sie über den Augustenburger Platz gefahren und durch die Föhrer Straße, ohne dass er wusste, worum es sich bei den Namensgebern handelte. Dem konnte abgeholfen werden. Tangermann betrat das Sekretariat und steuerte zielstrebig auf den Kleiderschrank zu, der nicht nur die Funktion erfüllte, die sein Name ihm auftrug, sondern auch als Ablage für Büromaterial diente. In ihm wusste der Kommissar die Kartensammlung. Sie lag dort im obersten der Fächer auf einem Stapel von Zeitschriften, und als Tangermann sie herauszog, segelte eine der Nummern mit dem Titelblatt zuunterst auf den Boden. Hans-Joachim Tangermann legte das Buch auf den Schreibtisch und bückte sich. Der Rücken der Zeitschrift enthielt eine englischsprachige Werbung für ein Buch, genauer gesagt, für eine Buchreihe mit dem Titel »Forensic Science Law Enforcement Edition«, worunter sich Tangermann ungefähr etwas vorstellen konnte. Der Kommissar hob die Zeitschrift auf und drehte sie um. »Practical Homicide Investigation«, lautete der Titel, »Tactics, Procedures and Forensic Techniques« die Unterzeile. Hans-Joachim Tangermann bekam vor Aufregung rote Ohren. Er hatte gar nicht gewusst, dass jemand im Kommissariat, vermutlich Dietrich Kölling selbst, eine amerikanische Fachzeitschrift hielt. Föhr und Augustenburg waren augenblicklich vergessen, Tangermann schlug die Zeitschrift auf und traf auf Anhieb eine Seite mit vier Farbfotos. »Female victim of lust murder«, waren sie unterschrieben, und sie zeigten den Body einer ausgeweideten Frau. Tangermann bekam sofort Sodbrennen. Rüdiger Becks Leichnam hatte übel ausgesehen, aber dieser aufgeschlitzte Unterbauch mit den herausquellenden Därmen, das war zu viel für ihn. Und dennoch: Tangermann setzte sich an den Schreibtisch der Sekretärin und blätterte den praktischen Leitfaden zur Morduntersuchung von Anfang bis Ende durch.

Tangermanns Englisch war nicht das beste, und er musste sich mächtig anstrengen, um den Sinn der Sätze zu entziffern, die obendrein mit Fachausdrücken gespickt waren, doch er wurde für seine Mühe entschädigt. Gleich nach dem Editorial und dem Impressum stand in einem Kasten die Miranda Warning, mit der die Kriminalbeamten der USA einen Verdächtigen über seine Rechte belehrten, ein Vorgang, der jedem Fernsehzuschauer bekannt war und auch Tangermann, aber ihren originalen Wortlaut hatte er noch nie kennen lernen können. »Practical Homicide Investigation« verschaffte ihm die Möglichkeit dazu. *You have the right to remain silent*, stand dort zu lesen: »Sie haben das Recht zu schweigen.« In deutscher Synchronisation war das ebenso bekannt wie das Folgende. *Anything you say can and will be used against you in a court of law*, hieß es: »Alles, was Sie sagen, kann und wird in einem Gerichtsverfahren gegen Sie verwendet werden.« Nicht mehr jedem geläufig waren hingegen die nächsten Sätze: *You have the right to talk to a lawyer and have him present with you while you are being questioned. If you cannot afford to hire a lawyer, one will be appointed to represent you before any questioning, if you wish one.* Der junge Kommissar übersetzte es sich so: »Sie haben das Recht, einen Anwalt zu konsultieren und ihn zu jeder Vernehmung hinzuzuziehen. Wenn sie einen Anwalt wünschen, sich aber keinen leisten können, wird einer bestimmt, um sie vor jeglicher Vernehmung zu vertreten.«

Tangermann fand das ungeheuer spannend. Das ferne Amerika mit seinem seltsamen Rechtssystem, mit den schier unmöglichen Verurteilungen zu mehrfach lebenslänglich, mit den zeitlich unbestimmten

Urteilen gegen Jugendliche, mit der Todesstrafe, es war ihm plötzlich nahe, es war präsent in einem Dienstzimmer der Berliner Polizei. »You have the right to remain silent«, begann Tangermann, die Miranda Warning auswendig zu lernen; mit diesem Spruch ließ sich bestimmt dem einen oder anderen Jungen imponieren, indem man ihn aufsagte, während man den Knaben abschleppte. »Anything you say can ...« Tangermanns Blick fiel auf das Inhaltsverzeichnis. Ein zwanzigseitiger Aufsatz über Serienmörder wurde dort angekündigt. Tangermann suchte die entsprechende Seite. Aus diesem Fachblatt würde er vermutlich mehr lernen als in dem einen Jahr an der Fachhochschule für Verwaltung und Rechtspflege. Vorerst jedoch kam er nicht dazu, seinen Wissensdurst zu stillen. Das Telefon verlangte nach ihm. »Homosexual-related serial murders«, las er gerade eine Überschrift, während er den Hörer abhob.

3

Für die Blissow stand der Samstag seit dem Frühstück unter einem schlechten Stern. Martin, ihr ungetreuer Lebensgefährte, hatte offenbar für Sonnenschein sorgen wollen und den Küchentisch gedeckt, während die Blissow duschte. Er hatte sogar Eier gekocht, die ihm zwar missraten waren, aber die Blissow schwieg dazu. Sie wollte keine Auseinandersetzung, also schaufelte sie das steinharte Eigelb in sich hinein und bemerkte, wie Martin sie verstohlen anschaute. Sein Gewissen war nicht das beste, das war klar. Die Blissow wollte sich den Beginn ein Samstages nicht verderben, an dem sie würde arbeiten müssen, und verkniff sich deshalb jegliche Anspielung auf Martins Seitensprung. Im Gegenteil, sie hatte sogar vor, für eine Entkrampfung der Situation zu sorgen, und präsentierte ihrem Freund das Flugblatt der militanten Tierschützer. Darüber war dann ein handfester Streit entbrannt.

Kampf dem imperialistischen Tiermordsyndikat – für die Blissow war dies nur eine kindische Albernheit und ein Beweis für die Paranoia der Linken, die hinter allem eine Verschwörung vermuteten, eine Weltverschwörung des Kapitals. Martin hingegen hatte das Plakat furchtbar ernst genommen. Dass es ihn schon lange anstinke, mit einer Hörigen des faschistoiden deutschen Staates zusammen zu sein, hatte er der Blissow entgegengeschleudert, dass er ihre Ironie gegenüber Leuten leid sei, die wenigstens noch ein paar Anstrengungen zur Umgestaltung dieser verkrusteten Gesellschaft unternähmen, hatte er gebrüllt, um sich dann Türen schlagend einen wirkungsvollen Abgang zu verschaffen. Die Blissow nahm dies als Zeichen, dass er seit Wochen mit seiner Band kein Geld mehr verdient hatte und darunter litt, allein von ihrem Einkommen zu leben, dass er also von dem Zwiespalt zerrissen wurde, ihr dankbar sein zu müssen, und sie zugleich betrog. Männer wie Martin reagierten darauf, indem sie andere mit Schmähungen bedachten, obwohl sie eigentlich Grund hatten, sich selbst zu schmähen. Es ging ihm nicht gut. Aber die Blissow war viel zu stolz, um ihm nachzulaufen und die tröstende Mama zu spielen. Und er war zu stolz, Trost überhaupt anzunehmen.

Nicht allein der alberne Krach mit Martin war dazu angetan, der Blissow den Tag zu verderben, sondern auch der Mord an Rüdiger Beck, der sie zwang, ihr Wochenende in der Dienststelle zu verbringen, um das zu unternehmen, was im Kriminalistenjargon der erste Angriff hieß. Die Blissow war sich nicht sicher, ob der Tod für Beck nicht eine Erlösung bedeutete; er war ein einsamer Trinker gewesen, der nach den vielen Jahren im Suff vermutlich gar nicht mehr gewusst hatte, warum er so einsam war und warum er trank. Alkoholismus war eine Form des langsamen Selbstmordes, dem die meisten Säufer dann mit einem richtigen Suizid die Krone aufsetzten. Es war ein weit verbreiteter Irrtum zu glauben, Alkoholiker würden an Leberzirrhose oder am Versagen der Bauspeicheldrüse zugrunde gehen. Das passierte zwar auch, aber mehr noch setzten ihrem Leben ein Ende, wenn sie ganz unten angekommen waren. Beck war ein solches Ende erspart geblieben. Das rechtfertigte nicht den Mord, aber vielleicht wäre er dankbar dafür, wenn er noch hätte dankbar sein können.

Die Blissow begab sich ins Bad, um sich zu schminken. Darin besaß sie ein solches Geschick, dass jedermann dachte, sie zeige in der Öffentlichkeit ihren natürlichen Teint. Auf der Konsole unter dem

Spiegel stand Martins Rasierzeug. Er musste es nicht oft benutzen, denn sein Bartwuchs war so spärlich wie bei Jungen zu Beginn der Pubertät, und eigentlich war er sowieso ein rechter Säugling: Er war naiv, träumte noch immer vom großen Erfolg seiner Rockgruppe, die es nach Einschätzung der Blissow jedoch nie weiter bringen würde als bis in die dritte Reihe, und dort befand sie sich schon, und er brauchte eine Frau, die ihn leitete. Vielleicht hatte die Blissow den Fehler begangen, ihn zu oft spüren zu lassen, dass er für sie ein unreifer Mensch war, deshalb hatte er sich einem seiner Groupies in die Arme geworfen. Viele Anhänger hatte seine Band nicht, aber wenn es nur eine Frau gab, die ihn bewunderte, mochte es Martin schon genügen. Und diese Frau schien es zu geben. Im Moment spielte sie die erste Geige.

Die Blissow war nicht eifersüchtig, jedenfalls redete sie sich das ein. Sie war zornig, weil sie sich die Seele aus dem Leib schinderte und das Geld heranschaffte, während der Herr Künstler auf der faulen Haut lag und dumme Trinen verführte. Dass ein Mann, mit dem sie lebte, sie mit einer anderen betrog, war erst einmal in ihrem Leben vorgekommen, und sie hatte so gehandelt, wie es ihrem Naturell entsprach: Sie hatte den Mann vor die Tür gesetzt. Bei Martin brachte sie es nicht übers Herz. Er war so tollpatschig und durch und durch unfähig, den Alltag zu meistern, er würde wieder da landen, wo sie ihn kennen gelernt hatte: am Tresen. Das wollte sie nicht, schließlich liebte sie dieses Schaf mit all seinen Macken. Die eigentlich liebenswert waren.

Vielleicht, überlegte die Blissow, als sie ihre Wimpern tuschte, vielleicht würde ihr die Trennung leichter fallen, wenn sie ein Kind hätte. Für ein Kind müsste sie die Verantwortung tragen, die sie jetzt für Martin wahrnahm. Aber die Blissow wollte kein Kind. Mit einem Kind am Hals wäre sie nicht Oberkommissarin geworden, jedenfalls nicht bei der Mordkommission. Ihre Karriere bedeutete ihr etwas, auch wenn sie niemals ihr ganzes Leben dem beruflichen Aufstieg unterwerfen würde. Vielleicht wäre sie längst Chefin, hätte man ihr nicht diesen unerträglichen Kölling vor die Nase gesetzt. Er verstand sein Handwerk, das musste sie ihm lassen, aber sie verstand es auch,

und vielleicht erreichte sie noch, was im Moment wenig wahrscheinlich war: Sollte der Alte eines Tages abtreten, würde wohl Becker die Leitung des Kommissariats übernehmen. Die beiden kannten sich länger und gluckten immer zusammen, und auf die Art und Weise, wie Dietrich Kölling Freundschaften zuließ, waren sie sogar befreundet. Das Verhältnis zwischen dem Chef und der Blissow hingegen glich eher dem von Hund und Katz. Sie bissen und kratzten sich mitunter, aber sie respektierten einander auch, wenn es darauf ankam. Die Blissow warf einen benutzten Wattebausch ins Klobecken und spülte, dann suchte sie ihre Garderobe aus.
Als sie sich für ein Paar roter Pumps entschieden hatte, läutete das Telefon. Es war Hajota, der sie zu sprechen wünschte. Die Blissow verdrehte die Augen.
»Hönekamp«, sagte Tangermann. Er hechelte ein wenig. »Hönekamp hat eine Tankstelle überfallen.«
»Wann und wo?«
»Gestern. Dreizehn Uhr zwölf. In Oranienburg.«
»Weiß es der Chef schon?«, fragte die Blissow.
»Nein. Er ist nicht zu Hause. Und Becker auch nicht.« Hajota schien überfordert zu sein. Die Blissow schmunzelte.
»Tja, wenn Sie allein sind, repräsentieren Sie jetzt das MK. Also müssen Sie die Entscheidungen treffen«, meinte sie.
»Ja, aber welche?«
»Hat man Hönekamp gefasst?«
»Nein«, sagte Tangermann. »Er ist flüchtig.«
»Zur Fahndung ausgeschrieben?«
»Ist er. Von der Kripo Oranienburg.«
»Na, dann«, sagte die Blissow, »dann entscheiden Sie einfach, dass es nichts zu entscheiden gibt.«

4

Mario Hönekamp hatte Glück gehabt, einen unverdienten Dusel. Er war unangefochten nach Hennigsdorf gekommen und von dort nach Berlin. Er hatte in seine Wohnung gehen, er hatte sich umkleiden, er

hatte einen Koffer packen und verschwinden können, ohne dass sich ihm ein Bulle in den Weg gestellt hätte. Er war durchgeschlüpft, und nun saß er mit Kaiman im IntercityExpress nach Frankfurt. Mario Hönekamp fühlte sich im siebenten Himmel. Er goss sich Bier aus der Dose in den Pappbecher, Kaiman blinzelte, als er das dabei verursachte Geräusch vernahm. Glück hatte er gehabt, unverschämtes Glück. Nur einmal hatte es auf Messers Schneide gestanden, auf dem Bahnhof in Hennigsdorf. Wäre Dana nicht bei ihm gewesen, das kleine Mädchen aus Schwante, vielleicht hätten ihn die Bullen dann hoppgenommen. Hönekamp hatte sich mit dem Mädchen angefreundet, das auf dem Weg zu den Großeltern und ungeheuer stolz darauf war, bereits allein fahren zu dürfen. Auf dem Bahnhof von Hennigsdorf hatten sich drei Grüne auffallend für die Handvoll Reisender interessiert, die auf den Regionalzug warteten. Hönekamp hatte mit Dana Verstecken gespielt, da hatten ihn die Bullen in Frieden gelassen. Einer hatte sogar gelacht, weil das Mädchen sich schlecht versteckt hatte, aber die Hand vor die Augen hielt in der Hoffnung, nicht entdeckt zu werden. Hönekamp hatte ihr den Gefallen getan und war vorbeigegangen. Dann war der S-Bahn-Zug eingefahren.
Mario Hönekamp löste den Schraubverschluss von der Mitropaflasche »Kleiner Feigling«. Er hatte Dusel gehabt und würde beduselt in Frankfurt eintreffen, wo seine Fahrt keineswegs endete. Sein Ziel hieß Erbach. Erbach am Odenwald. Dort lebte Rainer Kießig.
Kießigs Vater war in Erbach ein hohes Tier gewesen, bevor er sich zur Ruhe gesetzt hatte und dann ziemlich schnell gestorben war. Die Todesnachricht hatte Rainer im Knast erreicht, und er hatte sogar ein Wochenende Urlaub erhalten, um an der Beisetzung teilnehmen zu können. Angeblich sollte bei der Trauerfeier sogar der hessische Ministerpräsident gewesen sein, aber das konnte Hönekamp nicht glauben. Jedenfalls hatte das plötzliche und unerwartete Ableben, wie es immer so schön hieß, aus Rainer Kießig einen wohlhabenden Mann gemacht. Sein Vater war keineswegs unerwartet gestorben, er hatte schon lange Krebs gehabt, es aber fast allen verborgen. Rainer hatte seinen Vater gehasst, aber auf diese Stärke war er stolz gewesen. Und

er hatte geerbt, denn auch die Mutter lebte nicht mehr. Er hatte ein großes Haus geerbt mit allem Drum und Dran, mit großem Garten, Swimmingpool und Doppelgarage. Kohle wohl auch, aber darüber sprach er nicht. Kießig hatte nichts mehr auszustehen. Mario Hönekamp wollte bei ihm ein paar Tage unterkriechen.
Viel hatte der Coup in Oranienburg nicht gebracht, nur schlappe viertausend. Da er von den Bullen zweifellos identifiziert werden konnte, dachte Mario Hönekamp nicht daran, das Geld zu verwenden, um seine Schulden abzustottern. Er konnte sich mit viertausend Eiern eine Weile über Wasser halten, und dann würde er weiter sehen. Vielleicht ließ sich Rainer Kießig dazu überreden, mit ihm ein richtig großes Ding zu drehen. Es kam Mario Hönekamp nicht in den Sinn, dass sein Knastkumpan große Dinger nicht mehr nötig hatte. In seiner Euphorie und betrunken, wie er war, erwarb er kurz hinter Fulda eine Telefonkarte und rief Rainer Kießig an. Der war daheim und freute sich tierisch.

5

Nachdem Hans-Joachim Tangermann mit der Blissow telefoniert und sich zu dem Entschluss durchgerungen hatte, dass auf die Nachricht von Hönekamps Raubüberfall keine Maßnahmen einzuleiten waren, hatte er sich wieder der amerikanischen Fachzeitschrift und speziell dem Aufsatz über Serienkiller gewidmet. Serienmörder waren wie Amokläufer vor allem ein Phänomen der US-Gesellschaft. Es gab sie zwar auch in Europa, aber viel seltener. Was Tangermann besonders beeindruckte, war die Zahl der Opfer, die die *homosexual serial killers* in kurzer Zeit hinterlassen hatten und die in einer Tabelle aufgelistet worden waren: Ein John Way Gacy hatte von 1982 bis 1984 dreiunddreißig Jungen gefoltert und getötet und war der Rekordhalter, aber auch die Bilanzen von Dean Corll mit siebenundzwanzig geköpften oder von Juan Corona mit fünfundzwanzig erwürgten Männern konnten sich sehen lassen, während es Jeffrey Dahmer, der Einzige, von dem Tangermann je gehört hatte, nur auf siebzehn Opfer gebracht hatte. Tangermann schüttelte während seiner Lektüre hin und wieder entgeistert den Kopf. In den USA würde er kein Bulle sein wollen, weder auf der Straße noch als Detective. Er mochte zwar die Arbeit bei der Mordkommission, schon weil sie eine Art Elite der Kriminalpolizei darstellte, aber an Möllenthin und Beck hatte er genug zu knabbern und an ausgeweideten, regelrecht abgeschlachteten Menschen ebenso wenig Bedarf wie an Schädeltrophäen und zum Verzehr eingefrorenen menschlichen Eingeweiden. Es schien eine Menge Freaks in Amerika zu geben, einen Haufen durchgeknallter Typen; Dietrich Kölling behauptete zwar immer, Berlin sei ein Irrenhaus, aber wenn, dann war es nur eins für die leichten Fälle.

»Stör ich?«, fragte der Chef. Tangermann fuhr ein furchtbarer Schreck in die Glieder, denn er hatte nicht gehört, wie die Tür geöffnet worden war. Er sprang auf, und sein Gesicht überzog sich mit Schamesröte, denn er fühlte sich ertappt. Dietrich Kölling trat näher, warf einen Blick auf die Zeitschrift und lächelte. »Nun, interessant?«

»Ja, doch, ja«, stotterte Tangermann.

»Aha, Serienmörder«, meinte Dietrich Kölling und legte seine Jacke ab. »Was gelernt?«

»Tja«, sagte Tangermann bloß. Die Situation hatte sich gewandelt, aus dem erwischten Sünder war ein Prüfling geworden.

»Und? Was?«

»Das FBI hat zwei Kategorien für Serienkiller aufgestellt«, sagte Tangermann. »Es gibt den psychotischen und den psychopathischen Typus. Der psychotische Serienmörder handelt motivlos, bizarr und unorganisiert, der Psychopath sadistisch, impulsiv und organisiert. Außerdem ist der typische Serienmörder männlich, weiß und zwischen Ende Zwanzig oder Ende Dreißig.«

»Schön, dass es solche Kategorien gibt, nicht wahr?« Dietrich Kölling setzte sich und winkte Tangermann zu, es ihm gleich zu tun. »Sie helfen einem zwar nicht viel, weil man ja in der Regel erst nach der Festnahme weiß, ob der Täter Motive hatte oder nicht. Trotzdem. Vielleicht kann man was für die Prävention tun, indem man alle männlichen Weißen im fraglichen Alter in Schutzhaft nimmt. Also, Tangermann, packen Sie schon mal Ihr Köfferchen.«

»Hatten Sie schon mal mit Serienmord zu tun?«, wollte Hajota wissen.

»Ja. Mit einem bin ich quasi aufgewachsen. Ich war zwar noch nicht geboren, als er sich ereignete, aber ich wusste von ihm aus zweiter Hand. Wenn Sie so wollen, gehört er zu den Sehenswürdigkeiten von Hannover, obwohl natürlich nichts mehr zu sehen ist. Aber wenn man an der Leine steht, aus der man die Knochen seiner Opfer fischte, da kann man sich einiges ausmalen. Ich spreche also von Haarmann, unserem berühmten Knabenschlächter. Tja, und mein erster größerer Fall, den ich als Westimport mit Becker zu bearbeiten hatte, seinerzeit, als wir noch in Leipzig wirkten, das war auch ein Serienkiller. Er hatte es auf Homosexuelle abgesehen. Und tatsächlich, er war weiß und männlich. Viele Leipziger waren das im Übrigen. Aber unser Typ befand sich in den Vierzigern, war kein Sadist und handelte überaus planvoll. Hatte er Motive? Vermutlich ja. Er hasste die Schwulen. Warum tat er das? War er selbst einer, wenn auch ein verkappter? Hatte ihm ein Homo mal etwas angetan? Wir haben es nie herausgefunden. Organized and disorganized offenders.« Dietrich Kölling schüttelte den Kopf. »Hilft einem nicht viel. Und wenn man sagt, solche Leuten seien einsam und kontaktscheu … Na ja, Tangermann, wie ist es denn mit Ihnen? Oder mit mir?«

Dietrich Kölling hatte Kontakt gesucht, aber sein Versuch war abermals gescheitert. Der Ehemann von Frau Donath war an den Apparat gegangen, und Dietrich Kölling hatte sich schon wieder nicht gemeldet, diesmal aber selbst als Erster aufgelegt. Die Donaths mussten allmählich den Eindruck gewinnen, es mit einem irren Anrufer zu tun zu haben.

»Wichtig ist das Schlüsselerlebnis«, erklärte Tangermann.

»Zweifellos. Nur steht das leider in keinem Bewerbungsbogen und in keiner Personalakte. Und jetzt vergessen wir den Serienkram, denn bei Möllenthin und Beck sehe ich keinen Serienkiller am Werk. Berichten Sie, Tangermann! Ich habe gerade Frau Blissow auf dem Flur getroffen. Wo ist Hönekamp? Wo ist Peter Mundt? Beide würde ich gern die Tonleiter hinauf und hinab vernehmen.«

»Sie sind flüchtig«, sagte der Kommissar.
»Flüchtig, ja.« Dietrich Kölling nickte. »Bei Hönekamp verständlich nach seinem missratenen Coup. Aber was bewegte Peter Mundt zur Flucht?«
Tangermann schüttelte den Kopf zum Zeichen, dass er es nicht wisse. Dietrich Kölling schlug das Heft mit den vielen unschönen Farbfotos zu und lehnte sich zurück.
»Wenn Sie bei der PTU angerufen hätten, dann wüssten Sie die Antwort«, sagte er. »Peter Mundt ist in Becks Wohnung gewesen.«

6

Peter Mundt drückte sich auf dem Bahnhof Zoo herum. Schon den zweiten Tag war er nun von zu Hause fort, er hatte soeben einen Döner gegessen und war jetzt definitiv blank. Nachdem er die Nacht frierend auf einer Bank im Tiergarten verbracht hatte wie der letzte Penner, hatte er schon daran gedacht, sich zurück zu seiner Familie zu begeben und einfach abzuwarten, was passierte, denn gerade dass er nicht heimkehrte, machte ihn schließlich verdächtig, doch er wollte um keinen Preis in den Knast. Wenn Beck tot war, dann würde er es müssen. Der Richter würde es nicht mehr bei ein paar strengen Worten und vierzig Stunden Freizeitarbeit bewenden lassen, und für Totschlag oder Mord gab es viele Jahre, auch wenn man noch jugendlich war. Es fragte sich natürlich, ob die Bullen überhaupt dahinter kommen würden, wer Beck auf dem Gewissen hatte, aber Peter Mundt hatte die Leute von der Kripo gesehen. Nicht die Typen machten ihm Angst, die die Leute im Haus befragt hatten, sondern die Techniker, die nach Fingerabdrücken suchten, nach Fußspuren und wonach auch immer. Aus dem Fernsehen wusste Peter Mundt, dass die immer irgendetwas fanden.
Als der Junge am Freitag zum Bahnhof Zoo gefahren war, hatte er keineswegs vorgehabt, hier für längere Zeit hängen zu bleiben; eigentlich hatte er nur checken wollen, wohin er im Fall der Fälle abdüsen konnte. Seine Wahl war auf Amsterdam gefallen, auf die Stadt der Coffeeshops, die Stadt des Kiffs. Drei Interregios gingen täglich

nach Amsterdam Centraal ab. Wenn er an seine Brieftasche dachte, würde er wohl schwarzfahren müssen. Auch das war zur Not zu packen.
Als Peter Mundt den Fahrplan studierte, hatte ihn einer dieser Typen von der Seite angequatscht, die immer am Zoo herumlungerten, einer von diesen gescheiterten, diesen gestrandeten Existenzen, ein Säufer oder Junkie mit fettigem Haar und saudreckigen Klamotten. Er hatte eine Zigarette haben wollen, Peter hatte ihm eine gegeben, und dann waren sie irgendwie ins Gespräch gekommen. Peter hatte behauptet, die Bullen wären hinter ihm her, und damit hatte er gleich einen Pluspunkt einstreichen können. Der Stadtstreicher, oder was immer er war, hatte den Jungen zu seinen Kumpel mitgenommen, Peter hatte aus der Kollektivflasche Wermut trinken dürfen, und so hatte er Hannes kennen gelernt, Matze, Kollaps, Dmitri und Viola. Sie alle lebten nicht am Bahnhof, sondern an allen möglichen und unmöglichen Orten der Stadt, aber der Zoo war ihr Treff, hier hingen sie Tag für Tag herum. Und durch Hannes war er dann mit den Kids bekannt geworden, den Straßenkindern, die aus ganz Deutschland nach Berlin gekommen waren, um ein neues, freies Leben zu beginnen. Hannes war so etwas wie Vater und Mutter für sie. Peter verstand zwar nicht, was sie an diesem verlausten und versoffenen Kerl fanden, das wussten sie vielleicht selbst nicht, aber er war eben schon seit Jahren hier und hatte die meiste Erfahrung mit dem Überleben auf der Straße. Gurke und Jan waren es dann gewesen, die Peter ihren Schlafplatz im Tiergarten gezeigt hatten. Sie waren beide sechzehn, waren vor ungefähr einem Jahr von daheim abgehauen, der eine aus Iserlohn, der andere aus Moers, auf dem Weg nach Berlin hatten sie sich getroffen und waren seither Freunde. Sie waren abgehärtet und hatten obendrein Schlafsäcke, in denen sie sich verkriechen konnten. Peter hatte fast nicht geschlafen in dieser verdammten feuchten Nachtkälte, und nun war ihm zu allen Überfluss auch noch das Geld ausgegangen. Er würde sich welches beschaffen müssen.
Die einfachste Methode wäre, es zu machen wie Gurke und Jan, aber das kam für ihn nicht in Frage. Die beiden Jungen schafften als

Stricher an. Sie standen abends hinter dem Bahnhof an der Jebensstraße und warteten dort auf Freier. Dieses Geschäft schien sich manchmal richtig zu lohnen, aber Peter fand es nur ekelhaft. Er konnte sich nicht vorstellen, irgendeinem fetten alten Wichser im Auto einen zu blasen oder mit ihm in die Wohnung zu gehen, wo sonst was passieren konnte und auch schon passiert war. Ein paar von diesen Böcken standen auf Gewalt, und Peter hatte keine Lust, sich fesseln oder gar schlagen zu lassen. Besser gefiel ihm schon der Gedanke, einen Freier abzuzocken, bevor es zum Sex kam. Auch das hatten Gurke und Jan schon gemacht, immer im Team. Ab und zu kam es vor, dass ein Typ zwei Jungs wollte oder zumindest gegen zwei nichts einzuwenden hatte; unter bestimmten Bedingungen nahmen sie ihn dann aus. Man musste allerdings, hatte Jan erklärt, einen Blick dafür haben, ob der Kerl zu den Bullen ging oder nicht. Vielen war es peinlich, aber nicht allen, und auch nicht jeder schleppte einen Batzen Kohle mit sich herum oder bewahrte seine Kreditkarten, die man an die Polen verscheuern konnte, gleich im Portemonnaie auf.

Peter Mundt war sich noch nicht sicher, wie er es anstellen würde, um zu Geld zu kommen. Einen Weg musste er jedoch finden, das stand fest. Erst einmal begab er sich zu Hannes, Kollaps und den anderen. Es war noch zu früh für eine Aktion, und er musste sich sowieso Mut antrinken.

7

Hauptkommissar Christian Sönnichsen von der Abteilung P 10 der Polizeidirektion Erbach, die für die Kriminalitätsbekämpfung zuständig war, hatte an diesem Samstagnachmittag anderes vor, als die Kriminalität zu bekämpfen; die P 10 konnte ihm gestohlen bleiben, er musste unbedingt in seinem Garten nach dem Rechten sehen, also radelte er nach dem Mittagsschlaf los. Erbach war die kleinste PD in Hessen, nur hundertneunundzwanzig Beamte taten ihren Dienst in der Zentrale oder in den Polizeistationen Erbach und Höchst, und allzu viel kriminelle Energie entfalteten die Odenwälder auch nicht.

Christian Sönnichsen war vor zehn Jahren nach Erbach gekommen, das Straftatenaufkommen im Odenwaldkreis war in dieser Zeit mal gewachsen, mal gesunken, es bewegte sich zwischen drei- und viertausend Delikten im Jahr, von denen immer fast die Hälfte aufgeklärt wurde; man hatte quasi eine recht stabile Statistik. Spitzenreiter waren wie überall in Deutschland die Eigentumsdelikte. Auch kam es vor, dass sich Leute prügelten, vor allem, wenn sie betrunken waren, und einmal im Jahr hatte man seinen obligaten Mord. Ein Mord beschäftigte Hauptkommissar Sönnichsen zurzeit aber nicht; der letzte, der sich vor einem Dreivierteljahr ereignet hatte, war längst aufgeklärt. Was Sönnichsen Kopfzerbrechen bereitete, war der nunmehr schon dritte Überfall auf die Volksbank in Bad König und der organisierte Schafdiebstahl, der den Bauern der Gegend seit langem zusetzte. Doch an einem freien Tag mochte er auch daran nicht denken, heute ging sein Garten vor. In das Gartenhaus hatte man im letzten Winter eingebrochen, deshalb nahm Sönnichsen alles von Wert mit nach Hause.

Seitdem er einen Herzinfarkt gehabt hatte, fuhr Hauptkommissar Christian Sönnichsen oft mit dem Fahrrad, wozu ihm der Arzt auch geraten hatte. Er radelte bei jedem Wetter zum neuen, sehr schön gewordenen Dienstgebäude, an dessen Anblick er sich noch immer erfreute, er radelte nach Dienstschluss heim, er kreuzte an den Wochenenden durch die Umgebung oder fuhr eben in den Garten. Vor einem zweiten Herzinfarkt hatte er höllische Angst. Er wusste, was das bedeutete, er hatte die Folgen genau vor Augen aus der Zeit, als er noch in Darmstadt gelebt und gearbeitet hatte; sein damaliger Chef war nach dem zweiten Infarkt ein anderer Mensch gewesen, oder besser gesagt, kein Mensch mehr, sondern ein verbitterter Krüppel. Sönnichsen würde es nicht ertragen, wenn er seine Leistungsfähigkeit und seine Mobilität einbüßte. Er lehnte das Fahrrad an den Gartenzaun und schloss die Pforte auf. Das Handy in seiner Jackentasche klingelte schrill. Das bedeutete nur selten etwas Gutes.

8

»Es ist doch jetzt Wochenende«, sagte Dietrich Kölling philosophisch. Er blickte in die Runde seiner Mitarbeiter, sprach aber vor allem Becker an. »Was halten Sie von einem kleinen Ausflug?«

»Mit der Familie gern«, sagte Becker. »Betriebsausflüge sind nicht so mein Ding.«

»Also erstens schmieden Betriebsausflüge das Kollektiv zusammen«, dozierte Dietrich Kölling und spielte damit auf Beckers DDR-Vergangenheit an. »Und zweitens: Wie können Sie an Ihre Familie denken, wenn uns zwei Tote in der Seele brennen.«

»In der Seele, na ja.« Becker hob die Schultern.

»Wohl eher im Fegefeuer«, meinte die Blissow.

»Wohin soll's denn gehen?«, erkundigte sich Tangermann.

»Glauben Sie etwa, ich fahre mit Ihnen?« Dietrich Kölling schüttelte dramatisch den Kopf. »Da müsste ich Sie ja an die Leine nehmen, damit Sie nicht jedem Dorfburschen hinterherlaufen.«

»Sieht nach einer Landpartie aus«, stellte Becker fest. Er ahnte bereits, was der Chef vorhatte, und war nicht begeistert.

»Ja, Becker, eine Landpartie der besonderen Art. Wir schauen pure Natur, wir schauen heimische Flora und Fauna, und zum krönenden Abschluss kehren wir bei Nutten ein. Wie finden Sie das?«

»Großartig«, entgegnete Becker lahm. »Die Kollegen der Pasewalker Polizei werden an die Decke springen, wenn wir sie aus dem Mittagsschlaf klingeln.«

»Vor Freude, meinen Sie?«

Becker nickte bloß mit säuerlicher Miene vor sich hin.

»Na, dann organisieren Sie doch bitte bei der Fahrbereitschaft einen Wagen für uns«, trug Dietrich Kölling ihm auf. »Einen Landpartiewagen. Viel Platz, und vor allem sollte er ein Radio haben, damit wir uns beim Brettern übern Highway schöne Melodien … wie sagt man das heutzutage? … reinziehen können.«

»Mozart und Schubert?«, fragte Becker, während er nach dem Telefonhörer griff. Im selben Augenblick läutete der zweite Apparat. Dietrich Kölling nahm den Anruf entgegen, Becker sprach mit der

Fahrbereitschaft. Dabei beobachtete er seinen Chef, der zu allem Ja und Amen sagte. Was ihm gerade mitgeteilt wurde, schien ihn zu entzücken. Becker gelang es, bei der Fahrbereitschaft einen Mercedes loszueisen. Der Schlag würde Dietrich Kölling treffen, wenn er auch das noch erfuhr.

»Good news«, verkündete Dietrich Kölling. »Die Bahnpolizei hat unseren Freund Peter Mundt aufgegriffen. Aufgelesen, wäre die bessere Formulierung. Voll wie eine Strandhaubitze. Lag irgendwo am Bahnhof Zoo herum. Jetzt liegt er in der Zelle. Tangermann, Sie holen ihn ab. Aber nutzen Sie seinen hilflosen Zustand nicht aus, sondern denken Sie immer an Paragraph hundertneunundsiebzig Strafgesetzbuch: sexueller Missbrauch Widerstandsunfähiger.«

»Aber, Chef«, protestierte Hajota. Zum zweiten Mal hatte ihn der Chef beleidigt, jetzt reichte es ihm.

»Und sagen Sie nicht immer Chef zu mir«, verlangte Dietrich Kölling, der die Seelenpein seines Nesthäkchens ignorierte.

»Ich bestelle den Wagen wieder ab«, schlug Becker vor.

»Mitnichten, stellvertretender Chef, mitnichten. Wir fahren. Um Mündtchen können sich unsere Jugendspezialisten kümmern.« Dietrich Kölling zwinkerte der Blissow und Tangermann zu.

»Bäh«, machte die Blissow bloß.

»Nebenbei bemerkt«, sagte Becker, »was ist eigentlich eine Strandhaubitze?«

»Bäh«, lautete Dietrich Köllings Antwort.

9

Hauptkommissar Christian Sönnichsen hatte leichte Schmerzen in der Brust, aber das kam sicher nur von der Aufregung und hatte nichts weiter zu bedeuten. Aufregung gab es in Erbach seit gut zwei Stunden. Der Anruf, der auf seinem verfluchten Handy angekommen war, hatte Sönnichsen sofort in die PD gerufen, wo ein gewisser Rainer Kießig eine Aussage machen wollte. Der Hauptkommissar kannte Kießig. Seinem Vater hatte der Gewerbemarkt an der Ausfallstraße nach Bad König gehört, an der Bundesstraße B 45, auf der man fast straight ahead bis Frankfurt fahren konnte. Er war Mitinhaber des Fuhrunternehmens Hokipa gewesen, Horst Kießig & Partner, er hatte jahrelang für die CDU im Kreisparlament gesessen, war eine Legislaturperiode lang sogar Kreisverwaltungsreferent für Wirtschaft gewesen, er war bis zu seinem Tod Vorsitzender des Schützenvereins Odenwalder Asse und Präsident des Karnevalsvereins, wo die Politik gemacht wurde. Horst Kießig hatte der lokalen Prominenz angehört, sein Sohn ebenfalls, aber mit negativem Vorzeichen. Als Sönnichsen von Darmstadt nach Erbach übergesiedelt war, gehörte Rainer Kießig zu den ständigen Gästen des Kriminalkommissariats, das erst später mit dem Polizeikommissariat zur Polizeidirektion vereinigt wurde. Er brach Autos auf, zettelte auf Tanzvergnügen Schlägereien an, stieg in Häuser ein: Über den missratenen Sprössling wurde bald mehr geredet als über den bedauernswerten Vater, doch die Gespräche verstummten, als Rainer schließlich aus Erbach fortzog. Er ließ sich in Berlin nieder, war aber auch dort kein Kind von Traurigkeit. Sönnichsen wusste dies, weil Kießig unter Bewährungsauflagen nach Erbach zurückgekehrt war, um das Erbe seines Vaters anzutreten. Und bevor Sönnichsen mit ihm sprach, hatte er beim Bundeszentralregister dessen Strafen nachgefragt. Rainer Kießig hatte wegen Vergewaltigung und Raubes gesessen, er war ein rechter Schwerenöter. Christian Sönnichsen freute sich nicht gerade, ihn in Erbach zu haben.

Kießig hatte bereits dem Dauerdienst erzählt, was ihn bewogen hatte, die Polizei aufzusuchen. Sein Knastkumpan Mario Hönekamp war auf dem Weg nach Erbach, und Kießig war davon überzeugt, dass er sich nur auf der Flucht befinden könne, also irgendein Ding gedreht haben musste. Der Dauerdienst hatte das sofort überprüft. Es stimmte, nach Hönekamp wurde bundesweit wegen eines Tankstellenüberfalls gefahndet. Er hatte bei dem Überfall seine Gaspistole verloren, aber das musste nicht bedeuten, dass er unbewaffnet war. Die Brandenburger Kollegen schätzten ihn jedenfalls als gefährlich ein, denn er war wegen Bankraubes mit Geiselnahme vorbestraft, und das war nun wirklich ein dicker Hund. Christian Sönnichsen hatte bereits überlegt, ob er ein Spezialeinsatzkommando aus Wiesbaden anfordern

sollte, aber so viel Aufriss wollte er an einem Wochenende nicht machen; man würde dann bei der Festnahme halb Erbach als Publikum haben, und die Bevölkerung störte bei solchen Aktionen nur. Wenn man es geschickt anstellte, würden ein paar Zivilbeamte für die Festnahme reichen. Das war entschieden unauffälliger.
Hauptkommissar Sönnichsen schaute auf die Uhr. Es ging auf sechs zu, aber bisher war Hönekamp nicht aufgekreuzt. Kurz vor zwei hatte der Gesuchte aus dem Zug Berlin–Frankfurt bei Kießig angerufen und ihm gesagt, dass er sich zwischen Fulda und seinem Zwischenziel befände, also konnte er nur mit dem ICE gefahren sein, der den Frankfurter Hauptbahnhof ein paar Minuten nach halb drei erreichte. Wenn Hönekamp vorgehabt hatte, ohne umzusteigen nach Erbach zu fahren, hätte er den Regionalexpress um sechzehn zwölf nehmen können und wäre siebzehn vierundvierzig in Erbach angekommen. Der Zug war pünktlich. Mario Hönekamp war ihm nicht entstiegen.
»Vielleicht treibt er sich noch ein bisschen in Frankfurt herum«, meinte Rainer Kießig und stellte einen große Kanne Kaffee auf den Tisch. Sönnichsen wartete auf den Gesuchten im Haus von Kießigs Vater, das jetzt dem Sohn gehörte. Dieser hatte selbst vorgeschlagen, dass die Kripo im Haus zugreifen solle. Er freute sich diebisch darauf, das dumme Gesicht seines früheren Mithäftlings zu sehen, und hatte keine Angst vor Rache. Offenbar hielt er Hönekamp für einen Idioten. Wenn sich Sönnichsen den Tathergang in der Oranienburger Tankstelle vergegenwärtige, kam er zu demselben Urteil. Hönekamp schien spontan und ziemlich planlos gehandelt zu haben. Trotzdem grübelte Sönnichsen darüber nach, dass es so etwas wie Ganovenehre wohl nicht mehr gab, jedenfalls nicht bei Leuten, die aus Berlin stammten. In Berlin würde Christian Sönnichsen unter keinen Umständen Polizist sein wollen. Man hörte so viel davon, dass die Verbrecher dort extrem gewalttätig seien und schon Halbwüchsige mit Pumpguns herumliefen. Da war es im Odenwaldkreis vergleichsweise ruhig, obwohl es auch hier genug zu tun gab. Für Berliner Verhältnisse wohl nur Kleinigkeiten, aber auch viertausend Kleinigkeiten im

Jahr konnten die Polizei in Atem halten. Sönnichsen griff nach dem Funkgerät.
»Zwölf an Zwölf-siebzehn«, rief er den Kollegen, der am Bahnhof wachte.
»Zwölf-siebzehn«, meldete sich dieser.
»Wann kommt der nächste Zug?«
»Achtzehn neunundvierzig aus Darmstadt. Zielperson wird wohl dort umsteigen.«
»Okay, Ende«, sagte Sönnichsen und ließ den Sprechknopf los.
»Hätte ich mir nie träumen lassen, mal an einer Verbrecherjagd teilzunehmen«, sagte Kießig. Es schien ihm viel Spaß zu machen. »Vielleicht glaubt man mir jetzt endlich, dass ich anständig geworden bin.«
»Vielleicht«, sagte Sönnichsen unbestimmt.
»Was ja auch leicht ist mit der vielen Kohle meines Vaters«, räumte Kießig ein. »Mensch, Herr Hauptkommissar«, sogar höflich war er und überaus korrekt, »jetzt muss ich bloß noch in die CDU eintreten und ein bisschen Karriere machen, dann kann die Zeitung über mich berichten. Vom schweren Jungen zum Abgeordneten. Eine deutsche Erfolgsstory aus dem Odenwald.«
»Das wäre tatsächlich was.« Sönnichsen lächelte. »Ich meine, das Umgekehrte haben wir ständig. Dass sich die Damen und Herren Volksvertreter unsere Steuergelder in die Tasche stecken und dafür nicht mal belangt werden.«
»Kriminelle Energie, Herr Hauptkommissar, kriminelle Energie gibt es überall.« Rainer Kießig befand sich offenbar auf dem Weg zum Weisen.
»Zwölf-siebzehn an Zwölf«, schnarrte es aus dem Sprechfunkgerät.
»Zwölf?«
»Er ist da«, sagte Zwölf-siebzehn. Es war Volker Düwel von der Polizeistation.
»Bleibt an ihm dran«, befahl Sönnichsen und sprang auf. »Und lasst euch nicht erwischen.«

10

Als die Bahnbullen Peter Mundt an diesen jungen Spund von Kripomann aushändigten, war er zwar noch angegangen, aber er wusste schon wieder, was geschehen war. Es war saublöd gelaufen. Er hatte mit Hannes, Kollaps, Dmitri und einem Haufen anderer Freaks, die er nicht kannte, zu viel gesoffen. Irgendeiner hatte angeblich Geburtstag gehabt, aber ob das nun stimmte oder nicht, jedenfalls hatte es einen Grund zum Schütten gegeben, und auch Peter bekam etwas ab, obwohl er gar keine Kohle abgedrückt hatte. Die anderen hatten wohl gesehen, dass er blank war, und wegen der guten Stimmung ließen sie ihn trotzdem mitsaufen. Er hatte sich ein bisschen gewehrt, schließlich hatte er noch einen Coup vorgehabt, aber der schlechte Fusel vernebelte ihm ziemlich schnell den Verstand. Zu sich gekommen war er erst wieder auf der Pritsche der Bahnbullen. Und jetzt schleppte ihn dieser Kripomann zu dem Parkplatz in der Jebensstraße ab, der für die BGS-Wagen reserviert war.

Er war nicht allein, sondern eine Frau begleitete ihn, eine Frau von ziemlich eleganter Erscheinung, die Peter von oben bis unten angeschaut hatte, als wäre er der letzte Dreck. Nach der Nacht im Tiergarten und dem Suff sah er bestimmt nicht wie ein Konfirmand aus, trotzdem brauchte ihn die Kuh nicht anzumuffeln. Aber sie tat es.

»Tangermann, ich fahre den Wagen«, erklärte sie entschieden. »Mit dem Typen setze ich mich nicht auf die Rückbank. Ich habe eine empfindliche Nase.« Sie war ein fieses Bullenweib, und man sah ihr an, dass mit ihr nicht gut Kirschen essen war. Der junge Polizist fügte sich, die Kripotante legten einen Start vor, dass Peter nicht nur Hören und Sehen verging, sondern auch alle Stricher ihnen Blicke zuwarfen. Allzu weit mussten sie nicht fahren bis zu dem Polizeigebäude, das Peter schon kannte. Die Mordkommissionen waren hier untergebracht, und der Junge wusste, das es gleich hart zur Sache gehen würde. Verständnis für seinen Zustand oder ein freundliches Wort konnte er von der Frau nicht erhoffen. Der junge Bulle, der eigentlich ganz nett gewesen war bei ihrem ersten Gespräch, schwieg die ganze Zeit. Die Frau schien jetzt die Hosen anzuhaben, und als Peter ihrer

Meinung nach nicht schnell genug die Treppen hinaufstieg, stieß sie ihm die Faust in den Rücken.
Peter Mundt war müde. Er hatte schlecht geschlafen, er war verkatert, wenn er nicht bald für mindestens vierundzwanzig Stunden in die Falle kam, würde er umfallen. Die Bullen würde keine Rücksicht nehmen. Sie würden ihn ausquetschen wie eine reife Zitrone, stundenlang. Vielleicht hatten sie schon alle Beweise, die sie brauchten, und es würde sinnlos sein, ihnen widerstehen zu wollen. In die Karten würden sie sich nicht gucken lassen. Sie konnten alles wissen, sie konnten erst am Anfang stehen, aber dass sie ihn vom Bahnhof abgeholt hatten, musste einen Grund haben, denn für besoffene Kids interessierten sie sich ansonsten nicht. Der junge Bulle schloss einen Raum auf.
»Los, rein da!«, schnarrte die Kripotante Peter an. Der Raum war dunkel. Und dunkel blieb er, nachdem die Bullen die Tür wieder geschlossen hatten. Peter war allein. In seinem Kopf spielte eine absolut durchgeknallte Band.
Sie ließen ihn im Dunkeln warten, denn das gehörte zu ihren miesen Tricks. Peter wusste nicht, ob sie das überhaupt durften, aber nach ihm krähte sowieso kein Hahn. Als er zum ersten Mal vor ein Gericht gestellt worden war, hatten sich die Eltern einen Anwalt genommen, aber das war sinnlos gewesen. Der Anwalt hatte Geld verdient, aber sich absolut nicht für Peter eingesetzt. Da war der Jugendbeistand schon besser gewesen. Der hatte so Sprüche abgelassen über die Schwierigkeiten von Jugendlichen, sich in der immer komplizierter werdenden Welt zu orientieren, richtiges Sozialarbeitergesülze, aber die Richterin hatte es offenbar überzeugt, obwohl die doch eigentlich jeden Tag solches Zeug zu hören kriegte. Zwanzig Tage Freizeitarbeit hatte er abgefasst für drei geknackte Karren. Das war ein Witz gewesen, und er hatte sie auf einer Arschbacke abgerissen.
Diesmal würde er nicht so glimpflich davonkommen. Die Bullin hatte ausgesehen, als ob sie ihm am liebsten auch noch den Zweiten Weltkrieg anhängen würde. Sie verachtete ihn. Klar, er hatte eine Fahne, aber sie hatte gleich so getan, als ob er stinken würde wie der

letzte Penner. Vielleicht würde er Prügel abfassen. Das war zwar verboten, aber er hatte so einiges gehört. Manche Bullen schlugen in die Nierengegend. Das tat höllisch weh, manchmal klappte man auch ab, aber hinterher war nichts zu sehen. Er würde allein sein mit den Bullen, ganz allein. Es gab keine Zeugen. Es würde keine Spuren geben. Er hatte nur Luschen auf der Hand. Und er war so müde, so gottverflucht down.

Als der junge Beamte von außen das Licht anmachte, die Tür öffnete und in den kahlen, öden Raum trat, sprudelte Peter Mundt sofort los. Der Polizist war selbst überrascht und warf der Bullin einen erstaunten Blick zu. Die stand bloß da, die Hände in den Taschen, und blieb cool.

11

Mario Hönekamp begann seinen Urlaub mit einem Fläschchen, das er sich am Bahnhof von Erbach kaufte. Ja, es war Urlaub, was er hier machte, Urlaub von Berlin, von Anwaltsschreiben, von Bullenbesuchen. Selbst Kaiman spürte das sofort und sprang ihm wie wild die Beine hoch. Das hatte natürlich auch mit der langen Bahnfahrt zu tun, die auch für Hönekamp anstrengend gewesen war, aber ein Hund brauchte noch viel mehr Auslauf. Mario Hönekamp sah die sanften Berge rund um die Stadt und schnupperte die saubere Luft. Hier würde Kaiman seine Freiheit haben, hier würden sie stundenlang durch die Umgebung wandern, und abends gab es ein paar steife Drinks auf der Gartenterrasse, die frühe Kälte hin und her.

Vor dem Bahnhof warteten ein paar Leute auf den Bus, und Hönekamp fragte einen älteren Mann nach dem Weg. Der kannte ihn nicht, wandte sich aber sofort an einige der Umstehenden, die helfen konnten; so freundlich waren die Erbacher. Sie hatten noch die Ruhe hier, sie mussten nicht ständig auf der Hut vor jedem Fremden sein. Natürlich guckten sie ihn neugierig an, das war klar, schließlich hörten sie schon an seiner Sprechweise, aus welcher Weltgegend er stammte. Aber sie wiesen ihm den Weg, und darauf kam es an. Mario Hönekamp machte sich auf die Socken. Eine halbe Stunde müsse er laufen, hatten sie gesagt. Sich die Beine zu vertreten würde ihm gut bekommen, und auch Kaiman konnte Bewegung brauchen. Mario Hönekamp war guter Dinge.

Erbach war eine typische westdeutsche Kleinstadt, sehr sauber, sehr gepflegt. Adrett, so nannte man das wohl. Und sogar ein Flüsschen gab es, das er überqueren musste. Er betrat eine Straße, die bergauf führte, bog einmal nach links ab, einmal nach rechts, und wenn ihm die Leute am Bahnhof den Weg richtig beschrieben hatten, musste jeden Augenblick das Haus von Rainer Kießig auftauchen. Kaiman lief vor Hönekamp her, schnüffelte an jedem Baum und an den Umfassungsmauern der Grundstücke, aber wenn er zu weit vorgeprescht war, blieb er stehen und schaute sich nach seinem Herrn um. Hönekamp studierte die Namen, die in der Regel neben den Zufahrten angebracht waren. Er kam an einem Auto vorbei, in dem zwei Männer saßen. Vielleicht warteten sie auf jemanden, aber etwas an der Art, wie sie unauffällig an ihm vorbeischauten, gefiel ihm nicht. Er wandte sich noch einmal um. Die Männer hatten ein Telefon im Auto. Und sie hatten eine Antenne zu viel.

Mario Hönekamp durfte sich nichts anmerken lassen. Er fand das Haus, an dem »Kießig« stand, ging jedoch daran vorbei bis zur nächsten Kreuzung. Auch dort warteten zwei Männer in einem Pkw. Hönekamp begab sich nach links, die Männer reagierten nicht. Als er ihr Blickfeld verlassen hatte, begann Hönekamp zu laufen. Kaiman folgte ihm begeistert. Aus einer Seitenstraße schoss ein Streifenwagen.

Es war für Mario Hönekamp von großem Nachteil, dass er sich in Erbach nicht auskannte. Rainer hatte ihn verpfiffen, aber er hatte keine Zeit, darüber nachzudenken, sondern er hetzte die Straße hinab, die zu dem Flüsschen führte. Hinter sich hörte er das Quietschen von Reifen, er hörte die Rufe von Männern und Hundegebell. Hönekamp rannte wie um sein Leben. Er schaute sich nicht um; was er vernahm, genügte ihm. Der Streifenwagen war ihm auf den Fersen, und ein zweiter kam um eine Ecke gebogen. Hönekamp lief in einen Nebenweg. Er sah einen Mann, der in seinem Vorgarten grub, er sah eine Frau, die Wäsche von der Leine nahm. Ein kleiner Junge mit einem

Ball in der rechten und Fußballschuhen in der linken Hand stieß mit seinem Körper ein Tor auf und kam auf den Weg. Der Junge riss die Augen auf, als er Hönekamp auf sich zuhasten sah. Hönekamp rannte ihn über den Haufen, schlüpfte durch das geöffnete Tor, umrundete das Haus. Er überquerte die große, gepflegte Wiese, schlug sich durch die Johannisbeerbüsche. Eine hohe Mauer markierte die Grundstückgrenze. Hönekamp schwang sich hinauf, ließ sich auf der anderen Seite fallen, kam unglücklich mit dem linken Fuß auf, so dass er sich den verstauchte. Hönekamp hockte auf dem Boden, rief nach Kaiman. Der Hund bellte aufgeregt, Hönekamp rief und rief. Kaiman kam nicht. Die Mauer schien zu hoch für ihn zu sein. Mario Hönekamp verbiss sich den Schmerz, zog sich auf die Mauerkrone. Kaiman versuchte verzweifelt, die Mauer hochzuspringen, aber es gelang ihm nicht. Als er seines Herrn angesichtig wurde, verdoppelte er seine Anstrengung. Mario Hönekamp setzte sich auf die Mauer und ließ die Beine baumeln. Auf dem Rasen, keine vier Meter von ihm entfernt, standen drei Bullen. Sie hatten ihre Knarren gezogen und richtete sie auf ihn. Die Sirene eines Krankenwagens heulte. Hönekamp drückte sich ab, kam mit beiden Beinen auf, knickte sofort zur Seite weg. Kaiman leckte ihm das Gesicht. Die Polizisten steckte ihre Knarren wieder ein und kamen näher. Das Sirenengeheul wurde immer lauter.

»Woher wussten Sie, dass ich mir den Fuß verstauchen würde?«, fragte Hönekamp.

»Der Sanitätswagen ist nicht für Sie«, sagte einer der Bullen. Er trug Zivil. »Er ist für den Jungen, den sie umgerannt haben.«

Sechstes Kapitel

1

»Herrlich«, rief Dietrich Kölling, »wunderbar, großartig.« Seitdem sie Berlin hinter sich gelassen hatten, veranstaltete er dieses Spektakel, und Becker war davon überzeugt, dass der Chef ihn bloß aufziehen wollte; normalerweise interessierte er sich nicht für die Natur. Was ihm diese theatralischen Begeisterungsschreie entlockte, war eine baumbestandene Straße, zu deren beiden Seiten sich nasse umbrochene Äcker erstreckte, auf denen sich nur sehr selten Natur zeigte. »Da möchte man mit Immanuel Kant ausrufen: ›Zwei Dinge erfüllen das Gemüt mit immer neuer und zunehmender Bewunderung und Ehrfurcht, je öfter und anhaltender sich das Nachdenken damit beschäftigt: der bestirnte Himmel über mir und das moralische Gesetz in mir.‹«

»Herrje«, war das Einzige, was Becker hierzu zu sagen hatte.

»Da staunen Sie, was?« Dietrich Kölling presste sich zufrieden in die Polster. »Kant sagt Ihnen bestimmt nichts, richtig? Sie sind ja nur mit Marx und Lenin aufgewachsen. War Kant im Osten verboten? Wegen bürgerlichen Subjektivismus'? Er hat zu früh gelebt, andernfalls hätte die Stasi bestimmt eine dicke Akte über ihn geführt. Und man hätte ihm mehrere Dutzend informeller Mitarbeiter auf den Hals geschickt, weil er zu viel über die Freiheit nachgedacht hat. Da hätten sich die *IM Kategorischer Imperativ* und *Alexander Priori* aber die Finger wund schreiben können.«

»Mein Nachdenken beschäftigt sich mehr mit der Frage, wo Sie hier Sterne sehen«, warf Becker ein. Die scharfe Kurve in einem Ort namens Groß Schönebeck erforderte seine Aufmerksamkeit.

»Symbolisch, Becker, rein symbolisch. Ich meine die Schönheit der

Schöpfung. Baum, Wald, Gesträuch, Reh und Fuchs. Und dieses Einkaufscenter dort.«

»Aha.« Becker steuerte am Ortsausgangsschild vorbei. »Und wie war das mit dem moralischen Gesetz in Ihnen? War das auch symbolisch gemeint?«

»Ach, Moral.« Dietrich Kölling machte eine wegwerfende Handbewegung. »Moral ist achtzehntes Jahrhundert. Natur auch. Hemmungsloser Hedonismus, das ist eine zeitgemäße Lebensphilosophie. Das große Biest Dietrich Kölling schreibt dazu: Genieße alles, sei das oberste Gesetz, auch wenn deine Genusssucht zerstörerisch wirkt. Man sieht es ja an Ihnen, Becker. Auf Knien haben Sie mich angefleht, Ihnen das Vergnügen dieser kleinen Reise zu gestatten, obwohl meine Seele nach der Ruhe und Beschaulichkeit leichter Büroarbeit dürstete.«

»Ich? Also das schlägt dem Fass den Boden aus.« Becker trat das Gaspedal durch. »Wessen Idee war es, nach Pasewalk zu fahren? Meine?«

»Wie ich es sagte«, Dietrich Kölling zündete sich eine Zigarette an, »hemmungslose Genusssucht bis zum Geschwindigkeitsexzess.«

2

Peter Mundts fast hastiges Geständnis hatte für die Blissow und Tangermann eine Menge Arbeit zur Folge, denn der Junge hatte nicht nur den Totschlag an Rüdiger Beck zugegeben und seine beiden Mittäter genannt, er hatte sich auch zu einem guten Dutzend weiterer Straftaten bekannt, nach denen seine Vernehmer gar nicht gefragt hatten. Während Hajota verzweifelt versuchte, Dietrich Kölling zu erreichen, der offenbar den Funkkontakt abgebrochen hatte, hörte die Blissow die Bänder ab, um Ordnung in Peter Mundts Aussagen zu bringen. Rüdiger Beck, so weit bestand für sie Klarheit, hatte den Jungen erwischt, als dieser ein Auto aufbrechen wollte, er hatte ihm Geld und die Schuhe abgezogen, wie es im Jugendjargon hieß, ihn dann aber nach Peters Meinung doch bei der Polizei angezeigt. Um sich zu rächen, war Mundt gemeinsam mit seinen Freunden Mike und Andy bei Beck eingedrungen, und somit hatte das Verhängnis

seinen Lauf genommen. Zu Mike und Andy, Michael Caspari und Andreas Thiele mit bürgerlichem Namen, war bereits die Schutzpolizei der zuständigen Direktion unterwegs, darum musste sich die Blissow nicht mehr kümmern. Ob die Jungen an einem Samstagnachmittag auch anzutreffen waren, stand auf einem anderen Blatt. Was Peter Mundt sonst noch eingestanden hatte, waren Peanuts: Autoaufbrüche, Ladendiebstähle, eine in Brand gesetzte Mülltonne. Diese Jugendlichen hatten nur Mist im Kopf. Sie würden die Rechnung präsentiert bekommen, falls nicht ein so weichlicher Richter den Vorsitz führte wie der Bereitschaftsrichter, mit dem die Blissow unlängst telefoniert hatte. Die erfahrenen Juristen, die sich das Wochenende nicht verderben lassen wollten, schoben die Bereitschaftsdienste gern auf junge Spunde, die nichts so sehr hassten wie das Fällen von Entscheidungen; sie konnten ja einen Fehler machen. Der Bereitschaftsrichter wollte sich erst einmal mit jemandem beraten, bevor er Haftbefehl erließ. Die Blissow hatte mit ihm nicht streiten wollen. Alle Berufsanfänger bei Gericht waren Feiglinge, dann machten sie Karriere und endeten auf einem Posten, den sie nur auf eine Art und Weise zu verteidigen wussten: durch Feigheit. Und in der Zwischenzeit wagten sie ein einziges mutiges Urteil, bekamen dafür eine schlechte Presse und etwas auf den Deckel.
Verschnupft war die Blissow wegen der Schnapsidee von Dietrich Kölling, in Berlin alles stehen und liegen zu lassen und sich in die Provinz abzuseilen. Es sah so aus, als ob der Chef einen siebten Sinn gehabt und geahnt hatte, dass dieser Tag nur Stress bringen würde. Jetzt saß er mit Becker im Auto, hörte Musik und ließ den lieben Gott einen guten Mann sein. Der Ausflug nach Pasewalk würde gewiss nichts bringen, aber er hatte sich quasi aus der Schusslinie begeben, und die Blissow musste die Entscheidungen treffen. Vielleicht war die Position eines Leiters der Mordkommission doch kein erstrebenswerter Platz, es sei denn, man verschwand einfach. Die Blissow goss sich Kaffee in die Tasse, gab Milch hinzu und rührte um. Die Milch flockte. Ihr blieb wirklich nichts erspart. Hajota kam ins Zimmer.

»Nichts«, sagte er. Die Blissow wusste, was er meinte.
»Die Verbindung noch immer gestört?«, fragte sie trotzdem.
Tangermann nickte.
Auf seinem Schreibtisch läutete das Telefon. Er ging sofort an den Apparat, vielleicht weil er einen Anruf des Chefs erwartete. Dann setzte er sich erst einmal. Die Blissow beugte sich vor.
»Ach?«, fragte Hajota bloß. »Wann? Nach Oranienburg?«, wollte er wissen. »Ja, sicher kommt jemand von uns. Danke.«
»Oranienburg? Ich ahne etwas«, sagte die Blissow.
»Sie haben Hönekamp geschnappt. In Erbach am Odenwald.«
»Was es alles gibt.« Die Blissow schüttelte den Kopf. »Odenwald? Ist das nicht irgendwo im Süden?«
»Keine Ahnung.« Tangermann erinnerte sich daran, dass er irgendwann an diesem verflixten Tag vorgehabt hatte, seine Kenntnisse der Geografie zu verbessern. »Eines weiß ich aber sicher, einen Ausflug dorthin wird der Chef nicht machen. Sie bringen Hönekamp nämlich nach Oranienburg.«

3

Beckers Voraussage hatte sich als richtig erwiesen, und Herr Küter von der Polizeiinspektion Pasewalk machte ein missmutiges Gesicht, als er die aufdringlichen Berliner Kollegen in der Dienststelle Am Markt begrüßte. Dietrich Kölling hatte die Zeit bis zu seinem Auftauchen genutzt und mit dem Diensthabenden geplaudert. Er wusste nun, dass Pasewalk die Metropole des Kreises Uecker-Randow war. Der Kreis grenzte im Osten an Polen, und der Diensthabende hatte ihm erzählt, dass alle Pasewalker zum Einkaufen und Tanken über die Oder fuhren. Polen war für Deutsche spottbillig: Irgendwann kaufen wir das ganze Land, hatte der Diensthabende gemeint. Dietrich Kölling fragte sich, ob er es haben wollte.
Den Pasewalker Kriminalbeamten Küter hatte sich Dietrich Kölling nach dem Telefonat völlig anders vorgestellt – als einen aufgeräumten, fröhlichen Mann, der den leiblichen Genüssen nicht abgeneigt war und dem man das auch ansah. Begegnet war er einem hageren,

verhärmt wirkenden Menschen, einem ewigen Magenleidenden mit einem über und über von Falten übersäten Gesicht. Er hatte eine Alkoholfahne, vielleicht, weil man ihn von einer Familienfeier geholt hatte, vielleicht, weil er sowieso viel trank. Dietrich Kölling bedauerte bereits, den armen Mann auch noch außerhalb seiner Dienstzeit zu behelligen.

»Nun denn«, sagte dieser und quälte sich ein Lächeln ab, »wenn Sie heute den New York Club besuchen wollen, dann verfahren wir nach dem Motto: Wat mutt, dat mutt. Hanno?« Das war der Diensthabende. »Gib uns mal das Wachbuch vom September.«

»Wegen Vorkommnisse bei die Nutten?«, wollte Hanno wissen. Dietrich Kölling biss sich auf die Lippen. »Da haben wir ständig wat. Vor allem VU. Ick dacht ja ümmer, wenn die Männer dahinfahren, dass die dann Dampf ablassen. Aber nee, unse Angeber, gerade wenn die fertich sind, dann rasen die wie die Wilden. Siebzehn VU hatten wir da inne Gegend.«

»Ich glaube, unsere Kollegen aus Berlin sind an Verkehrsunfällen nicht interessiert«, meinte Küter.

»Na, und Schlägereien, nich? Dat ganze Gelichter, dat wird nu mal vom Rotlicht angezogen. Dörfelt, das Aas. Dem sein Geld steckt auch in dem Schuppen drin. Dat war schon zu DDR-Zeiten so 'n Haudegen. Keiner weiß, wie der zu seinem Reichtum gekommen ist. Der zettelt immer mal wat an, wenn er besoffen is.«

»Wir vermuten, dass Frieder Dörfelt eine Schleuserbande hat«, erklärte Küter. »Gleichzeitig betreibt er diesen Club, zusammen mit Ulf Steinhausen, der sich Geschäftsführer schimpft. Der frühere Schlosser, von dem ich Ihnen schon erzählt habe. Von Dörfelt stammt vermutlich der größte Teil des Geldes. Irgendwann ziehen wir ihm die Hammelbeine lang, das schwöre ich.«

»Schlägereien sind aber nicht unbedingt geschäftsfördernd«, meinte Becker.

»Wir haben von diesen Häusern nur eins«, sagte Küter. »Wer Druck loswerden will, ist darauf angewiesen. Von Dörfelt wissen alle, dass er die Kontrolle verliert, wenn er einen in der Krone hat. Angeblich soll

er mal einen Gast, der sich über die Preise aufgeregt hat, nackt auf die Straße gesetzt haben.«
»Und wat dat Schärfste is«, steuerte Hanno bei, »dat soll sogar ’n Paster gewesen sein. Kein hiesiger aber.«
»Ach nein.« Dietrich Kölling stand beinahe stramm.
»Dat wird geredet«, sagte der Diensthabende. »Gab ja keine Anzeige oder so, wir mussten also nich einschreiten.«

4

Das zweifelhafte Etablissement am Rande von Pasewalk New York Club zu nennen, brachte mit sich, dass man den Namen als N.Y.C. abkürzen konnte, wie es die Amerikaner mit New York City zu tun pflegten. Auf zwei Bannern neben dem Parkplatz prangten die drei Buchstaben, und auch unter dem roten Schriftzug auf der Stirnseite des Gebäudes wurde das Kürzel präsentiert. Was Küter bewogen haben mochte, die Architektur als Westernstil zu bezeichnen, blieb Dietrich Kölling verborgen. Das Haus war ein lang gestreckter, mit roten Klinkern verblendeter Bau, und wenn man überhaupt von einem Stil sprechen konnte, so höchstens von Barackenstil. Nur die breite hölzerne Veranda vor dem Haupteingang und die Saloontür gemahnten entfernt an die USA. Und der riesige Stetson auf dem Dach natürlich. Dietrich Kölling blies seine Backen auf und ließ die Luft geräuschvoll wieder hinaus. Bevor er etwas sagen konnte, sprach Becker ihm aus dem Herzen.
»Abscheulich«, sagte er.
»Jo«, pflichtete ihm Küter bei. »Aber die setzen uns seit Jahren solche Klötzer vor die Nase. Die denken wohl, wenn sie ein paar rote Steine ankleben, sieht das irgendwie norddeutsch aus.«
»Das ist ja ein wahrhaft internationales Bauwerk«, meinte Dietrich Kölling. »Nordeutsche Lego-Welt mit amerikanischen Accessoires.«
»Von Polen schwarz gebaut«, ergänzte Küter, »und mit Personal aus Russland und Tschechien.«
»Wenn Sie das alles wissen«, sagte Becker, »warum heben Sie den Laden nicht aus?«

»Das frage ich mich auch«, bekannte Küter. »Es heißt immer, das Landeskriminalamt plant eine größere Operation, und wir sollen uns nicht einmischen.«

»Klingt, als ob beim LKA jemand gekauft worden wäre, was?«, sagte Dietrich Kölling. »Also gut, gucken wir mal. Wir ermitteln natürlich nicht, wir sind bloß normale Gäste.«

So wurden sie allerdings nicht empfangen. Es mochte daran liegen, dass Küter als Polizeibeamter bekannt war, oder auch daran, dass Ganoven aller Couleur einen spezifischen Geruchssinn ausgeprägt hatten, jedenfalls bemerkte Dietrich Kölling schon nach dem Betreten des Vorraums das starke Misstrauen der beiden Männer, die dort die Gesichtskontrollen durchführten. Dietrich Kölling sah sofort ein, dass Geheimniskrämerei keinen Zweck haben würde und er sein Ziel auch direkt ansteuern konnte, also fragte er nach dem Geschäftsführer.

»Steinhausen is nich da«, behauptete einer der Gorillas, der eine Sonnenbrille mit breitem Metallgestell trug. »Außerdem melden sich auch die Bullen an.«

»Da schau her«, Dietrich Kölling grinste breit, »sie melden sich also an? Auch Razzien?«

Der Türsteher begriff, dass er einen Fehler gemacht hatte, und zuckte die Schultern. Dietrich Kölling packte ihn am Revers seiner mit Silberfäden durchwirkten Jacke, wozu er sich auf Zehenspitzen stellen musste. Der Kompagnon trat einen Schritt näher. Jeden anderen hätten die beiden jetzt vor die Tür gesetzt und verprügelt.

»Hör mir zu, mein Sohn, ich könnte diesen Laden auch zu Kleinholz zerlegen lassen«, bluffte Dietrich Kölling, der in Mecklenburg-Vorpommern keinerlei Kompetenzen besaß. »Oder ich könnte die Frage stellen, warum die Zigarette deines Spannemanns so süßlich riecht. Ich tu es nicht, weil ich ein höflicher Mensch bin. Ich bitte. Um einen sofortigen Termin.«

»Okay, okay. Jens, hol ma Steini her«, beauftragte der Türsteher seinen Kompagnon. Dietrich Kölling ließ sich in einen der Sessel fallen und zündete sich eine Zigarette an. Der Vorraum des New York Clubs unterschied sich kaum von der Lobby eines Hotels, es gab

sogar eine Rezeption, die jedoch unbesetzt war. Auf dem Bildschirm eines Fernsehgerätes in der Ecke des Raums liefen Musikvideos.
»Denken Sie immer daran, wo Ihre Grenzen sind«, warnte Küter.
Ulf Steinhausen brauchte die zwei Muskelprotze offenbar vor allem zur Stärkung seines Selbstbewusstseins, denn er war nur ein schmales Handtuch. Dietrich Kölling schätzte ihn auf Anfang Dreißig, sodass seine Karriere als Schlosser einer LPG nicht lange gewährt haben konnte. Steinhausen trug eine Jungunternehmerkluft, die aus einem dreiteiligen Anzug von dezentem Grau bestand, einem weißen Hemd und einer blauweiß gewürfelten Krawatte. Er lächelte, als stünde er kurz davor, Dietrich Kölling eine Versicherung zu verkaufen, musste dieses Lächeln allerdings noch ein wenig üben. Dietrich Kölling erhob sich, ignorierte die zum Gruß ausgestreckte Hand und winkte Steinhausen mit einer knappen Kopfbewegung beiseite.
»Damit die beiden Typen, die bei Ihnen nicht zum Denken angestellt sind, nichts in den falschen Hals bekommen«, erklärte er. »Herr Steinhausen, Sie suchen gelegentlich geistlichen Beistand?«
»Bitte?« Die Miene des Geschäftsführers drückte komplettes Unverständnis aus.
»Nun, Sie hatten in der Vergangenheit priesterlichen Besuch«, präzisierte Dietrich Kölling. »Einen katholischen Pfarrer aus Berlin, der sich bei Ihnen von den Anstrengungen des Zölibats erholte.«
»Wir haben viele Gäste«, meinte Steinhausen unbestimmt.
»Auch ein Gästebuch?«
»Tja«, sagte Steinhausen. »Die Rezeption ist zurzeit leider nicht besetzt.«
»Sehr bedauerlich. Ich würde mir gern einige Zimmer anschauen.«
»Brauchen Sie dafür nicht einen Durchsuchungsbeschluss?«
»Ich befinde mich auf einer Besichtigungstour und habe gehört, dass Sie Führungen für interessiertes Publikum veranstalten.«
»Unsinn. Sagen Sie mir, was Sie von mir wollen«, verlangte Steinhausen.
»Habe ich das nicht?« Dietrich Kölling zückte eine Fotografie. »Schauen Sie sich diesen Mann an. Er war hin und wieder hier.«

»Mag sein.« Der Geschäftsführer des New York Club zuckte die Schultern.
»Sicher, alle Ihre Gäste werden Sie nicht kennen. Aus diesem Grunde möchte ich das Foto gern Ihrem Personal vorlegen. Vor allem Ihren russischen und tschechischen Aushilfskräften.«
»Schwierig«, behauptete Steinhausen.
»Schwierig? So, so. Und jetzt hör mir mal zu, du Vogel.« Dietrich Kölling holte tief Luft, um dann zu einer längeren Rede anzusetzen. »Weißt du, was dein Problem ist? Nein? Dann werde ich es dir haarklein erklären. Dein Problem besteht darin, dass du mich nicht kennst. Du weißt nicht, wozu ich fähig bin. Deshalb hast du Schiss in der Hose, auch wenn du das gut überspielst. Ich soll dein Personal nicht sprechen, weil du etwas zu verbergen hast. Und das hat mit diesem Pfarrer zu tun, mit Winfried Möllenthin. Glaubst du im Ernst, dass ich jetzt noch locker lassen werde? Dass ich nicht Himmel und Hölle in Bewegung setze, um dich zu zwingen?«
»Sie haben Recht«, entgegnete Steinhausen kühl, »ich kenne Sie nicht. Daher wird es Zeit, dass Sie sich ausweisen.«

5

Drei Stunden hatten die Blissow und Tangermann Peter Mundt bereits verhört und dann eine Pause eingelegt, jetzt ging es in die zweite Runde. Mittlerweile war Andreas Thiele festgenommen und in die Keithstraße überführt worden. Wo sich der Dritte im Bunde aufhielt, Michael Caspari, war noch unbekannt. Um schneller voranzukommen, wollten sich die Blissow und Hajota die Verhöre teilen. Die Blissow schaute auf die Uhr.
»Na, dann los«, forderte sie sich selbst und ihren Kollegen auf.
Es war Peter Mundt anzusehen, dass er mit den Nerven fertig war. Er hielt sich nur noch mit Mühe auf seinem Stuhl, und nicht nur seine Hände, sein ganzer Körper zitterte. Die Blissow rechnete damit, leichtes Spiel zu haben. Die Sache mit Beck war erst einmal ausgestanden. Was sie jetzt interessierte, war der gewaltsame Tod von Winfried Möllenthin.

»Wir stellen vorerst hintan, ob Sie es mit Vorsatz taten oder nicht«, begann sie, »fest steht jedenfalls, dass Sie sich an der Tötung von Rüdiger Beck beteiligt haben. Der Grund: Sie nahmen an, er habe Sie der Polizei verpfiffen und wollten sich dafür rächen. Ich frage mich, ob Sie nicht einen ähnlichen Grund hatten, Herrn Möllenthin den Schädel zu spalten.«

»Nein«, sagte Peter. Seine Augen waren verklebt und gerötet.

»Was, nein?«

»Damit haben wir nichts zu tun.«

»Wir? Nun, wir vielleicht nicht«, meinte die Blissow. »Aber Sie? Sie allein vielleicht? Wenn ich mir die Liste Ihrer Straftaten anschaue … Ich traue Ihnen einiges zu.«

»Aber das waren doch bloß Kleinigkeiten«, wehrte sich Peter Mundt schwach.

»Kleinigkeiten? Nennen Sie die Tötung von Beck eine Kleinigkeit? Sie hätten die Gelegenheit gehabt, am Tattag auf den Hof zu schleichen und Möllenthin zu erschlagen. Und später, als sie den Mülleimer hinunterschafften, taten Sie dann so, als ob Sie die Leiche entdecken würden.«

»Nein, wirklich nicht.« Peter Mundt schüttelte vehement den Kopf. »Warum auch?«

»Wer weiß. Möllenthin könnte Sie auch erwischt haben. Bei einer Ihrer Kleinigkeiten.«

»Ich war es nicht«, beharrte der Junge leise.

»Und Sie waren nie im Gemeindehaus?«, fragte die Blissow.

Peter Mundt verneinte.

»Und wenn wir Ihnen das beweisen könnten?«

»Können Sie nicht.«

»Sagen Sie mal«, die Blissow legte eine ladenneue blaue Strickmütze auf den Tisch, »kommt Ihnen die bekannt vor?«

»Ich glaub, Andy hatte mal so eine. Aber ich hab ihn lange nicht damit rumlaufen sehen.«

6

Auch wenn der New York Club rein äußerlich ruhig dalag, war doch der Teufel los: Dietrich Kölling hatte einen Stein losgetreten, und nun rollte eine Lawine auf ihn zu. Steinhausen hatte sich erlaubt, Dietrich Kölling und Becker vor die Tür zu setzen, und das Recht dazu hatte er. Nun liefen in Mecklenburg-Vorpommern die Telefone heiß, und sowohl in der Polizeidirektion Neubrandenburg als auch im Innenministerium standen all jene Beamten Kopf, die an einem Samstag Dienst tun mussten, und jene, die man verständigt hatte. Dietrich Köllings Handstreich war in die Hose gegangen, und er würde sich dafür verantworten müssen. Während Becker schweigend im Auto saß, lief Dietrich Kölling auf dem Parkplatz auf und ab. Irgendwann in den nächsten Stunden, Tagen oder Jahren sollte die Hauptkommissarin Bannasch von der Kriminalinspektion Neubrandenburg in Pasewalk eintreffen, um ihm die Ohren lang zu ziehen. Er hatte es verdient, gab es jedoch nur ungern zu.

Mittlerweile war es dunkel, und die erste Männer, die es nötig hatten, fuhren vor. Es waren ältere und ganz junge, die meisten kamen allein, manche auch zu zweit. Einige wirkten verklemmt und ängstlich, einige selbstbewusst, manche angeberisch. Dietrich Kölling rauchte Kette. Im Obergeschoss des Clubs wurde ein Fenster geöffnet. Dietrich Kölling schaute hinauf. Eine junge Frau, nicht älter als zwanzig, blickte ihn an. Sie hatte langes, schwarzes Haar und trug einen seidenen Morgenmantel. Dietrich Kölling winkte ihr zu, dachte nach und traf eine zweifelhafte Entscheidung.

Als er sich auf das Haus zu bewegte, sprang Becker aus dem Wagen. Er packte seinen Chef am Ärmel und versuchte, ihn aufzuhalten. Dietrich Kölling schüttelte ihn ab wie ein lästiges Insekt. Wenn er überhaupt etwas zu Möllenthin in Erfahrung bringen konnte, waren die Frauen die richtigen Ansprechpartner. Dietrich Kölling war sich bewusst, wie hoch er pokerte. Er umrundete das Gebäude und fand auf der straßenabgewandten Seite den Liefereingang. Becker hielt sich noch immer an seiner Seite.

»Ich würde das nicht tun«, riet er ab.

»Es freut mich, dass Sie sich Sorgen um mich machen«, erwiderte Dietrich Kölling, »aber lassen Sie mich den einzigen Vorteil meines Alters nutzen: dass man wieder töricht sein darf.«

Der Liefereingang war verschlossen, aber zehn Meter weiter stieß Dietrich Kölling auf den Eingang für das Personal, der offen war. Er durchschritt einen schummrigen Gang, ging an zwei Türen mit der Aufschrift »Privat« vorbei und gelangte zu einer Hintertreppe in den ersten Stock. Bisher waren die Wände mit einfacher weißer Farbe gestrichen, aber nachdem er eine weitere Tür aufstieß, änderte sich alles. Der Gang, den er betrat, war mit rotem Teppichboden ausgelegt und mit roter Tapete bespannt, er wurde von Wandlampen beleuchtet, die eher Licht schluckten, als es zu spenden, und altrosa gestrichene Türen gingen in regelmäßigen Abständen von ihm ab; bei etwas nüchternerer Ausstattung hätte dies auch der Flur einer Behörde sein können. Dietrich Kölling hatte die junge Frau am dritten Fenster von links gesehen, also suchte er nun die dritte Tür und klopfte an.

»Herein«, bat eine Frau mit unerhört laszivem Schmelz in der Stimme, von dem Dietrich Kölling eine Gänsehaut bekam. Er öffnete die Tür und schlüpfte ins Boudoir. Auch hier war die überwiegende Farbstimmung ein Rot in allen möglichen Schattierungen, aber man hatte auch mit Messing nicht gespart.

Die schwarzhaarige Frau stand wieder am Fenster und rauchte. Ihre Augen wurden schmal, als sie Dietrich Kölling erkannte. »Sie haben nicht Hausverbot?«, fragte sie mit einem ausländischen Akzent.

»Höchstens ein vorläufiges«, sagte Dietrich Kölling. »Und ich hoffe, dass Sie nicht erschrecken, wenn ich mich als Polizeibeamter zu erkennen gebe.«

»Polizei?« Die Frau trat einen Schritt näher. Sie war um die Zwanzig. »Arbeit hier oder …?«

»Bedienen Sie auch Polizisten?«

»Sind Polizei … Leute von Polizei nicht auch Männer dabei? Können nicht mehr mit ihre Frau oder wollen Abenteuer? Wir haben Polizei hier und Männer von Geld oder Politik. Von viele Städte und kleine Dorfs. Wo kommen Sie?«

»Aus Berlin.« Dietrich Kölling schaute sich nach einer Sitzgelegenheit um. Er hätte auf dem Bett Platz nehmen können, dessen Wäsche übrigens schwarz war, aber er wollte keine falschen Vermutungen aufkommen lassen. Die junge Frau wies auf einen Hocker, den sie unter das Bett geschoben hatte. »Und ich will Ihnen reinen Wein einschenken.« Dietrich Kölling zog den Hocker hervor. »Ich bin kein Kunde. Ach so, ich heiße Dietrich.«

»Dietrich.« Die Frau nickte. »Das klingt hart. Ich bin Lara. Weiß Ulf von diese Besuch?«

Dietrich Kölling schüttelte den Kopf.

»Dann es ist gefährlich. Ich darf nicht haben privat Gäste.«

»Nun, äh, Fräulein Lara«, Dietrich Kölling schob den Hocker wieder zurück, »Schwierigkeiten möchte ich Ihnen nicht machen. Wenn Sie mir zwei, drei Fragen beantworten, bin ich sofort weg.«

»Fräulein Lara.« Die Frau schüttelte belustigt den Kopf. »Richtig ich heißen Larissa. Kommen aus Wilna. Oder Vilnius. Sie kennen? In Latvija?«

»Und, Lara, hat man Sie … gezwungen?«, wollte Dietrich Kölling wissen.

»Nein, ich wusste … Sie haben gesagt, gut Job in Hotel, aber ich wusste von andere Mädchen … wie sagt man das? Bescheid?«

Dietrich Kölling bejahte.

»Ich wusste Bescheid. Aber ich brauchen Geld. Alle brauchen Geld, aber ich will nicht kaufen schöne Sachen. Ich will studieren. Kunst. In Amerika.«

»Donnerwetter«, sagte Dietrich Kölling anerkennend. »Und dafür nehmen Sie diese Arbeit auf sich? Na, ich hoffe, es lohnt sich. Und ich wünsche Ihnen Glück.«

Auf dem Gang waren Schritte zu hören. Dietrich Kölling zuckte zusammen, doch Lara winkte nur begütigend, eilte zur Tür und schloss ab. Jemand klopfte.

»Lara?«, fragte er mit einer herrischen Stimme. Steinhausen war es nicht. »Dein Verehrer und größter Fan ist da.«

»Ja, ich machen nur mich schnell sauber«, sagte Larissa.

»Okay. In zehn Minuten an der Bar. Er will heute wieder die ganze Skala.« Der Mann lachte, haute noch einmal gegen die Tür und ging.
»Gut«, sagte Dietrich Kölling und zog Möllenthins Foto aus der Tasche, »zehn Minuten. Bitte, Lara, schauen Sie sich dieses Bild an. Kennen Sie den Mann?«
Larissa nahm das Foto und studierte es eine Zeit lang. In dem Halblicht war es kaum zu erkennen, aber Dietrich Kölling schien es, dass sie blass wurde. Er hielt den Atem an und biss sich auf die Lippen. Bevor er erstickt war, nickte die Frau kaum merklich.
»Sie sehen erschrocken aus«, stellte Dietrich Kölling fest. »Warum?«
Larissa zuckte die Schultern und reichte das Foto zurück.
»Hat dieser Mann … etwas Unangenehmes von Ihnen verlangt?«
»Nein.«
»Sondern?«
»Er ist nur einmal bei mir gewesen. Er hat auch mit die andere Mädchen … Mit Veronique, Cathy, Marité.«
»Wie oft war er hier? Ungefähr?«
»Ich nicht … war nicht immer dabei. Vielleicht zehnmal? Ich weiß nicht.«
»Hat es irgendwelche Vorfälle gegeben?«
Larissa nickte. Sie ging ein paar Schritte hin und her, dachte nach. Dietrich Kölling schaute auf die Uhr.
»Letztes Mal. Ulf hat rausgeschmissen. Nackt. Großes Krach. Wollte nicht zahlen.«
»Aber vorher hat er immer gezahlt?«
»Ja.«
»Wissen Sie, warum er plötzlich nicht bezahlen wollte?«
Larissa schüttelte den Kopf und sperrte die Tür wieder auf.
»Wer kann es wissen?«
Die junge Frau schaute in den Flur, dann winkte sie Dietrich Kölling herbei.
»Marité«, flüsterte sie. Kaum dass Dietrich Kölling auf dem Gang stand, war ihre Tür schon zu.

7

Das Haus des gehobenen Siemens-Managers Randolf Schultze war nicht bis auf die Grundmauern abgebrannt. Groß und protzig lag es da, umgeben von einem Rasen, der aussah, wie aus dem Katalog bestellt. Die Blissow fand es so überflüssig wie die Menschen und die Tiere, die es bewohnten.

Diesmal kam das nicht mehr junge Hausmädchen zur Pforte und öffnete sie. Die Frau trug Jeans und ein Sweatshirt und hatte einen ansehnlichen Körper, wie die Blissow neidlos anerkennen musste. Nach der Begrüßung wollte die Oberkommissarin ihr Anliegen vortragen, kam aber nicht dazu. Die Hausangestellte, deren Namen sie nicht wusste, war schneller.

»Ilona ist krank«, sagte sie, »und hat sich hinlegen müssen.«

»Was hat sie denn?«

»Ich weiß nicht, ob ich Ihnen das sagen darf.«

»Versuchen Sie's einfach«, schlug die Blissow vor.

Das Hausmädchen schüttelte den Kopf.

»Darf ich wenigstens erfahren, wie Sie heißen?«

»Ich? Marion. Marion Berg.«

»Ilona kann liegen bleiben«, sagte die Blissow. »Ich will zu ihrem Mann.«

»Zu Randolf?«

»Wenn sie nicht noch einen zweiten hat.«

Die Hausangestellte Marion Berg wurde plötzlich unsicher.

»Na ja«, sagte sie gedehnt, »muss es heute sein?«

»Ja, muss!«

»Aber heute ist Samstag.«

»Es handelt sich um ein Tötungsverbrechen, Frau Berg. Bei Tötungsverbrechen gibt es keine Samstage.«

»Verstehe.« Marion Berg trat zur Seite. »Sie müssen aber wissen …«

Das Hausmädchen brach ab.

»Was muss ich wissen?«

»Er ist sehr betrunken«, sagte Frau Berg.

8

Ein heftiges Gewitter entlud sich über Dietrich Köllings Haupt. Der Donner rollte aus dem Mund der Neubrandenburger Oberkommissarin Bannasch, die Blitze zuckten in ihren Augen: Sie war stinksauer, weil er sich in ihre Ermittlungen eingemischt hatte. Dietrich Kölling, der selbst keine Einmischungen duldete, trug eine verständnisvolle Miene zur Schau, Becker fuhr, peinlich berührt, mit seinem Fingernagel die Maserung in Küters Schreibtisch nach. Küter, der etwas weniger zerknittert und magenkrank aussah, grinste vor sich hin.

»Ich kann das nicht auf sich beruhen lassen«, drohte die Oberkommissarin Bannasch, im Bereich der PD Neubrandenburg zuständig für die Triebe. Dann musste sie erst einmal Atem schöpfen.

Dietrich Kölling nickte eifrig. »Zugegeben, ich habe einen Einlauf verdient«, schüttete er Asche auf sein Haupt. »Ich hätte mich an den langwierigen Dienstweg halten können. Doch das hätte ewig gedauert, oder? Weil der eine oder andere Kollege gemauert hätte.«

»Wie meinen Sie das?«, fragte Frau Bannasch, scharf wie ein Wachhund.

»Ich denke an die Kollegen, die so freundlich sind, Razzien im New York Club anzumelden.«

»Von solchen Kollegen weiß ich nichts«, sagte die Oberkommissarin. Für Dietrich Köllings Geschmack hatte sie diese Antwort etwas zu schnell parat. Er hatte ein ausnehmend schlechtes Blatt, mit dem er entweder passen oder einen extrem hohen Einsatz wagen musste.

»Ich frage mich«, sagte er also, »warum in der Angelegenheit N.Y.C. auch das LKA ermittelt. Traut man Ihnen keine qualifizierte Untersuchung zu? Sie müssen mir diese Fragen nicht beantworten, liebe Kollegin. Ich werde mich direkt ans LKA wenden.«

»Bitte.« Frau Bannasch war beleidigt. Das hatte Dietrich Kölling beabsichtigt. »Aber dass der Fall eine überregionale Bedeutung hat, könnte auch ich Ihnen sagen.«

»Ja, aber Sie tun es nicht.« Dietrich Kölling schaute zu Küter. Der grinste noch immer. »Und welcher Fall überhaupt? Förderung der Prostitution? Menschenhandel?«

»Auch«, sagte Frau Bannasch knapp.

»Verstehe.« Auch Dietrich Kölling konnte mit Worten haushalten.
»Sie verstehen?« Nun war es an Küter, seiner Verwunderung Ausdruck zu verleihen.
»Sicher.« Dietrich Kölling zuckte die Schultern. »Wer bandenmäßig Menschenhandel betreibt, der steckt doch in der Regel auch in anderen krummen Geschäften drin. Was noch, Frau Bannasch? Drogen? Autoschieberei? Zigarettenschmuggel?«
»Das wissen wir nicht«, bekannte die Oberkommissarin.
»Und was wissen, beziehungsweise vermuten Sie?«
»Sie haben ein seltenes Talent, einem die Würmer aus der Nase zu ziehen«, bekannte die Frau. »Aber gut, nun haben Sie sich extra auf den Weg gemacht und sowieso genug Staub aufgewirbelt ... Wir vermissen seit zwei Monaten in ganz Mecklenburg-Vorpommern sieben kleine Mädchen. Fünf von Ihnen stammen aus dem Uecker-Randow-Kreis. Und es gibt Zeugen, die Dörfelts Wagen gesehen haben wollen, bevor die Mädchen verschwanden. Dörfelt ist ...«
»Ich weiß, wer das ist.« Dietrich Kölling verschränkte zufrieden die Arme vor der Brust. »Welche Bullen sind beteiligt?«
»Wie?«
»Welche Polizeibeamten mischen mit?«
»Keine Ahnung.« Frau Bannasch zuckte die Schultern. »Wir haben nur einen Verdacht.«
»Heraus damit«, verlangte Dietrich Kölling.
»Ein Leitender Polizeidirektor aus Schwerin«, bekannte Frau Bannasch endlich. »Vor seinem Aufstieg leitete er das Kreispolizeiamt Ueckermünde. Als es das noch gab. Damals war er ein Busenfreund des CDU-Kreisvorsitzenden Dörfelt.«

9

»Wissen Sie eigentlich, wer ich bin?«, fragte Randolf Schultze schon zum dritten Mal.
Marion Berg hatte ihn als sehr betrunken bezeichnet, und das war er. Er empfing die Blissow nicht im Wintergarten, sondern in einem riesigen Wohnzimmer, das mit Stilmöbeln vollgestopft war. Die Schränke,

Vitrinen, Anrichten, Couches, Sessel und Teppiche, der Rauchtisch und die Rauchutensilien gaben sich antik, waren aber noch keine zwei, drei Jahre alt. Die Blissow würgte ihre Übelkeit hinunter. In dem Raum, der elegant sein sollte, aber nur überladen wirkte, roch es nach Zigarre, Schweiß, Alkohol und besonders intensiv nach feuchtem Hundefell. Zwei der Beagles lagen auf Decken in einer Ecke und schliefen. Als die Blissow eingetreten war, hatten sie nur träge die Köpfe gehoben und dann ihre Nachmittagsruhe fortgesetzt.

»Doktor Randolf Schultze, den Sie hier vor sich sehen ... vielleicht ein bisschen beschwipst ... Nun, heute ist ein freier Tag, man darf doch wohl noch fröhlich sein.« Sein Ton wurde aggressiv. »Darf man fröhlich sein?«

Die Blissow nickte.

»Wissen Sie, wer ich bin?«

Die Blissow nickte abermals.

»Ich bin Doktor Randolf Schultze, ein hohes, ein wahnsinnig hohes Tier bei Siemens. Bei einem Weltkonzern, meine Süße! Siemens, Siemens über alles, über alles in der Welt!« Er kicherte und wurde schlagartig wieder ernst. »Ich bin auf dem falschen Platz, Schätzchen! Ich kann viel mehr ... Ein Doktor Randolf Schultze gehört in den Vorstand! Ja, da gehört er hin.« Erneut kicherte er.

Die Blissow dachte an den Vortrag eines Psychiaters, den sie bei einer Weiterbildung hatte anhören müssen. Randolf Schultze zählte offenbar zu den kleinen Kerzen, die sich für Feuersbrünste hielten: Er überschätzte sich und glaubte fest daran, bedeutsamer und großartiger zu sein, als er tatsächlich war. Narzisstische Persönlichkeitsstörung, hatte der Seelenklempner das genannt.

»Was wollen Sie?«, herrschte Schultze die Blissow unvermittelt an. »Bringen Sie mir endlich die Professur? Komm, Häschen, küss mir die Füße!«

»Halten Sie den Mund!«, verlangte die Blissow. Sie hatte die Stimme gehoben, brüllte aber nicht.

Randolf Schultze erstarrte, dann schaute er sie aus seinen blutunterlaufenen Augen ungläubig an.

»Was?«
»Sie sollen den Mund halten«, wiederholte die Blissow.
»In meinem Haus kann ich …«
»Was habe ich gesagt?«
»Niemand …«
»Doch! Alle sind Ihnen überlegen. Jeder widerspricht Ihnen, ausnahmslos jeder. Sie haben überhaupt nichts zu melden. Ich glaube nicht einmal, dass Sie ein Manager sind.«
»Was?« In Schultzes Augenwinkeln bildeten sich Tränen.
»Und ich glaube auch nicht, dass Sie ein Mann sind.« Die Blissow war sich bewusst, dass sie mit dieser Äußerung eine Atombombe gezündet hatte, um einen Spatzen zu treffen.
Schultze sprang auf. Er schwankte, aber nach einigen Sekunden gelang es ihm, die Balance zu wahren. Die Blissow war davon überzeugt, dass er sich am liebsten auf sie stürzen und sie flach legen würde; nur ihr Dienstausweis, an den er sich noch schwach erinnerte, hielt ihn zurück.
»Dürfen Sie sich alles erlauben?«, fragte Randolf Schultze.
»Nein. Haben Sie Winfried Möllenthin erschlagen?«
»Wie bitte?« Der Gigant unter allen Siemens-Managern riss die Augen auf.
»Haben Sie Winfried Möllenthin erschlagen?«
»Sie sind verrückt!« Schultze ließ sich auf das Biedermeier-Kanapee von 1999 fallen.
»Ich?« Die Blissow lachte gekünstelt. Dass dieses Lachen nicht überzeugte, fiel ihr selbst auf. »*Sie* haben allen Grund, Möllenthin zu hassen. Sie sind ein so wichtiger Mann, aber Ihre Frau … Ihre Frau liebt … einen Priester.«
»Unsinn! Sie hat …«
»Der erste Mann, der Ilona das geben konnte, was sie von einem Mann erwartet«, provozierte die Blissow.
»Wenn das so wäre …«
»Ja? Was dann?«
»Sie würde ich erschlagen, meine Frau, Ilona.« Schultze zündete sich

eine von den ultraleichten Zigaretten seiner Gattin an, die in einem der Aschenbecher vor ihm auf dem Tisch lagen. Er nahm einen Zug, spuckte aus und warf die Zigarette auf das Perserteppich-Imitat. Die Blissow beobachtete fasziniert, wie die Glut ein Loch in das synthetische Naturprodukt brannte. Vielleicht würde dieses unsägliche Haus doch noch abfackeln.

»Warum Ihre Frau, Herr Schultze? Dann sind Sie Ilona für immer los, und das wollen Sie doch verhindern. Ihre Nebenbuhler müssen Sie ausrotten, nicht wahr? Das ist der richtige Weg. Solche Typen wie Möllenthin …«

Doktor Randolf Schultzes Reaktion kam völlig unerwartet. Die Blissow schrak zusammen, als der Manager plötzlich laut zu rufen begann.

»Marion!«, rief er. »Marion, bring uns Rotwein! Und ruf Albert Czolnay an. Er soll sofort kommen. Egal, wo er ist. Versuch's notfalls auf seinem Handy! Ich zahl ihm auch was extra.«

10

»Dörfelt ist das raffinierteste Aas, das mir jemals untergekommen ist«, erklärte Küter. »Er ist eine Katze mit mehr als sieben Leben, und er fällt auch immer auf die Füße. Dörfelt hat nie einen Beruf gelernt und trotzdem immer Geld gehabt. Das war schon zu DDR-Zeiten so. Vor der Kreisgebietsreform sah es ja anders aus im Lande, den Kreis Uecker-Randow gab es nicht, sondern Ueckermünde war ein eigener Kreis. Pasewalk übrigens auch. Tja, und Dörfelt hat nicht nur einen guten Riecher, wo es etwas abzustauben gibt, er muss auch einen siebten Sinn für politische Wandlungen besitzen. Eine Art Bauernschläue … Anfang der achtziger Jahre hat er in einer Werkstatt für Landmaschinen gearbeitet, als angelernter Monteur. Viele Reparaturen hat er nicht ausgeführt, dafür einen schwunghaften Handel mit raren Ersatzteilen aufgezogen. Die Quelle war das Lager des Betriebes. Seine kriminellen Unternehmungen müssen eine Dimension gehabt haben, dass die Sache, als sie denn aufflog, von der Wirtschaftsabteilung der Staatssicherheit untersucht wurde. Man vermutete wohl

Sabotage dahinter, aber Dörfelt ging es nur ums Geld. Im Frühjahr neunundachtzig kam er aus dem Knast. Sie erinnern sich, was in jenem Jahr in der DDR los war, aber während wir naiven Tröpfe uns nicht vorstellen konnten, dass die Mauer fällt, sorgte Dörfelt schon für den Fall der Fälle vor. Kurz nach Gründung des Neuen Forums wurde er Mitglied. Er hat den Leuten die Ohren voll geblasen, und weil er in Stasihaft gesessen hatte, gelang es ihm doch tatsächlich, sich zum Widerstandskämpfer aufzubauen. Sogar Leute, die es besser wissen mussten, sind ihm auf dem Leim gekrochen.«

»Er hat nämlich die Mär verbreitet, seine Haft sei das Ergebnis einer Intrige gewesen«, fuhr Frau Bannasch fort. »Sogar Dokumente hat er vorgelegt, die das beweisen sollten. Er hat Zeitungsinterviews gegeben, der Norddeutsche Rundfunk hat ein Porträt von ihm gesendet. ›Wendemacher‹ hieß es. Dörfelt hat bald gerochen, dass er mit dem Neuen Forum seine kriminellen Absichten nicht durchsetzen konnte. Er trat in die CDU ein, damals die Kanzlerpartei. Und siehe da, er kandidierte für den Kreisvorsitz. Nicht er allein, aber der Gegenkandidat verzichtete urplötzlich und aus bis heute unbekannten Gründen auf seine Bewerbung. Dörfelt wollte mit Macht Landrat werden. Nicht weil ihn Politik interessiert hätte; man nimmt an, er wollte sich und seinen Freunden bei der Zerschlagung des Volkseigentums möglichst große Brocken sichern. So weit ging seine Partei doch nicht mit. Als es mit dem Posten nichts wurde, zog sich Dörfelt schnell wieder aus der Politik zurück. Aber er nutzte die Zeit, um sich Freunde zu machen. Vielleicht auch zu kaufen. Denn erstaunlicherweise eröffnete der saubere Herr einundneunzig oder zweiundneunzig eine Immobilienfirma. Dann gehörten ihm und dem Vater von Ulf Steinhausen urplötzlich der ehemalige Kreisbaubetrieb. Wieder kam er ins Fernsehen. Wie hieß dieser Beitrag noch?«

»›Carpe diem‹«, erinnerte Küter. »›Wie Ostdeutsche ihr Schicksal in die eigene Hand nehmen‹.«

»Aber mit dem Bauen lief es irgendwann nicht mehr richtig«, sagte Frau Bannasch. »Vielleicht war es Misswirtschaft, vielleicht klappte es nicht mehr mit der Protektion. Wir können nur Vermutungen anstellen. Jedenfalls schmiss sich Dörfelt mit dem Steinhausen-Sohn zusammen und verlegte sich auf andere Geschäftsfelder. Dafür sammeln wir jetzt emsig Beweise.«

»Das Fernsehen hat seitdem nicht mehr über ihn berichtet«, sagte Küter.

»Was ihm jetzt sicher ganz recht ist«, meinte Frau Bannasch.

»Und im einschlägigen Club dieses Herrn verkehrte unser Pfarrer«, sagte Dietrich Kölling. »Ist einer unter vielen anderen Kunden, zahlt brav und verschwindet sozusagen in der Anonymität. Bis er einmal die Zahlung verweigert. Ich frage mich, was ihn dazu bewogen haben mag.«

»Vielleicht sind die Preise angehoben worden«, überlegte Becker.

»Ein katholischer Geistlicher, der darauf bedacht sein muss, unauffällig zu bleiben, veranstaltet deshalb ein solches Spektakel?«

»Wann hat sich dieser Vorfall denn ereignet?«, wollte Frau Bannasch wissen.

»Keine Ahnung«, antwortete Küter. »Anzeige wurde natürlich nicht erstattet.«

»Eine der Frauen im Club weiß es«, sagte Dietrich Kölling, »eine gewisse Marité.«

»Wie kommen wir an sie heran, ohne die Pferde scheu zu machen?«, fragte Becker.

»Die Mädels haben am Sonntagvormittag Ausgang«, sagte Küter. »Sie fahren dann nach Pasewalk, um im Hotel ›Stettiner Platz‹ Mittag zu essen. Allerdings werden sie immer von Steinhausen und seinen Rausschmeißern begleitet. Sie müssen das schon geschickt anstellen, wenn Sie an eines der Mädchen herankommen wollen.«

»Von uns wissen sie, dass wir Bullen sind«, gab Becker zu bedenken.

»Allerdings«, bestätigte Dietrich Kölling. »Aber nicht von Hajota.«

11

Vor dem Anwalt Czolnay erschien Ilona Schultze in dem großen Wohnzimmer, das nach Mann und Hund stank. Sie wirkte benommen, aber nicht, weil sie Alkohol getrunken hatte, sondern sie war schlaftrunken und schien außerdem unter dem Einfluss von Medikamenten zu stehen. Auf ihrer linken Wange prangte ein Feuermal, verursacht durch Schläge mit einem biegsamen Gegenstand.

»Was ist passiert?«, fragte sie verwirrt. Die beiden Beagles sprangen auf sie zu.

»Die Tusse knallt durch«, lallte Randolf.

»Das ist aber kein akademischer Stil«, bemerkte die Blissow mit einem Hauch von Süffisanz.

»Du hast es nötig!«, brüllte Schultze. Er war am Ende, ohne Zweifel. »Solche wie du studieren doch nur Scheiße. Ich habe an einer Universität studiert! An Universitäten! Ich war in Göttingen, Hamburg und Toronto. Marion?!«

»Betriebswirtschaftslehre, nehme ich an«, sagte die Blissow ungerührt.

»Nein«, erwiderte Ilona zaghaft. Die Rüden leckten sie zwischen den nackten Zehen. Ihrem Mann sank das Kinn auf die Brust. »Er ist Literaturwissenschaftler und Philosoph«, sagte Frau Schultze. »Das hat er zumindest studiert. Er ist ein so kluger Kopf gewesen. Über Voß … Er hat über Johann Heinrich Voß promoviert. Über seine Zeit in Otterndorf und die Übersetzung der ›Ilias‹. Über den Einfluss des Elbstroms auf das Werk des Dichters. Über …«

»Nun, ich denke, das genügt«, unterbrach Oberkommissarin Blissow die Frau des Hauses. »Sehr beachtlich, hm? Voß? Hat der was mit Reineke Voss zu tun?«

»Aber, Frau Blissow!« Ilona Schultze war entsetzt.

»Und wie kommt ein Literaturwissenschaftler und Philosoph zu Siemens?«, fragte die Blissow.

»Er wollte Geld verdienen. Seine Ansprüche sind hoch. Außerdem wollte er seinem Vater beweisen, dass auch er Millionen machen kann. Sein Vater ist ein entsetzlicher Mensch. Aber er ist einer der reichsten Männer in Bad Oldesloe.«

»Ihr Mann ist trotz seines vielen Geldes unzufrieden«, konstatierte die Blissow.

»Ja. Zutiefst unglücklich.«

»Und deshalb schaffen Sie es nicht, sich von ihm zu trennen?«

»Wieso sollte ich …?«

»Weil er Sie beschimpft, erniedrigt, schlägt. Und, ich bitte Sie, leugnen Sie nicht, dass die Verletzung auf Ihrer Wange von ihm stammt.«

»Ja, aber …« Ilona Schultze setzte sich auf den Boden. Die Rüden legten ihre Köpfe auf die Schenkel ihrer Herrin. Randolf Schultze schnarchte. »Er muss jeden Tag im Betrieb so stark sein, und in Wirklichkeit ist er so schwach.«

»Mitleid? Helfersyndrom? Sie sollten sich lieber um sich selbst sorgen«, empfahl die Blissow. »Er ist wahnhaft eifersüchtig, nicht wahr? Und nicht nur auf eingebildete – oder reale – sexuelle Nebenbuhler, sondern auch auf Nebenbuhler im Beruf, wo ihm aber die meisten sowieso überlegen sind. Richtig?«

»Ja, er hätte …« Ilona biss sich auf die Lippen.

»Bei seinen Leisten bleiben sollen«, ergänzte die Blissow.

»Womöglich«, räumte Ilona Schultze ein. »Seine Dissertation über Johann Heinrich Voß war wirklich gut«, sagte sie mit einem verträumten Blick. Unschwer war zu erkennen, dass sie diesen grässlichen Mann noch immer liebte; oder sie liebte, was er einmal gewesen war.

»Wo war Randolf, als Winfried Möllenthin getötet wurde?« Das Tändeln war vorbei, die Blissow wurde scharf.

»Hier«, erwiderte Ilona Schultze sofort. Die Hunde knurrten.

»Das stimmt nicht.«

»Doch, er war hier«, widersprach die Hausherrin.

»Sie wollen ihm ein Alibi geben, aber Alibis von Angehörigen sind nichts wert.«

»Muss ich überhaupt mit Ihnen reden? Kann ich nicht … wie nennt man das? … die Aussage verweigern.«

»Ja, das geht nicht nur im Fernsehen«, sagte die Blissow. »Strafgesetz und Strafprozessordnung sehen vor …«

»Na, da komme ich ja wirklich aufs Stichwort«, rief ein fröhlicher Anwalt Czolnay in den Raum. Er stand, wie aus dem Ei gepellt, in der Tür, eine Lederaktentasche in der rechten, einen Stockschirm

in der linken Hand. Unwillkürlich warf die Blissow einen Blick zu den Fenstern. Sie waren nass vom Nieselregen.
»Albert«, sagte Ilona dankbar.
»Guten Tag«, sagte die Blissow.
Der betrunkene Randolf Schultze kam halb zu sich.
»Marion!«, brüllte er. »Sofort den Wein!«
Die Beagles hatten eine Erektion. Marion ließ sich nicht blicken.

12

Hans-Joachim Tangermann übte sich in Geduld. Andreas Thiele, kahl geschoren wie sein Kumpel Peter, war ein hoch aufgeschossener und stattlicher Junge, der Tangermann gefiel. Der Kommissar war erstaunt gewesen über das frische und intelligente Gesicht seines Gegenüber. Dass ein solcher Kerl eine Kampagne für Kurt Cobain lostreten konnte, vermochte er sich leichter vorzustellen, als dass er mit stumpfsinniger Gewalt einen verkommenen Säufer erschlagen hatte. Nun hockte er in einer unbequemen Haltung vor Tangermann, der seine Schuhe gefordert hatte, um sie in die PTU bringen zu lassen. Der Knabe wusste längst nicht mehr, wohin mit seinen Riesenfüßen. Es war ihm unangenehm, ohne Schuhe in einem Verhör zu sitzen. Tangermann kannte ein ähnliches Verhalten von Strichjungen. Solange sie Socken trugen, fühlten sie sich nicht nackt und ausgeliefert.
Die Kriminaltechniker, die am Wochenende Dienst schrubben mussten, konnten sich zwar über einen Mangel an Beschäftigung nicht beklagen, aber sie hatten versprochen, sich so schnell wie möglich mit den Sohlenprofilen zu befassen. Tangermann hoffte inständig, dass der Junge seine Reeboks auch während der Tat getragen hatte. Das wäre das Sahnehäubchen auf all den Indizien, die er gegen Thiele hatte zusammentragen können. Am schwersten wog Peter Mundts Geständnis. Das war schon mehr als ein Indiz, das war bereits ein Beweismittel. Dann hatte Tangermann herausgefunden, dass Andreas kein Alibi für die Tatzeit hatte, und zwar weder für den Mord an Beck noch für den Mord an Möllenthin. Die blaue Wollmütze, die er

absurderweise zu Ostern geschenkt bekommen hatte, wollte Thiele in der Schule verloren haben. Und er kannte den Pfarrer.

»Herr Möllenthin war also nicht gerade gut auf Sie zu sprechen, weil Sie in provokatorischer Absicht seine Religionsstunden gestört haben«, fasste Tangermann noch einmal zusammen. »Warum haben Sie seinen Unterricht denn überhaupt besucht?«

»Wegen der Alten«, erklärte der Junge. »Die tun so, als würden sie an Gott glauben.«

»Sie tun so?«

»Wie das eben ist in anständigen Familien. Ist eine Tradition, verstehen Sie? Die Großeltern sind getauft und eingesegnet, die Urgroßeltern und so weiter und so weiter. Unsere Family war schon christlich, als die Nachbarn noch mit Tiermasken ums Feuer tanzten. Das war so, und das bleibt so, da denkt keiner mehr drüber nach. Mein Großvater war nebenbei auch noch Nazi. Ein ganz kleiner bloß, wie er immer sagt. Die Ärsche waren immer angepasst.«

Der Junge wurde Tangermann immer sympathischer. Er hatte einen Menschen getötet, aber wenn man Peter Mundts Aussagen Glauben schenkte, war dieser Tod nicht beabsichtigt gewesen. Die drei Bengel hatten dem Trunksüchtigen nur einen Denkzettel verpassen wollen. Vermutlich handelte es sich also entweder um Körperverletzung mit Todesfolge oder um Totschlag.

Es war das Telefon, das Tangermanns Überlegungen abrupt beendete. Die Kriminaltechniker waren offenbar schneller gewesen, als man erwarten konnte. Tangermann beschloss, sie mit Komplimenten günstig zu stimmen. Am Apparat war Dietrich Kölling. Er hatte einen Wunsch, der Tangermann nicht gefiel.

Siebentes Kapitel

1

Dietrich Kölling erwachte nicht vom Fiepen eines Quarzweckers und nicht vom Läuten eines Telefons, sondern er schlug die Augen auf, weil er ausgeschlafen hatte. Ein Blick auf die Uhr bewog ihn allerdings, sich noch einmal unter die Kissen zu verkriechen. Es war sechs Uhr dreißig, doch Dietrich Kölling fühlte sich putzmunter. Dabei hatte er am Vorabend mit Becker zwei Flaschen eines Weines geleert, von dem sein Stellvertreter behauptet hatte, er wäre in der früheren DDR schon zur gehobenen Klasse gezählt worden. Der Wein hieß Grauer Mönch, stammte aus Ungarn und hatte sich als trinkbar erwiesen. Dietrich Kölling richtete sich auf.

Becker und er hatten die Stunden im Hotelrestaurant genutzt, um die Berliner Polizei durchzuhecheln, so weit sie ihnen bekannt war: mit niederschmetterndem Ergebnis. Ein uneingeweihter Zuhörer hätte zu dem Schluss kommen müssen, dass es in Berlin nur zwei fähige Kriminalbeamte gab. Vor allem hatten sie sich natürlich ihrer unmittelbaren Umgebung gewidmet. Hajota, so hatten sie festgestellt, war viel zu weich für die Mordkommission, die Blissow war zwar fähig, aber sie nahm zu wenig Anteil am Schicksal der Menschen, und den Oberrat, ihren Vorgesetzten, hielten sie für unbeweglich. Natürlich hatten auch Küter und Frau Bannasch ihr Fett abbekommen. Dietrich Kölling begab sich ins Bad.

Um zehn Uhr zwanzig würde Hajota in Pasewalk eintreffen, Dietrich Kölling hatte also genug Zeit für ein ausgiebiges Frühstück und überlegte, ob er sich Pasewalk anschauen sollte. Wenn er tief in sich hineinhorchte, musste er zugeben, dass ihn die Stadt nicht interessierte.

Dietrich Kölling duschte heiß und kalt, um den Kreislauf in Schwung zu bringen, und beim Rasieren rauchte er seine erste Zigarette. Ein paar Sekunden lang betrachtete er im Spiegel seinen Körper und fragte sich, ob er noch eine Chance hatte, das Fett jemals wieder von den Rippen zu bekommen. In seinem Alter war das wohl aussichtslos, es sei denn, er zog sich eine Krebserkrankung zu. Aber auch das garantierte kein Abnehmen, da die Medikamente oftmals den Leib auftrieben. Und auf eine Krebserkrankung hatte er keine Lust. Sie zwang einen, sich mit dem Tod auseinander zu setzen. Dietrich Kölling war gezwungen, oft an den Tod zu denken, aber nicht an den eigenen.

Beim Ankleiden rauchte er seine zweite Zigarette. Als er sich niederbeugte, um die Schuhe zuzubinden, fuhren plötzlich glühende Nadeln durch sein Herz. Dietrich Kölling richtete sich auf und atmete tief durch. Augenblicklich bedeckten Schweißperlen seine Stirn.

Es lag nun schon drei Jahre zurück, als er sich wegen einer Herzgeschichte ins Krankenhaus hatte begeben müssen, und seitdem hatte er hin und wieder Rhythmusstörungen. Eine körperliche Ursache war jedoch nie festgestellt worden. Die Ärzte nannten das, worunter er litt, eine psychosomatische Störung. Es gab auch Anzeichen einer beginnenden Arteriosklerose, aber die gehörte einfach zu einem alternden Bürohengst dazu. Die Medizinmänner hatten Dietrich Kölling natürlich alles verboten, was ihm das Leben versüßte: das Rauchen, den übermäßigen Kaffeegenuss, das fette Essen. Zwei Tage hatte er es mit Salaten und Obst versucht. Er war mit Hunger aufgestanden und mit Hunger zu Bett gegangen. Das war kein Leben.

Mit der dritten Zigarette im Mundwinkel begab er sich in den Frühstücksraum. Das Büfett, das man dort aufgebaut hatte, hieß andernorts kontinental, hier jedoch nur Frühstück. Dietrich Kölling blieb lange bei den Müsli-Schüsseln stehen, bis er sich in Todesverachtung ein Schälchen mit dem Körnerfutter füllte. Er suchte sich einen Tisch am Fenster, trank zwei Tassen Kaffee, vermischte den Joghurt und die Zerealien, probierte und kehrte stracks zum Büfett zurück. Nach zwei Eiern, einem Brötchen mit Salami und einem mit Schinken lebte er auf; immerhin hatte er die Fettränder abgeschnitten. Er holte sich

den »Nordkurier« vom Samstag, schlug sofort die Regionalseite auf und brannte sich eine Zigarette an.
»Morgen«, begrüßte ihn Becker von der Seite. Dietrich Kölling blickte auf. Sein Mitarbeiter sah zerknautscht aus, und sein Haar stand wirr vom Kopf ab. Becker setzte sich, schenkte sich Kaffee ein und trank mürrisch den ersten Schluck. Wahrscheinlich fehlte ihm die Familie.
»Na, Becker, gut geruht?«, wollte Dietrich Kölling wissen.
»Ich habe von Ihnen geträumt«, sagte Becker. »Wir machten eine Razzia in einer Spielhölle, und im ersten Stock fanden wir Sie. Nackt und sturzbetrunken. Im Bett lag Hajota.«
»Träume sind Schäume«, Dietrich Kölling schmunzelte, »hoffe ich zumindest. Oder verfügen Sie im Schlaf über seherische Fähigkeiten?«
»Nein, erst nach dem Aufwachen. Ich habe ein gigantisches Frühstück vor mir gesehen. Aber was soll ich sagen – Hunger habe ich zwar, doch keinen Appetit.«
»Iss trotzdem, Junge, würde Ihre Mutter zu Ihnen jetzt sagen«, vermutete Dietrich Kölling.
»Später.« Becker leerte seine Tasse und erhob sich wieder. »Ich rufe erst einmal meine Familie an. Falls die mich nicht längst verlassen hat.«
»Telefonieren ist eine gute Idee«, bestätigte Dietrich Kölling und stand ebenfalls auf.

2

Martin war auch am Sonntagmorgen nicht daheim. Die Blissow zweifelte bereits daran, dass er ihre Wohnung noch als sein Zuhause empfand. Niemals hätte sie zugegeben, unter seiner Abwesenheit zu leiden. Sie litt aber, und weil sie litt, hatte sie beschlossen, dem Staat, der sie beschäftigte, etwas zu schenken. Sie schenkte ihm ein Telefonat mit der Polizei Bad Oldesloe.
Das Auftauchen des Anwalts Czolnay bei den Schultzes hatte das Gespräch der Blissow mit Ilona jäh unterbrochen. Sie hatten zwar noch ein paar Worte gewechselt, aber das waren nur Gemeinplätze gewesen. Dass der Anwalt seine beiden Mandanten zum Schweigen

verdonnert hatte, machte Randolf Schultze in den Augen der Blissow nur verdächtiger. Es sah ganz danach aus, als ob man im Hause des Siemens-Managers etwas zu verbergen hatte. Vermutlich war die Affäre zwischen Möllenthin und Ilona doch nicht so harmlos gewesen, wie alle sie darstellten.

In Bad Oldesloe war die Polizei gut sortiert. Station, Revier, Inspektion und Kriminalpolizei hatten ihren Sitz am Berliner Ring, die Wege zwischen den Dienstzweigen waren also kurz. An einem Sonntagmorgen war kein Kriminaler im Haus. Allerdings konnte der Chef der Kripo innerhalb von zehn Minuten in die Dienststelle gerufen werden – über die Einsatz-Zentrale. Die Blissow fand es ziemlich beeindruckend, dass Bad Oldesloe eine hatte. Der Kripochef hieß Deichmann. Er war Erster Hauptkommissar wie der dicke Kölling.

»Ich habe doch schon mit einem Kollegen von Ihnen gesprochen«, sagte EKHK Deichmann, »mit einem Herrn Becker. Ich meine, Oldesloe ist nicht so groß wie Berlin, ich kann da schon mal an einem Sonntag ins Büro kommen. Aber ich kann nicht mehr tun, als ich schon getan habe.«

»Ja, sicher. Und wir sind Ihnen auch sehr dankbar«, schmeichelte die Blissow. »Nur: Dass Randolf Schultze auf seine Frau losgeht, wenn er sich einen Widersacher einbildet, das wissen wir. Ich frage mich allerdings, ob er nicht auch mal auf einen Nebenbuhler losgegangen ist, cholerisch, wie er ist. Da muss doch mal was passiert sein.«

»Tja«, entgegnete Deichmann nur.

»Wie bitte?«

»Ich weiß nicht ... Die Sache ist mittlerweile verjährt. Im Bundeszentralregister finden Sie nichts mehr darüber. Sie ist nur noch im Gedächtnis einiger Leute hier in Bad Oldesloe gespeichert. In meinem, im Gedächtnis einiger Kollegen und des Opfers natürlich.«

»Und würden Sie Ihr Gedächtnis mal befragen?«, wollte die Blissow wissen. »Nur für mich?«

»Randolf war in der ganzen Gegend bekannt«, sagte Deichmann. Er sprach bedächtig und mit breitem Holsteiner Akzent. »Nicht, weil er sich mit Ruhm oder mit Schande bekleckert hätte, sondern wegen seines Vaters. Der alte Schultze hatte es weit gebracht. Vom Tellerwäscher zum Millionär sozusagen, denn er hat klein angefangen nach dem Krieg und über die Jahre dann ein Vermögen zusammengekratzt mit allerlei Geschäften. Insbesondere in den Nachkriegsjahren mögen auch windige Geschäfte dabei gewesen sein. Ja, und als Einzelkind hatte Randolf von allem das Beste. Das teuerste Moped, das teuerste Motorrad und so weiter. Er hatte mit achtzehn einen Führerschein und bekam sofort einen Wagen … Keine Ahnung, welche Marke, aber es war schon eine gehobene Klasse. Mit diesem Wagen hat er dann … Also er hatte wohl eine Freundin, die er von zu Hause abholen wollte. Er kannte sie noch nicht lange, wusste also auch über ihre familiären Verhältnisse nur oberflächlich Bescheid. An dem Nachmittag, als er sie abholt, sieht er, wie sie sich von einem anderen Jungen mit einem Küsschen verabschiedet. Er muss sofort rotgesehen haben, beherrschte sich aber noch. Mit dem Mädchen ist er ein paar Mal um den Block, dann ist er zu dem Haus zurückgekehrt. Als der andere Junge das Haus verließ, fuhr er ihn an.«

»Mann o Mann!«, rief die Blissow, die atemlos gelauscht hatte.

»Wissen Sie, wer dieser Junge war?«, fragte Deichmann. »Es war der Bruder des Mädchens.«

»Was Randolf aber nicht mal ahnte?«

»Das ist der springende Punkt. Vielleicht wusste er es doch. Vielleicht war er sogar auf den Bruder eifersüchtig? Das werden wir nie erfahren, denke ich.«

»Man hat Randolf vor Gericht gestellt?«

»Natürlich. Er ist wegen schwerer Körperverletzung angeklagt worden, aber seine Anwälte aus Hamburg und Lübeck haben es dann auf gewöhnliche Körperverletzung gedrückt. Irgendeine Jugendstrafe hat er bekommen, zur Bewährung ausgesetzt. Bei *dem* Vater gab es über eine günstige Sozialprognose keinen Zweifel.«

»Mit dem Auto anfahren!« Die Blissow schüttelte den Kopf. »Hat er den Nebenbuhler töten wollen?«

»Wer weiß? Die Anwälte haben ihm natürlich eingeimpft, was er sagen sollte. Dazu gehörte auch, eine Tötungsabsicht zu leugnen.«

»Sie können sich aber vorstellen ...«
»Aber, Frau Blissow! Sie sind doch vom Fach«, sagte der Oldesloer Hauptkommissar. »Was ich mir vorstelle, ist das eine. Es kommt darauf an, was ich beweisen kann.«

3

Der Zug aus Berlin erreichte Pasewalk minutengenau. Dietrich Kölling stand am Zeitungskiosk, als der Interregio einlief, und blätterte in der »Bild am Sonntag«. Wieder war ein achtjähriges Mädchen verschwunden, diesmal aus einem Ort namens Eggesin. Becker schaute seinem Chef über die Schulter.
»Ist eigentlich noch die Armee in Eggesin?«, fragte er die Verkäuferin. Der Zug hielt mit ohrenschädigendem Bremsenquietschen.
»Ja, aber jetzt natürlich die Bundeswehr«, erklärte die Frau. »Und nicht mehr lange. Die ziehen ab.«
»Früher war's die NVA«, sagte Becker zu Dietrich Kölling. »Da gab es einen Spruch, der war in der ganzen DDR bekannt.«
»Kiefernmeer, Sandmeer, nichts mehr«, sagte die Verkäuferin.
Dietrich Kölling hörte zwar zu, sagte aber nichts. An diesem Sonntagmorgen war bei den Donaths nur der Anrufbeantworter zum Empfang von Nachrichten bereit gewesen. »Anschluss der Familie Donath«, hatte er sich vorgestellt. Die Familie bestand aus Herrn Donath, Frau Donath und einem Zwillingspärchen. Einst hatte es noch den sechzehnjährigen Sohn aus der ersten Ehe der Frau gegeben. Dietrich Kölling hatte nicht gewagt, seiner Beisetzung beizuwohnen.
»Wie war das eigentlich?«, fragte er – aus heiterem Himmel musste es Becker vorkommen. »Was ist aus Alejandro Gonzalez geworden?«
Alejandro Gonzalez hatte Michael Donath auf dem Gewissen.
»Der Prozess hat gerade begonnen«, entgegnete Becker und schaute seinen Chef zweifelnd an.
»Hat sich die Strafkammer wieder mal viel Zeit gelassen«, meinte Dietrich Kölling. »Da ist übrigens Hajota.«
Tangermann stand auf dem Bahnsteig und blickte sich um. Er trug

einen Trenchcoat, aber das half ihm nichts, wie Sam Spade sah er trotzdem nicht aus. Und wie Sam Spade sollte er auch nicht aussehen, das hätte Marité und die anderen Damen des horizontalen Gewerbes nur verschreckt. Dietrich Kölling winkte. Dass Hajota eine Reisetasche mitführte, erfüllte ihn mit Spannung.

»Morgen«, sagte Tangermann.

Dietrich Kölling nickte und wies auf die Tasche.

»Bleiben Sie länger?«, wollte er wissen.

»Na, ich habe vorgesorgt. Wie Sie mich brauchen, kann ich mich kleiden. Elegant oder jugendlich sportif.« Hajota sagte das in vollem Ernst.

»Elegant?« Dietrich Kölling fingerte an Tangermanns Trenchcoat und schüttelte den Kopf.

4

Rechtsanwalt Albert Czolnay hatte gerade sein Frühstück beendet und sich in seinen Lesesessel zurückgezogen. Die Morgenzigarre lag, gemütlich vor sich hin glimmend, im Ascher, Czolnay blätterte in den Sonntagszeitungen. Mittlerweile bot jedes Blatt, das auf sich hielt, eine Ausgabe für den von Gott zur Ruhe vorgesehenen Tag an, aber Czolnay beschränkte sich auf den »Tagesspiegel« und die »Morgenpost«. Wenn er vor dem Frühstück Adelaide, die Terrierhündin, ausführte, war sein Ziel der Tabakladen am Eck, der auch Presseerzeugnisse führte. Der Anwalt nahm die Zigarre auf. Zuerst las er immer den Reiseteil, denn Czolnay liebte die fernen Länder und würde den Jahreswechsel in Südafrika verbringen. Der »Tagesspiegel« widmete sich ausführlich der Steiermark, aber mit Österreich hatte Czolnay wegen seiner Mutter nichts am Hut.

Der Anwalt nahm sich die »Morgenpost« vor. Er war nicht abergläubisch, aber manchmal gab es eine bemerkenswerte Koinzidenz von Ereignissen, und so fand er einen Artikel über den Krueger-Nationalpark. Den würde er im nächsten Urlaub zu sehen bekommen. Czolnay vertiefte sich in die Lektüre. Sie bot nichts Neues.

»Albert?«, rief seine Frau aus dem Flur. Czolnay schaute zur Tür, in der sie wenig später erschien. »Wann sollen wir bei Feldmann sein?«

»Ach Gott, ja.« Czolnays Sozius Karsten Feldmann hatte zu einer Geburtstagsfeier geladen, aber nicht sein Leben jährte sich zum dreiundvierzigsten Male, sondern das seiner Gattin. »Wir werden zum Kaffeetrinken erwartet. Also kommen wir noch zu unserem Mittagsschlaf.«

Dorit Czolnay trat ins Zimmer, küsste ihren Mann auf die Stirn und nahm ihm das Innenleben des »Tagesspiegel« ab. Czolnay lächelte. »Schlaf mir bloß nicht ein«, warnte er.

Dorit Czolnay setzte sich an den Tisch, der noch nicht abgedeckt worden war, weil sie an Wochenenden das Stillleben einer verlassenen Tafel liebte. Die zweite Ehefrau des Anwalts handelte mit Kunst.

»Da habe ich doch einen guten Riecher gehabt«, sagte sie, als sie sich die Kunstmarktseite zu Gemüte führte.

»Warum?« Czolnay schaute gerade einem brüllenden Löwen aufs Gebiss.

»Die frühen Bilder von Abigast erzielen Rekordsummen«, erklärte seine Frau. »Und ich kann mich rühmen, ihn davor bewahrt zu haben, alles zu vernichten.«

»Hatte er das denn vor?«, fragte Czolnay abwesend. Er war bei den Regionalseiten für Brandenburg angelangt. »Tankstellenräuber in Hessen gefasst«, lautete eine der Überschriften. Plötzlich war der Anwalt wie elektrisiert. Er hatte einen Namen gelesen: »Mario H.«

»Schatz?«, fragte seine Frau erstaunt.

»Warte!« Czolnay überflog den Artikel. »Das gibt's doch nicht. Also wenn ... Das ist bestimmt der Hönekamp.«

»Wer?«

»›Der Räuber, der am Donnerstag eine Shell-Tankstelle in Oranienburg überfiel und als der Berliner Mario H., Klammer auf – siebenundzwanzig – Klammer zu, identifiziert werden konnte, wurde nach bundesweiter Fahndung im hessischen Erbach festgenommen‹«, las Czolnay vor. »Das ist ein Satz, was? Aber weiter: ›Auch das von ihm erbeutete Geld wurde sichergestellt. H. ist bereits wegen eines

Banküberfalls mit Geiselnahme vorbestraft und wurde erst im Sommer dieses Jahres aus der Haft entlassen. Noch in der Nacht soll er von Erbach nach Oranienburg überführt werden.‹«

»Den kennst du?«, wollte Dorit Czolnay wissen.

»Du doch auch. Das war der junge Mann, der … der bei …« Der Anwalt brach ab und senkte den Blick.

»Ja, was denn?«

»Der bei Möllenthin gewohnt hat. Du selbst hast ihm die Bettwäsche geschenkt, als er endlich eine Wohnung bekam.«

»Ach, der. Schade. Es sah doch so aus, als ob er sich gefangen hätte.«

»Erbach.« Czolnay erhob sich und suchte in den Bücherregalen nach dem Atlas. »Erbach in Hessen. Ich möchte wissen, wie es ihn dorthin verschlagen hat.«

»Das beschäftigt dich ja richtig«, stellte Frau Czolnay fest.

»Er wird einen guten Anwalt brauchen«, meinte Czolnay.

»Einen Anwalt, der zugleich ein Freund ist.« Dorit Czolnay lachte schallend.

5

»Wir mussten Andreas Thiele doch noch Blut abzapfen, um ganz sicherzugehen«, berichtete Tangermann. Er saß bei Dietrich Kölling auf dem Hotelzimmer, und auch Becker war dabei. »Also es sieht so aus, als ob er nicht der Träger dieser blauen Mütze ist, von der Faserspuren an Möllenthins Tür gefunden worden sind. Er ist zwar ziemlich groß, sodass er den Rahmen durchaus gestreift haben könnte, aber …« Tangermann winkte ab. »Bei Beck war er jedenfalls dabei. Und dieser Caspari auch. Das können wir beweisen.«

»Fein«, lobte Dietrich Kölling. »Vergessen wir Beck. Ich muss Sie jetzt für Ihren Einsatz als Undercover-Agent briefen. Das gefällt Ihnen doch, oder?«

»Was gefällt mir?«

»Undercover zu arbeiten. Da Sie doch schon amerikanische Fachzeitschriften lesen.« Dietrich Kölling zündete sich eine Zigarette an. Die Luft im Raum war blau, und Becker hustete demonstrativ. »So, sperren Sie Ihre Lauscher auf. In zirka einer Stunde findet sich im Gastraum ein Schwarm junger Hühner ein. Frauen, Tangermann, also nichts für Sie. Huren. Sie werden dort speisen. Alles unter den wachsamen Blicken von Gorillas. Ich möchte gern, dass Sie sich an ein Mädchen namens Marité schmeißen. Aber mit äußerster Vorsicht.«

»Marité?«

»Ja. Sie stammt aus der Dominikanischen Republik. Wurde von einem deutschen Touristen sozusagen vom Fleck weg geheiratet und hier in Deutschland in den Arsch getreten. Jetzt schafft sie an.«

»Bloß wenn die abgeschirmt werden, wie komme ich an sie heran?«

»Machen Sie ihr schöne Augen«, riet Dietrich Kölling. »Jedermann weiß, welchem Gewerbe die Damen nachgehen, also können auch Sie davon erfahren haben. Es stört nicht, wenn Sie schüchtern wirken, im Gegenteil. Vielleicht kommen Sie ins Geschäft. Handeln Sie mit dem Chef des Ganzen, einem Ulf Steinhausen, aus, dass Sie die Frau mit aufs Hotelzimmer nehmen dürfen. Eigentlich ist das eine Art von bewachter Freizeit, die die Frauen in der Gaststätte verbringen, also machen Sie ein Angebot, dem dieser Typ nicht widerstehen kann. Ich habe fünfhundert Euro abgehoben, die können Sie einsetzen.«

»Von Ihrem privaten Konto?« Tangermann riss die Augen auf.

»Keine Sorge, die nehme ich dem Kerl wieder ab, wenn wir zum Zuge gekommen sind.«

»Damit gefährden Sie aber die Frau«, wandte Becker ein.

»Na und?« Dietrich Kölling wischte den Einwand mit einer zackigen Handbewegung fort. »Sie ist alt genug, um zu wissen, dass sie sich auf ein kriminelles Milieu eingelassen hat. Ich habe die Spielregeln nicht erfunden.«

»Sie wird bestimmt nichts verraten«, vermutete Tangermann.

»Das lassen Sie meine Sorge sein.« Dietrich Kölling beschied seinem Nesthäkchen mit einem Wink, dass er sich auf den Weg machen solle. »Als Dominikanerin braucht sie eine Aufenthaltsgenehmigung. Mal sehen, wie sie sich entscheidet. Zwischen Prügel und Ausweisung.«

»Aber Sie haben gar nicht die Macht, um …«

»Weiß sie das?«, fiel Dietrich Kölling Becker ins Wort.

6

Mario Hönekamp verstand die Welt nicht mehr. Das mochte daran liegen, dass er völlig erschöpft war von den Verhören, denen man ihn unterworfen hatte. Noch in der Nacht, nachdem er aus Erbach nach Oranienburg gebracht worden war, hatten ihn zwei Männer von der Kripo vernommen und am Vormittag dann eine Frau aus Berlin. Für den Raubüberfall hatte sich diese Oberkommissarin Blissow nur am Rande interessiert, dafür umso mehr für seine Schulden und für Möllenthin. Zu Möllenthin hatte er längst alles gesagt, aber diese Bullen pflegten hartnäckig zu sein, wenn sie sich erst einmal in jemanden verbissen hatten. Hönekamp hatte gerade vier Stunden geschlafen und fühlte sich schlapp wie eine gekochte Fadennudel. Und nun führte ihn einer der Schließer zum Gespräch mit seinem Anwalt. Genau das begriff Hönekamp nicht. Er hatte keinen Anwalt verlangt. In dem kleinen Raum, in dem auch die Bullenverhöre stattfanden, wartete Czolnay. Hönekamp wunderte sich nicht mehr ganz so sehr.

»Tja, Herr Hönekamp«, sagte der Verteidiger, »unter solchen Umständen wollte ich Ihnen eigentlich nicht begegnen.«

»Und wie komme ich dazu?« Hönekamp folgte der einladenden Geste des Anwalts und setzte sich.

»Mein Erscheinen verdanken Sie den Geboten der christlichen Nächstenliebe«, erklärte Czolnay. »Außerdem erfülle ich quasi ein Vermächtnis des Herrn Möllenthin, der sich ja immer für Sie eingesetzt hat. Ich biete Ihnen an, Sie vor Gericht zu vertreten.«

»Kann ich mir nicht leisten.«

Czolnay nickte.

»Das habe ich längst vermutet. Aber Ihnen steht ein Pflichtverteidiger zu, und Sie können über mich Prozesskostenhilfe beantragen. Ums Geld müssen Sie sich keine Sorgen machen. Nur um Ihren Hals. Sie sind ein Wiederholungstäter, Herr Hönekamp. Es wird nicht leicht, Sie aus der Sache rauszuhauen. Nicht im Sinne eines Freispruchs, darauf dürfen Sie nicht hoffen. Aber vielleicht kommen Sie mit der Mindeststrafe davon? Wir müssen eine persönliche Notlage konstruieren, eine so starke Drucksituation, dass Sie keinen anderen

Ausweg sahen. Sie brauchten nicht einfach nur Geld. Sie wollten sich vor der Verelendung bewahren.«

»Da muss nichts konstruiert werden«, sagte Hönekamp. »Ich habe Schulden bei einer Frau. Sie hat mir über ihren Anwalt mit dem Gericht gedroht.«

»Das ist doch etwas.« Der Anwalt schlug eine Mappe auf und entnahm ihr ein Formblatt. Es war bereits ausgefüllt. »Wenn Sie einverstanden sind, dann unterzeichnen Sie bitte meine Vollmacht.«

Mario Hönekamp schaute sich das Blatt an. Es enthielt nichts Besonderes, mit seiner Unterschrift würde er nur Czolnay mit der Rechtsvertretung beauftragen. Hönekamp griff nach dem Stift, den der Anwalt über den Tisch geschoben hatte.

»Nun sagen Sie mir bloß, was Sie in diesem Nest wollten«, bat Czolnay. »In Erbach.«

»Zu einem Kumpel. Kießig heißt er, Rainer Kießig. Ich habe ihn im Knast kennen gelernt.«

»Und bei dem wollten Sie untertauchen?«, wollte Czolnay wissen.

Jetzt war es an Hönekamp zu nicken.

»Aber?«

»Er hat mich verpfiffen«, sagte Hönekamp.

7

Dietrich Köling war nun doch nervös geworden und hielt es nicht aus, die Zeit im Hotelzimmer sitzend zu verbringen. Weder er noch Becker konnten sich im Gastraum blicken lassen, ohne Tangermanns Mission zu gefährden, aber Dietrich Kölling hätte zu gern Mäuschen gespielt. Stattdessen schlich er herum wie ein eingesperrter Tiger. Becker hingegen schien die Ruhe selbst zu sein. Der Oberkommissar saß auf Dietrich Köllings Bett und schaute von dort aus dem Fenster. Mehr als Dächer und den grauen Himmel bekam er aus dieser Perspektive nicht zu sehen, aber das reichte ihm offenbar, um seine Vorstellungskraft zu entzünden.

»Mein Gott, was treibt Hajota bloß«, fragte Dietrich Kölling, nachdem er zum vierten Mal grundlos ins Bad geschaut hatte.

»Er ist erst seit einer halben Stunde unten«, beschwichtigte Becker.
»Mir kommt sie wie eine halbe Ewigkeit vor. Geb's Gott, dass alles klappt.«
»Vielleicht sollten Sie beten«, schlug Becker vor und erhob sich. Dietrich Kölling rechnete mit sonst etwas, aber sein Kollege trat nur vor das Fenster. Es nieselte leicht. Auch das war nichts Bemerkenswertes.
»Das Beten habe ich mir abgewöhnt.«
»Aber Sie sind religiös erzogen worden?«
»Religiös und merkantil«, bekannte Dietrich Kölling. »Sie wissen ja, mein Großvater war Unternehmer, mein Vater hat alles verspielt. Je mehr er die Firma ruinierte, umso größere Sprüche klopfte er. Wenn man ihm zuhörte, war er der geborene Kaufmann. Was er mit einem grandiosen Konkurs bewiesen hat. Für die Religion war mehr meine Mutter zuständig. Sie hat aber nicht viel Kraft darauf verwandt, uns die christlichen Werte nahe zu bringen. Die literarischen Werte hingegen ja. Sie konnte sehr gut vorlesen. Sozusagen mit der Muttermilch habe ich das ›Nibelungenlied‹ eingesogen. Das übrigens schuld daran ist, dass ich Dietrich heiße.«
»Aha«, entgegnete Becker nur. Die biografischen Details seines Chefs waren für ihn Marginalien, aber Dietrich Kölling war nicht mehr zu bremsen. Becker erkannte daran, wie aufgeregt er war.
»Zu Ostern und zu Weihnachten sind wir selbstverständlich in die Kirche gegangen. Weil alle gingen, und weil's so schön festlich war. Besonders zu Weihnachten. Am Heiligen Abend vor der Bescherung. Da brannte dann immer der Stern von Bethlehem unter dem Kirchendach, und der Schnee knirschte unter den Füßen. Nicht in der Kirche natürlich, auf dem Heimweg. Damals gab es noch Schnee. Man könnte direkt sentimental werden.«
»Sie sind es doch schon«, bemerkte Becker.
»Mein grundlegendes Wissen über die Religion habe ich mir aber selbst angeeignet«, verkündete Dietrich Kölling. »Wollen Sie es hören?«
»Bliebe es mir denn erspart, wenn ich nein sagen würde?«
»Es ist etwas für Ihr Stammbuch, Becker«, behauptete Dietrich Kölling. »Religionen sind wie Furze.«

»Wie bitte?« Becker kehrte dem Fenster seinen Rücken zu.
»Religionen sind wie Furze. Die eigenen riechen gut, die der anderen stinken«, sagte Dietrich Kölling.
»Das ist von Ihnen?«
Obwohl es nicht der Wahrheit entsprach, bejahte Dietrich Kölling Beckers Frage. Er hatte noch viele solcher Sprüche auf Lager und überlegte, welchen er als nächsten anbringen konnte, als auf dem Gang Stimmen laut wurden. Jemand sagte hörbar die Nummer des Hotelzimmers, wie es mit Tangermann vereinbart worden war. Becker postierte sich augenblicklich neben der Tür, Dietrich Kölling zog sich ins Bad zurück. Die Tür wurde geöffnet, dann schrie eine Frau kurz auf. Mit lautem Krachen fiel die Tür ins Schloss. Dietrich Kölling trat ins Zimmer zurück. Ein denkwürdiges Bild bot sich seinem Auge.
Inmitten des Raumes stand, als wäre sie hineingestoßen worden, eine dunkelhaarige, aber keineswegs dunkelhäutige Frau, die nicht so sehr karibisch als vielmehr wie eine Spanierin wirkte und nicht älter war als Lara. Die Frau hielt sich in Ermangelung stabilerer Gegenstände an ihrer kleinen Handtasche aus weichem braunen Leder fest, während zwei Männer an der Tür lehnten: zwei Vogelfänger, die ein seltenes Vögelchen daran hindern wollten, aus dem Käfig davonzuflattern. Dietrich Kölling unterdrückte ein Grinsen und setzte stattdessen eine betont ernste, ja geradezu sorgenvolle Miene auf. In den Augen der Frau entdeckte er Angst, aber auch Hass und Wut. Sie ging zweifellos davon aus, jeden Augenblick von drei Perversen vergewaltigt zu werden.
»Bitte, nehmen Sie doch Platz«, forderte Dietrich Kölling sie mit einem Diener auf.
»Was ist das für eine Geschichte?«, erkundigte sich die Frau in nahezu akzentfreiem Deutsch. Platz nahm sie nicht.
»Oh, ich vergaß«, Dietrich Kölling schlug sich mit einer weit ausholenden Geste vor die Stirn, »ich muss mich Ihnen vorstellen. Genügt Ihnen dieses Blatt, um Sie von meiner Reputation zu überzeugen?« Er überreichte seinen Dienstausweis wie ein kostbares

Geschenk. Gleichzeitig machte er mit der freien Hand zu Tangermann das Zeichen fürs Bezahlen, und aus den Augenwinkeln bemerkte er, dass Hajota drei Finger in die Höhe hob.

»Polizei?« Die Frau schüttelte irritiert den Kopf. »Warum veranstalten Sie eine solche ... solche Entführung?«

»Eine Entführung aus dem Serail, was?«, kokettierte Dietrich Kölling mit seiner Bildung. »Nun, wir würden Ihnen gern einige Fragen stellen. In Ihrem eigenen Interesse wollten wir jedoch nicht, dass Ihr Chef davon etwas mitbekommt?«

»Was für Fragen?«

»Zu diesem Herrn.« Dietrich Kölling zückte Möllenthins Foto. »Sie kennen ihn doch, oder?«

»Vielleicht.« Die Frau zuckte die Achseln. »Wir haben viele Gäste.«

»Er hieß Winfried«, half Dietrich Kölling ihrem Gedächtnis auf die Sprünge.

»Hieß?« Aufmerksam war die Frau immerhin.

»Ja. Er ist tot. Aber keine Sorge, das Verbrechen steht in keinerlei Zusammenhang mit dem New York Club.«

»Wenn das so ist«, fragte die Frau, »warum wollen Sie mir dann Fragen stellen?«

»Weil wir wissen, dass er hin und wieder bei Ihnen verkehrte.«

»Bei mir?« Die Frau nahm das Foto mit spitzen Fingern und schaute es sich eine Weile an. »Legen Sie noch was drauf?«

»Wie?«

»Von den dreihundert sehe ich nicht viel«, erklärte die Frau. »und ich könnte ein Taschengeld nebenbei gebrauchen.«

»Meinetwegen.« Dietrich Kölling dachte jedoch nicht daran, seine Zusage wahr zu machen. »Wir verfahren nach den üblichen Geschäftsprinzipien: Erst die Leistung, dann das Geld.«

»Okay.« Die Frau setzte sich auf das Bett in die Kuhle, die Becker hinterlassen hatte. Hajota und Becker bewachten nach wie vor die Tür. »Ja, ich kenne diesen Typen. Er war Priester, stimmt's? Ein Katholik. Wie ich. Und er stand immer ziemlich unter Druck, wenn er kam. Nicht nur wegen dem Sex, auch weil er ein schlechtes Gewissen hatte.«

»Also ist der Club tatsächlich ein Bordell«, platzte Tangermann heraus. Dietrich Kölling hätte ihn für diese Dummheit erwürgen können, aber die Frau reagierte gelassen.

»Nein. Es ist ein Gästehaus. Ich habe dort ein Zimmer gemietet, und auf meinem Zimmer kann ich machen, was ich will.«

»Völlig richtig«, bestätigte Dietrich Kölling. »Außerdem ist es uns egal, ob das nun ein Bordell ist oder nicht. Wir interessieren uns nur für diesen Mann. Hatte er bestimmte sexuelle Vorlieben? Wünschte er ungewöhnliche Praktiken?«

»Was verstehen Sie darunter?«

»Nun, wenn er mit einem schlechten Gewissen auftauchte ... Ich kann mir vorstellen, dass er Masochist war.«

»Nein, nein.« Die Frau öffnete ihre Handtasche und kramte eine Schachtel Gauloises blondes hervor. Dietrich Kölling sprang hinzu und gab ihr Feuer. Mit Erstaunen nahm er zur Kenntnis, dass sie erst den Filter von der blonden Gallierin brach, bevor sie anrauchte. »Er war ganz normal. Fast ein bisschen bieder.«

»Sagen Sie, Frau ...«

»Nennen Sie mich so wie alle«, schlug die Frau vor, »nennen Sie mich Veronique.«

»Veronique?« Mehr bekam Dietrich Kölling nicht heraus. Auch Becker und Hajota wirkten, als hätten sie gerade gesehen, wie der Regen von unten nach oben fiel.

»Das ist sozusagen mein Künstlername«, sagte die Frau nicht ohne Stolz.

»Aber, aber«, stammelte Tangermann.

»Sie sind nicht Marité?«, vergewisserte sich Dietrich Kölling.

»Nein. Marité ist krank«, sagte Veronique.

8

Für einen Sonntag konnte sich die Blissow andere Beschäftigungen vorstellen als das Verhören eines dummen Räubers und die Durchsuchung seiner Wohnung. Ob diese Beschäftigungen jedoch angenehmer waren, blieb dahingestellt. In jener Zeit, da das Wünschen noch geholfen hat, hatte sie mitunter einen halben Tag mit Martin im Bett verbracht und war nicht einmal aufgestanden, um sich um die Mahlzeiten zu kümmern. Das hatte sie ihrem Freund überlassen. Martin konnte nicht kochen, deshalb hatte sie das Essen bereits am Samstagabend vorbereitet, sodass er es nur noch zu erwärmen brauchte, und dann hatten sie sich im Bett den Magen voll geschlagen, sich geliebt, geschlafen und sich erst abends aus dem Haus begeben, um in einer Kneipe ein paar Gläser Bier zu trinken. An diesem Sonntagnachmittag hatte die Blissow das mehr als zweifelhafte Vergnügen, gemeinsam mit zwei Polizisten aus Oranienburg und einem Anwalt Czolnay als Zeugen in Hönekamps Schmutzwäsche herumzuwühlen. Die Blissow war fest entschlossen, ihr Privatleben neu zu ordnen, und sie erwog auch die äußerste aller Konsequenzen. Wenn er nicht bald Vernunft annahm, würde sie Martin vor die Tür setzen.

Die beiden Beamten aus Oranienburg hatten sich Hönekamps Wohnzimmer vorgenommen, die Blissow stöberte im Bad, während der Rechtsverdreher im Flur herumstand und hin und wieder hereinblickte. Wie es Hönekamp gelungen war, plötzlich einen Anwalt aus dem Ärmel zu zaubern, war der Blissow schleierhaft. Am Vormittag war davon noch nicht die Rede gewesen, und dann war dieser Czolnay in der Hausotterstraße aufgetaucht und hatte eine Vollmacht präsentiert. An den Namen erinnerte sich die Blissow noch gut: Der Verteidiger unterhielt seine Praxis in dem Haus, auf dessen Hof Möllenthin erschlagen worden war. Dietrich Kölling hatte ein paar Mal mit ihm gesprochen, aber es gab darüber nicht einmal ein Protokoll, nur eine kurze Aktennotiz.

Die Blissow öffnete den Spiegelschrank über dem Waschbecken. Er enthielt neben dem Rasierzeug eine ansehnliche Sammlung teurer Deosprays und Duschgels sowie eine Medikamentenpackung. Die Oberkommissarin nahm sie zur Hand. Die Medizin hieß Dolomo NT.

»Herr Hönekamp hat mir mitgeteilt, dass Sie gegen ihn auch wegen der Tötung des Pfarrers Möllenthin ermitteln«, quakte Czolnay ins Badezimmer. »Das ist doch ein absurder Verdacht. Herr Möllenthin …«

»Er hat sich sehr für Ihren Mandanten eingesetzt, ich weiß«, sagte die Blissow. »Wie ein lieber, guter Papa war er zu unserem Super-Mario. Lieb, gut, nett, so war er zu allen. Es gibt aber jemanden, dem das nicht genügt hat.«

Dolomo NT war ein Schmerzmittel für Nacht und Tag. Außer der Nachtration waren alle Tabletten aufgebraucht, und die Blissow fragte sich, unter welchen Schmerzen Hönekamp gelitten haben mochte, wenn er so schwere Geschütze wie dieses hoch dosierte Gemisch aus Acetylsaliscylsäure, Paracetemol und Coffein auffuhr. Aber womöglich entfalteten diese Tabletten, wenn man sie zu Schnaps einnahm, auch eine berauschende Wirkung.

»Herr Hönekamp macht sich große Sorgen, dass Sie seine Gefühle für Herrn Möllenthin falsch bewerten könnten«, plapperte der Anwalt weiter. »Es war keine … keine homoerotische Liaison.«

»Als ich Hönekamp heute verhörte, machte er sich vor allem Sorgen um seinen Hund.« Die Blissow schloss den Spiegelschrank wieder. »Was wollen Sie eigentlich, Herr Czolnay?«

»Für meinen Mandanten das Beste natürlich. Und Sie? Was suchen Sie?«

»Unter anderem ein Mützchen«, entgegnete die Blissow. »Keine Pudelmütze des BVB allerdings, denn die hat Hönekamp nach dem Tankstellenraub wohl irgendwo in der Walachei weggeworfen.«

»Und das Diebesgut aus der Kirche, nehme ich an.«

»Sie sind ja gut informiert«, meinte die Blissow. Sie verließ das Bad und begab sich, an Czolnay vorbei, ins Wohnzimmer. Die Oranienburger krochen auf dem Boden herum und schauten unter den Möbeln nach verdächtigen Dingen. Außer einer bescheidenen Sammlung von Pornoheften hatten sie bisher noch nichts zutage gefördert.

9

Dietrich Kölling fühlte sich unbehaglich. Das Mädchen Veronique hatte ausgepackt, aber genau deswegen hatte er das Gefühl, dass etwas nicht stimme. Becker und Hajota sahen sehr zufrieden aus. Besonders Hajota war anzusehen, dass er sicher war, Möllenthins

Mörder in der Tasche zu haben. Dietrich Kölling war davon keineswegs überzeugt.

Veronique hatte eine haarsträubende Geschichte erzählt. Vor etwa anderthalb Monaten, so behauptete sie, sei Möllenthin wieder einmal im New York Club aufgetaucht, und zwar mit dem erklärten Ziel, ein Schäferstündchen mit Marité zu verbringen. Marité sei die einzige der Frauen, die ihr Appartement nicht selbst gemietet habe, sondern sie habe einen Zuhälter, der die Freier abkassiere: Frieder Dörfelt. Alle anderen Frauen würden auf eigene Rechnung arbeiten. Dörfelt jedoch, der Teilhaber von Steinhausen, habe sich nie an die Absprache gehalten, dass der New York Club kein Bordell werden dürfe, sondern in erster Linie eine Bar mit vermietbaren Zimmern sei. Der sture Dörfelt habe immer sein eigenes Ding durchgezogen und den Club damit in Gefahr gebracht, weshalb es häufige Auseinandersetzungen mit Steinhausen gegeben habe. Und dann habe Dörfelt den Bogen überspannt. Niemand habe davon gewusst, dass er und unbekannte Kompagnons kleine Mädchen aus der Gegend kidnappen würden, um sie an irgendwelche, natürlich unbekannte Kinderpornohersteller zu verkaufen. Dieses widerliche Geschäft habe Dörfelt ganz allein ausgeheckt. Und dieser Pfarrer aus Berlin sei dahinter gekommen. Er habe Dörfelt zur Rede gestellt und ihm eine Riesenszene gemacht, so laut, dass es die halbe Clubmannschaft mitbekommen habe; dabei habe Möllenthin gar nicht mit der Polizei gedroht, sondern mit Gott. Er habe Dörfelt dermaßen zugesetzt, dass dieser ihn rausgeworfen habe, allerdings nicht nackt, wie die Gerüchte besagen. Das hatte Veronique erzählt, dann das Geld eingestrichen und sich mit dem Hinweis verabschiedet, dass sie dringend im Club erwartet werde. Sie hatte ein lehrbuchreifes Mordmotiv hinterlassen. Dietrich Kölling glaubte ihr kein Wort.

»Unzufrieden?«, fragte Becker. »Oder überlegen Sie, wie Sie Ihr Geld zurückbekommen?«

»Das ist im Augenblick sekundär«, sagte Dietrich Kölling. »Die Dame hat ja eine wirkungsvolle Show für uns abgezogen, und ich frage mich, weshalb. Vor allem der gut getimte Abgang: Bevor wir ins Detail gehen konnten. Und ich hätte noch eine Menge Fragen gehabt.«

»Immerhin kann man jetzt diesen Dörfelt abschießen«, meinte Tangermann.

»Einen Scheißdreck kann man. Oder sehen Sie hier irgendwo ein unterzeichnetes Protokoll? Wobei, das würden wir vielleicht sogar bekommen, aber diese Mädchenpornogeschichte ist nicht unser Bier. Und, nebenbei, was hat sie uns eigentlich erzählt? Dörfelt steht ja ohnehin wegen dieser Sache unter Verdacht. Becker?«

»Ja?«

»Ich möchte gern wissen, unter welcher Krankheit diese Marité leidet. Lara, also die Litauerin, hat mir gesagt, dass Steinhausen Möllenthin rausgeworfen hat. Steinhausen – und nicht Dörfelt. Und ihr glaube ich ausnahmsweise. Am liebsten wäre mir, wenn Küter oder die Bannasch die ganze Mannschaft vorladen würden, aber … Ehrlich gesagt, ich traue hier keinem über den Weg. Wobei«, Dietrich Kölling kratzte sich am Kinn, »sagen Sie mal, Tangermann, wie sind Sie an Veronique eigentlich herangekommen? Wie ist Ihre Kontaktaufnahme abgelaufen?«

»War gar nicht so kompliziert«, sagte Hajota. »Ich bin in die Gaststätte gegangen, und die Frauen waren schon da. Es waren sieben und zwei männliche Begleiter. Ich habe mich an den Nebentisch gesetzt, ein Bier bestellt, immer mal einen Blick rübergeworfen. Tja, und dann kam diese Veronique an meinen Tisch und fragte mich, warum ich sie immer anstarren würde. Mein Gott, war das peinlich.«

»Und? Haben Sie sie angestarrt?«

»Mehr oder weniger. Das heißt, nicht mehr als die anderen.«

»Aber sie kam dann quasi zielgerichtet auf Sie zu?«

»Na ja«, sagte Tangermann unbestimmt.

»Ja oder nein?«

»Es sah so aus«, bestätigte der Kommissar.

»Und wie kamen Sie darauf, es müsse sich bei ihr um Marité handeln? Ich gebe ja zu, dass wir selbst nicht wissen, wie Marité aussieht, und wir deshalb darauf setzen mussten, dass Sie das Mädchen an ihrem exotischen Äußeren erkennen. Es war ein Vabanquespiel, und es ist schief gegangen.«

»Veronique sieht jedenfalls auch südländisch aus«, rechtfertigte sich Hajota.

»Ich habe Ihnen keinen Vorwurf gemacht«, sagte Dietrich Kölling. »Aber weiter im Text. Sie kam zu Ihnen an den Tisch, stellte ihre Frage ...«

»Ich habe ihr erzählt, dass ich auf Dienstreise in Pasewalk bin. Da wollte sie doch glatt wissen, was ich beruflich mache. Verabredungsgemäß habe ich ihr weisgemacht, dass ich in der Baubranche bin und polnische Arbeitskräfte an deutsche Unternehmer vermittle. Habe sogar den Finger auf den Mund gelegt und sie gebeten, das sofort wieder zu vergessen. Na, und dann Schritt für Schritt weiter. Dass es nichts Langweiligeres gibt, als ein Wochenende in Pasewalk zu verbringen, und dass mir schon klar geworden ist, dass sie in diesem Club arbeite, und dass ich Interesse hätte, na, Sie wissen schon. Ich bin mächtig ins Schwitzen gekommen. Öfter möchte ich so was nicht machen müssen. Sie hat sich aber zu mir gesetzt. Da ich auch nicht sicher war, ob es sich um Marité handelt, habe ich sie nach ihrem Namen gefragt. Den richtigen oder den Künstlernamen, wollte sie wissen. Da habe ich dann ganz schön auf dem Schlauch gestanden, weil ich ja nicht wusste, was Marité für ein Name ist. Künstler, habe ich gesagt. Und sie: Den erfährst du erst, wenn ich arbeite. Jetzt nenne mich Marie. Ja, dann war alles klar für mich. Marie, Marité. Sie ist dann zu einem der Männer, hat mit ihm kurz geredet, kam zurück und nannte den Preis. Den Rest wissen Sie.«

»Raffiniert eingefädelt.« Dietrich Kölling nickte. »Hier oben hat sie sich natürlich geoutet. Musste sie, denn mir war von Lara bekannt, dass Möllenthin Lara selbst, Marité und Veronique besucht hat. Marie hätte mich sofort stutzig gemacht. Nicht schlecht, die Chose.«

»Sie meinen«, bei Becker fiel allmählich der Groschen, »Sie meinen, man hat diese Frau auf uns angesetzt? Um diese Dörfelt-Geschichte lancieren zu können? Aber warum?«

»Nicht so schnell, Becker«, bremste Dietrich Kölling seinen Kollegen. »Überlegen Sie mal. Nachdem wir gestern im New York Club abgeblitzt sind, hat sich Steinhausen über uns in Neubrandenburg und höher beschwert. Küter war im Club und versuchte erfolglos, die Wogen zu glätten, ich habe heimlich diese Lara gesprochen. Außer Ihnen weiß niemand davon, es sei denn, jemand hat uns beobachtet. Dann war erstaunlich schnell diese Bannasch da und hat mir die Leviten gelesen. Nehmen wir an, jemand hat Lara in die Mangel genommen, dann wussten diese Leute, worauf ich es abgesehen hatte. Und nun, Becker? Wem war unsere Aktion mit Tangermann bekannt?«

»Nur Küter und Frau Bannasch.«

»So ist es. Küter ist über jeden Verdacht erhaben, schließlich hat er uns auf Möllenthins Spur gebracht, was er nicht getan hätte, wenn er etwas verbergen müsste. Bleibt wer übrig?«

Becker musste nicht antworten. Er tat es trotzdem, aber Dietrich Kölling war mit seinen Gedanken schon weitermarschiert. »Dass dieser seltsame Club Protektion genießen muss, war uns doch relativ schnell klar, nicht wahr? Die Bannasch ließ sich dann diesen Leitenden Polizeidirektor in Schwerin aus der Nase ziehen – oder besser: aus dem Ärmel. Sie erinnern sich? Der Mann, mit dem Dörfelt bekannt oder sogar befreundet ist, aus ihren Zeiten in Ueckermünde. Den Mann gibt es womöglich sogar, nur … Der ist doch viel zu weit weg. Um den New York Club vor Nachstellungen zu schützen, müsste er die ganze Polizeidirektion Neubrandenburg im Griff haben, und diese Macht hat niemand. Nein, nein, Becker, die polizeiliche Patronage hat jemand anderes übernommen. Und dieser Jemand hat offenbar ein Interesse daran, Dörfelt abzuschießen. Vielleicht im Bunde mit Steinhausen. Mag sein, dass ihnen Dörfelts Schweinereien wirklich nicht in den Kram passen. Mag sein, dass es noch andere Gründe gibt. Dummerweise wissen wir aber immer noch nicht, wie Möllenthin in dieses Netzwerk passt.«

»Und wir können nicht mal offiziell ermitteln«, beklagte Becker.

»Wir brauchen einen Verbündeten, der in der Hierarchie über Frau

Bannasch steht«, sagte Dietrich Kölling. »Und den, glaube ich, werden wir auch finden. Vorher aber … Momentchen, die Frau war ja so gnädig, mir ihre Privatnummer zu geben …«
Doch nicht Frau Bannasch ging an den Apparat, sondern ihr Mann. Frau Bannasch war unterwegs. Dienstlich.

10

»Kann man sagen«, fragte Becker, »dass alles mit einem Pfarrer auf Abwegen begann? Und nun geht unser ganzer Fall Irrwege?«
»Schön formuliert«, stimmte Dietrich Kölling zu und brannte sich eine Zigarette an. Vor dem New York Club parkten sieben Autos. Zwei waren Dienstwagen. Beide gehörten der Polizei von Mecklenburg-Vorpommern. Einen benutzte Küter. Den anderen Frau Bannasch.
Dietrich Kölling schaute auf die Uhr am Armaturenbrett. Küter hatte den Club vor einer Viertelstunde betreten. Wann Frau Bannasch gekommen war, wusste Dietrich Kölling nicht.
»Hoffentlich bringt's was, uns noch eine Nacht hier um die Ohren zu schlagen«, meinte Becker. »Vor der Dienstbesprechung morgen früh werden wir uns wohl kaum drücken können.«
»Tja, Becker, ich weiß immer noch nicht, ob es eine gute Idee war, Pasewalk aus der Nähe zu betrachten«, gab Dietrich Kölling zu.
Küter verließ den Club und steuerte auf seinen Wagen zu. Ein paar Sekunden, nachdem er eingestiegen war, hörten Dietrich Kölling und Becker seine Stimme aus dem Sprechfunkgerät.
»Marité muss über Nacht sehr schwer erkrankt sein«, sagte der Pasewalker. »So schwer, dass man sie in eine Klinik nach Rostock schaffen musste. In welche, weiß angeblich nur Dörfelt. Der ist natürlich nicht da.«
»Besuchen Sie ihn in seinem trauten Heim?«, wollte Dietrich Kölling wissen.
»Darauf können Sie einen lassen. Ich habe das Gefühl, dass in unserem friedlichen Nest bald ein ziemlicher Tanz beginnt. Na, mir soll's recht sein, erlebe ich noch ein bisschen Abenteuer auf meine

alten Tage. Unsere geschätzte Kollegin habe ich übrigens nicht gesehen.«
»Sie sind trotzdem ein Held«, lobte Dietrich Kölling. »Ach ja, wenn Sie Ihre Verbindungen spielen lassen könnten? Informieren Sie sich doch bitte über die Familie Bannasch. Die Personalakte der Frau wird man Ihnen sicher nicht aushändigen, und das nicht bloß, weil heute Sonntag ist. Aber es gibt da mindestens noch einen Gatten. Der ist hoffentlich kein Polizist.«
»Nein, ist er nicht. Soweit ich weiß, ist es ihr zweiter oder sogar ihr dritter Mann. Kommt, glaube ich, aus dem Wessiland.«
»Wird es schwierig, da was rauszufinden?«
»Nun ja«, erwiderte Küter. Dietrich Kölling sah, wie er den Wagen ausparkte. »Es ist einfach die falsche Zeit am falschen Tag. Mal sehn. Also bis denn.«
»Und nochmals vielen Dank«, sagte Dietrich Kölling.
»Das haben Sie schon mal gesagt.« Küter fuhr davon.
»Bei unseren Telefonaten war er mir sympathisch«, sagte Dietrich Kölling zu Becker. »Als ich ihn dann zum ersten Mal sah, kamen mir Zweifel. Aber jetzt gefällt er mir wieder.«
»Hoffentlich setzen Sie diesmal aufs richtige Pferd«, sagte Becker.

11

Die Fotos hatte die Blissow heimlich aufnehmen lassen, und so sahen sie aus. Das Spezialistenteam der Abteilung Zentrale Dienste hatte sich Mühe gegeben, aber die Auflagen der Oberkommissarin waren so streng gewesen, dass man nicht einmal einen Schnappschuss, geschweige denn Kunst erwarten durfte. Wer Ilona und Randolf Schultze schon begegnet war, würde sie aber wieder erkennen, und nur darauf kam es an: Diese Fotos sollten weder gerahmt noch in einer Galerie ausgestellt werden.
Mit den Bildern war die Blissow zu dem Mordhaus gefahren, und zuerst hatte sie ihr Glück im zweiten Stock versucht, also bei Ibenburg und bei Schröder. Bei Ibenburg hatte niemand geöffnet, vermutlich verbrachten der Arzt und seine Frau den Sonntagabend bei

Freunden oder Verwandten. Frau Schröder hatte sich die Fotografien zwar immer wieder angeschaut und die Blissow mit einem Schwall von Worten überschüttet, doch etwas Brauchbares hatte sie nicht beizusteuern gehabt. Eigentlich hatte sie sich nur über Peter Mundt beklagt, der ihre Mittagsruhe gestört habe – ein Wunder, da er in Untersuchungshaft saß. Auch über Beck hatte sie sich das Maul zerrissen, vor allem über die seit seinem Tod leer stehende Wohnung, die man erst aufwändig renovieren müsse, bevor man sie wieder vermieten könne. Selbst das wurde dem armen Toten noch angelastet.

Eine Etage höher läutete die Blissow bei Keßler. Frau Keßler öffnete ihr. Sie sah erschöpft aus. Ihre Wangen waren eingefallen, rote Flecke bedeckten Hals und Wangen. Sie bat die Blissow in die Wohnung und geleitete sie durch den dunklen Flur ins düstere Wohnzimmer. Der Geruch nach Salben, Franzbranntwein und Herzmitteln war unerträglich.

»Es geht ihm wieder sehr schlecht«, flüsterte Frau Keßler und machte eine unbestimmte Geste in Richtung der Diele. »Er wird wohl bald abberufen. Dann sterbe ich auch.«

»Aber Frau Keßler«, widersprach die Blissow, »wie können Sie so etwas sagen. Heutzutage, bei den Fortschritten der Medizin …« Sie wusste nicht, wie sie die begonnene Plattitüde fortsetzen sollte.

»Gegen das Alter gibt es kein Kraut«, meinte Frau Keßler und bot der Oberkommissarin einen Platz auf der altertümlichen Couch an. »Der Körper muss schwach und immer gebrechlicher werden, damit wir die Angst vor dem Tod verlieren. Freudig sollen wir durch das große Tor gehen, weil jenseits die Erlösung winkt.«

»Hm, ja«, murmelte die Blissow verlegen, »ich wollte Sie gar nicht lange stören. Bitte, schauen Sie sich doch diese Bilder an. Ich gebe zu, sie sind nicht sehr gelungen. Kennen Sie einen von den beiden?«

Frau Keßler musste sich die Fotos nur einige Sekunden ansehen, dann antwortete sie bereits.

»Ja, kenn ich«, sagte sie.

»Wen?«

»Die Dame habe ich öfter mal über den Hof zu Herrn Möllenthin gehen sehen«, erklärte Frau Keßler. »Gehört sie zur Kirche?«

»Ja, ja«, erwiderte die Blissow. »Wie oft sahen Sie die Dame?«

»Nun, ich weiß nicht … Öfter mal. Ich kann's nicht sagen.«

»Aber den Mann, den haben Sie noch nie gesehen?«

»Doch, doch«, sagte Frau Keßler. Die Blissow wäre am liebsten aufgesprungen, so angespannt war sie. »Der ist hier auch schon rumgeschlichen. Neulich saß er unten im Auto. Unten vor der Tür, stellen Sie sich das mal vor. Stundenlang saß er da und starrte auf unser Haus.«

12

Becker folgte seit einer Viertelstunde dem Auto der Oberkommissarin Bannasch, dann brach er sein Schweigen.

»So dilettantische Observationen kenne ich nur aus dem Fernsehen«, sagte er. »In der Dunkelheit auf einer leeren Landstraße, da bleiben wir prima unerkannt.«

»Vielleicht ist es gar nicht verkehrt, wenn sie uns bemerkt«, meinte Dietrich Kölling, »dann wird sie nervös und macht Fehler.«

»Welche Fehler denn? Sie wird nach Hause fahren und Familienleben spielen. Falls sie noch eine böse Tat plant, wird sie damit warten, bis wir abgezogen sind.«

Es brauchte einige Zeit, um von Pasewalk nach Neubrandenburg zu gelangen, der drittgrößten Stadt Mecklenburg-Vorpommerns, wie Dietrich Kölling in seinem Straßenatlas nachgeschlagen hatte. »›Neubrandenburg liegt am schönen Tollensesee‹«, las er Becker vor, ohne Rücksicht darauf zu nehmen, dass die Lampe, die am Himmel des Wagens angebracht war, seinen Kollegen stören könnte. »›Mittelalterliche Romantik verspürt der Besucher bei einem Spaziergang entlang Neubrandenburgs alter Wehranlage. Einmalig schön sind die mauereingefügten Wiekhäuschen. Die vier prächtigen Stadttore künden vom einstigen Reichtum der Stadt. Neubrandenburgs Wehranlage umringt die Innenstadt noch heute und gilt in ihrer Komplexität und ihrem Erhaltungsgrad als einzigartig in Europa.‹« Dietrich Kölling löschte das Licht.

»Mauereingefügt«, wiederholte Becker bloß.
»Sie sehen jedenfalls, dass man auch in schönen Städten auf dumme Gedanken kommen kann«, meinte Dietrich Kölling.
Besonders schön begann Neubrandenburg nicht. Frau Bannasch musste ein großes Neubaugebiet durchqueren, das wie alle derartigen Siedlungen in Ostdeutschland aus Plattenbauten und herumlungernden Jugendlichen bestand, von denen ein paar dem Wagen von Becker und Dietrich Kölling hinterherdrohten, nachdem sie das Berliner Kennzeichen erspäht hatten. Spätestens jetzt durfte die Oberkommissarin auf ihre Verfolger aufmerksam geworden sein. Sie verließ das Neubaugebiet wieder und benutzte einen Friedrich-Engels-Ring, um die Altstadt zu umrunden, deren Schönheit also ein Geheimnis blieb. Dietrich Kölling untersuchte seine Zigarettenschachtel. Sie war leer. Er würde sterben müssen. Frau Bannasch bog in die Rostocker Straße. Auf ihr legte sie gute dreihundert Meter zurück, dann begann eine Odyssee durch Seitenstraßen. Schließlich gelangte sie in eine Siedlung, die aus Reihenhäusern bestand, aber auch in ihr kurvte sie eine Zeit lang herum. Weder Becker noch Dietrich Kölling hatten Zweifel, dass sie entdeckt worden waren.
Nach zehn Minuten hielt die Bannasch endlich vor einem der Häuser. Becker fuhr vorbei. Im Rückspiegel sah Dietrich Kölling, wie die Kriminalbeamtin ihren Wagen verließ, eine Tasche vom Rücksitz nahm und das Auto verschloss. Becker lenkte an den Straßenrand. Frau Bannasch verschwand im Haus.
»Dann gute Nacht«, lautete Beckers Kommentar.
»Kleiner Spaziergang in der lauen Abendluft gefällig?«, fragte Dietrich Kölling, der den Schlag schon geöffnet hatte.
»Meinetwegen. Ziel: Zigarettenautomat?«
»Wenn es diese zivilisatorische Errungenschaft in Mecklenburgs drittgrößter Klitsche gibt?«
Dietrich Kölling und Becker gingen den Weg zurück. Im Haus, das Frau Bannasch betreten hatte, brannte im Erdgeschoss Licht, aber die Gardinen waren zugezogen. Zwischen Garageneinfahrt und Gartentor entdeckte Dietrich Kölling ein Messingschild, und er beugte sich

hinab, um es im Dämmerlicht der Straßenlaterne besser erkennen zu können. Dann griff er nach Beckers Arm. Steuerberatungsgesellschaft Gerber, Bannasch & Partner mbH Hagen Essen Leipzig Neubrandenburg war auf dem Schild zu lesen.

»Hagen, Becker«, flüsterte Dietrich Kölling, als stünde er in einer voll besetzten U-Bahn. »Hagen. Das ist das Verbindungsglied.«

Achtes Kapitel

1

Niemand war betrunken, aber das war auch nicht der Grund, warum man den Montag blau zu nennen pflegte. Dietrich Kölling schlurfte über den Flur, Becker gähnte unablässig, die Blissow hatte etliche Falten mehr, Tangermann rieb sich die Augen. Sie hatten nicht bis in die Puppen ferngesehen, sie hatten keinen hingebungsvollen Sex praktiziert, sie hatten alle für eine positive Aufklärungsquote geschuftet, aber auf Dank durften sie nicht hoffen. Die Miene des Oberrats, der sie im Beratungsraum erwartete, ließ einen gewaltigen Anpfiff befürchten. Dietrich Kölling streifte seine Drachenhaut über.

»Na, Herr Kölling?«, begrüßte ihn der Oberrat. Auch er hatte einen Spezialanzug an, einen Schafspelz. Gleich würde er sein Wolfsgebiss zeigen. »Wie war das Wochenende?«

»Von geringem Erholungswert«, erwiderte Dietrich Kölling, haute seine Akten auf den Tisch und ließ sich auf einen Stuhl plumpsen.

»Man hört, Sie seien in der Botanik gewesen?«

»Hm, hm«, brummte Dietrich Kölling.

»Und haben einige zarte Pflänzlein ausgerissen? Man könnte auch sagen: Sie haben sich benommen wie ein Elefant im Porzellanladen. Und wer darf die Scherben forträumen? Ich.« Der Oberrat kam näher. Dietrich Kölling rechnete damit, dass er sich jeden Augenblick in den Erzengel Gabriel verwandelte. »Eine endlose Telefoniererei haben Sie ausgelöst, die dem Steuerzahler die Tränen in die Augen treiben wird. Von einer Polizeidirektion Neubrandenburg zum Lagezentrum des Innenministeriums, vom Lagezentrum zum Minister, vom Minister zum Berliner Innensenator, vom Innensenator zum Polizeipräsidenten, vom PP zum LKA-Chef, vom LKA-Chef zu mir.

Man erwartet überall Ihre Stellungnahme. Und dann geht die ganze Chose noch einmal den umgekehrten Weg. Mensch, Kölling, haben Sie nach hundert Jahren Dienst noch immer nicht geschnallt, dass die Polizei Ländersache ist?«

»Der offizielle Weg wäre den Steuerzahler auch ziemlich teuer gekommen«, wehrte sich Dietrich Kölling. »Jetzt hat es nur mein sauer verdientes Geld gekostet. Wenn Sie so freundlich wären, von der Abnutzung eines Dienstwagens abzusehen.«

»Ihr Geld? Sagen Sie bloß. Dann müssen Sie ja außergewöhnlich edle Motive angetrieben haben.«

»Einen Mord aufzuklären«, sagte Dietrich Kölling großspurig.

»Seltsam, seltsam. Bisher kam für die Aufklärung von Verbrechen immer noch der Staat auf.« Der Oberrat kratzte sich nachdenklich die Wange. »Haben Sie Quittungen?«

»Nicht für alles.« Dietrich Kölling befand, dass es nunmehr besser wäre, kleinlaut zu erscheinen. »Ich musste fünfhundert Mäuse für eine Nutte blechen. Die dann übrigens nur Blech von sich gab.«

»Eine Nutte? Kölling, Kölling!« Der Oberrat schlug sich vor die Stirn. »Nun ja ... Kommen Sie nach der Beratung zu mir. Ich zeichne Ihnen eine Auszahlungsanordnung ab.«

»Danke«, murmelte Dietrich Kölling und schlug die Augenlider nieder.

»Trotzdem bleiben Sie ein Arschloch«, sagte der Oberrat und begab sich an die Stirnseite des Konferenztisches, um die Sitzung zu eröffnen.

2

Obwohl sich die Beratung über zweieinhalb Stunden hingezogen und damit an den Kräften gezehrt hatte, war Dietrich Kölling höchst zufrieden. Der Oberrat hatte ihn zwar Maß genommen, aber nicht vor versammelter Mannschaft, wie er es mitunter tat, und er hatte dafür gesorgt, dass seinem frechsten Kommissariatsleiter wenigstens ein Teil seiner Kosten erstattet wurde. Das Motiv dafür war nicht so sehr Großherzigkeit, sondern eher hauptstädtische Arroganz, denn der Oberrat hielt nicht nur Polizeibeamte, sondern sogar Ministeriale vom platten ostdeutschen Land für höchst fragwürdige Erscheinungen. Ihnen traute er jegliche Form der Korruption zu, so als wäre nicht gerade eine Millionenstadt der beste Nährboden für geheime Liaisons zwischen Gangstern, Bullen und der Politik. Darauf hatte ihn Dietrich Kölling natürlich nicht hingewiesen. Er hatte in devoter Haltung die Auszahlungsanordnung in Empfang genommen und sich bei der Kasse das Bare abgeholt. Seine Verluste vom Wochenende beliefen sich nur noch auf hundert Euro, und die konnte er verschmerzen.

Das Kapitel Pasewalk war für ihn damit längst nicht beendet, aber er hatte sich vorgenommen, alles damit im Zusammenhang Stehende vom Schreibtisch aus zu klären; sein Bedarf an Provinz war für Jahre gedeckt. Er hatte mit Küter telefoniert und erfahren, dass Dörfelt weder Möllenthin seinerzeit nackt aus dem New York Club gezerrt noch die angeblich schwer kranke Marité nach Rostock gebracht haben wollte, und in keiner Rostocker Klinik war eine Frau aus Pasewalk eingeliefert worden. Küter hatte sich entschlossen, nach der jungen Frau verdeckt fahnden zu lassen, was immer das bedeuten mochte. Im Übrigen hatte auch er eine Abreibung von seinem Chef bekommen.

Das Landeskriminalamt Mecklenburg-Vorpommern hatte den Eingang eines von Dietrich Kölling verfassten Berichts bestätigt, und ein Leitender Polizeidirektor Freundt hatte versichert, man werde das Schriftstück mit der gebotenen Aufmerksamkeit lesen. Dietrich Kölling hatte sich gefragt, ob es sich bei Herrn Freundt womöglich um den angeblichen Dörfelt-Intimus handelte. Dann würde es wohl vorerst beim Beweis für die Lesefähigkeit der Schweriner Polizei bleiben. Aber vielleicht war Freundt ja auch ein anständiger Beamter.

Wie es um den Anstand bei Oberkommissar Weber von der Kripo Hagen bestellt war, wusste Dietrich Kölling ebenfalls nicht, besonders anständig hatte er sich jedenfalls nicht verhalten. Er hatte sogar vor Wut ins Telefon gebrüllt, als Dietrich Kölling ihn gebeten hatte, etwas über die Steuerberatungsgesellschaft Gerber, Bannasch & Partner in Erfahrung zu bringen. Ihre dreieinhalb kleinen Morde schienen die Hagener aus dem Konzept zu bringen. Dietrich Kölling schaute sich die Wand mit seinen Akten an und beruhigte sich bei dem Gedanken, dass ein Weber in Berlin vermutlich Schiffbruch erleiden würde. Dann dachte er daran, dass er selbst aus Hannover stammte, entschuldigte sich beim Gott der Polizei für seine schlechten Gedanken und widmete sich einer Aktennotiz der Blissow. Kaum hatte er sie studiert, rief er seine Mitarbeiterin zu sich.

»Das ist ja interessant«, sagte er und tippte auf das Blatt Papier.

»Nicht wahr?« Die Blissow setzte sich auf Beckers Stuhl.

»Schultze hat also seiner Frau nachspioniert«, resümierte Dietrich Kölling.

»Oder Möllenthin.«

»Ja, aber das kann nur ein Umweg gewesen sein. Um seine Frau ging es ihm«, stellte Dietrich Kölling fest. »War er auch am Tattag vor Ort?«

»Das konnte Frau Keßler nicht sagen. Sie erinnert sich nicht.«

»Schade.« Dietrich Kölling schob das Blatt in die Akte. »Wäre auch zu schön gewesen. Eigentlich müsste Schultze sofort zum Erkennungsdienst, aber das wird sicher äußerst schwierig zu bewerkstelligen sein.«

»Warum?«

»Czolnay«, seufzte Dietrich Kölling.

»Das will ich Ihnen sagen«, die Blissow fuhr auf, »dieser Anwalt geht mir gewaltig auf die Ketten.«

3

Nach dem kurzen Gespräch mit der Blissow wandte Dietrich Kölling seine Aufmerksamkeit der Eingangspost zu. Unerhört wichtige Sachen waren nicht auf seinen Tisch gelangt. Der Polizeisportverein lud ihn dazu ein, doch einmal seine vielfältigen Angebote zur Gesundheitsförderung zu prüfen, die PTU schickte den Bericht über die Analyse der Sohlenprofile von Peter Mundt und Andreas Thiele, dessen Inhalt Dietrich Kölling schon bekannt war, und von der Gerichtsmedizin kam der Autopsiebefund für Rüdiger Beck. Der Polizeipräsident machte in einem Rundschreiben auf Möglichkeiten zur Einsparung der Heizkosten aufmerksam, die Verkehrspolizei wies alle Kommissariate auf ein zur Fahndung stehendes Auto hin, mit dem ein tödlicher Unfall verursacht worden war. Die Sekretärin des Kommissariats hatte alle Schreiben mit einem Eingangsstempel versehen, auch den verschlossenen Umschlag, der adressiert war *»An Herr Kommissar Kelling persöhnlich.«* Der Umschlag enthielt keinen Absender und keine Briefmarke, somit auch keinen Poststempel, und Dietrich Kölling fragte sich, wie er überhaupt auf seinen Schreibtisch gelangt war. Bevor er sich darum kümmern konnte, stürmte Hajota sein Arbeitszimmer.

»Mein Gott, Tangermann, wollen Sie mir den Weltuntergang ankündigen?«, fragte Dietrich Kölling.

»Ja«, sagte Hajota und lächelte, was in seinem müden Gesicht etwas schief wirkte.

»Darf ich noch das Nötigste packen?«

»Kein Weltuntergang für uns, sondern für Michael Caspari.«

»Für wen?« Dietrich Kölling musste so viel im Kopf bewahren, im Augenblick erinnerte er sich nicht, wer das war.

»Na, Michael Caspari. Einer der Beck-Mörder. Er hat sich selbst gestellt, nachdem er erfahren hat, dass wir seine Freunde eingesperrt haben.«

»Einsperren? Das machen Eltern mit ungezogenen Kindern. Wir inhaftieren. Kollege Tangermann, darf ich den Fall Beck vertrauensvoll in Ihre Hände legen?«

»Was? Wirklich?« Tangermann konnte es nicht fassen, und seine Wangen röteten sich.

»Führen Sie die Untersuchungen zum Abschluss.« Dass ihn Beck nur am Rande interessierte, verschwieg Dietrich Kölling. »Aber zuvor kriegen Sie bitte heraus, wie diese Briefbombe in meine Post gelangen konnte.« Er klopfte auf den Umschlag.

»Briefbombe?« Hajota beugte sich zu dem Kuvert hinab, als wollte er daran schnüffeln.

»Könnte doch immerhin sein, oder? Irgendein Trottel, der mit der deutschen Sprache auf Kriegsfuß steht, hat das Ding adressiert, und irgendein Trottel bei uns muss es in Empfang genommen haben. Dem will ich einen Einlauf verpassen.«

»Ticken tut's jedenfalls nicht«, meinte Hajota.
»Das ist bei Briefbomben selten der Fall«, belehrte Dietrich Kölling seinen Jüngsten. »Meistens wird der Zündmechanismus mechanisch ausgelöst. Beim Aufreißen. Soll ich?« Er packte den Umschlag mit beiden Händen. Hajota zuckte die Achseln. Dietrich Kölling wollte ihm das Vergnügen gönnen, seinen Chef in die Luft fliegen zu sehen, und löste die Klebelasche. Das ging erstaunlich leicht, und eine Detonation blieb aus. Dietrich Kölling schüttelte einen dreimal gefalteten Bogen Papier aus dem Kuvert und entfaltete ihn.
»Guck an«, sagte er dann. Tangermann umrundete den Tisch und stellte sich neben seinen Chef.
»*Halten sie sich an Hönekamp*«, hatte der Anonymus geschrieben. Wie es aussah, hatte er dazu einen nagelneuen Drucker benutzt oder einen mit einem gestochen scharfen Schriftbild. »*Er hat mir gesagt das er in die Kirche eingestiegen ist. Ein Gemeindemitglied.*«
»Das ist wahres Christentum«, meinte Dietrich Kölling ungerührt und entnahm seiner Ablagebox eine Klarsichtfolie, in der er Brief und Umschlag für die Spurensicherung verstaute. »Wenn man in der Kirche etwas lernen kann, dann das Denunzieren. Schicken Sie's zur PTU.«
»Geben Sie denn nichts auf diese Information?« Die Empörung war Tangermann ins Gesicht geschrieben, er war noch jung und leistete sich eine ausdrucksstarke Mimik.
»Ach was. Wenn ich jedem anonymen Hinweis nachgegangen wäre, wissen Sie, wie viele unliebsame Nachbarn dann im Knast säßen? Wir haben Hönekamp doch sowieso vor der Flinte. Nein, Tangermann, das Gemeindemitglied soll herkommen und eine Aussage machen.«
»Vielleicht wird es bedroht«, schlug Hajota vor.
»Sie denken an einen Komplizen? Na, wenn der Erlös aus dem Kirchendiebstahl auch noch durch zwei geht, dann gute Nacht. Trotzdem will ich natürlich alles über diesen Brief wissen. Fingerspuren, Fabrikat des Druckers und so weiter.«
»Okay«, sagte Tangermann und verschwand.
Kaum war es aus dem Raum, kam Becker herein. Wie so oft wurde Dietrich Köllings Büro zum Taubenschlag.

»Nun?«, fragte er.
»Ich habe ein paar Erkundigungen über diese Steuerberater eingezogen«, sagte Becker und setzte sich an seinen Schreibtisch. »Die Firma existiert seit dreizehn Jahren. Sie begann in Hagen und Essen, aber als die Mauer fiel, expandierte sie nach Osten. Leipzig galt damals noch als die künftige Boomtown, also versteht sich eine Ansiedlung von selbst. Mit Neubrandenburg sieht das anders aus. Das dortige Büro wurde vor zwei Jahren eingerichtet. Die Idee kam von Bannasch, nachdem er in einem Nordseeurlaub seine jetzige Frau kennen gelernt hat.«
»Also ist er seiner Liebe gefolgt. Sehr romantisch. Wie heißt er eigentlich mit Vornamen?«
»Harald.«
»Harald Bannasch«, sprach Dietrich Kölling vor sich hin. »Nun, dann werde ich zum ersten Mal mit Frau Möllenthin direkt kommunizieren. Die Hagener Kollegen haben heute schlechte Laune. Moment!« Dietrich Kölling suchte nach der Telefonnummer. Er hatte sie irgendwo in seinem Schreibtisch abgelegt, doch bevor er sie fand, fiel sein Blick auf die Nummer der Donaths. Dietrich Kölling nahm einen schwarzen Faserstift und strich sie aus.
Sein Gespräch mit Möllenthins Mutter zog sich hin, da er erst lang und breit erklären musste, wer er war. Auch schien ihr Gedächtnis nicht mehr das beste zu sein, aber schließlich brachte er doch in Erfahrung, was er hatte erfahren wollen.
»Ich weiß etwas, das Sie nicht wissen«, sagte er und verschränkte die Arme vor der Brust.
»Da bin ich gespannt«, behauptete Becker.
»Harald Bannasch und Winfried Möllenthin sind als Kinder in dieselbe Schule gegangen. Und nicht nur das, auch in dieselbe Klasse. Bevor sie verschiedene Pennen besuchten, waren sie befreundet, haben sich dann aber aus den Augen verloren, meint die Mutter.«
»Und offenbar im schönen Mecklenburg wiedergefunden.«
»Sieht so aus«, sagte Dietrich Kölling. »Aber Möllenthin scheint die erneute Begegnung nicht bekommen zu sein.«

4

»Wenn Sie kein Vertrauen zu mir haben, Herr Hönekamp«, sagte Czolnay, »dann kann ich auch nichts für Sie tun.« Der Anwalt war wütend, aber Mario Hönekamp begriff nicht, aus welchem Grund.

»Ich habe Ihnen alles erzählt«, entgegnete er.

»Alles? Sie haben mir zum Beispiel nicht gesagt, dass die Kriminalpolizei auch wegen des Mordes an Winfried Möllenthin gegen Sie ermittelt. Ich nehme selbstverständlich an, dass Sie damit nichts zu tun haben und sich daher sicher fühlen. Genau das ist Ihr Fehler, denn Sie haben denkbar schlechte Karten. Sie kannten Möllethin sehr gut, Sie wussten, wo er den Schlüssel zur Kirche verwahrt, Sie haben kein Alibi, aber ein Motiv. Mit dem Überfall auf die Tankstelle haben Sie bewiesen, wie dringend Sie Geld brauchen. Und dass Sie bereit sind, dafür Straftaten zu begehen. Warum also nicht einen Raubmord?«

»Bei Möllenthin war doch nichts zu holen«, setzte sich Hönekamp zur Wehr.

»Und das wussten Sie? Wussten Sie das schon, bevor er starb? Hat er Ihnen nicht gesagt, wenn auch im Scherz, die Kerzenhalter in der Kirche wären aus Silber? Sie haben für knapp viertausend eine Tankstelle ausgeraubt, und zwar mit Waffengewalt. Vermutlich haben Sie mit mehr gerechnet. In der Kirche nicht auch? Verzeihen Sie, nicht ich denke so, sondern die Polizei.«

»Aber Winfried hat mir doch auf die Sprünge geholfen«, sagte Hönekamp leise.

»Selbst das macht Sie verdächtig«, fuhr Czolnay fort. »Denn er hat nicht erreicht, Sie vom kriminellen Weg abzubringen. Sie haben seine Hilfe angenommen, weil Sie eine Wohnung brauchten. Kaum hatten sie eine, traten Sie ihm in den Arsch. Bildlich gesprochen. Es kommt vor, dass Leute ihre Wohltäter hassen, weil sie das Gefühl, ewig dankbar sein zu müssen, nicht ertragen können.«

»Aber ich doch nicht.« Mario Hönekamp wirkte jetzt völlig hilflos.

»Mich müssen Sie nicht überzeugen«, sagte Czolnay. »Also, Herr Hönekamp: Berichten Sie mir haarklein, was Sie am Tattag und in den Tagen danach gemacht haben.«

»Alles?«, wollte Hönekamp wissen.
»Alles«, bestätigte Czolnay.

5

Der Oberrat hatte Dietrich Kölling noch einmal zu sich bestellt, und Dietrich Kölling hatte den Ruf zum Fürsten sofort erhört. Im Augenblick war es geraten, dass er sich mit seinem Chef gut stellte, jede seiner Weisungen ausführte und jedes seiner Worte für Goldstaub hielt. Der Oberrat machte einen aufgeräumten, einen fast fröhlichen Eindruck. Er hatte sein Jackett abgelegt, den Schlipsknoten gelockert und die Hemdsärmel aufgerollt. Vor ihm auf dem Schreibtisch standen eine Kognakflasche und zwei Gläser. Es schien einen Grund zum Feiern zu geben.
»Stellen Sie sich mal vor«, sagte der Oberrat denn auch, »das LKA Schwerin hat heute mehrere Grundstücke dieses Frieder Dörfelt auf den Kopf gestellt. Und was haben die Kollegen dabei entdeckt? Fotos. Fotos von Mädchen in äußerst zweifelhaften Posen. Von Mädchen, die in den letzten Monaten verschwunden sind.«
»Guck an.« Dietrich Kölling betrachtete voll inbrünstiger Liebe die Flasche. »Und warum führt man diese Durchsuchungen erst jetzt durch?«
»Das will ich Ihnen sagen.« Der Oberrat griff nach dem Kognak. »Verdachtsmomente gab es schon seit langem, aber sie reichten nie aus, um aktiv zu werden. Im Moment ist man dabei, das Dienstzimmer einer Frau Bannasch auseinander zu nehmen. Es sieht danach aus, als hätte sie Beweismittel zurückgehalten.«
»Das bedeutet, sie hat gegen Dörfelt ermittelt, weil sie gar nicht anders konnte. Ihre Vorgesetzten saßen ihr im Nacken. Deshalb hat sie uns auch bereitwillig mitgeteilt, aus welchen Gründen man Dörfelt unter Wind hat. Wir hätten es ohnehin erfahren. Aber sie hat die Ermittlungen verschleppt. Und als ich sie nach polizeilicher Protektion für Dörfelt fragte, zog sie diesen Polizeidirektor in Schwerin aus dem Hut.«
»Der jetzt die Ermittlungen an sich gezogen hat«, sagte der Oberrat.

»Er war tatsächlich mal mit Dörfelt bekannt. Aus einem einfachen Grund: Sie waren Gartennachbarn.«
»Dann wollte Steinhausen – das ist einer der Inhaber des New York Clubs … Dann will der also nicht nur Dörfelt abschießen, sondern auch Frau Bannasch«, spann Dietrich Kölling den Faden fort. »Warum?«
»Tja, Sie hätten eben gründlicher ermitteln müssen.« Der Oberrat schmunzelte und goss die Gläser halb leer. »Der Ehegatte der Frau Bannasch ist der Steuerberater des Clubs. Seiner Frau gegenüber muss er wohl das Steuergeheimnis gebrochen haben.«
»Es gab Ungereimtheiten?«
»Aber, Herr Kölling«, der Oberrat prostete Dietrich Kölling zu, »Sie wissen doch, dass es ein halbes Leben dauert, bis man in den Unterlagen eines Steuerberaters durchsieht.«
»Trotz allem«, Dietrich Kölling trank sein Glas in einem Zuge aus, »ich sehe immer noch nicht, wo Möllenthin in diesem Wirrwarr steht.«

6

Dietrich Kölling hatte seinen Mitarbeiterstab zusammengetrommelt, um ihn über die neuesten Wandlungen im Mordfall Möllenthin zu informieren. Er hatte mit dem Oberrat noch einen zweiten Kognak getrunken und war nicht mehr ganz standfest, aber das musste er auch nicht, denn er saß und hoffte auf die Wirkung des extra starken Kaffees, den er gekocht hatte. Erwartungsvoll schaute er in die Runde. Die Blissow nippte gerade von ihrer Tasse.
»Pfui Spinne!«, rief sie und langte nach der Milch.
»Starker schwarzer Kaffee macht schön«, sagte Dietrich Kölling.
»Wie man an Ihnen sieht.« Die Blissow verwandelte das giftige Gebräu in einen Café au lait.
»Eines will mir nicht in den Kopf«, sagte Becker nachdenklich. »Warum war die Bannasch so schnell mit der Antwort bei der Hand, dieser Polizeidirektor aus Schwerin sei Dörfelts Helfershelfer? Wäre nicht klüger gewesen, Protektion von vornherein abzustreiten?«

»Ich sehen Ihnen an der Nasenspitze an, dass Sie schon einen Einfall haben«, lockte Dietrich Kölling seinen Stellvertreter.

»Wenn ich es recht verstehe, haben wir es mit Fraktionskämpfen in einem schmierigen Milieu zu tun, wo keiner Freunde hat«, begann Becker. »Der New York Club wird von Steinhausen und Dörfelt gemeinsam betrieben. Steinhausen führt die Geschäfte, Dörfelt hat zumindest sein Geld drin. Ich überlege nun, ob die beiden bei anderen krummen Dingen nicht Konkurrenten waren. Steinhausen wollte seinem Kompagnon was am Zeuge flicken, deswegen die Arie mit Veronique. Und da Dörfelt und Frau Bannasch verbandelt sind, richtete sich seine Aktion auch gegen sie. Kurzinhalt der Provinzposse: Ein Gangster versus einen Gangster und eine korrupte Polizistin. Was spricht dagegen, dass sich auch Steinhausen einen Hausbullen hält? Der mehr Macht hat als Frau Bannasch?«

»Das wäre verrückt.« Dietrich Kölling schlug mit der Hand auf den Tisch. »Es würde bedeuten, dass die da oben den Bock zum Gärtner gemacht haben.«

»Warum?«

»Weil dieser Polizeidirektor die Ermittlungen im Fall Dörfelt und Bannasch leitet.«

Dietrich Kölling verteilte noch einmal Kaffee unter seinen schweigenden Kollegen, und nur die Blissow lehnte ab, indem sie ihre Hand auf die Tasse legte. Becker spielte kopfschüttelnd mit dem Kaffeelöffel, Tangermann, beschämt von der kriminellen Energie mancher Kollegen, schaute sich seine Fingernägel an. Dessen Beispiel folgend, warf auch Dietrich Kölling einen Blick auf seine Hände.

»Wo ist Marité?«, fragte Hajota plötzlich. Alle starrten ihn an.

»Gute Frage«, sagte Becker.

»Man hat sie vor euch versteckt, was sonst«, meinte die Blissow. »Ist ja auch kein Wunder …«

»Weil sie nicht bereit war, uns etwas vorzuspielen«, überlegte Dietrich Kölling. »Das heißt, ihr Verhältnis zu Steinhausen ist getrübt. Und sie weiß Dinge, die wir nicht erfahren sollen.«

»Versteckt oder tot«, gab Becker zu bedenken.

»Wie auch immer ...« Dietrich Kölling spielte mit seinem Kugelschreiber, ließ ihn über die Tischplatte rollen. »Irgendwie habe ich das Gefühl, dass diese Spur für unsere Sache sowieso nichts bringt. Während wir uns im wunderschönen Vorpommern verlustierten, hat unsere geliebte Kollegin ...«

»Na, na, na«, fiel die Blissow ihm ins Wort.

»Randolf Schultze«, gab Becker das Stichwort.

»Genau. Eifersucht!« Dietrich Kölling zuckte die Schultern. »Das ist zwar platt, aber so sind die meisten Geschichten, wie wir wissen.«

»Ich hab mich in der Nachbarschaft von Möllenthin umgehört und bin tatsächlich fündig geworden«, sagte die Blissow. »Randolf Schultze, der gehobene Idiot, fährt im Alltag einen silbermetallic Audi A 4 quattro, also auffälliger geht es nicht. Deswegen hat er wohl gedacht, es sei klüger, Möllenthin und seine Gattin mit dem Zweitwagen zu observieren. Das ist ein schwarzer Mercedes. Ein Leichenwagen, meinte einer der Nachbarn. Der hat das polizeiliche Kennzeichen B Strich SR für Schultze, Randolf. BSR ist auch das Kürzel für Berliner Stadtreinigung, den Wagen kann nur ein Blinder nicht wahrnehmen.«

»Er wurde also gesehen?«

»Ja, mehrfach«, bestätigte die Blissow.

»Und am Tattag?«, wiederholte Dietrich Kölling die Frage, die er bereits einmal gestellt hatte.

»Sieht schlecht aus. Bisher.«

»Sie bleiben dran, ja?«

»Das hätten Sie nicht betonen müssen«, erwiderte die Oberkommissarin.

»Dann wollen wir mal«, feuerte Dietrich Kölling seine Mitarbeiter an. Allen kam es vor, als hätte er ihnen gute Nacht gewünscht.

»Der anonyme Brief«, erinnerte Hajota.

»Welcher anonyme Brief?«, wollte Becker wissen.

Dietrich Kölling verzog das Gesicht.

»Man hat ihn im Polizeipräsidium gefunden«, berichtete Hajota. »Auf der Treppe.«

»Wie bitte?«

»Im Polizeipräsidium auf der Treppe«, wiederholte Tangermann. »Irgendein Besucher hat ihn dort gefunden und an der Wache abgegeben. Die dachten sich, dass der Brief vielleicht jemandem runtergefallen ist, und haben ihn zu uns geschickt. An Kommissar Kelling persönlich. Mit h!«

»Kelling mit h? Wieso mit h?« fragte Becker. Er bekam keine Antwort.

»Merkwürdige Art, ein Schreiben zuzustellen«, befand die Blissow.

»Aber nicht dumm«, meinte Tangermann. »Das Präsidium steht jedermann offen, und an der Pforte werden die Personalien nicht aufgenommen. Man geht rein, lässt den Brief fallen, geht wieder raus. Das bemerkt niemand.«

»Was stand denn nun drin in dem Brief?«, fragte Becker. Niemand sprach zu ihm.

»Wer so etwas macht, muss aber wenigstens einmal im Präsidium gewesen sein und die Gepflogenheiten kennen«, sagte die Blissow.

»Und auf wie viele Leute trifft das zu?« Dietrich Kölling stibitzte seiner Kollegin eine Zigarette.

»Auf Tausende«, sagte Hajota.

»Kelling! Wie peinlich!« Dietrich Kölling schüttelte ärgerlich den Kopf. »Ist mein Namen denn so kompliziert? Ein K, ein o-Umlaut, Doppel-l wie lebenslänglich und ein Ing wie Ingenieur. Kann man sich das nicht merken, nein? Und Kommissar! Kommissar Kelling! Irgendwie haben sich in letzter Zeit alle verschworen, meinen Namen und meinen Dienstgrad zu verhunzen.«

»Alle ist wohl ein wenig übertrieben«, meinte Becker.

»Ich neige zum Übertreiben, wofür ich berühmt bin.« Dietrich Kölling schüttelte abermals den Kopf, noch heftiger als zuvor und damit dieses Thema abschließend. »Kelling! Ich weiß nicht, wer mich so schon mal genannt hat. Hönekamp selbst? Na, das wär ja bizarr.«

7

Als die Dämmerung von Erbach Besitz ergriff, schloss Hauptkommissar Christian Sönnichsen den letzten Vorgang des Tages. Es war

Abendbrotzeit, und er hatte genug geschuftet. Sorgfältig ordnete er die Akte wieder ein, verriegelte den Schrank, schnappte sich die Gießkanne und verließ den Raum, um Wasser zu holen. Auf dem Flur war es still, die meisten Büros schienen längst verlassen worden zu sein, und selbst beim Dauerdienst gab es offenbar zurzeit nur eine ruhige Kugel zu schieben. Sönnichsen ging auf die Toilette, stellte die Plastikkanne auf dem Rand eines Waschbeckens und trat vor das Pissoir. Er erleichterte sich, wusch sich die Hände, ordnete sein Haar und ließ Wasser in die Kanne fließen. Alle Pflanzen in seinem Zimmer gediehen prächtig, und das hatte nicht nur damit zu tun, dass er sie gut mit Nährstoffen versorgte; zu Stunden wie dieser, da die PD Erbach nahezu verlassen war, streichelte er sie auch. Christian Sönnichsen stellte das Wasser ab. In einer guten Dreiviertelstunde würde er essen, und zwar Kassler auf Weinsauerkraut und mit Speckrösti. Darauf freute er sich seit dem Frühstück.

»Christian?«, rief jemand auf dem Flur. »Christian?«

Hauptkommissar Sönnichsen verließ das WC. In der Tür zu seinem Büro stand Fritz Quandt. Sönnichsen selbst hatte ihn für den Dauerdienst eingeteilt.

»Was ist denn, Fritz?«, wollte er wissen.

»Rainer Kießig«, sagte Quandt. »Er sitzt unten in der Wache und hat uns etwas mitgebracht.«

»Eine Spende für den Polizeisportverein?« Sönnichsen verzog sein Gesicht zu einem halben Grinsen. »Oder ist er besoffen und hält sich für den Weihnachtsmann? Obwohl das wohl ein bisschen früh ist, was?«

»Komm lieber mit«, bat Quandt, »und schau dir das Zeug selber an.«

Rainer Kießig stand sogar auf, als Sönnichsen den Warteraum betrat. Sönnichsen nickte bloß. Auf dem Tisch vor dem Fenster hatte Kießig mehrere Gegenstände ausgebreitet, die offenbar zuvor in drei Plastiktüten gesteckt hatten. Die Tüten waren verschmiert, und ein paar Krumen feuchter Erde hatten sich von ihnen gelöst. Christian Sönnichsen nahm die Mitbringsel in Augenschein, ohne sie zu berühren. Sein Herz klopfte aufgeregt.

»Wo haben Sie das gefunden?« Er deutete auf drei Kerzenhalter, eine mit religiösen Symbolen bestickte Decke, eine zusammengerollte Leinwand und ein Kruzifix aus Metall.
»Das hat jemand in meinem Garten vergraben«, sagte Kießig.

8

Dietrich Kölling war bereit. Er stand vor einem C&A-Kaufhaus, beobachtete den Kundenstrom und spannte seine Kräfte an, um sich in das Abenteuer zu stürzen. Kompliziertere Dinge als Lebensmittel kaufte Dietrich Kölling nicht gern, und er stattete dem Kaufhaus auch keinen Besuch ab, weil er frustriert war: Der Erwerb von Waren pflegte seine Laune nur zu verschlechtern. Aber er hatte einen Stich ins Herz bekommen. Ein frecher junger Vollzugsbeamten in der UHA Oranienburg hatte ihn auf seinen Mantel angesprochen. »Ist Inspector Columbo ihr Vorbild, Hauptkommissar?«, hatte ihn der Schnösel gefragt. »Ich meine nur, weil Sie so einen komischen Mantel tragen.« Komisch hatte er gesagt, aber schäbig gemeint; diese Offenheit hatte er sich jedoch nicht herauszunehmen gewagt. Vielleicht war der Mantel ja schäbig, schließlich hatte er mehr als zehn Jahre auf dem Buckel. Ein paar Jahre würde er wohl noch halten. Dietrich Kölling hatte sich die Mäntel im Schaufenster angeschaut. Sie waren ihm alle zu teuer.
Dietrich Kölling betrachtete eine Schautafel und ordnete Mäntel bei der Herrenkonfektion ein, die sich im dritten Stock befand. Mit der Rolltreppe fuhr er hinauf. Schon beim Anblick der riesigen Verkaufsetagen wurde ihm schlecht. In diesem Kaufhaus würde er nie einen Mantel finden. Das war gar kein Kaufhaus, das war ein Alptraum. Im dritten Stock fuhr er direkt auf die Mäntel zu. Eine Verkäuferin schaute ihn erwartungsvoll an. Dietrich Kölling bat das Glück, ihm treu zu bleiben.
»Kann ich Ihnen helfen?«, fragte die Verkäuferin.
»Ich möchte einen Mantel kaufen«, sagte Dietrich Kölling folgsam.
»Einen Mantel.« Die Verkäuferin musterte Dietrich Kölling von Kopf bis Fuß. »Kennen Sie Ihre Größe?«

»Nein.«
»Und haben Sie sonst eine Vorstellung?«
»Ich hätte gern einen Mantel in der Art, wie ich ihn trage«, sagte Dietrich Kölling.
»Grau? Ich finden, Sie sollten Mut zur Farbe haben.«
»Das ist kein Grau«, belehrte Dietrich Kölling die Verkäuferin, »das ist Beige.«
Die Verkäuferin trat an einen Drehständer und fuhr mit den Fingern zwischen die dort hängenden Kleidungsstücke. Dietrich Kölling schwitzte. Es stimmte, die Ärmel seines Mantels hatten Scheuerstellen, doch die hätte seine Mutter noch kunststopfen können. Bis vor einigen Jahren war sie darin so perfekt gewesen, dass man die reparierten Stellen kaum sah.
»Wie wär's hiermit?« Die Verkäuferin hielt Dietrich Kölling einen Mantel vor die Nase. »Dunkelblau ist sehr elegant.« Dietrich Kölling schüttelte den Kopf. Er wollte nicht aussehen wie Becker. »Oder dieser? Schwarz ist nie ein Fehler.« Für Dietrich Kölling schon, er war doch kein Rabe. »Aubergine?«
»Beige.«
»Ein Trenchcoat?«
»Nein. Ein ganz normaler, gerade geschnittener Mantel mit zwei Außentaschen. Keine Schnörkel. Etwas Solides.«
»Klassisch also.« Die Verkäuferin sprach es aus, als handle es sich um die Antike. »Und beige.«
»Beige oder sandfarben.«
»Vielleicht ... aber tailliert geht ja auch nicht ... Ist ein Gürtel angenehm?«
»Ein Gürtel macht nichts«, sagte Dietrich Kölling mild, »den kann man rausziehen. Und die Laschen trenne ich mit einer Rasierklinge ab.«
»Na ja, wir räumen unsere Lager zweimal ihm Jahr, aber ...« Die Verkäuferin bedeutete Dietrich Kölling mit einem Wink, ihr zu folgen. Ihr Ziel war ein weiterer Drehständer, der sich versteckt hinter anderen Ständern befand. »Reduziert bis 50 %«, stand auf einer Tafel.

Dietrich Kölling frohlockte. Und als die Verkäuferin ihm einen der Mäntel zur Probe reichte, sah er, dass er hier das Richtige finden würde. Er legte das alte Stück ab und zog das neue an. Es war ein ausgezeichneter Übergangsmantel, beige und garantiert zeitlos. Nur den Ärmeln fehlten zwei Zentimeter.

»Größer haben wir nicht«, meinte die Verkäuferin, »aber vielleicht stricken Sie an?«

»In der Nachkriegszeit haben wir das gemacht«, erklärte Dietrich Kölling ernsthaft. »Da gab es nichts Neues, wenn man aus den Sachen rausgewachsen war. Es wurde eben gestückelt. Immerhin haben wir dabei gelernt, unsere Kleidung zu achten. Und nicht nur unsere Kleidung, sondern alles Menschenwerk. Weil es noch etwas wert war. Ich nehme ihn.«

»Tatsächlich?« Die Verkäuferin riss die Augen auf.

»Ja.«

»Gut. Sie müssen an der Kasse zahlen. Hundertneun Euro.«

»Wie viel?«

»Hundertneun. Wir nehmen auch EC- oder Kreditkarte.«

Dietrich Kölling schüttelte den Kopf. Solche Preise waren ein Anschlag auf die guten Sitten, aber den Sittenverfall konnte ohnehin niemand aufhalten, also zahlte er brav und bar. Stolz erfüllte ihn, als er auf dem Parkplatz nach seinem Wagen suchte, den er sich von der Berliner Polizei geliehen hatte. Er hatte ein Kleidungsstück erworben, dass ihn bis ins Rentenalter begleiten würde, also im wahrsten Sinne des Wortes einen Mantel des Übergangs. Dietrich Kölling schloss die Fahrertür auf, beugte sich in den Wagen und warf die Tüte auf den Rücksitz.

»Eins an Eins-dreizehn«, blökte jemand aus dem Funkgerät. Dietrich Kölling richtete sich auf und stieß sich den Kopf am Himmel. Bestirnt war er nicht.

»Eins-dreizehn«, meldete sich Dietrich Kölling, noch immer zur Hälfte im und zur Hälfte außerhalb des Wagens und somit in einer unglücklichen Haltung.

»Sie sollen sich dringend in der PD Erbach melden«, sagte der Mann aus der Funkzentrale. »Kann ich Ihnen den Namen sagen, oder soll ich …«

»Nein, ich weiß, wer es ist.« Dietrich Kölling vollführte eine akrobatische Glanzleistung und kam auf dem Fahrersessel zum Sitzen. »Was will er?«

»Er sagt, er hätte Beweismittel gesichert.«

»Beweismittel, aha. Gut, danke. Ende.« Dietrich Kölling durchsuchte seine Taschen nach dem Telefonbüchlein. Es war sehr praktisch, weil es sogar in Hemdtaschen passte, aber von Nutzen war es nur, wenn man es bei sich hatte. Dietrich Kölling zündete sich eine Zigarette an und dachte nach. Dann rief er noch einmal die Zentrale und ließ sich die Nummer geben.

Sönnichsen war ungehalten, weil er so lange auf den Rückruf hatte warten müssen, aber nachdem Dietrich Kölling ihm ausschweifend von seinem Mantelkauf berichtet hatte, war der Erbacher Kollege versöhnt; wahrscheinlich war er mit den Schwierigkeiten des Einkaufs vertraut. Was er mitzuteilen hatte, haute Dietrich Kölling um.

»Und Sie sind ganz sicher?«, fragte er nach.

»Ich habe es wieder und wieder mit Ihren Sachfahndungsunterlagen verglichen. Es handelt sich zweifelsfrei um die Gegenstände, die in dieser Kirche gestohlen worden sind. Sankt Marien, ja? Drei Leuchter, ein Kruzifix, eine Altardecke und dieses Gemälde. Mit der Signatur K Strich H Häring, neunzehnhundertfünfzehn.«

»Und das wurde auf Kießigs Grundstück gefunden?«

»Ja. Vergraben. Vor kurzem. In drei Plastiktüten. Eine von Hertie, eine von einem Baumarkt Pölzig, eine neutrale. Also weiß wie die Unschuld. Keinerlei Aufschriften außer dem Recycling-Vermerk.«

»Vor kurzem«, erkundigte sich Dietrich Kölling, »heißt das, als Hönekamp in Erbach war?«

»Das könnte es heißen. Aber die Sache hat einen riesengroßen Haken«, sagte Sönnichsen.

»Und welchen?«, wollte Dietrich Kölling wissen.

»Hönekamp kann diese Dinge nicht vergraben haben«, erklärte der Erbacher. »Er hat Kießigs Grundstück mit Sicherheit nicht betreten.«

Neuntes Kapitel

1

Dietrich Kölling war enttäuscht. Er hatte Becker von Zuhause abgeholt, um mit ihm nach Oranienburg zu fahren, er hatte auf der Straße eine Pirouette vor seinem Mitarbeiter gedreht, hatte den Mantel mit demonstrativer Zärtlichkeit auf die Rückbank gebettet, doch Becker reagierte nicht. Im Vernehmungszimmer der Untersuchungshaftanstalt hängte Dietrich Kölling das gute neue Stück immer wieder um, er hatte nun schon alle Möglichkeiten zum Aufhängen ausgeschöpft, aber Becker saß nur an dem Resopaltisch und gähnte hinter vorgehaltener Hand. Dietrich Kölling legte den Mantel schließlich über eine Stuhllehne.

»Sind Sie nervös?«, fragte Becker.

»Nein. Nicht im Geringsten. Wieso?«

»Weil Sie schon den ganzen Morgen herumtänzeln«, erklärte der Oberkommissar.

»Ja, haben Sie denn Tomaten auf den Augen?«, fuhr Dietrich Kölling ihn an. »Mein Mantel!«

»Tja«, Becker nickte, » sieht aus wie gereinigt.«

Dietrich Kölling gab auf. Er würde sich einen anderen Bewunderer seines auserlesenen Geschmacks suchen müssen.

Mario Hönekamp sah übernächtigt aus. Dietrich Kölling hatte die Vernehmung bewusst sehr früh angesetzt, weil er hoffte, dass der junge Mann vielleicht Rücksicht auf seinen Anwalt nehmen und auf den Beistand Czolnays verzichten würde. Außerdem gab es nichts zu besprechen, was dessen Anwesenheit erforderlich gemacht hätte. Die frühe Stunde erklärte jedoch nicht Hönekamps dunkle Augenringe und das Grau seiner Wangen. Vielleicht bekam ihm die gesiebte Luft nicht, oder ihm raubte das schlechte Gewissen den Schlaf. Dietrich Kölling hielt ihn längst nicht mehr für den Mörder Möllenthins. Das musste nicht bedeuten, dass Hönekamp nicht einiges auf dem Kerbholz hatte, das bislang nicht ans Tageslicht gekommen war.

»Wir haben das Diebesgut gefunden«, eröffnete Dietrich Kölling das Spiel.

»Diebesgut?« Hönekamp verstellte sich nicht, er hatte tatsächlich nicht begriffen.

»Aus dem Kirchendiebstahl«, sagte Becker.

»Ich hab's schon hundertmal gesagt, damit habe ich nichts zu tun.«

»Wir haben es in Erbach gefunden«, setzte Dietrich Kölling eine weitere Figur, »auf dem Grundstück von Rainer Kießig. Vergraben. Das muss in der Zeit geschehen sein, als Sie in Erbach waren.«

»Es gibt einen Haufen Bullen dort, die wissen, dass ich das Grundstück nicht betreten habe«, stellte Hönekamp entnervt fest.

»Richtig.« Dietrich Kölling nickte betulich. »Trotzdem müssen die Gegenstände dorthin gelangt sein. Ich kann mir nicht vorstellen, dass Kießig sie selber verbuddelt, dann wieder aus der Erde geholt und zur Polizei geschleppt hat. Warum sollte er? Um den Verdacht auf Sie zu lenken? Unsinn, denn erstens hat er es nicht nötig, seinen Lebensunterhalt durch Diebstähle zu bestreiten, zweitens, falls er kleptomanisch veranlagt wäre, dann wäre er wohl kaum nach Berlin gefahren, Kirchen gibt es schließlich sogar im Odenwald, und drittens: Auch er weiß, dass Sie in Erbach unter Polizeiaufsicht standen. Also bleibt die Frage, wer da grub.«

»Da will mir jemand was anhängen«, meinte Hönekamp.

»So scheint es.« Dietrich Kölling brannte sich eine Zigarette an. »Ein Jemand, dem bekannt ist, dass Sie die Absicht hatten, nach Erbach zu fahren, oder dem bekannt ist, dass Sie dort gewesen sind. Der aber nicht weiß, dass Sie Kießigs Grundstück nicht mehr erreicht haben.«

»Und deshalb fragen wir Sie«, übernahm Becker, »wer von Ihrer Reiseabsicht oder der Reise Kenntnis hatte?«

»Niemand«, sagte Hönekamp überzeugt. »Außer Kaiman, aber der verbuddelt bloß Knochen.«

»Falsch«, sagte Dietrich Kölling. »Kießig wusste davon. Er hat es der Erbacher Kripo mitgeteilt, und nur ihr. Sagt er jedenfalls. Theoretisch kommen also etliche Polizeibeamte in Frage, meine Kollegen und ich übrigens auch. Sie müssen mir jetzt einfach glauben, dass ich nicht in die Kirche eingestiegen bin. Herr Hönekamp, Sie haben es noch jemandem gesagt. Dem Mörder, kapieren Sie das? Also strengen Sie Ihr Gehirn an. Vielleicht haben Sie mit jemandem gesoffen?«
»Habe ich aber nicht«, beharrte Hönekamp.
»Dann haben wir es wohl mit einem Hellseher zu tun«, sagte Dietrich Kölling sarkastisch.
»Kannte Rainer Kießig den Pfarrer?«, wollte Becker wissen.
»Klar, vom Knast.«
»Nehmen wir mal an, der Einbruch in die Kirche sollte eine falsche Fährte legen. Es geht also nicht um Bereicherungsabsichten, sondern vielleicht um Rache. Hätte Kießig einen Grund, sich an Möllenthin zu rächen?«
»Keine Ahnung. Aber Rainer ist seit einem Dreivierteljahr da unten, der hat mit Möllenthin nichts mehr zu tun gehabt.«
»Er hat gewartet, bis er Ihnen die Tat in die Schuhe schieben kann«, schlug Dietrich Kölling vor. »Wusste er, dass Sie einige Zeit bei Möllenthin gewohnt haben?«
Mario Hönekamp schüttelte den Kopf.
»Haben Sie ihm mitgeteilt, dass Sie nach Ihrer Entlassung öfter mit Möllenthin zu tun hatten?«
Mario Hönekamp schüttelte den Kopf.
»Bitte überlegen Sie noch einmal ganz genau. Hatten die beiden irgendeinen Streit? Gab es eine Auseinandersetzung?«
»Gab es nicht.« Hönekamp hatte die Nase voll und erhob sich. »Außerdem haben Sie es selbst gesagt: Wenn er mir was anhängen wollte, hätte er das Zeug nicht in seinem Garten vergraben.«
»Im Prinzip – ja. Aber wir kennen seine Absichten nicht.«
Dietrich Kölling ließ es dennoch damit bewenden. Ihm war klar, dass er sich bei Hönekamp nur im Kreise drehen würde. Der anonyme Brief und der Erbacher Fund sprachen dafür, dass jemand Hönekamp

was am Zeuge flicken wollte, aber er hatte es sehr ungeschickt eingefädelt: Die Mühe, die sich der Unbekannte in Kießigs Garten gegeben hatte, führte nur dazu, Hönekamp zu entlasten. Es musste noch eine Person existieren, die annahm, der junge Mann habe sich auf Kießigs Grundstück aufgehalten; in diesem Falle wären deren Absichten möglicherweise aufgegangen. Dietrich Kölling setzte sich in den Wagen.
»Wir haben etwas vergessen«, behauptete Becker, nachdem er hinter dem Steuer Platz genommen hatte.
»Was denn?«
»Hönekamp zu fragen, was er seinem Anwalt über Erbach erzählt hat.«

2

Der Zeuge hieß Antonio Heidtmann-Salazar. Er war dreiundzwanzig Jahre alt und übte im Restaurant seiner Eltern eine höchst unklare Tätigkeit aus, die man als Wache, aber auch als Wichtigtuerei bezeichnen konnte. Antonio war ein Mischling, ein sehr schöner Mensch, und das wusste er. Seine Mutter hatte das Heidtmann zu dem Namen beigesteuert und war Deutsche, der Vater war Moçambiquaner und hatte mit dem früheren portugiesischen Diktator nur den Namen gemeinsam, sie waren nicht verwandt.
Das Restaurant mit dem Namen »São Jorge« befand sich keine hundert Meter von dem Haus entfernt, auf dessen Hof Winfried Möllenthin den Tod gefunden hatte. Seine Pforten wurden jeden Tag um achtzehn Uhr entriegelt, wie ein Schild mit den Öffnungszeiten verhieß, während der Ausschankschluss durch ein Fragezeichen markiert war. Das hieß also: Hungrige und durstige Pilger hatten beim Heiligen Georg einkehren können, als man dem Priester den Schädel einschlug.
Die Blissow und Tangermann wurden nicht von physischen Bedürfnissen in das portugiesische Restaurant getrieben, sie interessierten sich einzig und allein für Beobachtungen vom Tattag. Nur aus Höflichkeit bestellte jeder einen Kaffee, dann nahmen sie ihr Ziel ins Visier.

An dem Abend, als Möllenthin starb, hatten die beiden Inhaber und ihre Angestellten alle Hände voll zu tun, denn der Kegelverein »Hermsdorfer Neune« feierte sein Jahresfest. Keiner hatte Zeit gehabt, einen Blick aus dem Fenster zu werfen. Nur Antonio, der schön war, aber alles andere als fleißig, hatte sich trotz der Hektik seiner Lieblingsbeschäftigung hingegeben, dem Stehen an der Tür. Da das »São Jorge« keinen Türsteher brauchte, hatte der junge Müßiggänger die Straße beobachtet. Vor allem schaute er natürlich nach Frauen.
»Nach Weiberärschen«, sagte er mit einem anzüglichen Blick auf die Blissow, die daraufhin gähnte. Diese Reaktion verletzte den Mädchenschwarm, aber da seine Gefühle allesamt oberflächlich waren, war er schon eine halbe Minute später versöhnt und plapperte munter fort.
Angeblich hatte er Randolf Schultze gesehen. Nachdem ihm die Blissow Schultzes Bild vor die Nase gehalten hatte, wollte er ihn am Tatabend gesehen haben, und nicht in seinem Leichenwagen, sondern in dem noch auffälligeren Audi. Aber, so Antonio Heidtmann-Salazar, der Mann habe nicht nur in dem Auto gesessen, er habe es auch verlassen. Das Restaurant, so Antonio Heidtmann-Salazar, sei zu diesem Zeitpunkt wohl schon zwei Stunden geöffnet gewesen. Und, so Antonio Heidtmann-Salazar, dieser Mann sei schnurstracks in das Haus gegangen, wo der Priester wohnte.
Die Blissow und Tangermann fackelten nicht lange. Sie luden Antonio Heidtmann-Salazar in ihren Wagen und nahmen ihn mit. Natürlich protestierte er. Doch sein Widerspruch war nur schwach. Denn eigentlich war Antonio Heidtmann-Salazar stolz: Dass die Polizei ihn mitnahm, bewies auch dem letzten Zweifler, wie wichtig er war.
Seine Eltern protestierten nicht. Sie zuckten nur die Achseln.

3

»Wie kommen Sie auf Czolnay?«, wollte Dietrich Kölling wissen.
»Ach, nichts weiter«, entgegnete Becker, »nur Komplettierungswahn.«
»Natürlich hat Hönekamp mit seinem Anwalt über Erbach gesprochen. Das ist ja wohl logisch. Wenn Mandant und Verteidiger einander

anschweigen, müssen sie sich überhaupt nicht treffen. Dann ist die ganze Rechtsvertretung sinnlos.«

»Sicher«, meinte Becker und trat auf die Bremse, um den Wagen an einer Ampel zum Stehen zu bringen.

»Außerdem findet sich Erbach auch in den Akten«, sagte Dietrich Kölling.

»Meinen Sie, dass Czolnay so rasch Akteneinsicht bekommen hat? Dann muss er ja mit dem Staatsanwalt verwandt sein.«

»Das ist alles Spekulation.«

»Ist es«, bestätigte Becker und legte den ersten Gang ein.

»Allerdings …« Dietrich Kölling hob die Schultern und ließ sie abrupt wieder fallen.

»Ja?« Beckers Fuß spielte mit dem Gaspedal.

»Fragen müssten wir Hönekamp trotzdem, was er Czolnay über seine Stippvisite am Odenwald erzählt hat.«

»Müssen wir vielleicht«, sagte Becker vage. »Soll ich umkehren?«

»Bloß, was soll das?« Dietrich Kölling massierte sich mit der linken Hand die Stirn. Becker flog über die Kreuzung. In Dietrich Köllings Magen regte sich Widerstand gegen diesen übermütigen Fahrstil.

»Ja, was?« Becker starrte stur geradeaus.

»Sie sind irgendwie … komisch«, stellte Dietrich Kölling fest.

»Ich? Komisch? Nein.«

»Doch, sind Sie«, widersprach Dietrich Kölling.

»Ich schlafe zu wenig«, sagte Becker, »ich bin zu selten zu Hause, ich kümmere mich zu wenig um meine Familie. Mehr ist nicht.«

»Tja.«

»Also was nun? Umkehren oder nicht?«

»Mir ist dieser Hönekamp zuwider«, umging Dietrich Kölling eine Anweisung.

»Ich bin auch nicht gerade in ihn verliebt«, räumte Becker ein.

»Der Typ lernt einfach nichts aus seinen Fehlern«, sagte Dietrich Kölling. »Der ist nur blöd.«

»Saudumm«, gab Becker Wasser auf die Mühlen.

»Aber warum kümmert sich ein arrivierter Anwalt wie Albert Czolnay so … so … wie soll ich sagen?«
»Ergreifend«, schlug Becker vor, während er mit siebzig Stundenkilometern durch Oranienburg raste.
»Genau. Warum kümmert sich ein erfolgreicher Anwalt wie Czolnay so ergreifend um einen Loser wie Hönekamp? Christliche Nächstenliebe allein kann es doch wohl nicht sein, oder?«
»Also ich soll jetzt umkehren?«
»Mann Gottes, Becker!«, rief Dietrich Kölling. »Meinetwegen kehren Sie um. Aber vorher halten Sie an der nächstbesten Kneipe an. Ich lade Sie zu einem Bier ein.«

4

Oberstaatsanwalt Körner, zuständig für Mord und Totschlag, hatte Antonio Heidtmann-Salazar auf den Zahn gefühlt. Der junge Mann war bei seiner Aussage geblieben. Trotzdem hatte Körner gezögert. Randolf Schultze war immerhin hoher Funktionsträger eines Weltkonzerns und nicht ein Straßenköter, nach dem kein Hahn krähte. Schließlich hatte der Staatsanwalt aber doch einen Haftbefehl beantragt. Und die Richterin beim Landgericht hatte nicht mit der Wimper gezuckt, als sie ihrer Sekretärin den Haftbefehl diktierte. Sie fürchtete sich nicht vor großen Tieren, aber sie war auch keine Angestellte des Staates, von dem immer häufiger durchsickerte, dass er verwaltet wurde wie eine Kleingartenanlage.
Die Blissow war zufrieden. Tangermann war es nicht.
»Eigentlich haben wir doch nur Suggestivfragen gestellt«, meinte er, als er zur Blissow in den Wagen stieg. Antonio Heidtmann-Salazar wurde nicht mehr gebraucht, also musste er mit der S-Bahn nach Hause fahren. »Mit Suggestivfragen bekommt man immer das gewünschte Ergebnis.«
»Man merkt, dass Sie gerade auf Schule waren«, erwiderte die Blissow. »Ob Suggestivfragen oder nicht, zweifeln Sie daran, dass Schultze sein Mütchen gekühlt und Möllenthin aus Eifersucht umgebracht hat?«
»Allerdings«, sagte Tangermann.

»Sie zweifeln?«
»Darf ich nicht?«
»Doch, doch.« Die Blissow startete den Wagen. »Sie müssen allerdings zugeben, dass unser Verdacht gegen Randolf am stärksten fundiert ist. Hönekamp hat zwar einen schönen Arsch, aber ihm gelingen nicht mal Tankstellenüberfälle.«
»Es wäre nett, wenn Sie begreifen würden, dass ich mich nicht nur für Männerärsche interessiere«, intervenierte Tangermann.
»Ja, Sie haben Recht. Entschuldigung!« Die Blissow fuhr vom Hof der Dienststelle und bog nach rechts in die Keithstraße.
»Sie hassen Schultze«, bemerkte Hajota. »Beide. Nicht bloß den Mann.«
»Hass ist ein viel zu aufwändiges Gefühl«, meinte die Blissow. »Aber eine gewisse Genugtuung wird schon dabei sein, wenn wir Randolf in ein paar Minuten Handschellen anlegen und ihn in eine Zelle sperren können. Da gehört er hin. Sein doofes Weibchen, dass Stöckchen apportiert wie ihre Tölen, geht mir am Allerwertesten vorbei.«

5

»Ich halte Czolnay für einen integren Menschen«, sagte Dietrich Kölling. »Er ist ein Gentleman, und das sage ich nicht, weil ich mit ihm Whiskey getrunken habe.«
»Sie haben mit ihm Whiskey getrunken?«, fragte Becker verwundert. Die Kellnerin brachte ihm ein Hefeweizen. Dietrich Kölling hatte für sich ein Pils bestellt, und das brauchte im »Oranienhof« wohl tatsächlich sieben Minuten.
»Einen ausgezeichneten sogar.« Dietrich Kölling seufzte demonstrativ. »Anwälte können sich so was leisten.«
»Aber seltsam ist doch, dass Czolnay überall auftaucht, wo wir uns umtun«, meinte Becker.
»Das ist sein Job. Er gehört nun mal der Sankt-Marien-Gemeinde an und hat in diesem Umfeld auch einige Mandanten. Ich meine, wir haben doch öfter mit Anwälten zu tun. Je nach ihrer Strategie machen sie uns Schwierigkeiten oder nicht.«

»Dieses Gutmensch-Getue nehme ich ihm nicht ab«, sagte Becker. »Wer teuren Whiskey trinkt, der muss auch Geld schöpfen.«

»Ja, aber so einen Hönekamp, das macht er nebenbei«, entgegnete Dietrich Kölling. »Das ist Routine. Apropos Routine: Anwälte sind doch gewieft in Schriftsachen. Ich kann mir nicht vorstellen, dass es legasthenische Anwälte gibt.«

»Da wäre ich nicht so sicher«, sagte Becker, dann nahm er erst einmal einen großen Schluck und erweckte den Neid seines Chefs. »Außerdem halte ich die Rechtschreibschwäche in dem anonymen Brief für vorgetäuscht.«

»Daran habe ich auch schon gedacht.« Dietrich Kölling nickte vor sich hin. »Kommissar Kelling!«

»Darüber kommen Sie wohl gar nicht hinweg?«

»Es bringt in mir eine Saite zum Klingen«, sagte Dietrich Kölling. »Ich weiß bloß nicht, was der Ton bedeutet.«

6

Die Blissow hatte Aufsehen verhindern wollen, aber die Rechnung ohne Randolf Schultze gemacht. Als sie ihm den Haftbefehl vorlas, begann er zu toben. Er brüllte so laut, dass alle seine Mitarbeiter zusammenliefen, und die Sekretärin verständigte sofort Anwalt Czolnay. Auch der Justitiar der Firma wurde gerufen, der Wachschutz und ein Herr vom Vorstand. Gegen einen amtlichen, von einer Richterin unterzeichneten Haftbefehl konnten sie gleichwohl nichts unternehmen.

Es brauchte einige Zeit, bis Schultze sich beruhigte. Die Blissow verzichtete auf Handschellen, als sie ihn abführte. Für ihn war es trotzdem wie ein Gang nach Canossa. Er war den Blicken seiner Mitarbeiter ausgeliefert, die miteinander tuschelten, womöglich über die Frage, ob sie ihrem Chef einen Mord zutrauen konnten.

Die Blissow und Tangermann brachten Randolf Schultze nach Moabit. Kurz nachdem sie das Untersuchungsgefängnis betreten hatten, kreuzte Czolnay auf. Er hatte am Kriminalgericht zu tun gehabt, also war der Weg nicht weit.

Viel konnte der Anwalt für seinen Mandanten nicht tun. Czolnay versuchte, über sein Mobiltelefon die Richterin zu erreichen, die den Haftbefehl ausgestellt hatte. Das gelang ihm nicht. Immerhin verabredete er mit der Geschäftsstelle, dass die Richterin, die einen Prozess zu führen hatte, von seinem Anruf und seiner Bitte um einen Haftprüfungstermin verständigt wurde. Mit Haftprüfungsterminen warfen Richter nicht um sich. Einige Tage würde Schultze auf jeden Fall in der Untersuchungshaft ausharren müssen. Dieser Umstand erfüllte die Blissow mit Befriedigung.

»Sie machen einen großen Fehler«, behauptete Czolnay.

»Na ja, aber das Töten eines Priesters ist auch nicht rechtens, oder?«

»Sie glauben doch nicht, dass mein Mandat diese Tat begangen hat?«

»O doch«, sagte die Blissow, »sonst würden wir ihn nicht in Haft nehmen.«

»Sie haben nicht die Spur eines Beweises«, sagte Czolnay.

»Wir haben einen Zeugen.«

»Der daneben stand, als Möllenthin erschlagen wurde?«

»Nein, das nun nicht.«

»Na bitte.« Czolnay reckte sich. »Ich hol Sie hier raus!«, rief er Schultze hinterher, der von einem Vollzugsbeamten zu seiner Zelle geführt wurde.

7

»Ich glaub's ja immer noch nicht richtig«, meinte Mario Hönekamp. »Czolnay verteidigt mich für 'nen Appel und 'n Ei. Prozesskostenhilfe, so nennt man das wohl. Hat er beim Richter beantragt. Warum macht er das?«

»Für Möllenthin«, schlug Dietrich Kölling vor. »Um dessen Vermächtnis zu wahren.«

»Das trauen Sie einem Anwalt zu? Das sind doch Beutelschneider.«

»Sie müssen das ja wissen«, sagte Dietrich Kölling.

»Ihr Anwalt hat doch sicher von Ihnen verlangt, mit offenen Karten zu spielen«, mischte sich Becker ins Gespräch.

»Klar. Machen die immer. Czolnay hat sich sogar als mein Beichtvater bezeichnet. Im Scherz, logisch.«

»Beichtvater?« Dietrich Kölling sah Hönekamp konsterniert an. »Haben Sie mal gebeichtet?«

»Bei Winfried. Aber ich kann das nicht glauben ... ich meine, dass ein Priester uns unsere Sünden vergeben kann. Nur Gott ist dazu befugt.«

»Ich möchte mich auf keinen theologischen Disput mit Ihnen einlassen«, sagte Dietrich Kölling.

»Fürchten Sie, den Kürzeren zu ziehen?« Hönekamp grinste.

»Das gerade nicht, mein Lieber. Ich bin nicht bibelfest, aber mit Ihnen nehme ich es noch auf. Mich hat immer die Johannes-Offenbarung am stärksten beeindruckt. Die Visionen von der Apokalypse. Die erwärmen ein Kriminalistenherz nachhaltig.«

»Und was wollen Sie eigentlich?«, fragte Mario Hönekamp. »Es ehrt mich, dass Sie schon wieder hier sind, aber Sie führen doch was im Schilde?«

»Führen wir, lieber Freund, führen wir«, bekannte Dietrich Kölling.

»Wir möchten wissen, was Sie Ihrem Anwalt über die Erbach-Episode erzählt haben«, ergänzte Becker.

»Darf ich darüber sprechen?«

»Warum denn nicht?«

»Wegen der anwaltlichen Schweigepflicht.«

»Aber, Herr Hönekamp«, sagte Dietrich Kölling, »der unterliegt Ihr Anwalt, nicht Sie.«

»Ich hab ihm alles gesagt.«

»Alles? Was alles?«

»Nicht alles.«

»Nein?«

»Na, das war doch echt eine peinliche Nummer«, sagte Hönekamp. »Ich hab total aufs falsche Pferd gesetzt. Auf Kießig, diesen Verräter. Dass der mich an die Bullen ausgeliefert hat ... So genau hab ich das Czolnay nicht erzählt. Ich hab mich eher ein bisschen zum Helden gemacht.« Hönekamp lächelte schamhaft.

»Ihr Anwalt weiß also nicht, dass Sie nicht mal auf Kießigs Grundstück gelangt sind?«, fragte Becker.
»Nee. Ich hab ihm die Geschichte etwas anders dargestellt, als sie sich tatsächlich zugetragen hat.«
»Was hat Czolnay denn noch von Ihnen wissen wollen?«
»Wie ich die Tage vor dem Mord an Möllenthin zugebracht habe«, sagte Hönekamp.
»Darüber wollte er genau unterrichtet werden?«
»Bis in alle Einzelheiten«, bestätigte der gescheiterte Tankstellenräuber.

8

»Ja, aber was sagt uns das?«, wollte Dietrich Kölling von seinem Kollegen wissen. »Czolnay hat doch überhaupt kein Motiv, Möllenthin umzubringen. Ganz im Gegenteil, das Engagement in Möllenthins Bösewichter-Hilfe kam Czolnays Image zugute. Die beiden waren vielleicht nicht befreundet, aber sie standen sich nahe. Nein, ich verstehe nicht, worauf Sie hinauswollen.«
»Ich will ja auf gar nichts Bestimmtes hinaus«, sagte Becker. »Natürlich halte auch ich Czolnay nicht für verdächtig. Aber er wusste nicht, dass sein Mandat Hönekamp Kießigs Grundstück nicht betreten hat. Außerdem hat er ihn ausgehorcht. Das sind Fakten.«
»Geb ich zu. Aber Sie verrennen sich, Becker.«
»Um es noch einmal deutlich zu sagen: Ich hege keinen Verdacht gegen Czolnay.« Becker fuhr schon wieder mit überhöhter Geschwindigkeit durch Oranienburg. Dietrich Kölling hielt das mittlerweile für ein Zeichen, dass sein Stellvertreter urlaubsreif war. »Was gab's denn bei Frau Blissow Neues?«
»Sie hat einen Haftbefehl gegen Randolf Schultze erwirkt«, sagte Dietrich Kölling.
»Dann haben wir doch einen Täter.«
»Einen Tatverdächtigen«, korrigierte Dietrich Kölling. »Der mir nicht schmeckt.«
»Warum nicht?«

»Keine Ahnung. Wollen wir es vorläufig in Ermangelung eines besseren Begriffes Intuition nennen?«

»Ich dachte immer, Sie halten Intuition für eine Erfindung der Kriminalschriftsteller.«

»Halte ich auch.« Dietrich Kölling zündete sich eine Zigarette an. »Mir bereitet Schultze Unbehagen. Das Motiv gefällt mir nicht. Eifersucht! Das ist mir *zu* klassisch.«

»Ja, aber die meisten ...«

»Ich weiß, ich weiß. Vielleicht sollte ich Ruhe geben. Schultze war's – und basta. Er hatte einen Grund und die Gelegenheit. Und ein Zeuge hat ihn am Tatabend ins Haus gehen sehen.«

»Ach nee!«

»Doch. Aber die Blissow sagt selbst, dass dieser Zeuge ein Filou ist und nicht unbedingt glaubwürdig. Hat afrikanisches Blut in den Adern.«

»Deswegen ist er nicht glaubwürdig?« Becker hatte schon das Ortsausgangsschild im Blick und beschleunigte den Wagen. »Hör ich da nicht Rassismus trapsen?«

»Rassismus ist was Abstraktes, das kann keine sinnliche Tätigkeit wie Trapsen tun«, wies Dietrich Kölling seinen Kollegen zurecht.

»Tätigkeit tun ist auch nicht allerbester Deutsch«, bemerkte Becker.

»Mann, was sind wir klug!«, rief Dietrich Kölling. »Klug und durstig. Ich glaub, Becker, das kleine Bier war zu wenig.«

»Wollen wir uns besaufen?«

»O ja, bitte, und nach allen Regeln der Kunst. Ich geb noch mal was aus. Auf meinen neuen Mantel!«

»Ach, auf den«, seufzte Becker.

Zehntes Kapitel

1

»Das gibt es doch gar nicht«, rief Dietrich Kölling und schlug sich vor die Stirn. Becker und Tangermann, die gerade das Innenleben des defekten Kopierers inspizierten, hoben die Köpfe. Während Hajota frisch und ausgeruht wirkte, sah Becker ebenso grau aus wie sein Chef. Schuld daran waren zwölf kleine Bier, kombiniert mit vier doppelten Wodkas. »Mich tritt eine Pferdekoppel.«

»Was gibt's nicht?«, fragte Becker, dann gähnte er herzhaft.

»Ich habe trotz unseres kleinen Gelages wieder sehr schlecht geschlafen«, bekannte Dietrich Kölling. »Wie das so ist mit der Schlaflosigkeit, die Gedanken kreisen und kreisen, und wenn man sie vertreiben will, kreisen sie noch mehr.«

»Kenn ich«, sagte Becker.

»Ich auch«, fiel Tangermann überraschenderweise ein.

»Ich habe ein paar Leute aus dem Schlaf geklingelt, die werden zehn Jahre lang kein Wort mehr mit mir wechseln«, erklärte Dietrich Kölling. »In zehn Jahren bin ich Pensionär, dann rede ich sowieso nicht mehr mit Kriminalbeamten. Aber ich habe was in Erfahrung gebracht. Overnight-Express. Toll, nicht wahr?« Dietrich Kölling tippte auf die Akte, die vor ihm lag. »Über unseren Freund Czolnay. Der hat doch tatsächlich eine dunkle Seite. Seine Frau ist vor neun Jahren unter ominösen Umständen ums Leben gekommen. Sie ist verbrannt. Im Bungalow, in dem sie mit ihrem Gatten den Urlaub verbrachte. Irgendwo in Nordwestdeutschland. Ein Nest an der Ilmenau. Der Herr Anwalt war angeln, während die geliebte Frau verschmorte. Sie war psychisch angeschlagen, manisch-depressiv. Hat öfter mit Selbstmord gedroht. An jenem Tag hat sie einen Haufen

Schlaftabletten gefressen und dann das Haus abgefackelt. Ein Holzhaus.«

»Aha.« Becker ließ den Kopierer in Frieden und setzte sich an seinen Schreibtisch. Auch Tangermann, der mit Farbe beschmierte Finger hatte, hörte aufmerksam zu.

»Wie hat sie's denn gemacht?«, fragte er.

»Sie hat alle Fenster geschlossen. Dann hat sie sieben Kerzen angezündet und die Propangasflasche aufgedreht, die zufälligerweise ganz neu war. Sie hat sich aufs Bett gelegt und auf den großen Knall gewartet. Der kam dann wohl auch. Sie lebte noch, als sie verbrannte.«

»Soll das heißen, dass sie gehofft hat, friedlich einzuschlummern, bevor es bumst?« Becker machte eine ungläubige Miene.

»Sie war eben verrückt.« Dietrich Kölling zuckte die Achseln. »Zweieinhalb Jahre lang hat Czolnay um die Lebensversicherung prozessiert. Und gewonnen. Seiner Argumentation, dass seine Frau quasi in Folge einer Krankheit gestorben ist, hat sich das Gericht angeschlossen. Übrigens hat man eine Zeit lang auch die Möglichkeit eines Mordes erwogen. Aber Czolnay hatte ein Alibi. Wie gesagt, er angelte, und ein paar Leute haben ihn dabei gesehen.«

»Und was hat das mit Möllenthin zu tun?«, meldete sich Hajota zu Wort.

»Habe ich das behauptet? Es kann nichts mit Möllenthin zu tun haben. Vor neun Jahren war er noch gar nicht in Berlin.«

»In Berlin ist es ja auch nicht passiert«, gab Tangermann zu bedenken.

»Das stimmt zwar«, sagte Dietrich Kölling, »aber in der Lüneburger Heide hat er sich auch nicht herumgetrieben. Die zuständige Kripo in Uelzen hat die Sache zu den Akten gelegt. Suizid und aus.«

»Aber Sie geben jetzt jedenfalls zu, dass mit diesem Anwalt irgendetwas nichts stimmt«, sagte Becker.

»Nein, das gebe ich nicht zu. Ich habe einfach nur ein bisschen in der Gegend herum ermittelt. Wegen Schlaflosigkeit. Wir haben schließlich einen Täter. Stimmt's, Tangermann?«

»Ja, den Herrn Schultze.«

»Den meine ich.«

»Ich weiß nicht, dieser Czolnay muss einen heißen Draht haben. Stellen Sie sich vor, heute um elf ist schon Haftprüfungstermin.«
»Gehen Sie hin, Tangermann?«, erkundigte sich Dietrich Kölling. Becker hatte sich erhoben und wieder dem Kopiergerät zugewandt.
»Soll ich?«
»Klar sollen Sie. Haben Sie gute Argumente?«
»Also ehrlich gesagt, ich halte diesen Antonio Heidtmann-Salazar für einen Spinner.«
»Wenn Sie Ihren Hauptbelastungszeugen vor der Haftrichterin einen Spinner nennen, hebt sie den Haftbefehl sofort auf«, belehrte Dietrich Kölling sein Nesthäkchen.
»Na, so blöd werde ich schon nicht sein«, erwiderte Tangermann eingeschnappt. »Frau Blissow hat sich da in was verrannt, fürchte ich.«
»In diesem Fall ist das Sich-in-was-Verrennen allgemein üblich«, meinte Dietrich Kölling. »Kollege Becker beispielsweise hält Rechtsanwalt Albert Czolnay für Möllenthins Mörder.«
»Das ist überhaupt nicht wahr«, protestierte Becker.
In diesem Augenblick hatte die Blissow ihren Auftritt. Sie brachten einen braunen Briefumschlag und ein Blatt weißes Papier herein, das sie mit spitzen Fingern festhielt.
»Anonymus hat sich wieder gemeldet«, sagte sie. »Diesmal hat er den Brief aber der Post anvertraut, der leichtsinnige Mensch. Gestempelt wurde das Ding in der Niederlassung dreizehn in Hennigsdorf. Das heißt, es wurde irgendwo im Norden aufgegeben.«
»Geht es nicht präziser?«
»Nein«, erklärte die Blissow. »Man kann nur sagen, dass der Brief in einen Kasten geworfen wurde, der sich in den Gegenden befindet, deren Postleitzahlen mit dreizehn beginnen. Das kann Reinickendorf sein, Spandau, Wedding, Hohenschönhausen oder sogar außerhalb Berlins. Die Zustellbezirke sind ziemlich groß.«
»Was steht denn drin in dem Brief?«, begehrte Becker zu wissen.
»Lest selber.« Die Blissow legte das Blatt auf den Tisch und faltete es mit einer Pinzette auseinander. Becker, Hajota und Dietrich Kölling beugten sich über das Schreiben.

»Wenn Sie die Axt finden wollen fragen Sie Mario Hönekamp wo er seinen Hund ausführt.«
Dietrich Kölling schaute sich auch den Umschlag an.
»Und wieder ist mein Name falsch«, stellte er fest.

2

Der anonyme Briefeschreiber hatte Dietrich Kölling und seiner Mannschaft zwar kein großes Rätsel, aber doch eine harte Nuss zu knacken gegeben. Hönekamp hatte sich mit seinem Hund Kaiman einmal an jedem Tag in den Volkspark Schönholzer Heide begeben, der sich, von der Hausotterstraße aus gesehen, jenseits der S-Bahn-Gleise in Pankow befand, aber innerhalb von zehn bis fünfzehn Minuten zu erreichen war. Dort hatte Hönekamp mit dem Hund getobt, ihn apportieren und ihn sein Geschäft erledigen lassen. Falls die Tatwaffe hier tatsächlich verborgen worden war, dann glich die Suche nach ihr der nach jener sprichwörtlichen Nadel im Heuhaufen. Der Volkspark war groß, der Einsatz von Suchhunden nach so vielen Tagen zwecklos, zumal es sich fragte, wessen Witterung sie aufnehmen sollten; Hönekamps sicher nicht. Dietrich Kölling hatte mehrere Hundertschaften der Bereitschaftspolizei geordert, die den Park nun durchkämmten. Er selbst stand ratlos auf einem Weg und rauchte.
»Wie ist denn der Stand in Pasewalk?«, erkundigte sich Becker, der wusste, dass sein Chef soeben mit Küter telefoniert hatte.
»Nun«, Dietrich Kölling warf die Zigarette zu Boden und trat sie aus, »unser Pfaffe auf Abwegen hat durch Frau Bannasch vom Club erfahren. Als er seinen alten Schulfreund in Neubrandenburg besuchte und mitbekam, dass dessen Gattin im Bereich der PD die Sitte und Moral verteidigt, hat er sie zielgerichtet ausgequetscht. Etwas derb ausgedrückt, dem Herrn hat es zwischen den Beinen gejuckt. Ein Bordell in Berlin zu frequentieren, hat er sich offenbar nicht getraut. Der New York Club war für ihn also ein gefundenes Fressen.«
»Und weiß man nun endlich, warum Steinhausen ihn nackt vors Gehöft gezerrt hat?«

»Küter hat zumindest einen Verdacht, der mir überzeugend erscheint«, sagte Dietrich Kölling. »Möllenthin war trotz anhaltenden Studiums kluger Bücher und von Broschüren zur sexualpädagogischen Jungenarbeit ein ziemlich naiver Mensch. Nicht nur, dass man im Club seinen vollen Namen kannte, irgendwann muss er auch seine Profession verraten haben. Es dauerte dann noch geraume Zeit, bis in den vorpommerschen Dickschädeln ein Licht aufging, aber vermutlich ist dann jemandem klar geworden, dass ein katholischer Geistlicher eigentlich nicht darf. Außer mit der eigenen Hand, denn das ist nur eine lässliche Sünde.«

»Ich habe gerade einen Artikel gelesen«, bekannte Hajota, der auch dabeistand. Seine ohnehin frischen Wangen wurden noch ein wenig roter. »Es soll erstaunlich viele homosexuelle Priester bei den Katholiken geben. So viele, dass die Kirchenleitung sogar ein geheimes Papier dazu erarbeitet hat.«

»Wo liest man denn so etwas?«, erkundigte sich Becker.

»Na, in so ’nem Magazin«, sagte Tangermann verlegen. Er meinte offenbar eine Schwulenzeitung.

»Tja, als katholischer Priester hätten Sie es gut, nicht wahr?« Dietrich Kölling schmunzelte. »Da wären Sie bei der Mette immer von schönen Messknaben umgeben.«

»Aber die sind doch viel zu jung«, widersprach Hajota.

»Wissen Sie, Tangermann, worin das Elend des Menschen besteht?«, fragte Dietrich Kölling.

»Nein«, gab Tangermann zu.

»Dann will ich es Ihnen sagen. Gemeinhin wird der Mensch als Krone der Schöpfung bezeichnet. Warum? Wegen seines Verstandes. Aber dieser so genannte Verstand wird … Wie sagt man das neudeutsch? Konterkariert? Also, dieser Verstand wird konterkariert durch das Triebleben. Nicht der Trieb an und für sich ist das Problem, sondern seine Permanenz. Der Mensch kann immer, und das unterscheidet ihn von allen Lebewesen. Zum Beispiel von der Katze. Die Katze ist zweimal im Jahr rollig, und dann hat sie es ja auch nicht leicht. Aber in der Zwischenzeit? Ruhe, Frieden, Zufriedenheit. Wenn die Katze nicht den Zwang zur Begattung spürt, lebt sie in Harmonie mit der Welt und mit sich. Das ist eben die Strafe für den Sündenfall. Sie wissen schon, die Geschichte mit dem Apfel. Nicht der Apfel auf dem Kopf, der Apfel am Baum. Nachdem Adam und Eva vom Baum der Erkenntnis genascht hatten, wurden sie mit der Abschaffung der Paarungszeit bestraft. Damit begann das ganze Elend.«

»Beeindruckend«, bemerkte Becker unbeeindruckt. »Um nicht zu sagen: genial. Auch Möllenthin war kein Kater, auch er konnte immer, stimmt's? Ich sage das nur, damit wir unser Thema nicht vergessen.«

Dietrich Kölling verstand.

»Küter nimmt an, dass Möllenthin erpresst worden sein könnte«, sagte er. »Man wollte ihm einfach den doppelten Preis abknöpfen. Als er sich weigerte, zeigte man ihm, wo der Hammer hängt.«

»Zuerst stand er aber«, meinte Becker. Dann zeigte er auf einen Bereitschaftspolizisten, der winkte. »Die scheinen was gefunden zu haben.«

»Was ist eigentlich mit dieser Marité?«, fragte Tangermann.

»Noch immer verschwunden«, erwiderte Dietrich Kölling und setzte sich in Bewegung.

3

Dietrich Kölling war unzufrieden. Die Axt im Walde war gefunden worden, die blaue Mütze nicht. Ob es sich um die Tatwaffe handelte, würden die Laboruntersuchungen zeigen, aber daran zweifelte Dietrich Kölling nicht. Zuerst waren die Kleidungsstücke des Mörders im Tegeler Fließtal aufgetaucht, allesamt ladenneue Stücke, deren Herkunft noch nicht ermittelt werden konnte, und ihre Entdeckung war zweifellos ein Zufall gewesen. Dann hatte jemand begonnen, Beweisstücke zu lancieren. Bis auf die Mütze war alles komplett. Und dafür konnte es eigentlich nur eine Erklärung geben: Sie war der einzige vom Täter benutzte Gegenstand, den er für sein Verbrechen nicht neu gekauft hatte. Die Mütze hatte seinen Schweiß aufgenommen und seinen Haartalg, sie roch nach ihm. Deshalb würde sie wohl nie zum Vorschein kommen.

Dietrich Kölling befand sich wieder einmal auf dem Weg nach Hermsdorf. Er war allein unterwegs, denn sein Ziel hieß Albert Czolnay. Natürlich hatte er sich angemeldet, und der Anwalt war bereit, ihn zu später Stunde zu empfangen. Kurz nach einundzwanzig Uhr traf Dietrich Kölling in der Kanzlei ein. Er betrat das altertümliche Büro mit gemischten Gefühlen. Czolnay, der ihm die Tür geöffnet hatte, lud ihn mit einer Handbewegung ein, Platz zu nehmen, dann holte er einen Plastikbeutel hinter dem Schreibtisch hervor.

»Unsere Plauderstündchen werden ja allmählich Tradition«, meinte er. »Der Whiskey ist aber alle, deshalb bin ich nach Ihrem Anruf rasch zu nächsten Tankstelle gefahren.« Czolnay entnahm dem Beutel eine Flasche Glenfiddich. »Das ist auch eine hervorragende Sorte«, sagte er und stellte die Flasche vor Dietrich Kölling auf den Tisch. Gläser hatte er dort bereits deponiert. »Was führt Sie diesmal zu mir?«

»Sorgen«, erwiderte Dietrich Kölling.

»Weil der Verdacht gegen Randolf Schultze auf tönernen Füßen steht?« Czolnay setzte sich. Er öffnete den Schraubverschluss der Flasche und füllte die Gläser wieder mit einer beachtlichen Portion. »Da haben Sie eine Fahrkarte geschossen, Verehrtester. Nachdem die Richterin diesen ominösen Zeugen, diesen Heidtmann-Salazar, verhört hat, konnte sie Schultze nur auf freien Fuß setzen.«

»Ich komme mir vor wie ein Hamster, der im Rad läuft und dabei keinen Millimeter vorwärts gelangt«, gab Dietrich Kölling zu. »Tja, und dabei bewegen mich so viele Fragen. Zum Beispiel diese: Bei unserer ersten Begegnung haben Sie mich Kelling genannt. Wie kam es dazu?«

»Das bewegt Sie?« Czolnay schüttelte belustigt den Kopf. »Sehe ich darin etwas wie Eitelkeit aufblitzen?«

»Womöglich.«

»Meine Sekretärin hat Ihren Namen am Telefon falsch verstanden«, sagte der Anwalt und erhob sich. Er trat zum Schreibtisch, nahm seinen Terminkalender zur Hand und schlug ihn auf. »Hier, sehen Sie!« Czolnay tippte auf den Eintrag. »Kelling hat sie geschrieben. Kelling, Kriminalpolizei, in Sachen Möllenthin.«

»Verstehe.« Dietrich Kölling legte Czolnay die Umschläge der anonymen Briefe vor. »Der Absender dieser Schreiben ist demselben Irrtum aufgesessen wie … wie Ihre Sekretärin.«

»Und wie ich, wollten Sie doch sagen? Bis zu unserer ersten Begegnung hielt ich Sie ja auch für einen Herrn Kelling. Was sind das für Briefe?«

»Sie kennen sie nicht?«

»Ich?« Czolnay schüttelte den Kopf. Er versuchte auch ein Lächeln, aber es geriet ihm nur schief. »Wieso sollte ich sie kennen?«

»Ich habe mir gedacht, hier könnte vielleicht eine klassische Fehlleistung vorliegen«, erklärte Dietrich Kölling und steckte die Kuverts wieder ein. »Eine Freud'sche sogar, was weiß ich. Der Absender der Briefe glaubte, clever zu sein, wenn er sich verstellt und meinen Namen falsch schreibt. Übrigens wimmeln auch die Texte von Fehlern. Die sind meines Erachtens bewusst eingebaut, um Legasthenie zu simulieren. Oder um eine soziale Schicht vorzutäuschen, die unter der tatsächlichen des Absenders liegt, wenn ein solches hierarchisches Denken einmal erlaubt ist. Nun könnte es aber sein – und darin besteht eben die Fehlleistung –, dass unser anonymer Briefschreiber vergessen hat, wie er mich einst bei unserer ersten Begegnung als Kelling anredete. Ich selbst hatte es auch vergessen … bis es mir vor einigen Stunden wieder einfiel. Bei der Suche nach der Axt, auf deren Versteck uns der genannte Anonymus freundlicherweise hinwies.«

»Interessante Theorie«, sagte Czolnay. »Sogar mit psychologischem Tiefgang.« Auch Spott wollte ihm nicht recht gelingen.

»Na, wohl eher Hobbypsychologie«, wehrte Dietrich Kölling bescheiden ab. »Aber vorstellbar. So etwas passiert doch. Man will besonders clever sein und macht dabei einen gravierenden Fehler. Die Idee, die man grandios findet, ist es gar nicht. Sie beruht auf einem Einfall, den man für neu hält, der es aber nicht ist. Sondern eine gedankliche Fehlleistung, wie ich schon sagte. Zum Wohl!« Dietrich Kölling hob sein Glas und leerte es mit zwei tiefen Zügen. Czolnay, eigentlich immer höflich, achtete nicht darauf und schenkte daher nicht nach. Einen Moment erwog sein Gast, sich selbst zu bedienen, ließ es dann aber bleiben.

»Ich habe diese Briefe nicht verfasst«, sagte Czolnay.

»Dann haben Sie nichts dagegen, wenn ich morgen einen Spezialisten zu Ihnen schicke, der sich Ihre Drucker anschaut?«

»Nein, hab ich nicht. Er muss allerdings auch zu mir nach Hause kommen, denn dort steht auch ein PC mit Drucker.«

»Ich schicke ihn also auch zu Ihnen nach Hause?«

»Bitte, mag er nur kommen. Er wird nichts finden.« Albert Czolnay stand auf. »Damit ist die Plauderstunde beendet. Es sieht ja so aus, als müsste ich mir selbst einen guten Strafverteidiger suchen. Und da geht es uns Anwälten wie Ärzten: Die haben ja auch nur Vertrauen in sich selbst.«

4

Dietrich Kölling konnte sich eine Schuld Czolnays noch immer nicht vorstellen. Der Anwalt hatte Möllenthin gekannt und dessen Aktivitäten unterstützt, das war alles. Nichts deutete auf eine Feindschaft hin, und sollte Czolnay eine Leiche im Keller haben, dann würde er es dem Pfarrer wohl kaum auf die Nase gebunden haben. Trotzdem schickte Dietrich Kölling einen Kriminaltechniker in die Spur, bevor er sich aufmachte, um Mario Hönekamp noch einmal im Oranienburger Knast zu besuchen. Der maulte wieder, wie es seine Art war, aber schließlich bequemte er sich doch, alle Fragen zu beantworten, auch jene, die ihm schon gestellt worden waren.

Am Ende sprach auch Hönekamps Aussage gegen den Anwalt. Czolnay hatte gewusst, dass er mit seinem Hund Kaiman im Volkspark Schönholz Gassi ging. Der hartnäckige Rechtsanwalt, so Dietrich Köllings Eindruck, wusste offenbar sogar mehr über seinen Mandanten, als dieser von sich wusste. Alles, was Czolnay hatte in Erfahrung bringen wollen, hatte ihm der schlichte Hönekamp preisgegeben. Der Anwalt hatte wirklich das Zeug zum Beichtvater. Als solchen hatte er sich gegenüber seinem Mandanten im Scherz bezeichnet. Vielleicht hatte er es aber so scherzhaft nicht gemeint.

»Moment!«, rief Dietrich Kölling so unvermittelt, dass Mario Hönekamp zusammenzuckte und die Augen aufriss. »Moment!« Dietrich Kölling erstarrte. Mit der Kraft und der Geschwindigkeit eines Blitzes war ihm ein Gedanke gekommen. Ihm war etwas eingefallen, auf das er zwar längst hätte kommen müssen, worauf er aber nicht gekommen war, zu fremd war ihm die katholische Kirche, zu fern standen ihm ihre Bräuche. Ihm war eingefallen, dass es das Sakrament der Beichte gab. Und das Beichtgeheimnis.

»Te absolvo!«, murmelte Dietrich Kölling.

»Was?«

»Nichts«, erwiderte Dietrich Kölling, dann stürmte er aus dem kleinen Vernehmungszimmer der Haftanstalt.

5

»Nun?« Dietrich Kölling telefonierte aus dem Vorzimmer des Anstaltsleiters mit der Blissow.

»Frau Czolnay wurde geradezu hysterisch, als wir sie nach dem Alibi ihres geliebten Gatten fragten«, sagte die Blissow. »Er ist ein treu sorgender Ehemann. Verbringt den Feierabend im Schoß der Familie. Und er ist fleißig. Oft sitzt er bis in die frühen Morgenstunden in seinem häuslichen Arbeitszimmer und studiert Akten.«

»Darf ich daraus entnehmen, dass nur die Gattin ihm ein Alibi geben kann?«

»Die nämliche und Adelaide«, bestätigte die Blissow. »Während, das muss ich der Vollständigkeit halber erwähnen, während Herr Czolnay der Einzige ist, der das Alibi von Frau und Adelaide bestätigen kann.«

»Ist Adelaide die Tochter?«

»Die Hündin.«

»Verflixt.« Dietrich Kölling zwinkerte der Sekretärin des Anstaltsleiters zu. Die wurde dadurch sichtlich aus dem Konzept gebracht und stellte ihre Schreibtätigkeit ein. »Passen Sie auf: Beschaffen Sie ein möglichst aktuelles Bild von beiden Czolnays und schicken Sie Hajota nach Erbach. Wenn viele Wege nach Rom führen, muss das ja nicht auch für Erbach gelten. Hajota soll die Fotos bei jeder Tankstelle und jeder Raststätte am Wegesrand vorlegen.«

»Okay. Ich suche ihm sogar die wahrscheinlichste Tour heraus.«

»Sie hatten nicht viel Zeit«, gab Dietrich Kölling zu bedenken, »sie werden also möglichst die Autobahn genommen haben.«

»Empfangen«, sagte die Blissow und legte auf. Das tat auch Dietrich Kölling. Sofort klingelte das Telefon. Die irritierte Vorzimmerdame ging an den Apparat. Am anderen Ende der Leitung schien jemand in Rage zu sein; so hörte es sich jedenfalls für Dietrich Kölling an, der daneben stand und lauschte.

»Hönekamps Anwalt«, erklärte die Sekretärin, nachdem das Gespräch beendet war. »Er ist wütend, weil Sie Hönekamp ohne ihn vernommen haben.«

»Dieser Czolnay muss einen siebten Sinn haben«, meinte Dietrich Kölling nur. »Woher weiß er, dass ich hier bin?«

»Ach, der gluckt doch dauernd mit Hönekamp zusammen. Das ist wohl sein Lieblingsmandant?«

»Obwohl er nichts an ihm verdient«, sagte Dietrich Kölling.

»Ach? Vor den anderen Untersuchungshäftlingen tut der Hönekamp aber so, als ob er viel Geld hätte. Sagt jedenfalls der zuständige Mitarbeiter.«

»Weil Hönekamp ein Spinner ist«, sagte Dietrich Kölling. »Und der Herr Czolnay, der hat einfach ein gutes Herz.«

Rechtsanwalt Czolnay spielte noch eine Zeit lang den Verärgerten, und Dietrich Kölling ließ ihn gewähren. Der Mann schien zu ahnen, dass sein Kopf in einer Schlinge steckte, denn darüber, dass Dietrich Kölling den Mandanten Hönekamp in seiner Abwesenheit vernommen hatten, regte er sich gar nicht mehr auf. Der Besuch der Blissow bei seiner Frau machte ihm viel mehr zu schaffen. Czolnay unterstellte, dass Dietrich Kölling alles daransetzte, ihn als Hönekamps Anwalt zu diskreditieren. Dietrich Kölling steckte sich gemütlich eine Zigarette an.

»Warum sollte ich das tun?«, fragte er. »Es gibt mehr Anwälte als Sand am Meer, Hönekamp könnte sich also jederzeit einen anderen nehmen. Aber an Sie hat er sich gewöhnt. Es scheint eine wahre Freude zu sein, bei Ihnen zu beichten.«

»Beichten?« Czolnays Gesicht hatte eine rötliche Farbe angenommen. »Wieso beichten?«

»Das erkläre ich Ihnen später.«

»Ich möchte nicht, dass meine Frau beunruhigt wird«, verlangte Czolnay kategorisch.

»Ihren Edelmut in allen Ehren, aber ...«, Dietrich Kölling paffte, »ich glaube nicht an diesen Edelmut. Nicht mehr. Sie haben höchst eigennützige Interessen, mein lieber Herr Czolnay, Lebensinteressen, möchte ich fast sagen. Ihnen ist ja bekannt, dass wir das Diebesgut aus Möllenthins Kirche in Erbach sicherstellen konnten. Auf dem Grundstück eines gewissen Rainer Kießig, den Hönekamp irrtümlich für einen Freund hielt.«

»Das weiß ich«, sagte Czolnay.

Dietrich Kölling spürte, wie der Anwalt ihn belauerte.

»Ihr Mandant hat es nicht vergraben.«

»Aber er war doch dort.«

»In Erbach? Ja. Das hat er Ihnen gesagt. Und er ist dort bekanntlich auch festgenommen worden. Aber jetzt kommt der Hammer: Bevor er Kießigs Grundstück betreten konnte.«

Dietrich Kölling lehnte sich zurück und wartete die Wirkung seiner Worte ab. Vielleicht täuschte er sich, aber es kam ihm vor, als sähe er ein kurzes Erschrecken in Czolnays Augen. Noch hatte sich der Anwalt allerdings im Griff.

»Was schließen Sie daraus?«, erkundigte er sich.

»Ganz einfach. Auch Sie würden nach einigem Nachdenken darauf kommen. Das Diebesgut ist auf dem Grundstück platziert worden, um den Verdacht gegen Hönekamp zu vertiefen. Es kann nur jemand getan haben, der wusste, dass Ihr Mandant in Erbach gewesen ist. Um welchen Personenkreis handelt es sich dabei? Alle Mitarbeiter meines Kommissariats. Kriminalbeamte und Schutzpolizisten der PD Erbach, Kriminalbeamte des PP Oranienburg. Ein Oranienburger und ein Berliner Staatsanwalt, ein Oranienburger und ein Berliner

Haftrichter. Rainer Kießig und Sie. Dass ein Erbacher Polizist Möllenthin getötet haben sollte, ist unwahrscheinlich, aber ich schließe es jetzt einmal nicht aus. Oder doch? Denn die betreffende Person, die sich in Erbach als Gärtner versuchte, hat nicht nur etwas gewusst, sie hat auch etwas nicht gewusst: nämlich dass Hönekamp niemals, ich wiederhole, niemals in Kießigs Garten gewesen ist. Dafür gibt es etliche Zeugen. Also fragen wir uns: Wer ist es, der nur die Hälfte kannte? Es bleibt einer übrig: Sie.«

»Klingt logisch.« Czolnay war nun blass geworden, wollte aber kämpfen. »Allerdings sieht es aus, als hätten Sie jemanden übersehen. Denn ich habe natürlich nichts mit Möllenthins Tod zu schaffen. Das dürfte auch Ihnen klar sein.«

»Ihre Frau habe ich übersehen«, gab Dietrich Kölling zu.

»Ihre Gedanken werden immer absurder.«

»Sie haben jedenfalls kein Alibi. Weder eines für die Tatzeit noch eines für *die* eine Nacht, in der es möglich war, die falsche Spur zu legen.«

»Ich brauche kein Alibi«, behauptete der Anwalt. »Ich habe doch überhaupt kein Motiv, Möllenthin umzubringen.«

»Vielleicht doch.« Dietrich Kölling beugte sich vor, stützte die Arme auf den Tisch. »Sie sind doch ein aktiver Christ, oder?«

Czolnay nickte.

»Katholisch, richtig?«

»Wenn man einer katholischen Gemeinde angehört, ist das relativ sicher«, stimmte der Anwalt zu.

»Ein aktiver Katholik«, wiederholte Dietrich Kölling. »Was halten Sie von der Ohrenbeichte?«

»Ich begreife diese Frage nicht.«

»Nun, wenn Sie so schwierig ist … Sind Sie regelmäßig zur Beichte gegangen?«

»Eher unregelmäßig.«

»Aber Sie gingen?«

»Gelegentlich«, gab Czolnay unwillig zu.

»Na also.« Dietrich Kölling erhob sich. »Kommen Sie morgen um

neun in die Keithstraße. Sie wissen ja, wo die Mordkommissionen sitzen. Haben Sie schon einen guten Verteidiger?«
»Professor Blank«, sagte Czolnay.
»Na, da haben Sie ja den besten«, meinte Dietrich Kölling und ging.

6

»Er will die Beweismittel sehen«, sagte Dietrich Kölling und lächelte. Becker, die Blissow und Tangermann lächelten mit. Professor Blank, der kaum sprach, sich dafür aber sehr viele Notizen machte, sagte nichts. Dietrich Kölling war nicht sicher, wie er dieses Verhalten einschätzen sollte. Entweder war es Mache, oder Czolnays Verteidiger war wirklich ein scharfer und gefährlicher Hund. »Ich werde Ihnen einen kleinen Vortrag halten müssen. Erlauben Sie, dass ich aufstehe? Im Stehen doziert es sich besser.«
»Tun Sie sich keinen Zwang an.« Es war nicht die erste Vernehmung Czolnays, aber nach siebzehn Stunden im Gewahrsam war nur noch ein Rest von seiner Selbstsicherheit übrig. Czolnays Teint war grau, die durchwachte Nacht zeichnete sich in dunklen Schatten unter seinen Augen ab, Bartstoppel wuchsen auf seinen Wangen und am Kinn. Er würde zusammenbrechen, daran bestand für Dietrich Kölling kein Zweifel. Er und seine Mitarbeiter hatten ihre Zeit genutzt. Und das bedeutete: Für den Anwalt gab es kein Entrinnen. Dietrich Kölling neigte dazu, es ein wenig zu bedauern.
»Beginnen wir mit dem Einfachen«, sagte er. »Nachdem mir ... nachdem uns klar geworden ist, dass wir ein Auge auf Sie werfen sollten, war plötzlich alles relativ simpel. Wir wussten endlich, welche Fragen wir wo und wem stellen müssen. Sie sind vom Fach, Herr Czolnay, Sie ahnen, was ich andeuten will. Vier Tage vor dem Mord an Winfried Möllenthin haben Sie eingekauft. Sie sind am Morgen kurz nach zehn bei Universal Sports am Oraniendamm aufgekreuzt und erwarben eine blaue Regenjacke von adidas und ein Paar Turnschuhe von Nike. Die Verkäuferin hat Sie als den Käufer identifiziert. Wir haben ihr ein Foto vorgelegt, natürlich, Sie kennen das Prozedere. Die Kleidungsstücke, die Sie dort kauften, trug der Mörder Möllenthins. Sie

sind nur durch einen ärgerlichen Zufall gefunden worden – für Sie ärgerlich, nicht für uns.«

»Als Hobbypsychologe machen Sie wirklich eine gute Figur«, bemerkte Czolnay. »Sie versuchen ja sogar, sich in mich zu versetzen.«

»Berufskrankheit«, sagte Dietrich Kölling knapp.

»Sie schweigen besser«, wies Professor Blank seinen Klienten zurecht. Dietrich Kölling mochte den Starverteidiger nicht. Er war entsetzlich dick und hatte von Fettpolstern umgebene, rot geäderte Schweinsäuglein. Außerdem klebte ein Rest vom Frühstücksei auf seiner zweifellos teuren Seidenkrawatte. Professor Blank war allerdings auch schon Anfang Siebzig und angeblich der Enkel eines jüdischen Nobelpreisträgers.

»Sie haben uns übrigens selbst auf die Spur gebracht, Herr Czolnay«, sagte Dietrich Kölling, »und zwar ganz ohne Hobbypsychologie.«

»Nur zu Erinnerung«, sagte Czolnay. Er war Anwalt, er konnte nicht schweigen. »Als Hobbypsychologen haben Sie sich bezeichnet. Ich hatte einen ehrfürchtigeren Begriff für Sie verwendet.«

»Haben wir uns nicht geeinigt, dass Sie hier kein Wort zu viel verlieren?«, stöhnte Blank.

»Ich hätte nichts dagegen, wenn Herr Czolnay sehr viele Worte verlöre«, sagte Dietrich Kölling.

»Putzig«, sagte Blank.

»Was ist putzig?«

»Ihr überkorrekter Konjunktiv.«

»Ihnen schwebt eine sprachkritische Verteidigungsstrategie vor?«

»Quatsch! Ich hab aber noch andere Mandanten. Wenn Ewige Exzellenz auf den Punkt kommen wöllten – falscher Konjunktiv, I know.« Witz hatte der Schweinsaugenanwalt immerhin.

»Okay. Herr Czolnay, Sie haben Universal Sports in den ›Gelben Seiten‹, die wir in Ihrem Büro fanden, mit einem kleinen roten Punkt markiert. Sie sehen, wir sind gründlich.«

»Daran zweifle ich nicht.« Czolnay hatte sich offenbar mit seinem Schicksal abgefunden und sah jetzt regelrecht entspannt aus: als hätte er das Gefühl, einem Film beizuwohnen, der mit ihm nichts mehr zu tun hatte.

»Zu dumm, nicht wahr?« Dietrich Kölling lehnte sich gegen den Panzerschrank und fingerte eine Zigarette aus der Schachtel.

»Wer ist dumm?«, fragte Blank sofort. Offenbar geisterte das Wort Zivilklage durch sein Anwaltshirn.

»Die Umstände«, sagte Dietrich Kölling.

»Können wir diese Spielchen nicht endlich …«, begann Czolnay.

»Herr Kollege!«, fiel ihm Blank entrüstet ins Wort.

»Ich habe meinen jungen Mitarbeiter dort«, Dietrich Kölling zeigte auf Tangermann, »durch halb Deutschland geschickt. Das war eine sinnvolle Maßnahme, sage ich Ihnen! Denn dadurch wissen wir, dass Sie, Herr Czolnay, am vergangenen Dienstag um drei Uhr siebzehn am Hermsdorfer Kreuz für dreiundvierzig Euro siebzig getankt haben. Und sie waren nicht allein. Der Tankwart, dem wir ein entsprechendes Foto vorlegten, hat nicht nur Sie erkannt, nein, auch Ihre ehrenwerte Gattin. Zweite Gattin, um präzise zu sein.«

»Wohin führte Sie denn dieser Nachtausflug?«, wollte die Blissow wissen.

Czolnay zuckte nur die Schultern.

»Versteigen wir uns zu der These, es könnte Erbach gewesen sein«, schlug Dietrich Kölling vor. »Um drei Uhr siebzehn werden Sie sich wohl bereits auf dem Rückweg befunden haben. Kießigs Adresse zu ermitteln war nicht schwer, dafür genügte das Telefonbuch.«

»Was immer Sie für Thesen aufstellen, Herr Kölling«, sagte Czolnay, »halten Sie meine Frau heraus.«

»Also allmählich wird mir dies Gequatsche zu dumm«, schnaufte Professor Blank. »Wir haben uns doch auf eine andere Strategie geeinigt.«

»Und wenn ich beichten will?«

»Kollege, drehen Sie nicht durch! Herr Kölling, ich beantrage eine Vernehmungspause. Ich beantrage, hören Sie? Ich könnte sie auch verlangen.«

»Gerade jetzt? Herr Czolnay möchte doch …«

»Herr Czolnay ist nicht mehr Herr seiner Sinne«, erklärte Blank.
»Ihre Frau, das ist auch ein wichtiges Thema«, meldete sich die Blissow zu Wort. »Sie ist Kunsthändlerin, nicht wahr?«
»Eine der erfolgreichsten in Berlin«, bestätigte Czolnay stolz.
»Sie hat die anonymen Schreiben verfasst«, sagte Becker.
»Auf dem PC in ihrer Agentur«, sagte Tangermann.
»Und das können wir beweisen«, fügte Dietrich Kölling hinzu. »Sie hat Ihnen helfen wollen und dachte, es wäre richtig, den Verdacht auf Hönekamp zu lenken. Dummerweise war er zu der Zeit, als wir die Briefe erhielten, gar nicht mehr verdächtig. Tja, und dann hatten Sie ihr gegenüber meinen Namen nicht korrigiert. Hätten Sie es getan, würden wir vielleicht immer noch Rätsel raten.«
»Ich hab's schon befürchtet«, räumte Czolnay ein, »aber ich wollte sie nicht zur Rede stellen. Ihre Motive sind wirklich lauter.«
»Weil sie es aus Liebe getan hat? Ach, Herr Czolnay, wie lange sind Sie Anwalt?«, fragte Dietrich Kölling. Er ließ Czolnay aber nicht zu Wort kommen, sondern antwortete selbst. »Seit Jahrzehnten. Und da wissen Sie doch, dass das meiste, was aus Liebe getan wird, schief geht.«
»Wenn hier weiter auf diese unseriöse Weise argumentiert wird, lege ich mein Mandat nieder«, drohte Professor Blank. Er hatte offensichtlich ein starkes Bedürfnis nach der Flasche. »Wir reden hier über Beweise, nicht über Befindlichkeiten. Das ist eine Vernehmung, Herr Kölling, keine Nachmittags-Talkshow.«
»Ich habe die Schnauze voll«, sagte Czolnay. »Halten Sie meine Frau raus, dann bekommen Sie alle Antworten.«
»Sind Sie verrückt?«, kreischte Blank.
»Nicht verrückter als ihr alle«, sagte Czolnay.
Das war das Stichwort für Dietrich Kölling. Der hatte nämlich einen Wiskey gekauft, einen sehr teuren irischen, der mit sechzig Euro zu Buche schlug. Das war er wert.
»Ich möchte jetzt mit Herrn Czolnay allein sein«, verkündete er. »Mit ihm und seinem göttlichen Anwalt natürlich.«
»Sie … Sie …!«, schimpfe Blank, verkniff sich aber eine beleidigende Anrede. Dietrich Kölling war sowieso mild gestimmt, durch sein Hirn

ging das Wort Zivilklage nicht. Becker, die Blissow und Tangermann räumten das Terrain.
»Ich glaube, Herr Kölling ist ein anständiger Mensch.«
Ausgerechnet Albert Czolnay verteidigte ihn. Offenbar hatte er einen Narren an ihm gefressen, aber das beruhte auf Gegenseitigkeit: Dietrich Kölling mochte den Rechtsverdreher, der so viel von Whiskey verstand, noch immer sehr gut leiden.

7

Der Damm war gebrochen. Und wenn ein Damm gebrochen ist, stürzen die Wassermassen unaufhaltsam ins Tal. Dietrich Kölling brauchte nur selten Fragen zu stellen. Er hatte den Eindruck, dass Czolnay froh war, sich endlich alles von der Seele reden zu können. Sein prominenter Verteidiger protestierte auch nicht mehr, aber er blieb anwesend, weil er ein alter Hase war. Czolnay hielt sich nicht an das Verabredete, also feilte Blank bereits an einer neuen Strategie. Sie würde eine beschränkte Zurechnungsfähigkeit in den Mittelpunkt stellen, und Dietrich Kölling war bereit, sie Czolnay zuzubilligen. Czolnay war Anwalt, kein Straßenköter. Das zählte.
»Sie wissen nicht, wie das ist«, sagte Albert Czolnay. »Was es bedeutet, mit einer psychisch schwer kranken Frau verheiratet zu sein. Meine erste Frau, von der spreche ich jetzt. Alle hatten sich gegen sie verschworen. Ihre Kollegen, unsere Freunde, die Ärzte. Man stellte Experimente mit ihr an. Jede Nacht wurde sie aus dem Kosmos bestrahlt. Und alle waren Teil der Verschwörung. Selbst die Leute auf der Straße schauten sie immer seltsam an, als ob sie eingeweiht wären in das große Experiment. Das eingebildete, natürlich. Auch mir hat sie das Leben zur Hölle gemacht. Auch ich gehörte mit zu denen, die am Experiment beteiligt waren. Sie durchsuchte meine persönlichen Sachen nach Beweisen. Sie überwachte mich auf Schritt und Tritt. Sie schrie mich an, schlug mich, einmal hat sie mich sogar mit einem Messer angegriffen. Sie war krank. Ich weiß, es war eine Hölle für sie. Für mich aber auch.« Czolnay schluckte. Dietrich Kölling rief Tangermann an, der im Nebenzimmer auf Anweisungen wartete, und bat

ihn, eine Flasche Wasser zu besorgen. »Das Schlimmste ist jedoch: Von einer solchen Frau kann man sich nicht scheiden lassen, denn eine kranke Frau lässt man nicht im Stich. Man kommt sich wie ein Verräter vor, wenn man an Scheidung nur denkt. Und mit unserem Glauben ist es auch nicht vereinbar. Ich wäre Spießruten gelaufen … Ich habe meine Frau gehasst. Und mich für meinen Hass. Bin herumgelaufen wie ein geprügelter Hund. War das inkarnierte schlechte Gewissen. Alles nur wegen meiner sündigen Gedanken. Schließlich kam auch noch Dorit dazu. Die ich liebte. Mit der ich meine Frau betrog. Wir hatten unsere Affäre geheim gehalten. Meine Frau kam allerdings dahinter. Muss ich sagen, dass sie Dorit für eine Exponentin der Weltverschwörung hielt? Mehrmals hat sie gedroht, Dorit zu töten. Sie hat ihr Briefe geschrieben, ganz fürchterliche Briefe. Die haben wir natürlich vernichtet, nachdem …« Der Anwalt brach ab. Tangermann betrat das Zimmer und stellte ihm die Flasche und ein Glas hin, Czolnay nahm es gar nicht wahr. Hajota war neugierig und wartete auf eine Reaktion. Er bekam eine.

»Gehen Sie, ich bitte Sie!«, sagte sein Chef. Also ging er.

»Haben Sie Ihre erste Frau beseitigt?«, half Dietrich Kölling Czolnay auf die Sprünge.

»Ja.« Czolnay ließ den Kopf sinken. »Ich habe es nicht mehr ausgehalten. Und ich hatte Angst um Dorit. Um mich auch.«

»Nicht auch ein bisschen auf die Lebensversicherung spekuliert?«

»Nein, absolut nicht. Es ging uns nicht um das Geld, das schwöre ich. Aber … nein, wer es nicht erlebt hat, wird es nicht verstehen. Wie schrecklich es ist, wenn ein Mensch, den man ja einmal geliebt hat, wenn der Tag und Nacht durchs Haus streift, irre Dinge sagt und irre Dinge tut. Manchmal war ich zu Tode erschrocken, wenn sie nachts plötzlich an meinem Bett stand und mich nur betrachtete. Dieser Blick … Sogar in der Dunkelheit habe ich diesen Blick gesehen. Voller Todeshass. Oder ich musste stundenlang nach den Drähten suchen, mit denen man ihr Bett unter Strom setzte. Oder … Entschuldigen Sie.« Czolnay wischte sich ein paar Tränen aus den Augen. »Es war reiner Terror.«

»Und Sie haben gemeinsam mit Dorit geplant, Ihre Frau zu töten?«
Czolnay nickte.
»Wir haben es geplant. Und wir haben es dann auch getan. Es schien alles aufzugehen. Die Selbstmordversion setzte sich durch. Natürlich hatte mich die Kripo in Uelzen auch im Verdacht, ich könnte was gedreht haben, bloß ... Man wusste nichts von Dorit. Man wusste nicht, wie sehr ich unter meiner Frau gelitten hatte. Im Gegenteil, alle bewunderten, wic aufopfernd und liebevoll ich mit ihr trotz ihrer Krankheit umgegangen war. Nach außen habe ich die Fassade gewahrt. Ja, alles schien aufzugehen. Als Gras über ... über die Sache gewachsen war, habe ich Dorit geheiratet. Wir haben lange damit gewartet, sehr lange.«
»Es ist nicht alles aufgegangen, nicht wahr?«, fragte Dietrich Kölling.
»Nein.« Czolnay richtete sich auf. »Es konnte nicht aufgehen, weil es so etwas wie ein Gewissen gibt. Ich habe getötet. Zweimal. Aber im Herzen bin ich kein kaltblütiger Mörder. Es wäre nie herausgekommen, nie. Aber denken Sie, das Leiden hatte ein Ende? Im Gegenteil, ein neuer Schmerz begann. Die Gewissensqualen. Die ständige Angst. Fast neun Jahre habe ich geschwiegen. Habe nicht mehr gelebt, nur funktioniert. Ich war kein Mensch. Nein, ein Schatten war ich, ein Gespenst. Ich musste reden. Ich musste mein schlechtes Gewissen noch jemandem aufbürden, der nicht beteiligt gewesen ist. Der an ein Gelübde gebunden ist, an das Beichtgeheimnis. Ich wusste, dass sich nun auch Möllenthin mit seinem Gewissen zu plagen hatte. Ich hatte ihn zum Mitwisser gemacht. Das erleichterte mich irgendwie. Zeitweilig.«
»Und dann?«, wollte Dietrich Kölling wissen. »Dann überkamen Sie Zweifel, ob er das Beichtgeheimnis wahren würde?«
»Tja«, Czolnay wiegte den Kopf, »eigentlich nicht. Er war ein sehr integrer Geistlicher. Aber seine Blicke ... Und seine Versuche, mich dazu zu bewegen, mich zu stellen. Ich hatte den Druck loswerden wollen und stand plötzlich unter einem noch viel stärkeren Druck. Und Dorit ist, wie soll ich sagen, sie ist pragmatischer als ich. Als ich ihr von meiner Beichte erzählte ... Nein, sie hat mich verstanden. Wir lieben uns wirklich sehr, glauben Sie mir. Nur ... es ist so schwer zu

erklären … Ich hatte zweimal versucht, etwas dagegen zu tun, dass ich zugrunde gehen würde. An meiner ersten Frau wäre ich fast kaputtgegangen, dann an meinem schlechten Gewissen … Mein Fehler: Ich hätte meinen Untergang akzeptieren müssen. Er ist mir vorherbestimmt. Ich soll eben nicht glücklich werden. Aber zuvor … Einen dritten Versuch hatte ich noch: Möllenthin auch zu töten.«

»Womit Sie endgültig untergingen«, sagte Dietrich Kölling. »Obwohl Sie es wieder klug eingefädelt hatten. Ehrlich gesagt, wir wären Ihnen vielleicht nie auf den Trichter gekommen, hätten Sie und Ihre Frau nicht die absurde Idee gehabt, den Verdacht gegen Hönekamp forcieren zu wollen. Und ich nehme an, dass es doch ihrer beider Einfall war … Sagen Sie, Herr Czolnay, kann es sein, dass Sie tief im Unterbewusstsein wollten, dass wir Sie kriegen?«

»Wenn ich es tief im Unterbewusstsein wollte«, erwiderte der Anwalt und lächelte sogar zaghaft, »dann könnte ich es Ihnen nicht sagen. Denn mein Unterbewusstsein kenne ich ja nicht.«

»Gut so weit.« Dietrich Kölling schaltete das Tonbandgerät ab. »Bitte, trinken Sie etwas. Wir werden noch öfter miteinander sprechen müssen, bis wir alle Einzelheiten geklärt haben. Für heute haben wir uns alle ein Ende verdient. Danke übrigens.«

»Wofür?« Czolnay griff nach der Wasserflasche. Den Whiskey hatte er nicht angerührt.

»Sagen wir: für Ihre Mitarbeit. Oder meinetwegen: für Ihr Vertrauen. Herr Czolnay, falls es Ihnen hilft, ich glaube Ihnen, dass Sie kein kaltblütiger Mörder sind. Kaltblütige Mörder gibt es allerdings auch nur selten. So, Herr Blank, gehen Sie mit Ihrem Mandanten ins Nebenzimmer, wenn Sie noch was auszukungeln haben.«

Dietrich Kölling fühlte sich bemüßigt, noch eine kleine Pflicht zu erfüllen. Er wartete ab, bis Blank und Czolnay das Zimmer verlassen hatten, dann rief er in Pasewalk an und ließ sich mit Küter verbinden.

»In unserer Sache müssen Sie nicht mehr weiterforschen«, erklärte er dem Kollegen aus Vorpommern, »wir haben unseren Mörder.«

»Na, Glückwunsch«, sagte Küter. »Wir haben auch einen. Den kennen wir aber noch nicht.«

»Ach, Sie auch?«

»Ja«, sagte Küter. »Marité. Erwürgt. Und im Tollensesee versenkt.«

»Tut mir Leid«, sagte Dietrich Kölling, aber besonders groß war seine Anteilnahme nicht.

»Es gibt aber auch eine gute Nachricht«, sagte Küter. »Ich habe dreihundert Euro für Sie.«

»Wie komme ich ...«

»Ganz einfach.« Küter hüstelte, was wohl ein Lachen darstellen sollte. »Das ist das Geld, das Sie für Veronique bezahlt haben. Herr Steinhausen höchstpersönlich hat es zurückgebracht. Aus Dankbarkeit. Sie haben mitgewirkt, seine Konkurrenten auszuschalten.«

»Schicken Sie es mir«, bat Dietrich Kölling. Dass sein Ausflug nach Pasewalk völlig unerwartet noch Gewinn abwarf, da ihm einen Teil seiner Ausgaben bereits sein Dienstherr erstattet hatte, verschwieg er. Er wusste aber sofort, wofür er ihn ausgeben würde: Nun endlich würde er seinen Mut zusammennehmen und Frau Donath zum Essen einladen.

8

Der Strafprozess gegen Alejandro Gonzalez fand vor der Jugendkammer des Kriminalgerichts in Moabit statt. Alejandro Gonzalez hatte fünf Menschen getötet, fünf Jugendliche, und war selbst nicht älter als seine Opfer gewesen. Über den Ausgang des Prozesses bestanden für Dietrich Kölling keine Zweifel: Der Junge würde zur Sicherheitsverwahrung in die Psychiatrie eingewiesen werden. Doch die Verhandlung interessierte Dietrich Kölling nur am Rande. Er hatte sich telefonisch erkundigt und wusste, dass der dritte Tag der Beweisaufnahme der Vernehmung von Zeugen vorbehalten war. Eine der Zeuginnen würde Frau Donath sein, die Mutter eines der Opfer. Dietrich Kölling wollte sie unbedingt wieder sehen. Im Gericht konnte sie ihm nicht ausweichen.

Dietrich Kölling stieg die Treppe in der hohen, Erfurcht gebietenden Haupthalle hinauf, hielt sich nach links in einen der langen Gänge und kam vor dem Sitzungssaal an. Ein Schild an der Tür teilte ihm mit, dass für die heutige Verhandlung die Öffentlichkeit ausgeschlossen wäre. Dietrich Kölling machte es nichts aus, er würde warten. Um sich zu vergewissern, dass er sich nicht in Tag und Stunde geirrt hatte, schaute er sich den Zeitplan der Jugendstrafkammer an. Für zehn Uhr war die Verhandlung angesetzt, zweieinhalb Stunden waren für sie eingeplant. Jetzt war es halb elf. Dietrich Kölling konnte getrost in der Kneipe, die sich dem Moabiter Gericht gegenüber befand, noch einen Kaffee trinken.

Als er nach einer Dreiviertelstunde zurückkehrte, hatte das Gericht eine Verhandlungspause eingelegt. Auf dem Gang standen ein paar Leute herum, eine Frau aß gerade eine Banane, die anderen schauten aus dem Fenster oder redeten leise miteinander. Frau Donath befand sich nicht unter ihnen. Dietrich Kölling suchte einen Ort, an dem er rauchen konnte, während er den Flur im Blick behielt. Einen solchen Ort gab es nicht, also ging er wieder die geschwungene Haupttreppe hinab und rauchte vor dem Eingangsportal. Von dort sah er sie. Sie überquerte gerade die Straße.

Frau Donath kam ihm schlanker vor, als er sie in Erinnerung hatte, aber ihr Haar war noch immer lang und rötlich braun wie die Kastanien. Sie trug keine Jeans diesmal, sondern ein langes blaues Kleid und eine weiße Jacke. Sie sah gut aus, wie er fand, traurig zwar, aber nicht so verhärmt wie bei seinen letzten, dienstlichen Besuchen. Und sie war nicht allein.

Ihr Mann, dem Dietrich Kölling nur einmal begegnet war, begleitete sie. Er hatte seinen Arm um ihre Schulter gelegt, vielleicht eine tröstende, vielleicht eine besitzanzeigende Geste. Als die beiden Dietrich Kölling passierten, nickte die Frau ihm zu. Das sollte wohl ein Gruß sein; vielleicht nahm sie an, dass auch er aussagen müsste. Dietrich Kölling schaute ihr nach. Die hohe Tür schlug vor seiner Nase zu.

Seit den frühen Stunden war der Himmel bedeckt, nun begann es zu nieseln. Dietrich Kölling knöpfte seinen neuen Mantel zu, schlug den Kragen hoch und steckte die Hände tief in die Taschen. So ging er bis zur nächsten U-Bahn-Station. Dort verschwand er im Untergrund.

FRANK GOYKE

Geboren 1961 in Rostock. Von 1983–1988 Studium der Theaterwissenschaften in Leipzig, danach Redakteur und Lektor in Berlin. Von 1991 bis 1996 Dramaturg an einem Berliner Off-Theater. Seit 1997 freier Schriftsteller, Lektor und Herausgeber in Berlin. Er veröffentlichte seit 1992 mehr als zwanzig Bücher, darunter zahlreiche Kriminalromane und Sachbücher. Sein Roman »Dummer Junge, toter Junge« wurde 1996 mit dem Krimipreis »Marlowe« der Raymond-Chandler-Gesellschaft als bester deutschsprachiger Kriminalroman ausgezeichnet.

Sie wissen immer vorher,
wer der Täter ist?

Sie wollen immer wissen,
wie alles kommen wird?

Wollen Sie wissen, was aus
Ihnen einmal werden wird?

Wollen Sie es dem Zufall überlassen, wie Sie eines Tages diese Welt verlassen werden?

Wir glauben, dass es besser ist, auch einmal über die eigene Bestattung nachzudenken, wenn kein unmittelbarer Anlass besteht. Denn es lebt sich ruhiger, wenn auch dies geregelt ist. Dann sind Sie sicher, diese Welt einmal so zu verlassen, wie es Ihren eigenen Vorstellungen entspricht, und Ihre Angehörigen nicht zusätzlich belastet werden. Das braucht kompetente und einfühlsame Beratung. Ahorn-Grieneisen. Auf uns ist Verlass.

Tel. 018 02 - 67 10 67

www.ahorn-grieneisen.de

Ahorn-Grieneisen

Bleiben Sie sich treu.

Preußen-Krimis

ISBN 3-89809-009-4

ISBN 3-89809-018-3

ISBN 3-89809-013-2

Für alle Bücher:
Paperback, 9,90 €

berlin.krimi.verlag
www.berlin-krimi-verlag.de

Berlin ist mörderisch!

ISBN 3-89809-008-6

ISBN 3-89809-010-8

ISBN 3-89809-011-6

ISBN 3-89809-007-8

ISBN 3-89809-012-4

ISBN 3-89809-017-5

ISBN 3-89809-016-7

ISBN 3-89809-015-9

Für alle Bücher:
Paperback, 9,90 €

berlin.krimi.verlag
www.berlin-krimi-verlag.de